BARBARA DUNLOP

La famille idéale

Traduction française de
MARIE-CHRISTINE DERMANIAN

HARLEQUIN

Titre original :
THE WISH-LIST WIFE

Ce roman a déjà été publié en 2015

HARPERCOLLINS FRANCE
83-85, boulevard Vincent-Auriol, 75646 PARIS CEDEX 13
Service Lectrices — Tél. : 01 45 82 47 47 - www.harlequin.fr
ISBN 978-2-2804-3360-0

Composé et édité par HarperCollins France. Achevé d'imprimer en décembre 2020.
par CPI Black Print - Barcelone - Espagne
Dépôt légal : janvier 2021.

FSC www.fsc.org MIXTE Papier issu de sources responsables FSC® C108412

Pour limiter l'empreinte environnementale de ses livres, HarperCollins France s'engage à n'utiliser que du papier fabriqué à partir de bois provenant de forêts gérées durablement et de manière responsable.

1

— J'ai décidé de devenir bonne sœur.

Haley Roberts glissa ses pouces gluants de colle dans les passants de son jean délavé et recula de deux pas. De là, elle avait une vision plus globale du mur de la cuisine, qu'elle venait de tapisser.

— *Pardon ?*

Laura, sa sœur aînée, qui se frottait les mains à l'aide d'une brosse sous le robinet de l'évier, s'était tournée brusquement vers elle.

— Tu as très bien entendu : *bonne sœur*, répéta Haley en inclinant la tête de côté.

La feuille de ce trèfle n'aurait pas dû être accolée au pétiole du lai précédent.

Il y avait longtemps qu'elle y songeait. Eliminer complètement les hommes de sa vie résoudrait bon nombre de problèmes.

— Tu n'es même pas croyante. C'est ridicule.

Laura ferma le robinet et se secoua les mains. La petite brise qui entrait par la fenêtre en ce beau soir d'été atténuait l'odeur entêtante de colle.

Finalement, cette malheureuse juxtaposition ne se remarquait pas trop, songea Haley avant de reprendre la parole.

— Ridicule ? Pas du tout !

Elle plongea la main dans le grand sac à l'enseigne du magasin de bricolage où elle avait fait ses emplettes, et prit un autre rouleau de tapisserie. Elle venait d'arriver dans une nouvelle ville, s'installait dans une nouvelle maison. Il était donc temps de partir d'un nouveau pied.

— De nos jours, être religieuse est un choix de vie comme un autre.

— Bien sûr. Pour une religieuse.

Haley se tourna vers sa sœur et brandit le rouleau de papier peint avant de déclarer d'un ton emphatique :

— Et qu'est-ce que c'est au juste une bonne sœur, sinon une femme qui en a plus qu'asscz dcs rclations avec les hommes ?

Elle déchira la Cellophane qui enveloppait le rouleau et, une fois de plus, se félicita de son choix. Ce motif champêtre lui plaisait décidément beaucoup.

— N'importe qui en aurait plus qu'assez des hommes après Tony et Raymond, dit Laura, citant le nom des deux derniers petits amis de sa sœur. Pour éviter ce genre de mésaventure, il te suffit d'avoir meilleur goût, rien de plus !

— J'ai un goût irréprochable. Tu n'as quand même pas oublié que c'est moi qui t'ai présenté Kyle ?

Elle avait déroulé sur la table le rouleau de tapisserie, et le mesurait.

— Je te compte d'ailleurs parmi mes réussites les plus notoires, ajouta-t-elle d'un ton sentencieux.

La famille et les amis de Haley appréciaient son vif intérêt — qui virait parfois à l'obsession ! — pour les histoires d'amour. Ce n'était que sa propre vie sentimentale qui s'effilochait sérieusement. Or une vie sentimentale inexistante ne pouvait pas s'effilocher.

— Soit, admit Laura avec un hochement de tête qui fit rebondir ses boucles blondes.

— Mais quand il s'agit de moi, c'est une tout autre affaire ! J'ai la poisse. Et d'un point de vue mental, c'est malsain de s'obstiner à chercher quelque chose qui n'existe pas.

Il n'y avait en ce moment aucun homme dans sa vie, et elle avait décidé qu'il n'y en aurait plus. Elle ne perdrait plus son temps à partir en quête du prétendu Prince charmant.

— Il existe, Haley. Mais tu ne l'as pas encore trouvé.

— Oh, j'en ai trouvé *plein* !

Après tout, la « chasse à l'homme » était un sport très pratiqué par les filles Nelson.

— Au début, ils sont tous exquis — ou presque, enchaîna-t-elle. Et puis le temps passe, révélant leur vraie nature…

Tony avait investi toute son énergie dans la promotion d'un produit de nettoyage. Il n'avait pas tardé à faire savoir à Haley qu'il voulait qu'elle distribue ce produit, et assiste avec lui à des conférences destinées à nourrir l'inspiration. L'inspiration commerciale, s'entend. Quant à Raymond… Il avait avec une mère dominatrice une relation qui l'effrayait encore, quand elle y songeait.

Ce qui l'effrayait surtout, à ce jour, c'est qu'elle avait tout mis en œuvre pour que chacune de ces relations aboutisse.

— Si j'ai bien compris, tu n'auras dorénavant plus aucune histoire sentimentale ?

Adossée au comptoir, Laura avait croisé les bras et fixait sa sœur, un sourcil levé. Même quand elle tapissait une pièce, son aspect était irréprochable : son maquillage n'avait pas viré, et ses cheveux courts se remettaient toujours parfaitement en place.

— Pourquoi pas ?

Haley réprima un petit frisson tandis qu'elle se rapprochait du mur.

— Bon, d'accord. J'admets ne pas avoir examiné tous les détails de ce plan.

Elle entendit Laura pousser un petit soupir condescendant.

— Enfin, j'y songe quand même très sérieusement !

Laura, qui l'avait rejointe afin de l'aider à mesurer le lai, s'éclaircit la voix.

— Il me tarde d'annoncer ça à maman !

Ignorant cette remarque, Haley suivit le cours de ses pensées.

— Et donc, quand un type me proposera de monter chez lui voir ses estampes japonaises, je lui répondrai : « Non merci, je suis religieuse. »

Laura partit d'un grand éclat de rire, qu'elle s'empressa

d'étouffer avec un regard vers l'escalier. Ses deux filles, ainsi que celle de Haley, Belinda, dormaient à l'étage.

— Supposons que les types en question proposent de te « guérir » ?

— Ça me surprendrait qu'ils veuillent se donner tout ce mal pour moi ! répliqua-t-elle, le regard posé sur son T-shirt informe et maculé.

Elle était l'inverse de Laura, toujours si nette, bien habillée, bien coiffée, bien maquillée. Et dans la mesure où elle exerçait la profession de potière, la tenue qu'elle arborait ce jour-là n'avait rien d'inhabituel.

— J'ai décidé que les hommes n'auraient plus aucun impact sur ma vie. Pas plus sur la mienne que sur celle de Belinda.

Depuis le décès de son mari, qui remontait à cinq ans, Haley avait œuvré dur pour que l'enfant continue à mener une existence stable. Mais sa fille avait désormais neuf ans. Elle était en âge de comprendre les relations « amoureuses ». De comprendre aussi que, si sa mère rencontrait quelqu'un, ce quelqu'un pouvait très bien un jour ou l'autre faire partie de leur quotidien.

Un défilé de petits amis sans aucun intérêt n'enrichirait certainement pas la vie de la fillette.

— Puisque te voici installée à Hillard, je vais demander à Kyle de te présenter certains de ses collaborateurs, avec lesquels il s'est lié d'amitié. Des gens de confiance.

Kyle possédait une entreprise de construction à Hillard, Vermont, et avait donc bon nombre d'éléments masculins dans son équipe.

— Pas question ! répliqua Haley d'un ton ferme. J'ai rayé les hommes de ma vie.

— Comme tu voudras.

Adam Hollander, pompier de son métier, laissa retomber sa main sur sa cuisse. Les mots de la liste qu'il s'évertuait à dresser se brouillaient devant ses yeux. Il venait de passer une nuit éprouvante, à lutter contre un incendie qui s'était déclaré dans la vieille étable des Halsteaders, et il avait du mal à se concentrer. Le soleil, chaud à cette heure, tapait sur ses épaules et sur ses jambes nues. Il avait l'impression de s'enfoncer dans le coussin moelleux de la chaise longue sur laquelle il était allongé.

— Papa ?

Nicole, sa fille de neuf ans, qui sautillait pour éviter de se faire mouiller par la rampe d'arrosage automatique, l'appelait.

— Oui, ma chérie ?

Adam cligna des paupières et se redressa légèrement. Il devait décider s'il ajoutait ou non « Pas trop belle » à la liste censée comporter toutes les qualités qu'il attendait de sa future épouse.

— Je peux l'inviter ?

Il n'accordait pas trop d'importance au physique, mais son ex-femme était d'une beauté époustouflante — presque agressive —, et il prenait bien soin désormais d'éviter quiconque ayant une quelconque ressemblance avec celle-ci.

— Inviter qui ? demanda-t-il à sa fille.

— La nouvelle voisine.

Nicole, qui l'avait rejoint, posa sa main froide et mouillée sur sa peau brûlante. Adam sursauta et manqua tomber de la chaise longue. Comme la fillette se penchait vers lui, il sentit des gouttelettes d'eau glacée couler sur son torse.

— Elle est derrière le grillage, lui chuchota-t-elle à l'oreille. Elle nous regarde.

— Euh… Oui, bien sûr.

Les nouveaux voisins avaient emménagé deux jours plus tôt, mais il ne les avait pas encore vus.

Il se replongea dans la rédaction de sa liste, tandis que l'enfant traversait la pelouse au pas de course. Finalement, il raya : « Pas trop belle », qu'il remplaça par : « Belle à mes yeux. » Parfait. Cette fois, il partirait à la recherche de la beauté intérieure.

Après une minute de réflexion il ajouta : « et à ceux de

Nicole. » Quelle que soit celle qui deviendrait sa deuxième femme, elle devrait plaire à Nicole. L'enfant avait besoin d'une mère.

Il avait cru, ces dernières années, pouvoir l'élever seul. Mais elle s'était mise récemment à lui poser des questions auxquelles il ne savait comment répondre. Et il avait surpris les regards de convoitise qu'elle lançait aux mères de ses amies, chaque fois qu'il y avait une réunion ou une fête à l'école.

Oui, il fallait une mère à Nicole. Une mère qui soit à ses côtés en certaines occasions, qui lui fasse des tresses bien droites, et lui recouse ses boutons. Une mère qui sache cuisiner, coudre, qui soit patiente, intelligente, dotée d'un solide sens de l'humour. Adam était fermement résolu à trouver la mère parfaite pour Nicole. Sa fille représentait pour lui la priorité entre toutes les priorités.

Il leva les yeux sur l'enfant, qui était en train de discuter avec la nouvelle voisine. Elles étaient de la même taille et paraissaient avoir le même âge. Il faudrait qu'il trouve le temps, dans la journée, d'aller saluer les parents de cette petite fille. Mais pas tout de suite.

Il lâcha la liste sur son torse. Il faisait si bon, au soleil. Il se sentait si bien, là. Ses paupières s'alourdirent. Les voix des fillettes s'éloignèrent.

— Il respire encore, dit une voix enfantine qui lui était inconnue et qui lui sembla très lointaine.

— Je pourrais l'asperger d'eau froide, suggéra Nicole.

— Ce ne serait pas une mauvaise idée.

Cette dernière phrase avait été prononcée par une voix féminine elle aussi, mais plus mûre. Et teintée d'espièglerie.

Adam se força à ouvrir les yeux.

— Oh ! s'exclama alors la femme. Je ne pense pas que nous soyons obligées de l'arroser, finalement. Il s'est réveillé.

Elle avait l'air déçue.

Adam se redressa pour se mettre en position assise, ses

pieds nus plantés dans l'herbe, de part et d'autre de la chaise longue. Ebloui par le soleil, il cligna des paupières.

— Papa, c'est la maman de Belinda ! lança Nicole, tout excitée.

— Haley Roberts.

La femme lui tendit la main au moment même où il fixait son attention sur elle.

— Nous venons de nous installer dans la maison voisine, ajouta-t-elle.

Ses cheveux auburn étaient retenus en une queue-de-cheval haute. Elle avait le teint clair, et ses pommettes bien dessinées étaient parsemées de fines taches de rousseur. Elle portait un T-shirt court sous lequel se dessinaient de jolies rondeurs, et son jean coupé en short dévoilait des jambes interminables.

Une pensée fugitive lui traversa l'esprit : il aimerait bien, tous les matins au réveil, être confronté à un spectacle pareil ! Cette pensée, il la chassa en hâte de son esprit et, comme mû par un ressort, se leva afin de serrer la main de la jeune femme.

— Adam Hollander.

Elle devait mesurer un mètre soixante-dix, et ses superbes yeux bleus étincelaient au soleil.

— Enchantée, dit-elle avec un beau sourire.

Elle avait une voix un peu rauque, embrumée. Mais peut-être n'était-ce qu'un effet de son imagination, puisqu'il venait lui-même de se réveiller.

Il glissa les doigts dans ses cheveux courts et, d'un geste de la main, désigna l'autre chaise longue.

— Asseyez-vous donc. Je peux vous offrir…

Le pichet posé sur la table de jardin contenait du punch au raisin noir.

— Je vais préparer du thé glacé, rectifia-t-il.

— Inutile, j'adore le punch au raisin — car il s'agit bien de punch au raisin, n'est-ce pas ?

Adam acquiesça pendant qu'elle s'installait sur la chaise longue.

Nicole et Belinda se précipitèrent vers le système d'arrosage, et poussèrent des petits cris de joie quand elles furent aspergées.

— Quel âge a votre fille ? demanda-t-il à Haley, tout en remplissant deux verres.

— Neuf ans. Elle rejoindra la classe de CM1 lundi, avec Mme Livingston. Et la vôtre ?

— Le même âge.

Il lui sourit.

— Et elle est, elle aussi, dans la classe de Mme Livingston.

Ce serait bien agréable pour Nicole d'avoir une camarade de classe qui habite juste à côté de chez eux.

— Formidable ! Je sais bien qu'il ne reste qu'une quinzaine de jours avant les vacances, mais j'espérais qu'elle puisse faire la connaissance de quelques enfants avant l'été.

— Est-ce que Belinda a des frères et sœurs ?

— Elle est fille unique, mais elle a deux cousines qui habitent ici, rue des Erables.

Un verre de punch dans chaque main, Adam pivota sur ses talons pour rejoindre leur nouvelle voisine.

— Très bi...

Ses mains se resserrèrent autour des verres. La jeune femme avait pris sa liste, qui était tombée par terre quand il s'était levé.

— Ceci vous appart... Oh ! Mais de quoi s'agit-il ?

Le premier réflexe d'Adam fut de lui arracher la feuille des mains. Il manqua même de renverser les verres de punch dessus. Il fut cependant prompt à se ressaisir. A quoi bon ?

Prenant une profonde inspiration, il posa les verres sur la table basse, qui était placée entre les chaises longues. Deux possibilités s'offraient à lui. Soit il demandait à Haley Roberts de lui rendre la fameuse liste, soit il feignait l'indifférence la plus absolue.

Après une seconde d'hésitation, il opta pour la deuxième solution. Il s'assit donc, et porta son verre à ses lèvres.

— Comme vous l'avez sans doute deviné, je suis à la recherche d'une épouse.

Il s'était exprimé le plus naturellement du monde, comme s'il avait coutume de parler de sa vie privée avec le premier venu. Sans s'en apercevoir, il serra les mâchoires, attendant la réaction de son interlocutrice.

— Ah… Je vais bientôt rentrer dans les ordres.

Adam avala de travers et fut pris d'une quinte de toux.

— Je vois, articula-t-il enfin. Eh bien… merci de votre sincérité.

— Il n'y a pas de quoi. Qu'entendez-vous au juste par « honnête » ? s'enquit-elle, l'index sur la feuille.

Adam s'éclaircit la voix, qu'il avait toujours enrouée après cette quinte de toux.

— Euh… Comment ça ?

— Très simple, est-ce que pour vous, être honnête c'est prétendre ne pas savoir qui a terminé le paquet de cookies, ou plutôt jouer les innocents après avoir « détourné » trois cent mille dollars ?

— Vous mentiriez au sujet du dernier cookie ?

— Sans hésiter un instant !

— Mmm… Je souhaiterais quelqu'un qui soit honnête dans les deux domaines.

Adam but une autre gorgée de punch, avec une lenteur délibérée, espérant que la jeune femme ne profère aucune autre énormité, sans quoi il s'en étoufferait.

Haley hocha la tête d'un geste solennel, et continua de lire la liste.

— Et est-ce qu'elle doit impérativement être bonne cuisinière ?

— Je préférerais qu'elle ne soit pas trop mauvaise, puisqu'elle préparera les repas de Nicole.

Haley se tourna vers les deux fillettes, qui avaient placé leurs visages sous le jet.

— Bien sûr. Belinda apprécie assez les repas que je lui

sers, mais il se trouve qu'elle y est habituée depuis son plus jeune âge.

Adam regarda Haley, puis Belinda, et de nouveau Haley. Elle était décidément très jolie.

— Mentalement *stable* ? murmura alors Haley, le doigt pointé sur la cinquième ligne.

— Vous comprendrez sans doute que je ne tienne pas à épouser quelqu'un de mentalement instable !

— Certes. Ça me semblait juste superflu que vous jugiez nécessaire de le préciser…

Elle tourna la feuille pour lire la suite, mais rien n'était inscrit de l'autre côté.

Adam était bel et bien résolu, cette fois-là, à ne courir aucun risque. Il s'était laissé guider par ses émotions lorsqu'il avait épousé la mère de Nicole, ce qui avait été une lourde erreur. Par les temps qui couraient, aucune précision n'était superflue, contrairement à ce que prétendait la jeune femme.

— J'excelle à ce petit jeu ! déclara-t-elle soudain.

— Quel *jeu* ?

— Celui-ci, dit-elle, agitant la feuille qu'elle tenait toujours.

— Trouver des femmes ?

— Trouver celle qui vous conviendra, nuance !

Adam sentit son estomac se nouer. Dieu du ciel, non !

— Je ne crois pas que ce soit une bonne…

— Bien sûr que si ! Il me sera très facile de vous aider, puisque je sais ce que vous attendez de votre future épouse. Ça vous fera gagner du temps.

Visiblement enchantée de se lancer dans cette entreprise, elle affichait un sourire radieux.

— Ecoutez, c'est très gentil à vous mais j'aimerais autant me débrouiller…

— Il y a toutes sortes d'embûches.

— D'embûches ?

D'instinct, il avait repris la liste et la serrait contre lui. Il était hors de question que cette femme l'aide dans cette démarche. Elle représentait d'ailleurs l'antithèse de ce qu'il voulait. Elle était trop jolie, reconnaissait elle-même ne pas cuisiner à merveille, et avait opté pour une orientation spirituelle qui ne pouvait en aucun cas lui convenir.

— Oui, fit-elle, enthousiaste, après avoir bu une gorgée de punch. Vous avez rendez-vous avec une femme, par exemple. Et vous vous apercevez au bout de cinq minutes à peine qu'elle ne vous plaît pas. Mais supposons que vous lui plaisiez, vous. Que vous lui plaisiez même *beaucoup*. Au point qu'elle décide de vous harceler...

— Vous me brossez là un scénario de film parfait, mais nous sommes à Hillard, Vermont.

— Et alors ? Il y a des déséquilibrées partout.

— J'éviterai de donner rendez-vous à une déséquilibrée.

— C'est bien là le problème ! Impossible de distinguer ces gens-là des autres. Ils nous ressemblent, à vous, à moi...

A vous surtout ! songea-t-il.

— Et supposons que ce soit une homosexuelle ? poursuivit-elle en se mordillant les lèvres. Vous n'avez pas envisagé cette hypothèse ?

Adam écrivit en hâte le mot « hétérosexuelle » au bas de sa liste. Et il souligna deux fois l'expression « mentalement stable ».

2

Soit, elle avait promis d'y renoncer, songea Haley. Mais s'il existait quelqu'un qui avait besoin d'un coup de pouce pour rencontrer l'élue de son cœur, c'était bien son nouveau voisin, Adam Hollander. Et s'il y avait quelqu'un qu'elle aimerait savoir « casé », c'était aussi Adam Hollander !

Trois jours plus tôt, la vision de cet homme en short et vieux T-shirt avait eu sur elle un effet des plus perturbants. A tel point qu'elle s'était interrogée sur la sagesse de sa toute récente décision. En tout cas, les rêves qu'elle faisait depuis leur rencontre n'avaient rien de pieux !

Ces signes ne lui disaient rien qui vaille. Avant qu'elle ne porte trop d'intérêt à son voisin, elle allait lui trouver une charmante femme, et se mettre ainsi à l'abri de la tentation.

Elle tendit à Laura un grand verre de jus d'ananas frappé. Elles avaient mis deux fauteuils en rotin sur le balcon de la chambre de Haley, au premier étage, afin d'échapper aux moustiques qui sévissaient au rez-de-chaussée, et de profiter de la brise fraîche provenant de la rivière.

Belinda et ses cousines, Alice et Caitlin, faisaient la roue sur la pelouse. On entendait le ronflement de la tondeuse d'Adam, de l'autre côté de la haie.

Haley se laissa aller contre le dossier de son fauteuil et poussa un petit soupir d'aise.

— Tu voudrais donc que j'invite Joanne MacIntosh au barbecue que tu vas organiser pour l'anniversaire de Belinda ?

— Tout juste.

Si Laura et la météo consentaient à se montrer un peu coopératifs ce samedi après-midi, son projet devrait être couronné de succès.

— J'ai rencontré Joanne hier soir, à mon cours de poterie, et je pense qu'elle serait parfaite pour mon nouveau voisin.

Laura plissa les yeux.

— Tu souhaiterais que Joanne sorte avec ton nouveau voisin ?

— Exact.

Le bruit de la tondeuse augmenta tandis qu'Adam contournait sa maison. Il était torse nu. Les rayons obliques du soleil semblaient se réfléchir sur sa peau hâlée, moite de sueur. Haley avala sa salive et reporta son attention sur sa sœur.

— Il cherche à se marier.

— Ce type que je vois là, derrière la haie ?

— Oui.

— Celui qui est en train de tondre ?

— Lui-même.

— Celui qui ne déparerait pas dans un spectacle de Chippendale ?

Laura fixait sa sœur, les yeux écarquillés.

— Mmm… Oui, oui. Je crois bien que nous parlons de la même personne.

— Tu ne préfères pas te le réserver ?

— Non, évidemment, répondit Haley en faisant son possible pour paraître naturelle. Tu n'as quand même pas oublié ce que je t'ai dit ? Je renonce aux hommes !

— Aux hommes peut-être… mais à *celui-ci ?*

— Ecoute, Laura, ce n'est pas parce qu'il y a dans le voisinage un type acceptable que l'une de nous doit lui faire des avances !

— L'une de *nous* ? Je te rappelle que je suis mariée !

— Je le sais bien. Tout comme Sandra, Kathy, Mélanie et Linda.

Haley venait d'énoncer les prénoms de leur sœur aînée et de leurs trois cousines.

— Il ne reste donc plus que toi ! Tu imagines ? Tu n'aurais en quelque sorte qu'à tendre la main…

— Arrête ! J'ai l'impression d'entendre maman.

— Et alors ?

Haley posa son verre de jus de fruit sur le carrelage et se pencha vers sa sœur.

— Tu ne trouves pas bizarre que toutes les filles de notre famille se soient mariées avant même d'avoir fêté leur vingtième anniversaire ?

— Et alors ? fit de nouveau Laura. Je ne vois là rien de particulièrement bizarre.

— Je dis bien *toutes* les filles ! Le lycée, des études supérieures ultracourtes… et hop ! Nous sortions déjà presque toutes avec nos futurs maris quand nous avons passé le bac.

— Simple coïncidence.

Laura avait balayé cette remarque d'un geste de la main, mais ses sourcils s'étaient rapprochés, comme quand elle faisait les mots croisés du dimanche.

— Tu crois ? insista Haley.

Elle avait repris son verre, et avala une longue gorgée de jus d'ananas pendant que Laura réfléchissait au sujet de ces mariages précoces, qu'elle venait d'évoquer. Elle espérait que sa sœur en arriverait à penser ce qu'elle pensait elle-même, depuis qu'elle avait vu ce reportage télévisé sur la pression familiale exercée de façon inconsciente. Leur famille était un cas classique.

Le bruit de moteur de la tondeuse cessa, et on entendit les voix des fillettes.

— Est-ce que tu te souviens de mon faux mariage avec Stephen ? reprit Haley.

— Je me souviens mieux du vrai.

— Quel âge avions-nous ? Une douzaine d'années.

— Et ?

Haley passa l'index sur le bord de son verre, évitant ainsi le regard de Laura.

— Je trouve seulement étrange qu'on ait de tels jeux à un

âge pareil. On aurait très bien pu trouver autre chose. Je ne sais pas, moi, être chanteurs, ou stars de cinéma…

— Les gamins adorent jouer au marié et à la mariée.

— Mais la plupart des mères ne cousent pas une robe de mariée à leur fille, avec voile et tout, et ne préparent pas non plus un gâteau à trois étages !

— Il était sublime, ce gâteau !

Haley hocha la tête. Elle se rappelait très bien ce goût léger de vanille, et les petits choux à la crème, alignés à chaque étage. Sublime, en effet. Et totalement déplacé pour des enfants qui se déguisent en mariés. Elle commençait à se demander si cette fête n'était pas à l'origine de son projet de mariage avec Stephen.

Ils n'étaient pas éperdument amoureux l'un de l'autre quand ils avaient passé leur diplôme universitaire. Ils s'étaient mariés parce qu'ils ne voyaient aucune bonne raison de ne pas le faire.

Haley prit une profonde inspiration.

— Je crois que notre famille est anormalement obsédée par le mariage.

Le silence se fit, et on entendit le bruissement des feuilles d'érable, agitées par la brise.

— Je ne vois pas ce qu'il y a d'anormal à mon mariage, observa enfin Laura, un sourcil levé.

— Oh non, pas le tien…

— Dans ce cas, lequel ?

— Aucun en particulier. Disons que… c'est une tendance contre laquelle je me rebelle.

— En cherchant une épouse à ton voisin ? lança Laura avec un sourire railleur. C'est en effet tout à fait différent de ce qui se pratique depuis toujours dans notre famille. Et est-ce que tu lui prépareras un gâteau à trois étages ?

— Je me rebelle contre cette tendance *en ne me mettant pas sur les rangs !*

Et elle cesserait également de jouer les entremetteuses. Très bientôt. Dès qu'Adam serait doté d'une compagne.

— Même si, au fond de toi, tu en as très envie ?

Laura s'était penchée vers elle. Une lueur triomphante scintillait dans ses prunelles.

Haley leva les yeux au ciel et lâcha un petit rire, comme si sa sœur se méprenait du tout au tout. Ce qui n'était d'ailleurs pas entièrement faux. Après tout, Adam ne lui plaisait pas vraiment. Sa vue avait déclenché en elle une sorte de réflexe pavlovien : tu rencontres un homme, tu fais tout pour qu'il te remarque, tu l'épouses. Elle ne se déferait pas en un jour de longues années d'endoctrinement.

— Je ne vais pas prétendre qu'il n'est pas bel homme, admit-elle. Mais ce n'est pas pour ça qu'il devrait obligatoirement m'intéresser !

— Bon. Tu veux donc que j'amène Joanne à ce barbecue ?

— Oui. J'ai déjà invité Adam et Nicole, sa fille. Encore une fois, je suis convaincue que Joanne lui conviendra à merveille.

Quel bonheur ! songea Adam.

Non contente d'être plutôt hors norme, à bien des égards, son exquise voisine ne comprenait pas le sens du mot « non ».

La fête d'anniversaire battait son plein quand Adam tendit la main pour serrer celle de Joanne MacIntosh. Elle avait la poigne ferme, un sourire amical, mais sa façon de le jauger du regard était pour le moins agaçante. Il avait l'impression d'être un rôti de bœuf sur l'étal du boucher !

Que diable Haley avait-elle pu dire à cette femme ?

— Joanne a un jardin potager chez elle, déclara alors celle-ci avec un enthousiasme exagéré. Vous imaginez ? Et c'est un véritable cordon-bleu.

Il reconnut là le troisième élément de sa liste de vœux. Ou le quatrième. Il ne savait plus trop.

Joanne, qui lui avait à présent posé la main sur le bras, lui tâtait le biceps le plus naturellement du monde.

Haley ouvrit de nouveau la bouche.

— Enchanté, déclara-t-il soudain, redoutant ce qui risquait de suivre.

Si elle déclarait que Joanne était « mentalement stable », il se sentait bien capable de lui plaquer la main sur la bouche et de la traîner par sa queue-de-cheval jusqu'à la maison !

— Avez-vous goûté mon soufflé au crabe ?

Prompte comme l'éclair, elle avait rejoint le buffet et revenait déjà avec un plat décoré de persil et de rondelles de citron qui, de toute évidence, était censé corroborer les dires de la maîtresse de maison.

— J'en prendrai avec plaisir… tout à l'heure.

Il sourit à la jeune femme et recula d'un pas.

Joanne était sans nul doute quelqu'un de charmant, mais une petite voix dans sa tête l'incitait à la fuir. Il ne tenait pas à être observé plus longtemps au microscope, comme un microbe !

Haley souriait toujours, la mine satisfaite, et il fut pris d'une violente envie de l'étrangler.

La voix de Joanne le replongea dans la réalité.

— Laquelle de ces quatre princesses est la vôtre ? demandait-elle d'une voix doucereuse, les yeux rivés sur les quatre fillettes qui s'amusaient sous l'érable du jardin.

Adam se raidit. Il était hors de question que *sa princesse* soit mêlée aux manigances de sa voisine. Il se rapprocha de Haley, lui posa la main sur l'épaule et se pencha vers elle.

— Il faudrait que je vous parle, grommela-t-il tout près de son oreille. Allons sous la véranda.

Elle cligna des paupières, l'air décontenancé.

— Tout de suite ? Vous ne préférez pas plutôt…

— Tout de suite !

Il la saisit par le poignet et, après s'être brièvement excusé auprès de Joanne, se dirigea à grandes enjambées vers la véranda, entraînant Haley à sa suite.

— Vous êtes complètement folle ! s'exclama-t-il d'une voix étouffée, dès qu'ils furent hors de portée d'oreille.

— Comment cela ?

Elle le fixait, l'air innocent. A la voir, on avait du mal à imaginer qu'elle ait pu échafauder un plan aussi machiavélique.

— Dans quel but avez-vous invité Joanne ?

— Elle cuisine de façon divine ! Vous auriez dû goûter son soufflé au crabe. Et elle danse aussi très bien. Je lui ai posé la question quand elle est venue à mon cours de poterie.

Adam inspira profondément. Il avait du mal à contrôler la colère qui montait en lui. Jusque-là, il n'avait jamais été sujet à l'hypertension. *Jusque-là.*

— Je croyais pourtant vous avoir dit que je n'avais nul besoin de votre aide.

— C'est une occasion en or, Adam ! Ne perdez pas votre temps à bavarder avec moi. Allez donc retrouver Joanne.

— Je n'ai pas l'intention de sortir avec Joanne, déclara-t-il d'un ton dangereusement calme, en détachant chaque syllabe.

— Ah ? Et pourquoi donc ? Elle correspond pourtant tout à fait à ce que vous cherchez. Je me suis longuement entretenue avec elle et…

— Je pense être assez grand pour savoir qui est susceptible de me plaire ou pas !

Les mains sur les hanches, la jeune femme roula les prunelles.

— Vous êtes têtu comme une mule !

— Têtu, *moi ?*

— Oui, *vous !* Elle est ici. Vous êtes ici. Qu'attendez-vous pour foncer ?

— Je ne suis pas têtu.

Haley poussa un long soupir résigné.

— Vous cherchiez une candidate au mariage. Je vous en ai trouvé une. Que vous faut-il de plus ?

Adam sentait le sang battre à ses tempes.

— Je vous avais dit de ne pas vous mêler de cette affaire. Vous ne me connaissez pas, vous ne savez pas ce que j'attends d'une femme. Quel besoin aviez-vous d'intervenir ? Grâce à vous, me voilà dans une situation des plus embarrassantes !

— Joanne est charmante.

Les mâchoires crispées, il la foudroya du regard — ce qui ne sembla guère l'affecter.

— Sans vouloir vous offenser, Adam, combien de femmes avez-vous réussi à rencontrer tout seul, jusqu'ici ?

Cette fois, il écarquilla les yeux, sidéré par tant d'outrecuidance. Ne comprenait-elle pas que, si elle insistait, il allait se rendre coupable d'un crime ?

— Ma vie sentimentale me concerne moi et *moi seul,* rugit-il. J'espère avoir été assez clair, cette fois.

— Mais je… j'essayais seulement de vous aider.

Elle avait posé sur lui ses grands yeux bleus, et affichait un air de petite fille perdue.

— Je n'en doute pas.

Voilà qu'il se faisait l'effet d'un ogre, à présent.

— Et elle danse de façon divine, reprit Haley, qui avait de toute évidence la faculté de se remettre en un rien de temps.

Adam toussota, s'enjoignant à la patience.

— Oh, à ce propos ! Je m'étais promis de vous poser la question : pourquoi tenez-vous à épouser une femme qui sache danser ?

— Pour ne pas passer mon temps à « emprunter » celles des autres, au bal des pompiers !

Cette réponse, qui avait jailli de ses lèvres, le surprit lui-même. D'autant plus que, formulé à voix haute, le motif paraissait stupide. Pourtant, quand il avait noté ce souhait sur sa liste, il ne lui avait pas semblé incongru.

Haley inclina la tête de côté.

— Je n'ai jamais appris à danser. Sauf pour un spectacle de fin d'année, au lycée.

C'était hors de propos. Comme tout ce qu'elle disait ou faisait. Mais il ne put s'empêcher de l'imaginer sur scène, moulée dans un justaucorps rose fluo, exécutant une chorégraphie ultra dynamique.

Ridicule. Comment se permettait-il de fantasmer ainsi, alors qu'il était confronté à un sérieux problème ? Le problème en question consistait à décourager Joanne, sans pour autant gâcher la fête.

— Donnez-lui une chance, suggéra alors la jeune femme.

Adam croisa son regard, qui luisait d'espoir. Et curieusement, cette évidente sincérité eut raison de sa colère. Mais il ne se laisserait pas pour autant entraîner dans cette aventure ! Le message qu'il transmettrait à Joanne devrait être clair, concis.

— Je suis certaine que vous vous entendrez bien, insistait Haley, avec une moue boudeuse qu'il jugea irrésistible.

Encore une fois, cette pensée était déplacée !

A moins que…

Les éléments du plan qui venait de surgir dans son esprit se mettaient en place. Le plan d'un désespéré, certes. Mais il ne voyait aucune autre issue possible.

— Joanne sait-elle que vous êtes sur le point de devenir religieuse ?

— Com…ment ?

— Joanne. Est-ce qu'elle est au courant ?

Plus il y réfléchissait, plus il était convaincu d'avoir trouvé la solution idéale. Après tout, Haley n'aurait que ce qu'elle méritait !

— Euh… non, balbutia-t-elle.

— Parfait.

Il se rapprocha d'elle et lui posa les mains sur la taille.

— Puisque c'est vous qui m'avez mise dans cette situation, à vous de m'en sortir !

Elle ouvrit grand les yeux tandis qu'il se penchait vers elle. Adam vit ses lèvres s'arrondir, comme si elle s'apprêtait à dire « non », mais il n'y prêta aucune attention.

Il n'avait pas l'intention d'embrasser sa voisine « pour de vrai », comme disait sa fille. Il garderait ses lèvres posées sur celles de la jeune femme assez longtemps pour que Joanne comprenne que jeter son dévolu sur lui serait une erreur.

Ce serait bref. Il était certain que Joanne les regardait en ce moment même.

Ses lèvres effleurèrent celles de Haley. Puis s'immobilisèrent. Juste avant qu'il ne la serre contre lui, et se remette à l'embrasser. A l'embrasser vraiment.

Un rouge-gorge gazouilla dans les arbres. Une légère brise se leva, apportant une bonne odeur d'herbe fraîchement tondue. Le rire des fillettes retentit.

Adam enregistra tous ces petits événements, sans pour autant s'écarter de la jeune femme.

Voilà qui était… intéressant ! C'était la première fois, depuis les débuts de sa relation avec la mère de Nicole, qu'il avait l'impression d'entendre des carillons dans sa tête.

Une réaction hormonale, sans doute rien de plus. Une réaction très embarrassante, dont il n'avait nul besoin dans sa vie !

Sa compagne émit soudain un son étrange.

Bon sang !

Il devait mettre un terme à cette étreinte. Et tout de suite. D'ailleurs, elle ne lui rendait certainement pas son baiser. Ce n'était qu'un effet de son imagination.

A l'heure qu'il était, Joanne avait sans doute renoncé à lui. Il pouvait donc lâcher Haley. Alors pourquoi n'y parvenait-il pas ?

Là… Voilà qui était fait.

Les yeux bleu porcelaine de Haley plongèrent alors dans les siens.

— Mais que… Pourquoi avez-vous… ?

— Joanne ne m'intéresse pas. C'était une façon comme une autre de le lui faire savoir. Une façon qui préserve sa susceptibilité. Enfin, je l'espère.

— Pourquoi ? insista Haley. Elle est parfaite.

Peut-être l'était-elle, en effet, mais cela n'avait aucune importance. Adam était habitué à chercher lui-même ses compagnes, et il n'envisageait pas de déroger à cette habitude !

— Oubliez cette affaire.

Et toi mon vieux, oublie-la, elle !

— Mais il faut que vous trouviez une femme ! déclara-t-elle, une pointe de panique dans la voix. Et vous n'y arriverez pas sans mon aide.

— La confiance que vous placez en moi me va droit au cœur !

Il regarda par-dessus l'épaule de la jeune femme et fixa la clôture, s'efforçant de recouvrer son calme.

Ce n'était qu'un baiser. Un simple baiser. Rien d'alarmant. Elle était jolie, certes. Sacrément jolie, même. Et il appartenait désormais à la catégorie des célibataires. Il suffirait qu'il lui pose la main sur l'épaule une ou deux fois durant la soirée, qu'il lui murmure quelques mots à l'oreille, pour qu'on les considère comme un couple.

— Alors…

Laura avait un mal fou à contenir son envie de rire, ce qui exaspéra sa sœur.

— Comment se déroule ton plan destiné à réunir Joanne et ton voisin ?

Haley pinça les lèvres, puis soupira.

— Tu as… vu ?

— Il aurait fallu être aveugle pour ne pas voir !

— Et les filles ? Est-ce qu'elles ont vu elles aussi ?

Haley se sentait très gênée de s'être donnée ainsi en spectacle avec Adam — même s'il ne s'agissait que d'un baiser factice.

— Elles jouaient sur la balançoire. Je ne pense pas que vous ayez apporté de nouveaux éléments à leur éducation sexuelle.

Dieu merci !

— Maman, maman, regarde !

Juchée sur l'érable, Caitlin, la cadette de Laura, appelait sa mère. Les précédents propriétaires avaient construit sur l'arbre une sorte de plate-forme située à deux mètres du sol, et avaient attaché une balançoire à l'une des branches.

La fillette se livra à une démonstration d'adresse devant

sa mère et sa tante, qui s'étaient rapprochées, et poussa un cri de joie quand sa sœur tendit les bras pour l'attirer vers la plate-forme.

— Il vient de décider que Joanne n'était pas la femme de sa vie.

Haley ressentait le besoin de fournir à sa sœur un semblant d'explication.

— Et il s'est servi de moi pour le lui signifier.

— Ça ne me dit pas pourquoi *tu* l'as embrassé, insista Laura.

— Je ne l'ai pas embrassé.

Elle sentit ses joues s'empourprer. Soit, elle n'était pas restée de marbre durant cette étreinte. Mais il s'agissait d'une réponse conditionnée. N'avait-elle pas été endoctrinée par sa mère pendant de longues années ? Difficile de changer du jour au lendemain !

— Espèce de menteuse ! chuchota sa sœur avec un petit rire.

Soupirant, Haley secoua la tête.

— Tu accordes vraiment trop d'importance à cette parenthèse. Il a eu recours à ce stratagème pour ne pas blesser Joanne, voilà tout.

— Joanne va très bien, déclara Laura. Je lui ai expliqué que vous vous étiez querellés, Adam et toi, mais que vous vous étiez apparemment réconciliés.

— Bon. Tant mieux, fit Haley, distraite.

— Je ne te cacherai pas que je suis assez fière de moi. Trouver un prétexte valable en si peu de temps… Elle vient d'ailleurs tout juste de partir.

— Oh non !

— Calme-toi, tout va bien.

— Mon Dieu, je me suis comportée de façon si… peu élégante.

— Je croyais que tu ne l'avais pas embrassé ?

— Absolument.

— Dans ce cas, tu n'as rien à te reprocher. D'autant qu'elle a fait preuve d'une grande philosophie ! Elle m'a dit avant de partir qu'elle trouvait que vous formiez, Adam et toi, un couple très assorti.

Haley en resta bouche bée.

— Tenez-vous bien ! cria alors Laura aux filles, qui exécutaient des figures de plus en plus intrépides.

Haley retint sa respiration jusqu'à ce que Belinda soit tirée par sa cousine vers la plateforme.

— Très réussie, votre petite fête.

La jeune femme tressaillit en reconnaissant la voix de son voisin. Et lorsqu'il posa la main sur son épaule nue, un curieux frisson la parcourut. *Encore un réflexe conditionné*, se dit-elle, résolue à n'y accorder aucune importance.

— Vos gamines sont superbes, Laura, ajouta-t-il.

— Merci. C'est moi qui les ai faites !

— Ça se voit.

Les yeux écarquillés, Haley se tourna vers lui. Comment osait-il, le mufle, laisser entendre que la silhouette de sa sœur… ?

— Elles ont hérité de la beauté de leur mère, reprit-il avec un clin d'œil pour cette dernière.

Laura éclata de rire.

— Ouf ! Ravie d'apprendre que toutes ces séances d'abdominaux ont servi à quelque chose !

Laura, qui se rendait presque tous les jours au club de gymnastique auquel elle était inscrite, avait le corps d'une jeune femme de vingt ans. Haley comprit alors qu'Adam ne se serait pas permis ce genre de plaisanterie si Laura avait eu ne serait-ce qu'un kilo de trop.

D'instinct, elle porta la main à son propre ventre. Elle n'avait jamais eu de problème de poids, mais elle avait dans cette région du corps un léger renflement qui n'existait pas avant sa grossesse. Peut-être devrait-elle envisager elle aussi de s'imposer quelques séances d'abdominaux.

Non qu'elle prêtât la moindre attention à l'opinion des hommes — particulièrement à celle de son cher voisin ! —, mais Laura était superbe en Bikini, alors qu'elle avait dû opter elle-même pour de plus sages maillots une pièce, et ce, depuis quelques années.

— Belinda a elle aussi hérité de la beauté de sa mère, enchaîna-t-il d'une voix caressante. Et…

— Oh, regardez ! C'est au tour de Nicole de s'élancer sur la balançoire, l'interrompit Haley, pressée de mettre un terme à ce qui ressemblait trop à son goût à une entreprise de séduction.

Adam leva aussitôt les yeux sur sa fille. Nicole, qui suivait les consignes d'Alice, tendait déjà la main vers la corde de la balançoire. Haley remarqua que le sourire d'Adam se crispait. Les traits de la fillette étaient tendus. Puis elle prit son envol, et cinq secondes plus tard son rire résonnait au-dessus d'eux.

— Bravo, ma belle ! s'exclama Adam, aussi soulagé que fier de la performance de sa fille.

Soudain, il attira Haley contre lui et l'embrassa, la prenant par surprise. Il avait sans doute oublié que Joanne était partie, songea la jeune femme. Il allait s'en souvenir et la lâcher.

Mais il ne la lâcha pas, et elle ne s'écarta pas de lui.

Laura toussota.

— Haley, ma chérie ! Qui est donc ton nouveau petit ami ?

La jeune femme eut l'impression que la terre se dérobait sous elle. Sa mère était là.

3

— Maman ?

Haley se tourna et se trouva nez à nez avec ses parents.

— Papa ? Mais… que faites-vous ici ?

Prise de panique, elle s'était éloignée d'Adam.

— Tu connais ta mère…, lui répondit son père, qui venait de planter un baiser sonore sur le front de Laura. Elle m'a réveillé ce matin à 6 heures en déclarant que nous ne pouvions pas rater l'anniversaire de Belinda !

— Mamie, mamie !

Belinda, Alice et Caitlin, qui s'étaient empressées de descendre de leur perchoir, couraient maintenant dans leur direction.

— Oh, mes petites chéries ! s'exclama leur grand-mère, les bras tendus.

Adam s'inclina discrètement vers Haley.

— Sont-ils au courant ? lui chuchota-t-il à l'oreille.

— *Au courant* ? Et de quoi donc ?

Haley était accablée. Ses parents avaient traversé tout le Vermont pour arriver au moment même où elle faisait semblant d'embrasser un pompier très séduisant. Quel manque de chance !

— De votre vocation religieuse, précisa Adam, toujours à voix basse.

— Dieu du ciel, non !

Elle frissonna. Il ne lui faudrait pas moins d'une heure pour expliquer le baiser et lui seul. Peut-être aurait-elle dû réfléchir avant d'inviter ses amis et sa famille à s'arrêter chez elle quand bon leur semblait.

— Très bien.

Il lui passa nonchalamment le bras autour des épaules, et tendit la main à son père.

— Adam Hollander. Vous avez une fille merveilleuse.

Haley sentit son cœur cogner dans sa poitrine.

— Warren Nelson. Haley ne nous a jamais parlé de vous.

Oh, non…, songea la jeune femme en baissant les paupières.

— Je suis son nouveau voisin. Nous nous connaissons depuis peu. Mais nous nous sommes tout de suite très bien entendus.

— Quelle bonne nouvelle !

La mère de Haley s'était avancée pour lui serrer à son tour la main, et ne semblait guère disposée à la lui lâcher.

Aurait-il perdu la tête ?

Jouer la comédie devant Joanne était une chose. Mais devant ses parents… Ellen Nelson l'examinait, à présent. Elle se demandait certainement quelle taille de smoking il lui faudrait !

— Maman, papa, je ne voudrais surtout pas que vous vous mépreniez. Adam et moi…

Il l'embrassa.

Devant ses parents et les autres convives. Alors que Joanne avait quitté les lieux depuis déjà une bonne demi-heure.

— Va donc chercher le gâteau glacé avant qu'il ne fonde, Warren, dit à son mari la mère de Haley. Nous l'avons acheté en chemin, ajouta-t-elle, s'adressant au petit cercle qui s'était formé autour d'eux.

— Youpi ! s'écria Belinda en entamant une danse de sioux. Un gâteau glacé, génial !

— J'avais préparé un gâteau, déclara Haley avec un sourire pincé.

Non. Il ne fallait pas qu'elle affiche, par-dessus le marché, un air froissé.

Ces mots furent suivis d'un silence.

— Parfait. Ainsi chacun choisira ce qui lui plaît, dit sa mère avec diplomatie.

Certainement. Ils seraient tous très attirés par ce gâteau à l'air penché qu'elle avait réussi à confectionner !

Haley soupira. Elle s'était réveillée ce matin-là avec la ferme résolution d'être une mère parfaite. Or une mère parfaite préparait un gâteau pour l'anniversaire de sa fille.

— Je vais goûter à votre gâteau, fit Adam.

Elle lui lança un regard incrédule et marmonna :

— Je ne vous savais pas doté d'un esprit aussi aventurier...

— Comment ?

— Dis, m'man, j'ai le droit de les ouvrir maintenant, mes cadeaux ?

— Je pensais que ce serait mieux de...

— Mais bien sûr, ma jolie, dit Ellen en ébouriffant les cheveux de Belinda. Ça me semble être le moment idéal pour ouvrir les cadeaux.

Haley décocha un regard en biais à sa sœur, qui se borna à hausser les épaules et à sourire. Essayer d'organiser quoi que ce soit quand leur mère était dans les parages relevait de l'impossible. Ellen avait un grand cœur, mais aussi quelquefois des manières de dictateur.

— Va donc chercher les assiettes, Alice. J'ai besoin d'un grand couteau, Belinda. Et d'un bol d'eau chaude.

Tournée vers Haley, elle enchaîna :

— Des petites cuillers seraient sans doute plus adaptées que des fourchettes, pour la glace, non ?

Sans attendre de réponse, elle hocha la tête et reprit :

— Tu veux bien nous apporter des petites cuillers, Caitlin ?

Belinda s'était rapprochée d'elle.

— Je te présente ma copine Nicole, mamie. C'est notre voisine, la fille d'Adam.

Tout sourires, Ellen s'était penchée vers Nicole.

— Enchantée, mon petit. Appelle-moi donc « mamie » toi aussi.

La fillette sourit tandis que Haley grinçait des dents. Elle avait l'impression de s'enfoncer dans un tunnel qui conduisait tout droit au désastre.

— Ah, voici le gâteau glacé ! Non, ne le pose pas ici, Warren. Au milieu de la table, plutôt, pour que nous puissions prendre des photos.

Le petit groupe s'éparpilla afin de suivre les directives d'Ellen. Haley, elle, ne bougea pas.

— Pourquoi avez-vous fait *ça* ? demanda-t-elle à Adam, sans même essayer de dissimuler son agacement.

— Quoi donc ?

— Grâce à vous, mes parents doivent nous prendre pour un couple !

— Voyons, Haley… J'étais déjà en train de vous embrasser quand ils sont arrivés !

— Et alors ?

Elle aurait réussi à expliquer un simple baiser, mais ils se trouvaient à présent dans une situation autrement compliquée.

— Alors, il s'avère que je n'ai pas l'habitude d'embrasser une femme si je n'ai pas une relation avec elle.

Haley cligna des paupières. Comment osait-il affirmer une chose pareille, alors qu'il l'avait embrassée à plusieurs reprises cet après-midi même ?

Face à son expression, il lâcha un soupir.

— Soit, c'était un peu différent avec vous. Mais vous préféreriez qu'ils pensent de moi que j'ai des mœurs légères ?

Les mains sur les hanches, elle le toisa.

— Pour être honnête, je préférerais qu'ils pensent *n'importe quoi* plutôt que ce qu'ils pensent en ce moment même !

— Pourquoi ? Je gagne honorablement ma vie et je n'ai aucune tare, pas plus physique que mentale !

Elle réprima le sourire qui lui venait aux lèvres, et répliqua :

— Dans ma famille, on ne prend pas les petits amis à la légère.

Adam haussa les épaules.

— Soit. Eh bien, nous romprons !

— Vous vous imaginez que c'est aussi simple ?

Quelle naïveté !

— Ils vivent à six heures de route d'ici, si j'ai bien compris ?

La jeune femme acquiesça.

— La prochaine fois qu'ils vous appelleront, dites-leur que nous nous sommes querellés, et puis que nous sommes finalement restés bons amis.

Adam se dirigeait déjà vers la table, et elle lui emboîta le pas, la mine sombre.

— Ça ne sera pas aussi facile, Adam.

— Allons, je suis sûr que vous exagérez, riposta-t-il en souriant, juste avant de lui passer le bras autour des épaules. Détendez-vous.

Se détendre ? Alors qu'elle était nantie d'une mère obsédée par le mariage et d'un voisin trop attirant, trop enveloppant, qui l'avait embrassée trois fois en moins d'une heure…

— Prends une photo, Warren.

Ellen plaça les deux gâteaux côte à côte sur la table de jardin et commença à planter les bougies. Le rectangle incliné de Haley avait bien piètre allure comparé à la montagne de chocolat et crème chantilly glacés.

— Vous devriez peut-être essayer une préparation en paquet, la prochaine fois, murmura Adam.

— *C'est* une préparation en paquet !

— Ah…

Comme il se taisait, elle lança :

— J'ai des talents.

— J'en suis convaincu.

— Pas celui-ci, admit-elle avec un petit soupir. Je ne sais pas cuisiner.

— On accorde trop d'importance à la cuisine, de nos jours.

— Mmm… C'est quand même un élément que vous avez noté sur votre liste.

— En effet.

— Attention… tout le monde sourit ! s'exclama Ellen.

Elle s'était placée derrière ses petites-filles, tout près des gâteaux surmontés de bougies multicolores.

Haley et Adam se mirent à côté de Laura et de son mari, Kyle. Tandis que Warren prenait les enfants en photo, Belinda souffla les bougies.

— Elles sont adorables ! s'exclama Laura, les mains jointes.

Haley elle-même ne put contenir un sourire, face à l'air extasié de sa fille. Soit, cette montagne de glace n'était somme toute pas une si mauvaise idée.

— Tu veux bien me passer le couteau, Belinda ? fit Ellen, qui avait enlevé toutes les bougies en un tournemain. Quelle bonne idée d'être venus avec la caravane ! Il ne me reste plus qu'à appeler Bernice pour lui demander d'arroser les plantes à la maison.

A ces mots, Haley eut l'impression que ses cheveux se dressaient sur sa tête.

— Ah ?…

Elle préférait ne pas imaginer pourquoi sa mère envisageait de faire appel à leur voisine.

— Vous pourrez sortir, mes enfants ! reprit Ellen avec enthousiasme, les yeux rivés sur Haley et son « petit ami ». Nous garderons les filles pour la soirée.

Laura fixa à son tour Haley, avec ce sourire que les grandes sœurs réservent à leurs cadettes, avant de s'exclamer :

— Quelle brillante idée, maman !

Haley, elle, étouffa un gémissement.

— Puisque c'est mon anniversaire, je peux avoir le coin du gâteau ? C'est ce que je préfère…

— Ne sois pas mal élevée, Belinda ! protesta Haley, plus vivement qu'elle ne l'aurait voulu.

— Bien sûr, ma toute belle, dit Ellen. Il y a quatre coins et quatre filles. Un pour chacune !

Adam remarqua que sa compagne se mordait les lèvres, et se pencha vers elle.

— Calmez-vous, tout va bien.

Non, tout n'allait pas bien.

Ses parents s'apprêtaient à passer la nuit là, dans l'allée du jardin, afin qu'elle puisse sortir avec son charmant voisin.

Sa mère risquait même de s'installer à Hillard pour préparer la réception des fiançailles !

Ses parents étaient tous deux retraités. Et tant que Bernice accepterait d'arroser les plantes…

Après avoir servi ses petites-filles, Ellen se tourna vers les adultes.

— Alors, Kyle, Adam ? Que désirez-vous, messieurs ? Gâteau glacé ou gâteau tout court ?

— Gâteau gla… Oh, un peu des deux, se reprit Kyle, après avoir reçu de sa femme un coup de coude dans les côtes.

— Vu ! lança Haley en pinçant les narines.

— Il avait envie de goûter aux deux, je le sais. Une femme devine ce genre de choses.

— Quelquefois même, avant le mari ! renchérit Kyle.

— Ce sera du gâteau tout court, pour moi, dit Adam.

— Ne vous sentez surtout pas obligé…

— Ecoutez, Haley, je préfère le gâteau à la glace. C'est mon droit, non ?

— Nous sommes samedi, déclara alors Ellen. Pourquoi ne sortiriez-vous pas danser tous les quatre, après dîner ?

— Dan… ser ? répéta Haley, incapable de cacher sa stupéfaction.

Elle était à peu près aussi brillante sur une piste de danse que derrière les fourneaux.

— Qu'en dites-vous, les filles ? Est-ce que ça vous plairait de dormir dans la caravane, avec papy et moi ?

— Maman, tu ne…

— Il y a bien assez de place, l'interrompit Ellen avec un sourire.

— Tu veux bien, m'man ? fit Alice.

— S'il te plaît…, insista Caitlin.

— Comme c'est mon anniversaire, je dormirai sur la couchette !

— Belinda !

Haley était horrifiée par le comportement égoïste de sa fille.

— Chut… Ce n'est rien, voyons, dit Adam d'une voix apaisante. Elle est un brin excitée, voilà tout.

L'œil luisant, Kyle passa le bras autour des épaules de sa femme.

— Je ne sais pas ce que tu en penses, ma chérie, mais je suis d'avis de ne pas laisser passer une telle occasion ! On n'a pas tous les jours des baby-sitters gratuits.

— Nous pourrions aller chez Angelo, suggéra son épouse.

Haley fronça les sourcils.

— Hé là, une petite seconde !

— Haley a raison de protester, déclara Adam sans la laisser poursuivre. La piste du Edge est bien meilleure.

Puis, souriant, il ajouta au creux de son oreille :

— Jouez le jeu. Nous trouverons peut-être un motif de dispute, là-bas. Une grosse et belle dispute, qui nous permettrait de rompre ce soir même !

— Nicole a le droit de choisir son lit, dit Belinda, un léger tremblement dans la voix.

A la vue de ses grands yeux mouillés de larmes, Haley sentit son cœur se serrer. Elle rejoignit l'enfant, qu'elle prit dans ses bras.

— Je suis certaine que vous trouverez un arrangement qui vous conviendra à toutes les quatre, murmura-t-elle en lui caressant les cheveux. Je vous fais confiance.

Belinda hocha la tête et Haley s'aperçut que, de façon tacite, elle avait accepté de passer la soirée avec Adam.

Adam n'avait pas coutume de confier Nicole à des gens qu'il ne connaissait pas, mais sa fille lui avait paru si à l'aise auprès des parents de Haley qu'il dérogea à ses habitudes sans se faire prier.

Lorsqu'ils arrivèrent au Edge, la piste de danse faiblement éclairée était déjà presque toute occupée par des couples qui se balançaient en mesure.

— Je propose que nous commandions d'abord à boire,

déclara Laura, qui sautillait déjà sur son siège. Il y a si longtemps que nous ne sommes pas sortis le soir… Haley devrait avoir plus souvent de nouveaux petits amis !

Kyle salua cette remarque d'un éclat de rire et attira sa femme contre lui.

Les deux sœurs portaient des robes noires, simples mais seyantes, et Adam regretta de ne pouvoir se rapprocher lui aussi de sa compagne.

— Adam n'est pas mon petit ami ! répliquait déjà celle-ci d'un ton ferme.

Adam regarda l'autre couple.

— Vous le savez bien que nous sommes seulement amis, non ?

Les deux hommes s'étaient connus à l'automne dernier, lorsque l'entreprise de Kyle avait été contactée pour effectuer des travaux de rénovation à la caserne de pompiers.

Kyle hocha la tête en souriant.

— Mais il se trouve que dans cette famille, les amis se transforment très vite en maris…

A ces mots, Haley poussa un soupir fataliste.

— J'ai essayé de le prévenir…

Le serveur apparut pour prendre la commande, et, dès qu'il eut tourné les talons, Laura leva les yeux au ciel.

— Nous ne sommes quand même pas si terribles !

Haley fit la moue tandis que son beau-frère se redressait sur la banquette, un petit sourire moqueur au coin des lèvres.

— Qu'y a-t-il ? lança Laura, un sourcil haussé. Que signifient vos grimaces ?

— Votre mère…, commença Kyle.

— *Pas si terribles ?…*, répéta Haley, au moment même où Kyle prenait la parole.

Comme Laura affichait un air guindé, Adam s'empressa de changer de sujet.

— Quelque chose me dit que nous allons nous disputer, Haley et moi. Pas plus tard que ce soir !

Il marqua une pause.

— Enfin… ce ne sera peut-être pas catastrophique. Nous resterons probablement bons amis.

Le serveur arriva avec leurs boissons, et Kyle leva son verre, aussitôt imité par son épouse, Haley et Adam.

— Sois quand même prudent, mon vieux, dit-il à ce dernier.

— Ah, tu ne vas pas t'y mettre toi aussi ! répliqua Adam en riant. Haley est déjà bien assez stressée…

— Ne me reproche pas plus tard de ne pas t'avoir prévenu.

— L'avoir prévenu de quoi, au juste ? fit Laura après avoir dégusté une gorgée de son cocktail.

Ce fut Haley qui se chargea de lui répondre.

— De la fixation que fait maman sur le mariage.

— Ce n'est pas une fixation, voyons !

Kyle, qui s'était rapproché d'Adam, lui posa la main sur l'épaule.

— Je te considère maintenant comme un bon copain, et je crois donc de mon devoir de te prévenir. Je venais tout juste d'inviter Laura pour le bal de fin d'année que je me suis retrouvé marié avec elle !

— Tu veux dire que… tu as été obligé de l'épouser ? Oh, excuse-moi, ça ne me regarde pas.

— Il plaisante, minauda Laura en embrassant son mari sur le bout du nez.

— Fais quand même bien attention, insista Kyle.

Laura posa d'un geste sec son verre sur la table basse, et se tourna vers son mari.

— Mais enfin, qu'est-ce qui t'arrive ? Où veux-tu en venir ?

— Tu admettras toi-même que notre relation est passée très rapidement à la vitesse supérieure…

— Pas parce qu'elle était enceinte, chuchota Haley à l'oreille d'Adam.

— Et quand bien même. C'est leur affaire, pas la mienne !

— *Très rapidement* ? répétait Laura, d'une voix suraiguë. Nous sommes sortis ensemble pendant quatre ans !

— Entre le lycée et la fac.

— Et alors ?

— Si nous allions danser ? proposa Adam avec un entrain forcé, afin de désamorcer le conflit qu'il sentait arriver.

Mais nul ne prêta attention à sa proposition.

— Eh bien, ce n'est pas pareil qu'avoir une relation entre adultes.

— Ah ? Parce que tu as eu beaucoup de « relations entre adultes » ? rétorqua Laura, sarcastique.

Adam se mit à claquer des doigts.

— La musique est excellente.

— Ne sois pas ridicule, riposta Kyle avec humeur, s'adressant à sa femme.

Puis il marmonna :

— Comme si j'en avais eu l'occasion…

Adam se pencha vers Haley.

— Tu ne crois pas que nous…

Au cours de la soirée, ils étaient passés tous les quatre au tutoiement.

— Si tu avais tellement envie d'avoir « des relations entre adultes », tu aurais peut-être dû éviter de me demander en mariage !

La jeune femme criait presque, à présent.

— Laura, tu veux bien danser avec…

— Je ne garde pas le souvenir de t'avoir *demandée* en mariage.

Laura ouvrit la bouche à plusieurs reprises, mais aucun son n'en sortit.

— La fête organisée pour vos fiançailles était particulièrement réussie, observa Haley d'une voix douce. Je me rappelle tous ces ballons, ces bouquets…

— Comment ça, tu ne gardes pas le souvenir de m'avoir *demandée* en mariage ? rugit Laura.

Kyle dégusta lentement une gorgée de whisky.

— Je ne veux pas dire par là que je regrette quoi que ce soit.

— Je suis enchantée de l'apprendre ! asséna Laura, les bras croisés sur sa poitrine.

Fronçant le nez, Kyle posa son verre.

— Si nous en restions là ?

— Et puis quoi encore ? Tu viens tout juste de m'avouer que tu ne souhaitais pas te marier avec moi !

— Non.

— Pourquoi m'avoir épousée, si tu n'en avais pas envie ?

Adam tendit la main vers le bras de Haley et murmura :

— Nous devrions peut-être faire un petit tour sur la piste, toi et moi…

— Je ne sais pas danser, lui répondit-elle, parlant elle aussi à voix basse.

— Je ne pense pas que ce soit très important, en ce moment même.

Kyle s'était tourné vers Laura et la fixait.

— Ta mère avait déjà loué la salle et commandé les plats chez le traiteur.

Adam se leva et prit Haley par le bras.

— Ça s'est d'ailleurs passé de la même façon avec Haley et Stephen. J'ai raison ou pas, Haley ?

Laura regarda sa sœur et fronça les sourcils.

— Qui est Stephen ? demanda Adam.

— Le mari de Haley, lui répondit Kyle.

Adam avala sa salive.

— Haley… a un mari ?

— Je suis veuve, rectifia celle-ci.

Veuve. Il n'aurait jamais imaginé cela.

— Alors ? insista Laura. Est-ce que Stephen t'a oui ou non demandée en mariage ?

Les yeux plissés, Haley se passa le pouce sur les lèvres. Comment était-il possible qu'une femme oublie une demande en mariage ?

— Tu vois ? s'exclama Kyle, triomphant.

— Haley ? insista Laura.

— Il… Eh bien… En fait, tout le monde savait déjà…

Kyle frappa dans ses mains.

— Tu veux dire que *ta mère* savait déjà !

Il se tourna vers Adam, qu'il enveloppa d'un regard compatissant.

— Mon pauvre vieux, tu t'es mis dans de beaux draps !

Laura dévisageait son mari, l'œil noir.

— Ça n'avait rien de catastrophique, déclara en hâte Haley. Je dirais plutôt qu'il n'y avait aucune raison de prononcer la formule rituelle. Nous nous aimions, et donc le mariage coulait de source.

— Bien sûr, s'empressa de renchérir Kyle, guère rassuré par l'attitude de plus en plus froide de son épouse. Comme nous.

Il essaya d'enlacer Laura, qui le repoussa.

— Est-ce que tu aimais Stephen ? demanda cette dernière à sa sœur.

— Evidemment.

— Est-ce que tu étais éperdument, follement amoureuse de lui ?

Adam se rassit. Cet échange de propos lui paraissait soudain très intéressant.

— Quelle… drôle de question ! fit-elle, sans y répondre.

— Et toi, Kyle, est-ce que tu trouves aussi cette question *drôle ?*

— Ecoute ma chérie…

— Ce n'est pas la réponse que j'attendais ! lança-t-elle en se levant d'un bond pour se diriger vers la sortie.

Kyle lâcha un juron avant de lui emboîter le pas, tandis que Haley portait nerveusement son verre à ses lèvres.

— Bien, dit-elle enfin.

— C'était…, commença-t-il en même temps.

Mais il ne finit pas sa phrase, et la jeune femme reprit :

— Voici l'héritage de ma mère ! J'ai essayé de te mettre en garde.

— Est-ce qu'il y a un prêtre caché derrière le bar ? s'enquit Adam, amusé.

— Non, mais quand nous rentrerons, il pourrait bien y en avoir un dans le salon.

Il éclata de rire.

— Je suis prêt à courir le risque.

Il se renversa contre le dossier de son siège et poussa un petit soupir. Ils n'avaient pas fini leurs consommations, et se retrouvaient de toute façon sans véhicule, puisqu'ils étaient tous arrivés dans la voiture de Kyle.

— Alors, quelle est la suite des opérations ?

Haley soupira à son tour.

— Il faudrait en premier lieu te trouver une femme. Ensuite, libérer l'allée de mon jardin, où campent mes parents. Ensuite encore, convaincre ma mère que nous avons rompu avant qu'elle ne loue une salle pour nos fiançailles. Et pour finir, rafistoler le couple de ma sœur !

Suite à quoi, Adam essaierait de comprendre pourquoi il avait embrassé cette voisine veuve qui aimait tant se mêler de ses affaires. De comprendre aussi pourquoi il avait envie de réitérer son geste.

4

— Viens, je vais t'apprendre à danser.

— Ça apportera une solution auquel de nos problèmes ?

— Quelle importance ? On s'amusera, au moins !

La jeune femme fronça le nez. Il était hors de question qu'elle se donne en spectacle — et se couvre de ridicule — sur cette piste de danse.

— C'est absurde ! Ne perdons pas de temps. Nous devons te trouver une épouse.

— Quand nous serons sur la piste, nous observerons les autres couples. A la moindre ébauche de dispute, nous changerons de cavaliers. Ça te va ?

— Non !

— D'accord. Nous resterons donc ensemble.

Haley leva les yeux au ciel.

— Ce n'est pas ce que je... Et Laura ?

— Dans l'immédiat, je pense qu'il appartient à Kyle de s'occuper de Laura.

— Mais je devrais...

— A la place de Kyle, je voudrais qu'on me laisse tranquille avec ma femme.

— Tu crois ?

— Haley, en ce moment, ils sont soit en train de se disputer, soit en train de se réconcilier. Ils n'ont besoin de nous ni dans un cas ni dans l'autre.

Elle devait bien admettre qu'il avait raison.

— Bon. Eh bien, revenons à la case départ : il faut te trouver une femme.

— Pourquoi ? J'en ai une. Toi !

— Je ne suis pas une femme !

— Ah ? s'exclama-t-il, goguenard. J'aurais pourtant juré…

— Arrête ! Tu as très bien compris ce que je voulais dire.

— Tu me conviens parfaitement, comme cavalière.

— Mais pas comme épouse !

D'ailleurs, elle était ravie de ne pas avoir les qualités qu'il attendait d'une femme, songea Haley. Ravie !

Adam se leva, la prit par la main et l'entraîna vers la piste.

— Je me sens tout à fait capable de t'apprendre à danser, mais je ne sais pas trop ce que nous allons faire de ton orientation spirituelle.

— N'oublie pas mes piètres talents de cuisinière.

Ils se frayaient un chemin entre les tables.

— Et aussi ton manque d'honnêteté.

— Comment ça ?

— Tu as bien avoué être capable de manger le dernier cookie sans le dire, non ?

— Mmm… Exact. Tu conviendras donc, comme moi, que je ne suis vraiment pas la candidate rêvée !

Et c'était très bien ainsi.

— J'en conviens.

Parfait.

Haley avala sa salive. Elle n'avait aucune raison de considérer cela comme une offense personnelle. Adam était en droit de rechercher tel ou tel genre de femme. Un genre en tout cas très éloigné du sien. Et tant mieux. De toute façon, lui non plus n'était pas son genre.

Ils étaient arrivés sur la piste de danse.

— Pose la main gauche sur mon épaule.

Comme elle redressait la tête, elle fut confrontée à ses grands yeux noisette, et ressentit de curieux fourmillements dans tout le corps.

Danser avec cet homme n'était pas une bonne idée. Du tout, du tout.

Il cherchait une femme. Elle cherchait, elle, à recouvrer son équilibre. Danser ne les conduirait nulle part.

— Si nous allions au bowling ? suggéra-t-elle, en évitant cette fois de le regarder. Je suis sûre que des tas de femmes correspondant aux critères que tu recherches fréquentent le bowling le samedi soir.

— Détends-toi. Ecoute la musique et laisse-toi guider par le rythme.

— Ou faire du roller. Il doit bien y avoir une piste de roller, à Hillard ? Ou à la piscine. C'est une activité sportive très populaire, la piscine.

— Haley ?

— Oui ?

— Tu veux bien danser et te taire ?

Il avait resserré son étreinte et elle retint son souffle.

— Détends-toi, voyons.

Les paupières mi-closes, Haley se laissa guider par la musique, par ce cavalier beaucoup trop séduisant à son goût.

Elle pouvait attendre le lendemain pour lui trouver une femme, et profiter de l'occasion pour apprendre à danser. Après tout, elle avait trente ans. Un âge raisonnable pour s'adonner aux joies de la danse.

— Bravo ! Je crois que tu es née pour ça !

Cette remarque la fit rire, mais il se pencha de nouveau vers elle pour lui donner des instructions, et son dernier éclat de rire sonna faux à ses propres oreilles. Ce cours de danse avait un effet foudroyant sur sa libido. Elle se rappelait très bien avoir renoncé aux hommes, mais son corps semblait en avoir décidé autrement.

Elle s'arrêta net et s'empressa de s'écarter de lui.

— Je crois que tu te trompes ! J'ai bien peur de ne pas être plus douée pour la danse que pour la cuisine.

— C'est idiot. Tu te débrouillais très bien.

— Non. Je me considère comme un cas désespéré. Si nous allions au bowling ?

— Au bowling…

A l'entendre, on aurait cru qu'il s'agissait là d'une torture médiévale.

— Des femmes charmantes pratiquent cette activité, insista-t-elle en rebroussant chemin vers leur table, où elle avait laissé son sac.

Et la salle est très éclairée, et on ne danse pas serré l'un contre l'autre, et tout le monde a l'air stupide avec ces chaussures lacées.

— Formidable ! grommela-t-il. Me voilà en compagnie d'une jolie femme, qui porte une tenue ravissante, et nous allons au bowling… Quelle chance alors !

Il la trouvait *jolie ?* Et quand bien même !

Haley prit son sac et se dirigea d'un pas pressé vers la sortie.

Les mains sur les hanches, Adam regarda sa compagne, qui s'apprêtait à lancer sa boule. Elle était ridicule dans sa robe du soir noire.

Soit. Pas ridicule, superbe. En revanche, les chaussures rouges qu'elle portait l'étaient bien, elles, ridicules. Et ce décor clinquant aussi.

Elle lâcha la boule, qui atterrit sur le plancher de la piste avec un bruit sourd, et resta penchée dans cette position. La boule roula, dévia sur le côté, en ayant à peine effleuré l'une des quilles, qui se rétablit aussitôt.

— A toi, dit-elle avec un soupir fataliste.

— C'était pas si mal. Pour un peu…

— Mmm…

Haley regarda autour d'elle, fixant son attention sur les joueurs qui paraissaient les plus chevronnés, et imita leurs positions.

— Tu es toujours aussi… euh…

— Mauvaise ? finit-elle à sa place. Aucune idée, c'est la première fois que je joue.

— Ah bon ? Je croyais que nous étions venus parce que tu aimais jouer.

— *J'aime*. Enfin, pour le moment.

— Et pourquoi avais-tu une telle envie de venir, si tu n'avais encore jamais essayé ?

— Pour te trouver une épouse.

— Haley…

— Oh, regarde les deux jeunes femmes, là-bas !

Du menton, elle pointa la longue série de couloirs.

Au lieu de se tourner dans cette direction, Adam avança vers leur couloir et, la mine butée, prit une boule.

— Regarde ! répéta-t-elle. Au numéro cinq.

— Tu veux bien te pousser, je te prie ?

— La rousse. Elle a l'air très bien.

La curiosité d'Adam l'emporta.

— Elle est enceinte, déclara-t-il sans hésiter.

— Ne dis pas de bêtises.

— Elle est enceinte, Haley. Ouvre donc les yeux !

— Elle a juste un peu de ventre. Normal, à son âge. A moins, bien sûr, que tu tiennes à épouser une jeunette…

Il darda sur elle un regard froid.

— Je ne tiens pas à épouser une jeunette. Mais je ne tiens pas non plus à avoir une femme qui a du ventre.

— Ce n'était pas marqué sur ta liste.

— Je le marquerai !

D'instinct, Haley posa la main sur son ventre.

— Oh…

— Tu n'as pas de ventre, fit-il avec un soupir.

Baissant les yeux sur sa robe, elle soupira à son tour.

— Ce n'est plus pareil, depuis Belinda.

— Bon sang, Haley ! Tu es…

Il marqua une pause.

— Belle. Belle et mince. Maintenant, si tu avais l'obligeance de t'écarter pour que je puisse jouer…

Il avait été sur le point d'ajouter « très attirante ». « Sexy en diable ! » Mais il doutait qu'elle apprécie ces compliments, surtout venant de lui.

Il se rapprocha de la ligne de départ, lança la boule, et éprouva un profond sentiment de satisfaction en voyant toutes les quilles se coucher. Il y avait des années qu'il n'était entré dans une salle de bowling — depuis ses études, en fait —, mais comprenait qu'on y prenne du plaisir.

Un grand sourire aux lèvres, il se tourna vers Haley. Haley, qui avait disparu.

Serait-elle partie se coiffer et se remettre du rouge à lèvres ? Ou chercher un rafraîchissement ? A moins, tout simplement, qu'elle n'ait pas supporté son adresse. Il aurait dû faire preuve d'un peu plus de diplomatie. N'abattre toutes les quilles qu'au bout du troisième ou quatrième essai.

Ennuyé, il balaya la salle du regard. Et il la vit. Au couloir numéro cinq. En train de parler avec la jeune femme rousse qui était enceinte. Pis encore. De rire avec elle !

La rousse prenait sa veste. Son amie prenait son sac.

Elles avançaient dans sa direction.

Adam se figea. Il pouvait peut-être s'enfuir.

Haley lui souriait, agitait gaiement la main.

S'il agissait vite... Mais il ne voulait pas abandonner Haley.

— Adam, je te présente Tina.

— Enchantée, fit la rousse avec un grand sourire. Ma copine s'appelle Rosie.

Cette dernière, petite et assez ronde, semblait approcher elle aussi de la trentaine. Lorsqu'elle posa son sac, Adam remarqua non sans soulagement qu'elle portait une alliance.

Haley, qui avait remis le tableau des scores à zéro, s'exclama :

— A vous l'honneur, mesdames !

Pendant que Tina retroussait les manches de son T-shirt, Adam se rapprocha de Haley.

— Tu n'abandonnes donc jamais ? marmonna-t-il.

Elle lâcha un petit rire.

— Ne sois pas bête. Elle est charmante. Et elle sait cuisiner.

— Elle est *enceinte* !

— Je te concède qu'elle n'a pas une taille de mannequin, mais elle est honnête.

En réalité, Adam se moquait bien qu'elle ait ou pas du ventre.

— Et qu'est-ce qui te permet d'affirmer une chose pareille ? insista-t-il.

— Je lui ai dit que j'avais trouvé un dollar par terre, et je lui ai demandé s'il lui appartenait. Elle m'a répondu par la négative.

— Ah, dans ce cas… Publions sans plus tarder les bans !

— C'est bien le but de la manœuvre.

— Je plaisantais, Haley !

— J'ai bien compris. Fais quand même un effort pour te montrer aimable.

La jeune femme s'éloigna de lui afin d'admirer la performance de Tina, mais il vint de nouveau vers elle.

— Que dois-je faire pour que tu renonces à cette stupide entreprise ? Te menacer ? Te proposer de l'argent ? T'offrir des chocolats ?

— *Chocolat* ? répéta-t-elle en se tournant vers lui, l'œil luisant. Ma foi, je dégusterais avec plaisir une barre de chocolat aux noisettes !

— Est-ce que tu me promets que Tina se sera volatilisée quand je reviendrai ?

— Non, bien sûr !

— Dans ce cas, pas de chocolat !

— C'est pas du jeu !

Tina, qui était venue à bout de toutes les quilles en deux tours, céda sa place à Haley et s'approcha d'Adam.

— Haley m'a dit que vous étiez pompier.

— Exact. Plus à droite !

La rousse reporta son attention sur Haley.

— Elle a encore des progrès à faire, votre petite amie, observa-t-elle avec une grimace.

Adam ne jugea pas nécessaire de préciser que Haley n'était pas « sa petite amie ». Il se sentait ainsi protégé, en quelque sorte. Bien qu'il soit persuadé que Tina était elle-même dotée d'un compagnon. Car il n'y avait aucun doute là-dessus, elle était bel et bien enceinte !

— C'est la première fois qu'elle y joue.

— Il faut dire aussi qu'elle ne porte pas une tenue très appropriée.

— Nous dansions, avant de venir.

Le cri de Haley mit un terme à leur échange de propos. Elle venait d'abattre trois quilles, et ne cachait pas sa joie.

— Pas mal du tout ! lança Adam.

Elle vint à bout de quatre autres quilles avant que son tour ne soit fini.

Tina et Rosie, qui jouaient très bien, n'eurent aucun mal à battre l'équipe adverse. Mais Haley réussit un tour magistral juste avant la fin de la partie, et se mit à sautiller sur place.

Son excitation fut toutefois de courte durée. Elle prit fin quand Tina déclara, une main sur son ventre, qu'il était temps qu'ils rentrent, le bébé et elle. Comme elle se dirigeait vers la sortie, flanquée de Rosie, Adam ne put s'empêcher d'adresser à la jeune femme un regard triomphant.

— Quel dommage ! se lamenta-t-elle. Elle savait danser, et tout le reste…

Il se garda d'abonder dans son sens — ce n'aurait été que pure hypocrisie de sa part — et — la rejoignit sur le banc pour délacer lui aussi ses chaussures. La salle commençait d'ailleurs à se vider.

— Bien, je crois qu'il est temps d'y aller, déclara-t-il.

Haley, qui tenait ses sandales à talons à bout de bras, lâcha un soupir.

— J'ai bien peur de ne plus pouvoir entrer dans ces petites choses ! Mes pieds ont gonflé…

— Prends ton sac, je vais te porter jusqu'au parking.

Il tenait à partir au plus vite, au cas où elle trouverait une autre « candidate » à lui présenter.

— Mais j'aurai l'air ridicule !

— Il n'y a presque plus personne.

— Bon… Je suppose que c'est mieux que d'avoir des ampoules.

Il la gratifia d'un regard noir.

— J'adore me sentir valorisé !

5

— Je peux très bien marcher sur l'herbe, voyons ! déclara-t-elle, comme il la soulevait dans ses bras pour lui faire traverser l'allée du jardin.

Un taxi venait de les laisser devant la maison.

— Si tu pesais lourd, je ne dis pas ! Mais ce n'est pas le cas.

Dans ses bras, elle avait en effet l'impression de n'être pas plus lourde qu'une plume, songea Haley. Dans ses bras, elle éprouvait aussi des sensations curieuses. D'autant plus curieuses qu'elle avait décidé de rayer les hommes de son existence.

— Je préfère marcher, insista-t-elle donc.

— Comme tu voudras.

Il s'arrêta et la déposa sur la pelouse, comme si elle avait été un précieux fardeau.

Haley redressa la tête et regarda son compagnon dans les yeux. Ses prunelles n'étaient plus noisette, mais d'un gris qui rappelait les tons argentés de la lune. A croire que, à l'instar des caméléons, elles changeaient de couleur pour s'adapter à l'environnement.

— Merci pour cette intéressante soirée, dit-il, glissant derrière l'oreille de la jeune femme la mèche de cheveux qui s'était échappée de son chignon. J'espère que Laura et Kyle se sont réconciliés.

Troublée par l'intimité de ce geste, elle hocha la tête. Plus que quelques secondes et elle rentrerait chez elle, où elle serait en sécurité.

— Eh bien… bonne nuit, Adam.

A ce moment-là, la porte de la caravane s'ouvrit dans un grincement. Ellen descendit les deux marches qui la séparaient du gazon et avança vers eux, un sourire ensommeillé aux lèvres.

— Bonsoir les enfants, chuchota-t-elle en nouant la ceinture de sa robe de chambre en éponge bleu ciel. Alors, est-ce que vous avez passé une bonne soirée ?

— Excellente, lui répondit Adam.

— J'étais justement en train de souhaiter bonne nuit à Adam.

— J'ai mis une bouteille de vin blanc au frais, au cas où vous auriez envie de boire un dernier verre ensemble.

Oh non…

— Et j'ai aussi allumé les bougies du chandelier. Ce n'est pas très agréable d'arriver dans une maison où il fait noir !

— Il est tard, maman, répliqua la jeune femme d'un ton crispé.

Mais Ellen franchit la faible distance qui la séparait de sa fille pour lui glisser quelques mots à l'oreille.

— Haley… Il a pris *deux fois* de ton gâteau !

— Et pour lui témoigner ma gratitude, je devrais l'accueillir dans mon lit ? lui répondit la jeune femme dans un souffle.

Sa mère se surpassait, cette fois !

— Allons, allons, inutile d'en faire tout un drame.

Souriant toujours, Ellen s'était écartée d'elle.

— Ma foi, je boirais volontiers un verre de vin blanc, déclara alors Adam de son air le plus innocent.

— Parfait, déclara Ellen. Entrez donc et détendez-vous, les enfants. Les filles dorment à poings fermés. A demain.

Elle s'éloigna en chantonnant, et Adam se dirigea vers la porte de la maison.

Haley le regarda, les poings serrés. Evidemment. Il n'avait pas prononcé ces mots dans le seul but de se plier aux caprices d'Ellen. Il n'envisageait pas de traverser la haie qui le séparait de chez lui, dès qu'elle aurait tourné les talons. C'eût été trop beau. Elle était même prête à parier qu'il prenait un malin plaisir à la voir dans une situation aussi délicate.

— C'est incroyable, marmonna-t-elle en poussant la porte d'entrée. Absolument incroyable !

— Elle croit que je suis ton petit ami. Elle essaie de se montrer agréable, voilà tout.

— Tu ne comprends donc pas que tu es devenu sa cible préférée ? Je suis sûre qu'elle voit clignoter sur ton front une enseigne rouge avec les mots : « Futur Gendre » !

Tandis qu'elle se déchaussait dans le hall, Adam hasarda un regard vers le salon.

— Ooooh…, fit-il.

— Ooooh…, gémit Haley, qui était venue se placer à côté de lui.

De toute évidence, sa mère avait franchi le cap des robes de mariée et gâteaux à étages pour passer au stade supérieur. Elle n'organisait plus des simulacres de mariage, mais des lunes de miel prématurées !

Une douce pénombre régnait dans la pièce. La flamme des bougies se reflétait sur les verres, disposés sur la table basse où trônait un bouquet de fleurs. Nulle trace des poupées avec lesquelles jouaient un peu plus tôt les filles.

Décidément, cette chère Ellen s'était donné beaucoup de mal !

— Eh bien… je propose que nous goûtions ce vin, dit Adam, imperturbable.

— Dans des moments pareils, je la déteste !

La jeune femme marcha d'un pas ferme vers la cuisine. Sa mère avait sans nul doute mis la bouteille au frais, et un verre de vin l'aiderait peut-être à supporter cette épreuve.

Adam attendit qu'elle revienne dans le salon pour lui poser la question qui lui brûlait les lèvres.

— Et… ça lui arrive souvent de se lancer dans ce genre de préparatifs ?

— Cette mise en scène est une grande première, admit-elle avec un soupir.

Elle tendit à son compagnon la bouteille et un tire-bouchon, puis se laissa tomber sur le canapé et replia ses jambes sous elle. Ellen n'avait en effet jamais concocté quoi que ce soit de ressemblant pour ses précédents petits amis.

— Mais elle essaie de façon régulière et méthodique de manipuler mon existence.

— Normal. Elle joue son rôle de mère. Fais semblant de jouer le jeu, toi aussi, conclut-il en débouchant la bouteille.

Soit.

— L'essentiel est que nous sachions tous les deux que notre relation est amicale, rien de plus.

Bien sûr. Ils pourraient rompre plus tard. Le lendemain, peut-être.

Après avoir rempli les verres, Adam tendit le sien à la jeune femme, et s'installa à son tour sur le sofa. A l'autre extrémité.

— Amicale, rien de plus, répéta-t-il d'une voix un peu rauque.

Haley hocha la tête avec fermeté.

— Parce que je n'entre pas dans la catégorie des femmes susceptibles de t'intéresser.

— Absolument.

— Et parce que tu ne m'intéresses pas toi non plus.

— Absolument, répéta-t-il.

A ce moment-là, le regard de la jeune femme fut attiré par un point lumineux, dans le couloir.

— Oh, mon Dieu…, se lamenta-t-elle. Il y a aussi des bougies dans ma chambre !

Adam se tourna dans cette direction, puis ils se dévisagèrent en silence.

— Tu as de qui tenir ! murmura-t-il avec un sourire amusé.

— Comment cela ?

— Ta mère me semble être la reine des entremetteuses ! Et en général, les chiens ne font pas des chats…

Haley roula les prunelles et lança :

— Elle te serait d'un grand secours pour compléter ta liste. Encore que… Non ! Il vaut mieux ne pas lui en parler.

— Pourquoi ?

— Parce qu'elle considérerait pouvoir exaucer tes vœux en un tour de baguette magique. Ou plutôt, en deux mots : Haley Roberts !

— Et Haley Roberts n'est pas disponible ?

Il avait posé son verre pour se rapprocher d'elle. Haley frissonna lorsqu'il posa la main sur son épaule nue.

— Euh… Exact.

— Ce serait pourtant tellement plus simple.

— Quoi donc ?

Il ne faisait pas allusion à *elle*. C'était impossible.

— D'avoir un seul nom sur ma liste, au lieu de toutes ces « qualités » requises.

Refoulant l'étrange sentiment de déception qui s'était emparé d'elle, elle lâcha un rire nerveux.

— Bien sûr ! Et c'est d'ailleurs pour cette raison que j'ai essayé de…

Pourquoi ne cessait-il pas de tracer des petits cercles sur sa peau ? N'importe quelle autre femme considérerait ce geste comme une caresse !

— … de t'aider. Si tu consentais à me laisser agir à ma guise, je ne tarderais pas à trouver ce seul et unique nom.

Un nom qui ne serait en tout cas pas le sien. Haley Roberts ne voulait plus rien savoir de l'espèce masculine. Et elle était tout aussi déterminée à ignorer les pressions que tentait d'exercer sur elle sa mère.

Tous ses muscles se raidirent tandis que les doigts brûlants d'Adam remontaient sur sa nuque.

— Haley ? murmura-t-il.

— Ou… oui ?

Elle sentit le souffle chaud de ses lèvres, tout contre les siennes. Puis il marqua une pause, et elle s'aperçut qu'elle attendait qu'il l'embrasse. Elle avait hâte qu'il l'embrasse !

Lorsqu'il le fit, elle eut l'impression de fondre tout entière et s'agrippa à lui comme si sa vie en dépendait.

Le baiser dura, dura encore.

Ce fut Adam qui s'écarta enfin d'elle, le souffle court.

— Je croyais que... tu voulais devenir bonne sœur, articula-t-il.

Haley cligna des paupières, s'efforçant de revenir à la réalité.

— Je le suis. Mais pas encore tout à fait, précisa-t-elle, prise de court.

Pas encore tout à fait.

Les mots prononcés par Haley samedi soir résonnaient encore dans la tête d'Adam tandis qu'il suspendait son casque couvert de suie à un crochet, dans la caserne. Il baissa la fermeture Eclair de sa veste et l'enleva.

Cette femme était décidément étrange.

— Bon boulot, Hollander !

Patrick Wright, qui avait manifestement du mal à contenir son envie de rire, lui donna une tape amicale sur l'épaule tout en se dirigeant vers son bureau, au bout du vestiaire.

— Je t'attends pour rédiger le rapport, ajouta son chef.

— D'accord, d'accord...

L'air bougon, Adam secoua la tête. Il n'avait pas fini d'entendre des plaisanteries à ce sujet.

Eteindre le feu de la cabane dans les arbres, située près de la rivière, n'avait pas présenté de difficulté majeure. Mais un gros chat tigré s'était retrouvé bloqué sur l'arbre voisin, paniqué à cause de la fumée et de l'odeur âcre qu'elle dégageait.

A l'aide de l'échelle, il avait libéré le pauvre animal. Et bien entendu, son acte de bravoure avait été salué par maintes plaisanteries.

Il retira ses grosses bottes ignifugées et passa la main sur son front couvert de sueur. Cet équipement de protection était à la fois obligatoire et nécessaire, mais difficile à supporter durant les mois d'été.

— Hé, Adam !

Il serra les dents, prêt à subir un autre trait d'humour, mais se retrouva nez à nez avec Kyle.

— On vous a appelés pour un incendie ?

Adam acquiesça et prit place sur un banc afin d'être plus à l'aise pour lacer ses chaussures en toile. Par une si belle journée, il appréciait vraiment de se remettre en tenue de ville.

— Il n'y a pas eu de problème ? insista Kyle.

— Hollander s'est comporté en véritable héros ! s'exclama Patrick.

Comme Kyle haussait un sourcil interrogateur, Adam grommela :

— J'ai sauvé un chat perché en haut d'un arbre.

— Pas un mot de plus ! J'imagine…

— Rassure-toi, je n'avais pas l'intention de m'étendre sur le sujet. Mais il était magnifique, ce chat. Et la petite fille était enchantée de le retrouver.

— Attends-toi à faire la une du *Hillard Tribune,* demain !

— C'est bien ce que je crains. J'ai reconnu un photographe du journal local…

— Toutes mes félicitations, mon vieux ! Ellen découpera très certainement la photo pour l'encadrer.

— Super ! lança-t-il, sarcastique.

Les mains dans les poches de son pantalon, Kyle siffla quelques notes.

— J'ai bien remarqué qu'il y avait de la rivalité dans l'air. Je ne suis plus son gendre préféré…

— Permets-moi de te rappeler que nous ne sommes pas mariés, Haley et moi !

Agacé, il remarqua qu'il avait été sur le point d'ajouter : « Pas encore », et se dirigea vers le camion pour le décharger.

Kyle, qui l'avait suivi, vint se placer à côté de lui.

— Vous n'êtes peut-être pas mariés, en effet, mais vous n'avez pas non plus rompu, ce qui était prévu ! Et Ellen a dans les yeux cette lueur — que dis-je, lueur ? Flamme, plutôt ! — d'espoir que je connais bien !

Adam décida qu'il était temps de changer de sujet. D'en choisir un qui prenne Kyle pour cible, pas lui.

— Comment s'est terminée votre soirée, samedi ?

— Très bien.

— *Très bien,* répéta Adam, surpris. Il t'a suffi de claquer des doigts pour que tout rentre dans l'ordre ?

— Tu es fou ? Il a fallu que je l'emmène à l'Hôtel Ashbury, où j'ai loué une suite pour la nuit, et que je fasse ma demande en mariage en bonne et due forme.

Adam hocha la tête, admiratif, avant de continuer à ranger l'équipement.

— Très rusé de ta part !

— Je commence à la connaître. Il y a maintenant douze ans que nous sommes mariés. Au fait, désolé de vous avoir abandonnés, Haley et toi.

— Oh, ça ne nous a pas gênés. Nous avons pris un taxi pour aller au bowling.

Et un autre pour rentrer. Mais il préférait ne pas repenser à cette partie de la soirée. Le souvenir des étreintes ardentes qu'ils avaient échangées lui était insupportable.

Ce fut au tour de Kyle d'afficher un air étonné.

— Vous êtes allés au bowling ?

— Haley en avait envie, lui répondit Adam avec un haussement d'épaules.

Il se garda de tout commentaire concernant les tentatives de la jeune femme pour lui trouver une épouse. Hillard était une petite communauté, et si le constructeur découvrait qu'il avait dressé une liste des qualités qu'il espérait trouver chez une femme, le sauvetage du chat ne serait rien, comparé aux plaisanteries qu'il devrait essuyer.

— Et à propos de Haley, reprit-il.

— Pour quelqu'un qui la considère comme une copine et rien d'autre, je trouve que tu en parles beaucoup !

— A propos de Haley, donc, est-ce que c'est vrai qu'elle est sur le point de devenir religieuse ?

Kyle ouvrit grand les yeux et la bouche.

— Haley ? fit-il enfin. Religieuse… ?

— En fait, je pense…

— Et Laura ne m'en aurait rien dit ?

— Je pense qu'elle a menti.

— Laura ?

— Haley.

L'esprit emmêlé, Kyle se frotta le menton.

— Elle t'a dit qu'elle était religieuse ?

— Non. Elle m'a dit qu'elle allait le devenir, déclara-t-il, conscient que cette conversation devenait de plus en plus absurde.

— Pourquoi ?

— C'est bien la question que je me pose !

— Et pourquoi ne la lui poses-tu pas *à elle* ?

Evidemment. Et voir son ego traîné dans la boue quand elle lui répondrait qu'il ne lui plaisait pas du tout, et que c'était là le seul prétexte qu'elle avait trouvé sur le moment, pour le tenir à distance !

— Tu veux continuer à sortir avec elle ? insista Kyle.

— Je *ne sors pas* avec elle. En plus, elle n'est pas du tout mon genre.

Il ne devait pas oublier qu'elle ne correspondait pas — mais alors là, pas du tout ! — à ce qu'il attendait d'une femme.

Kyle n'était manifestement pas au courant du mensonge de sa belle-sœur. Et cela n'avait pas grande importance, puisque Adam envisageait de mettre un terme à leur relation.

— J'ai plutôt l'impression que c'est *toi*, qui n'es pas son genre ! rectifia Kyle en riant.

Adam s'immobilisa et soupira.

— Bon… Je pense que ma chance ne s'améliorera pas tant que tu seras dans les parages ! Que me veux-tu, au juste ?

— Très simple. J'ai été mandaté par l'école pour te demander si tu accepterais, comme l'an dernier, de venir à la fête de fin d'année avec le camion.

— Il faut bien sûr que j'en parle d'abord avec mon chef, mais je pense que ça ne devrait poser aucun problème.

La fête de l'année précédente avait remporté un grand succès, et permis de rassembler les fonds nécessaires pour améliorer l'équipement de la salle de sport.

— Parfait. Merci, mon vieux.

Kyle, qui s'apprêtait déjà à partir, se tourna vers Adam.

— Et réfléchis à ce que je t'ai dit.

— A quel sujet ? demanda Adam, un sourcil levé.

— Pose-lui la question.

— Je ne pense pas…

— Fais-moi confiance, j'ai plus d'expérience que toi dans ce domaine. Et qui plus est, je suis aussi curieux que toi !

— Eh bien, pose la question à Laura.

— Pour te faciliter la tâche ? Et puis quoi encore, mon vieux ?

— Je croyais être pour toi un ami.

— C'est bien parce que je te considère comme un ami que je veux que tu ouvres les yeux.

— C'est-à-dire ? insista Adam.

Kyle le fixa, un grand sourire aux lèvres.

— Si tu te moquais que Haley te réponde par oui ou par non, tu irais la trouver et tu lui poserais la question !

6

— Tente ta chance, dit Laura.

Haley, qui se lavait les mains dans la buanderie, secoua la tête. Elle avait cinq poteries qui cuisaient dans le four, et une commande de la galerie d'art South Bay, avec qui elle venait de signer un contrat. C'était un bon début.

Elle ferma le robinet et s'essuya les mains.

— Tu ne comprends pas que c'est précisément ce que je cherche à éviter ?

— C'est un chic type, insista Laura.

Elle lança un regard en biais vers la porte qui conduisait dans la cuisine, et ajouta, plus bas :

— En plus, tu m'as dit toi-même qu'il embrassait divinement bien.

— Et alors ? Ce n'est pas parce qu'il embrasse mieux que les autres qu'il vaudra mieux qu'eux !

Haley avait chuchoté elle aussi, pour que sa mère et les filles ne l'entendent pas.

— Viens, sortons sous la véranda.

— Je ne veux pas continuer à parler de *ça* !

— C'est pourtant le seul moyen de réussir à savoir ce que tu as envie de faire.

— Je le sais déjà.

D'embrasser de nouveau Adam, lui souffla une petite voix dans sa tête.

Non !

Sa sœur la poussa vers la véranda, prit place sur l'un des fauteuils en rotin et croisa les jambes.

— Tu t'égares, Haley.

— C'est avec Tony et Raymond, que je me suis égarée !

— Qui sont Tony et Raymond ?

Haley tressaillit en reconnaissant la voix de son voisin.

— Adam ! s'exclama Laura, tout sourires. Ravie de te voir.

Haley foudroya sa sœur du regard. Elle aurait préféré que Laura accueille Adam de façon moins chaleureuse. Avait-elle déjà oublié ce qu'elle venait de lui dire à son sujet ?

— Salut les filles ! Comment ça va ?

Haley regardait obstinément droit devant elle. Ce n'était certes pas très correct, mais si elle se tournait vers le nouveau venu, elle se rappellerait leurs derniers baisers. Et elle rougirait. Et il penserait qu'elle accordait beaucoup d'importance à cette étreinte. Et Dieu seul savait ce qu'imaginerait Laura.

— Je vais très bien merci, dit cette dernière, qui s'était levée. Mais il faut que je rentre chez moi, maintenant.

— Laura…

— Nous nous verrons demain soir, à la réunion.

Elle posa la main sur l'épaule de sa sœur, puis disparut.

Haley se leva à son tour et avança vers la rambarde, à laquelle elle s'accouda.

— Tu assisteras toi aussi à cette réunion, pour la fête de fin d'année de l'école ? demanda-t-elle à Adam, après s'être éclairci la voix.

— Oui. On m'a demandé de venir cette année encore à la fête avec le camion des pompiers.

— Ah… Kyle t'en a donc parlé ?

— Il est passé dans l'après-midi à la caserne.

Adam s'était rapproché d'elle. Elle sentait presque la chaleur de son corps, tout proche du sien.

Arrête. Calme-toi. Ne pense plus à cette fin de soirée.

— Alors ? insista-t-il en venant se placer à côté d'elle. Qui sont Tony et Raymond ?

Haley inspira plusieurs fois à petits coups. Adam était un homme comme un autre. Ni pire, *ni mieux* que ses congénères.

— Des gens sans importance, lui répondit-elle du bout des lèvres.

Elle n'envisageait certainement pas d'aborder ce sujet avec Adam !

— C'est un secret ?

— Non.

— Alors pourquoi refuses-tu de m'en parler ?

— Pourquoi ne me laisses-tu pas en paix, Adam ?

Elle le vit reculer, surpris, et regretta aussitôt ses mots. Il *l'avait* laissée en paix. Elle ne l'avait pas revu depuis trois jours. Et ce n'était tout de même pas sa faute à lui si elle réagissait ainsi à ses baisers.

Sur le point de lui présenter des excuses, elle se ravisa. C'était peut-être mieux ainsi. S'il lui en voulait, il éviterait sa présence.

Il resta longtemps à la dévisager en silence. Une brise chargée de senteurs estivales soufflait sur le jardin. Les voix d'Ellen et des fillettes arrivaient jusqu'à eux, lointaines.

— Pour quelle raison m'as-tu menti ? fit-il enfin.

Soit. Il ne s'appesantirait donc pas sur le sujet Tony et Raymond.

— Menti ? répéta-t-elle, feignant l'innocence.

— Oui, menti. Tu ne cherches pas plus à devenir bonne sœur que moi !

— Eh bien…

Haley avala sa salive, baissa les paupières, puis les releva pour observer le jeu du vent dans les branches d'érable.

— J'aurais très bien pu le devenir !

Comme elle prononçait ces mots, la jeune femme fut saisie par l'absurdité de sa réponse. Comment y serait-elle parvenue ? Si son diable de voisin n'avait pas exercé une telle attirance sur elle ?

Elle se tourna lentement vers lui, et s'aperçut qu'il souriait.

— Je ne crois pas. Vu la façon dont tu m'as embrassé…

Les joues en feu, elle dut admettre qu'il marquait un point.

— Ce que je voudrais savoir, reprit-il, plus bas, c'est pourquoi tu m'as menti.

Haley hésita un instant, puis soupira. L'heure de la vérité avait sonné. D'ailleurs, la vérité serait peut-être plus convaincante et efficace que cette histoire abracadabrante. Et quand Adam saurait à quoi s'en tenir à son sujet, elle aurait tout le loisir de se remettre en quête de la compagne idéale qu'il cherchait.

— Bien, dit-elle. Je vais donc jouer cartes sur table.

Elle reprit place sur son fauteuil, et il s'assit en face d'elle.

— Tu es un type charmant, commença-t-elle.

Elle souhaitait se montrer franche, sans pour autant donner à ses malheureuses expériences amoureuses un aspect pathétique.

— Merci.

— Et je pense que celle qui t'épousera sera très heureuse.

— Merci encore.

— Mais ce qui s'est produit l'autre soir…

— Quand je t'ai embrassée pour la deuxième ou troisième fois et que tu…

— Oui ! l'interrompit-elle. Eh bien, *ça* ne peut pas se reproduire.

— Pourquoi ? *Ça* m'a pourtant bien plu.

— Parce que nous devons te trouver une épouse, répondit-elle en martelant les syllabes.

Un sourire se dessina sur les lèvres d'Adam. Dans les rayons de soleil de cette belle fin de journée, ses prunelles étaient pailletées d'or.

Elle s'empressa de détourner le regard.

— Je ne corresponds pas à ce que tu attends d'une femme. Tu t'en souviens, n'est-ce pas ?

— Qui sont Tony et Raymond ? lui demanda-t-il alors, la prenant par surprise.

Et elle n'hésita pas à lui répondre, cette fois, trop contente de changer de sujet de conversation.

— Oh… D'anciens petits amis.

— Je vois.

— Non, tu ne vois pas.

Il ne pouvait pas « voir », parce qu'elle ne lui avait pas encore tout expliqué. Elle n'avait pas encore posé ses cartes, comme elle le lui avait promis.

Mais elle allait le faire sans plus tarder.

— Tony était doté d'un sens de l'humour très particulier. Ses plaisanteries sarcastiques frisaient souvent la vulgarité.

— Alors pourquoi es-tu sortie avec lui ?

— C'est bien là la question ! Je suis sortie avec lui parce que c'était un homme, et que ma famille paraissait enchantée que je semble me remettre de la mort de Stephen. Tu as rencontré ma mère. Pour elle, une femme ne mène pas une vie normale si elle n'a pas de relation amoureuse !

— C'est ridicule.

— Je partage ton avis. J'ai donc décidé de ne plus lui prêter attention, et de renoncer aux hommes.

— A tous les hommes ?

— Oui.

— Pourquoi ne pas renoncer seulement à ceux qui ne valent pas grand-chose ?

— Parce que j'ai apparemment du mal à les distinguer des autres ! Raymond était encore pire que Tony, mais j'ai quand même tout mis en œuvre pour que ça fonctionne entre nous. Tu comprendras donc que je ne tienne pas à commettre de nouveau une erreur pareille.

— Est-ce que tu penses que je ressemble à ces deux types ?

— Ce que je pense ou pas n'a aucune importance. Je n'ai pas l'intention d'avoir une relation avec toi, mais de te trouver une épouse !

Adam croisa les bras en soupirant.

— Donc, tu es prête à nier notre attirance mutuelle parce que tu n'as aucune confiance en ton jugement, c'est bien ça ?

— Exact.

— Je pourrais modifier ma liste.

— Et pourquoi ?

— Parce que je crois que ce serait dommage d'ignorer ce qu'il y a entre nous.

Comme mue par un ressort, Haley bondit de son siège.

— Il n'en est pas question. Cette liste est très bien ainsi !

Se levant à son tour, Adam avança vers elle.

— C'est *ma* liste. J'ai le droit d'en faire ce que je veux.

— Aucune importance. Je me rappelle très bien tout ce que tu as noté, et je vais donc chercher — et trouver ! — la femme de tes rêves.

— Qui ne serait pas toi ?

— Evidemment, puisque je ne possède aucune de ces qualités qui te sont précieuses !

— En d'autres termes, tu souhaites que je renonce à *nous*, pour m'intéresser aux autres femmes ?

— Il n'y a pas de *nous,* Adam !

Il souriait de nouveau, et elle réprima un frisson quand il posa les mains sur ses épaules.

— Pas de *nous*, donc ? Serais-tu capable de m'embrasser et de répéter ce que tu viens de dire ?

Haley se le répéterait une centaine de fois s'il le fallait. Il n'y avait pas de place dans sa vie pour les hommes. Pas plus pour Adam que pour les autres.

Et le fait qu'il soit assis à côté d'elle sur une chaise pliante, un bras nonchalamment passé autour de son épaule, n'y changeait rien. Il jouait le jeu, parce que ses parents assistaient eux aussi à la réunion de préparation de la fête de l'école.

Il faudrait d'ailleurs qu'ils « rompent » très bientôt. Sa mère était arrivée quelques jours plus tôt avec quelques brochures de collections de robes de mariée, et elle avait en outre cette lueur spécifique au fond des yeux. Cette lueur qui ne laissait aucun doute quant à ses aspirations.

L'heure de mettre fin à cette mascarade avait sonné. Et Haley savait comment procéder.

Elle avait déjà proposé d'aider un cours élémentaire et un cours moyen à confectionner des poteries pour la fête. Pendant que la directrice notait les propositions des autres personnes volontaires, Haley regarda donc autour d'elle. Sur la cinquantaine de parents réunis dans la bibliothèque à cette occasion, il y aurait bien une maman apte à plaire à Adam !

Elle examina méthodiquement toutes les rangées, et constata, après avoir éliminé les femmes trop âgées ou accompagnées de leur mari, qu'il restait dix candidates.

Non. Neuf, plutôt. La jolie blonde du premier rang paraissait enceinte, et elle ne tenait pas à commettre de nouveau cette erreur.

Haley inspira et plaqua un sourire sur ses lèvres. Elle s'acquitterait de la tâche qui lui incombait. A la fin de la réunion, pendant qu'ils prendraient un café en dégustant des petits-fours, elle bavarderait quelques instants avec chacune de ces « élues », ce qui lui permettrait d'en éliminer quelques-unes encore. Et ensuite… Ensuite, la nature ferait le reste !

Dès qu'Adam aurait trouvé l'âme sœur, elle pourrait, elle, retrouver le cours normal de son existence.

Adam se servit une tasse de café au buffet. La réunion n'avait pas duré plus d'une heure. A présent, les adultes bavardaient par petits groupes tandis que les enfants, dûment désaltérés et nourris, couraient dans les couloirs.

— Adam ?

La voix de Haley venait de résonner juste derrière lui. Une voix aux accents résolus.

— Je voudrais te présenter Kimberly Smith.

Il avala en hâte une gorgée de café brûlant et, réprimant un juron, se tourna pour affronter ce qui, il en était certain, allait suivre.

— Kimberly est la nouvelle institutrice de maternelle, enchaînait déjà Haley avec entrain. Je suppose que tu ne la connais donc pas.

Adam acquiesça et lui tendit la main.

— Enchanté.

Elle était jolie. Un peu plus petite que Haley, mince, âgée d'environ vingt-cinq ans, avec de longs cheveux blonds. Avec son sourire avenant, elle serait bientôt très populaire parmi les enfants, se dit-il.

— Je suis moi aussi enchantée de faire votre connaissance, lui répondit-elle. Vous êtes le père de Nicole ?

Il hocha la tête.

— Le pompier ?

— Lui-même.

Elle éclata de rire.

— Mes élèves sont tout excités à l'idée de voir de près un camion de pompiers. J'ai beaucoup de mal à leur faire comprendre qu'ils n'entendront pas la sirène.

— Ils auront quand même le droit de tirer sur la cloche, déclara Adam, répondant à son sourire.

— Oh, ça devrait les enchanter !

— Kimberly était justement en train de me dire qu'elle adore le théâtre, reprit Haley.

Adam garda le silence. Il se demandait comment donner discrètement un coup de coude à sa délicieuse voisine sans éveiller l'attention de Kimberly. La jeune institutrice souriait, manifestement gênée par le manque de finesse dont faisait preuve Haley.

— Je lisais ce matin dans le journal qu'il y a en ce moment au théâtre une mise en scène remarquable de *La Mouette*, de Tchekhov.

Elle se tut, et, les bras croisés, les regarda tour à tour.

Cette femme était folle. Folle à lier.

— Seriez-vous libre par hasard, vendredi soir ? fit-il néanmoins.

Après tout, Haley avait exprimé de façon très claire sa position. Il n'avait toujours pas trouvé de mère à Nicole. Et la situation n'évoluerait pas s'il ne passait pas à l'action. Or, si les manœuvres de Haley étaient insupportables, Kimberly, elle, semblait charmante.

— Vous n'êtes pas obligé de…

— En effet, mais il s'avère que j'en ai envie, l'interrompit-il, sincère. Si la date vous convient, je me charge des billets.

— Bon, dans ce cas… D'accord pour vendredi. Excusez-moi mais je dois vous laisser maintenant pour m'occuper de mes élèves.

— Je vous appellerai.

— Très bien.

Adam regarda la jeune femme s'éloigner et se fondre dans l'assistance. Il avait bien fait de l'inviter. Aussi forte fût-elle, son attirance pour Haley s'estomperait. Il cherchait une relation à long terme, pas une aventure passionnelle.

Perdu dans ses pensées, il porta de nouveau sa tasse de café à ses lèvres.

— Bien, dit Haley, qui se frottait les mains après avoir remonté les manches de son sweat-shirt. Passons aux choses sérieuses, maintenant.

— Pardon ?

— Nous n'avons que deux jours pour préparer ta soirée avec Kimberly.

— On devrait t'enfermer !

— Il faut éviter tout faux pas.

— Je ne vois pas du tout de quoi tu veux parler. Nous allons au théâtre, un point c'est tout !

— Le moindre détail compte. A quelle heure est la représentation ? Dînerez-vous ensemble ? Boirez-vous plutôt un verre ? Avant la pièce ? Après ?

— Aucune idée.

— Adam !

— Et d'ailleurs, quelle importance ?

— Contrairement à ce que tu crois, *tout* a de l'importance. Alors ?

— Bon… Dans ce cas, je suppose que nous dînerons ensemble.

Haley le fixa, les yeux plissés.

— Comme ça, tout de suite, un dîner en tête à tête ? C'est quand même assez intime, non ? Et où envisages-tu de l'amener ?

— Nous irons donc boire un verre.

— Je ne voulais pas dire par là que…

— Haley !

— Oui ?

— *Nous irons boire un verre.*

— Avant ou après le spectacle ?

— Quelle importance ? répéta-t-il, à la fois stupéfait et agacé.

— Contrairement à ce que tu as l'air de croire, ça change tout. Avant, on a le temps de bavarder, de se connaître un peu. Et ma foi, si le courant ne passe pas ce n'est pas très grave, parce que l'heure avance et qu'il ne faut pas arriver en retard au théâtre.

Elle reprit son souffle avant de poursuivre :

— Si vous allez boire un verre après la pièce, vous aurez en revanche une bonne heure devant vous — au bas mot ! Une heure qui prendra l'allure d'une éternité, si, par malheur, vous n'avez pas grand-chose à vous dire. Là-dessus se greffe le problème de : « Est-ce que je dois l'embrasser ou pas ? Si elle me propose de monter chez elle, est-ce que je dois accepter ? Si… »

— Nous nous retrouverons donc *avant* le spectacle, déclara-t-il d'un ton ferme.

— Et en supposant que…

— Pourquoi ne nous accompagnerais-tu pas, Haley ?

— Ne dis pas de bêtises !

— Ainsi, tu pourrais me dire où je dois m'asseoir, ce que je dois dire, à quel moment je dois lui passer le bras autour du cou.

— Tu vas lui passer le bras autour du cou ?

— Peut-être.

Serait-ce de la jalousie qu'il voyait poindre dans son regard ? Mieux valait ne pas y croire et camper sur ses positions.

— Ce serait peut-être un comportement un peu… puéril, non ? Au théâtre, dans le noir…

— Permets-moi de te rappeler qu'il s'agit quand même de ce qu'on appelle « un rendez-vous galant » !

— Oui. Oui, bien sûr.

Adam décida alors de jouer le jeu.

— A ton avis, est-ce qu'il faudrait que je l'embrasse ?

— Mmm… Pour lui souhaiter bonne nuit, peut-être, lui répondit-elle après avoir longuement hésité.

Belinda se matérialisa soudain devant eux.

— M'man, grand-mère elle a dit qu'il faudrait rentrer maintenant.

— Euh… Oui, bien sûr. Dis à grand-mère que j'arrive tout de suite.

Reportant son attention sur Adam, elle ajouta à voix basse :

— J'espère que tu passeras une bonne soirée.

— Merci. Je l'espère moi aussi.

Et c'était vrai.

Le vendredi en fin d'après-midi, Haley s'efforça de ne prêter aucune attention aux bruits qui provenaient de l'extérieur. Mais elle entendit une portière claquer, de l'autre côté de la haie. Puis une voiture démarrer, passer le portail et s'éloigner.

Furieuse contre elle-même, elle se dirigea en hâte vers la cuisine, où Ellen préparait avec Belinda et Nicole des biscuits pour la fête de l'école.

— C'est la première fois que je fais moi-même des biscuits, disait Nicole. D'habitude, on les achète tout prêts à la boulangerie ou au supermarché.

La taille ceinte de grands torchons colorés, les deux fillettes se tenaient de part et d'autre d'Ellen, qui mesurait de la farine dans un verre gradué.

— Eh bien, il était temps que tu apprennes ma belle !

Belinda, lis la recette. Pendant ce temps, mesure le sucre, Nicole.

— Il paraît qu'il faut se servir d'un fouet électrique, fit Belinda.

— Combien de sucre ? demanda Nicole en ouvrant le bocal.

Ellen, qui venait de lever les yeux sur sa fille, afficha un air étonné.

— Il m'avait semblé t'entendre partir avec Adam.

— Pas moi. Adam seulement. Il a rendez-vous avec une jeune personne du sexe opposé.

— Deux cents grammes de sucre. Salut, m'man ! Grand-mère elle nous apprend à faire des biscuits en forme de monstres !

— Et après, on les nappera de sucre glace vert ! s'exclama Nicole avec un grand sourire.

Ellen, qui fixait sa fille, un sourcil levé, répéta :

— Un rendez-vous ?

Tandis que les deux fillettes étaient occupées à déchiffrer la recette, Haley haussa les épaules.

— Je n'ai jamais prétendu que nous avions, Adam et moi, une relation exclusive.

Le moment lui paraissait idéal pour laisser entendre à sa mère qu'elle se berçait d'illusions. Et pour se prouver aussi à elle-même qu'elle tenait sincèrement à ce qu'Adam trouve l'âme sœur.

— Mais…, commença Ellen, avant de se tourner vers Belinda et Nicole, qui se livraient à des manœuvres délicates. Attention à ne pas renverser tout le sucre par terre, les filles !

— Est-ce que je peux me servir du fouet électrique, mamie ?

— Bien sûr, ma chérie. Surtout, tiens-le bien fermement.

— D'accord. Je te le prêterai après, ajouta-t-elle à l'intention de Nicole.

Quelques secondes plus tard, le bruit de l'instrument emplissait la pièce. Sans quitter les enfants du regard, Ellen se rapprocha de sa fille.

— Tu crois que c'est bien sage ?

— Quoi donc, maman ?

— De permettre à Adam de sortir avec d'autres femmes.
— Je ne lui *permets* rien.
A vrai dire, elle lui forçait même plutôt la main.
— Adam est assez grand pour prendre ses propres décisions, enchaîna-t-elle.
— Vous vous êtes disputés ?
— Non.
Au moment précis où le petit mot franchissait ses lèvres, Haley comprit qu'elle aurait dû saisir l'occasion pour expliquer à sa mère que sa relation avec Adam battait de l'aile, et que la rupture approchait.
— Il doit quand même bien s'être passé « quelque chose », insista Ellen.
Le bruit du fouet automatique se fit plus faible, et elle reporta son attention sur les fillettes pour s'assurer que tout allait bien.
— Tu devrais demander à Nicole de prendre la relève, ma chérie.
Puis, une main posée sur le bras de Haley, elle ajouta, plus bas :
— Pourquoi ne lui cuisinerais-tu pas un bon dîner ?
— Cuisiner ? Moi ?
Elle éclata de rire. Jamais ô grand jamais elle n'appâterait ou retiendrait un homme par ses petits plats !
— Je t'aiderai, lui souffla alors sa mère à l'oreille.
La jeune femme soupira.
— Ecoute maman, je ne…
— Tu pourrais mettre ta robe en lamé argent. Celle que tu portais pour le mariage de Mélanie.
— Elle me grossit.
La robe en question ne plairait pas à Adam. N'avait-il pas affirmé ne pas aimer les femmes qui avaient du ventre ? Or la robe en lamé soulignait ses formes. Certes, elle s'était imposé une série d'abdominaux ce matin-là, mais elle n'espérait aucun miracle.
Et d'ailleurs, que signifiaient ces pensées ridicules ? Elle

n'avait pas la moindre envie d'impressionner Adam. Il était hors de question qu'elle lui prépare un bon dîner et fasse des efforts de toilette pour lui !

— Elle ne te grossit pas du tout, protesta Ellen. Pourquoi dis-tu de telles absurdités, mon cœur ? Tu as une très jolie silhouette. Tu as toujours été ravissante.

— Mais j'ai toujours eu Laura à côté de moi, sur les photos ! La longiligne Laura, auprès de qui tout le monde se sentait complexé.

— Et alors ? fit Ellen avec un haussement d'épaules.

— Comment cela, « et alors » ? Laura est superbe, maman !

— A mon goût, elle serait mieux avec un peu plus de rondeurs. Je te concède qu'elle est attirante, Haley. Mais pas comme toi. Tu as hérité des yeux bleus de grand-mère Markwell. Ces yeux-là sont capables de provoquer des embouteillages !

— Tu crois ?

— Je ne crois pas, j'en suis sûre ! Tout comme je suis sûre que cette robe en lamé te sied à merveille, et qu'il faut donc que tu la portes.

Le bruit du fouet électrique s'arrêta soudain.

— C'est prêt, dit Belinda.

— Eh bien, il faut ajouter la poudre d'amande maintenant, mes petites.

Elle se rapprocha du bar pour continuer de superviser les opérations, puis se tourna vers Haley et lui adressa un clin d'œil.

— Nous lui préparerons des lasagnes.

7

Adam posa d'abord le regard sur le plat en terre cuite que tenait Haley dans ses mains. Puis sur la robe en lamé argent qui mettait en valeur son irrésistible silhouette. Et enfin sur ses cheveux relevés en chignon, son maquillage parfait.

— Désolée.

Levant les yeux au ciel, elle passa à côté de lui pour se diriger vers le salon.

— A quel propos ? murmura-t-il, les yeux rivés sur ses adorables sandales argentées et sur ses non moins adorables chevilles.

Il ne voyait là rien de susceptible de la « désoler ». Si ce n'est, bien sûr, sa propre tenue : un jean délavé et un T-shirt.

— Maman se faisait du souci à cause de Kimberly. Elle avait peur que nous soyons toutes les deux en compétition. Et elle pense que je dois passer par ton estomac pour atteindre ton cœur ! conclut-elle en lui tendant le plat.

Haley l'ignorait, mais Kimberly pouvait difficilement être qualifiée de rivale, compte tenu du baiser tiède qu'ils avaient échangé la veille au soir. Suite à quoi, ils avaient décidé d'un commun accord de s'en tenir à une relation amicale.

— Qu'y a-t-il dans ce plat ? lui demanda-t-il.

— Des lasagnes.

— C'est vraiment toi qui les as préparées ?

— Je me suis contentée de râper le fromage…

— Pas mal. J'ai une bouteille de vin qui devrait bien accompagner ce genre de plat.

La jeune femme hocha la tête, puis se débarrassa de ses sandales et le suivit dans la cuisine.

Adam alluma le four pour réchauffer le plat, qu'il posa sur le comptoir, avant de se tourner vers sa compagne.

— J'ai cru comprendre que Nicole passait la soirée chez toi. C'est bien ça ?

— Absolument. Il y a encore atelier pâtisserie ! Ce soir, notre chère Ellen les initie aux joies des meringues et des sablés au chocolat. Les stands de l'école devraient crouler sous les gâteaux, cette année. Et les caisses vont bien se remplir. A ce rythme-là, ma mère aura payé à elle seule tout l'équipement du laboratoire photo !

Après avoir placé le plat en terre dans le four, Adam se dirigea vers le salon, où il avait un meuble qui faisait à la fois office de cave et de bar.

— Alors, qu'attend de nous ce soir notre chère Ellen — pour reprendre ton expression ?

— Que tu me demandes en mariage, sans doute.

— Je n'ai pas de bague.

Le cœur léger, il choisit une bouteille de merlot. La présence de Haley dans sa cuisine le comblait de plaisir. C'était une soirée bien agréable qui s'annonçait, comparée à celle de la veille. Il avait oublié le stress inévitablement lié à ces rendez-vous avec une personne qu'on venait tout juste de rencontrer.

— Mince alors ! s'exclama Haley en claquant des doigts. Nous avons raté l'occasion de la rendre heureuse pour un an au moins !

— Rien ne nous empêche d'aller après dîner à La Breloque, ce magasin de bijoux fantaisie qu'il y a sur Main Street. Je crois qu'ils ne ferment pas avant 21 heures.

La jeune femme grimaça.

— Ma mère repère un zircon à dix mètres à la ronde.

— Dommage.

Après s'être hissée sur l'un des tabourets du bar, Haley croisa les jambes.

— Je suppose qu'elle se réjouira quand même — pour cette fois ! — que nous passions deux heures ensemble en dégustant des lasagnes et en buvant du vin.

— C'est un programme qui me convient très bien, dit-il, un tire-bouchon à la main. J'avais l'intention de commander une pizza par téléphone, mais ce programme me convient davantage, et de loin !

C'était surtout la compagnie qui lui plaisait davantage.

Haley, qui s'était levée, lui demanda où il rangeait les verres.

— Dans le placard qui se trouve à côté du micro-ondes.

Elle traversa la pièce avant de reprendre :

— Je considère de mon devoir de t'avertir : tu auras droit à un interrogatoire en bonne et due règle, la prochaine fois que tu rencontreras ma mère. Elle m'a dit que j'avais tort de te *permettre* de sortir avec d'autres femmes.

— Elle a raison. Je n'aimerais pas que ma petite amie aille au restaurant ou au théâtre avec un autre que moi.

— En fait moi non plus… En d'autres circonstances, évidemment.

— En d'autres circonstances, je n'aurais pas jeté un traître regard à Kimberly ou à qui que ce soit. Je suis quelqu'un d'intègre.

— Je t'en félicite.

Il remplit leurs verres, lui en tendit un et trinqua avec elle.

— Bien, poursuivit Haley. Puisque notre relation n'est pas… normale…

— Ah bon ?

— Arrête, Adam ! Tu m'as très bien comprise. Je reviens donc à ma question : comment s'est déroulée votre soirée ?

— C'était un très bon spectacle. Il va rester une quinzaine de jours encore à l'affiche. Tu devrais essayer de le voir.

— Mmm… Pourquoi pas ?

Elle porta son verre à ses lèvres et but une petite gorgée de vin.

— Est-ce que Kimberly a aimé la pièce ?

— Oui, apparemment.

— Et est-ce que tu lui as passé le bras autour du cou ?

Adam la fixa, un sourire narquois aux lèvres.

— C'est bien toi qui me mettais en garde, il y a quelques minutes à peine, contre ta mère, qui ne manquerait pas de me faire subir un interrogatoire ?

Haussant les épaules avec désinvolture, la jeune femme se réinstalla sur le tabouret du bar.

— Comment l'entremetteuse que je suis pourrait-elle travailler de façon convenable, si elle n'a pas toutes les données en main ?

Il lâcha un rire amusé, but à son tour une gorgée de vin, et hocha la tête.

— Soit, je serai donc franc avec toi.

— Parfait.

— Que souhaites-tu savoir ?

— Tout.

— *Tout ?* répéta-t-il, un sourcil levé.

— Enfin… Je veux dire…

Elle se tut, puis se pencha en avant et murmura :

— En supposant qu'il y ait un *tout*, bien sûr.

— Dieu que tu es curieuse !

— Mais non ! protesta-t-elle, l'air offensé. J'essaie seulement de t'aider.

— D'accord, d'accord. Eh bien, je ne lui ai pas passé le bras autour du cou.

— Pourquoi ?

— J'étais assis à côté d'elle, dans le noir. L'acte deux touchait à sa fin. Je m'apprêtais à me rapprocher d'elle quand je me suis rappelé tes propos — tu considérais que ce serait un comportement *puéril* —, et je me suis abstenu.

— Ah… Et, après ?

— Après, j'ai continué à regarder la pièce qui, comme je te l'ai dit, était excellente.

— Adam !

— Bon, puisque tu as l'air d'y tenir, je vais tout te raconter.

Du début jusqu'à la fin ! Nous sommes d'abord allés prendre un verre au Edge.

— Vous avez dansé ?

— Non. Pour ne rien te cacher, je n'y ai même pas pensé.

Ce qui, tout bien réfléchi, était assez étonnant.

— Nous ne disposions pas de beaucoup de temps avant le début du spectacle, ajouta-t-il toutefois.

Haley toussota, l'incitant ainsi à poursuivre.

— J'ai commandé un whisky, elle un Martini. Un Martini blanc. Elle portait une robe bleue, avec un genre de décolleté en V.

Il n'en était plus très certain, à vrai dire. Face à Haley, aussi jolie et tentante qu'une sirène, dans sa robe en lamé argent, l'image de Kimberly semblait se dissoudre dans son esprit.

— Je crois qu'elle avait aussi une veste blanche. Et ses cheveux étaient relevés, comme entortillés…

— De quoi avez-vous parlé ?

— Elle m'a surtout parlé de ses petits élèves.

Il sourit.

— Tous les vendredis soir, elle envoie à chaque famille un exemplaire des *Nouvelles de la Maternelle*. Les gamins lui racontent des anecdotes de leur vie quotidienne. Des choses parfois très amusantes. Il y a une histoire qui m'a tout particulièrement amusé. La petite Jenny est arrivée un matin en rapportant que son père et sa mère avaient été très surpris quand, au beau milieu de la nuit, leur lit s'était cassé.

Haley porta la main à sa bouche pour retenir un éclat de rire.

— Oh non…

— Oh si !

— Et elle a imprimé ça ?

— Tout juste.

— Les instituteurs de maternelle pourraient sans doute devenir riches en exerçant du chantage !

Elle leva son verre et le fit tourner lentement entre ses doigts, admirant la belle couleur rubis du vin.

— Est-ce que tu penses que tu auras d'autres enfants ?

— Avec Kimberly ?

Voilà une question à laquelle il était en mesure de répondre d'ores et déjà par la négative.

— Avec n'importe qui. Enfin, tu vois ce que je veux dire…

Adam haussa les épaules et réfléchit.

— Ça dépend, je suppose.

— De quoi ?

— De tout un tas de choses. Je ne sais pas si Nicole aura envie d'avoir un petit frère ou une petite sœur. Et je peux encore moins savoir si la personne que j'épouserai désirera avoir un — ou *un autre* — enfant.

De son propre point de vue, il ne verrait aucun inconvénient à ce que sa famille s'agrandisse. Bien au contraire, même.

— Et toi ? lui demanda-t-il sans la quitter du regard.

— Si je n'avais pas décidé de renoncer aux hommes, bien entendu.

— En effet.

— Soit. Eh bien, dans ce cas-là… j'aurais un autre enfant.

Elle sourit, comme si cette pensée la remplissait de joie.

— Ah ?

— Les bébés me manquent. Et j'adore les enfants en bas âge. Je serais même prête à courir le risque de voir mes prouesses inscrites noir sur blanc dans les *Nouvelles de la Maternelle* !

— Seulement si nous cassions le lit au beau milieu de la nuit…

Il rit, avant de s'apercevoir qu'il venait d'utiliser la première personne du pluriel. *Nous…*

Haley, pour sa part, semblait ne rien avoir remarqué.

— Tu imagines ? lança-t-elle, se cachant le visage entre les mains. J'en mourrais de honte !

— Les gamins n'ont probablement pas saisi tout le piment de l'histoire. Et je suppose que les parents de Jenny ne doivent pas être les seuls du quartier à faire l'amour !

— Tu as raison, admit-elle après s'être éclairci la voix. Et alors, comment ça s'est terminé ?

— L'incident du lit ?

— Non ! Ta soirée avec Kimberly.

— Oh… Oui, bien sûr. Je lui ai raconté moi aussi quelques anecdotes amusantes au sujet de Nicole. Ensuite nous sommes allés au théâtre. Et pour finir, je l'ai raccompagnée chez elle.

— C'est tout ?

— C'est tout.

— Est-ce que tu l'as embrassée pour lui souhaiter bonne nuit ?

Adam reposa son verre sur le bar.

— J'aurais parié mille dollars que tu y arriverais !

— Alors, oui ou non ? insista-t-elle, un sourcil levé.

Comment lui expliquer ce qui s'était produit ? Il l'avait embrassée, certes, mais ce n'était pas un vrai baiser. Plutôt la réponse à une question que chacun d'eux se posait depuis le début de la soirée. Le résultat ne les avait d'ailleurs pas surpris. Il n'avait fait que confirmer ce qu'ils pressentaient.

La sonnerie du four retentit, annonçant que les lasagnes étaient prêtes à être dégustées, et, enchanté de ce répit, Adam se dirigea aussitôt vers la cuisinière.

— Où sont les assiettes ? s'enquit Haley.

— Dans le placard du milieu, sur l'étagère du haut.

Il prit des gants molletonnés et sortit le plat du four.

— Où préfères-tu dîner ? Ici ou dans la salle à manger ?

— Ce sera très bien ici.

Après avoir placé les assiettes face à face sur le bar, elle partit en quête des couverts.

Adam, qui appréciait sa façon spontanée de se rendre utile, lui indiqua où trouver ce qu'elle cherchait.

— Nous devrions peut-être nous soucier des filles, non ? observa-t-il.

— Tu crois ?

— Ce que je crois surtout, c'est que ta mère nous donnerait sa bénédiction si nous les lui laissions un week-end entier pour partir à Las Vegas ! lui répondit-il avec un sourire.

— Il me semble que tu as bien cerné le personnage.

— Il n'en reste pas moins qu'Ellen est une femme charmante.

— Très… énergique aussi.

— Est-ce qu'elle te préparait des gâteaux et jouait avec toi, quand tu étais petite ?

— Toujours. Avec nous toutes. Qu'il s'agisse d'un jeu de cartes, d'une sortie en camping, ou de l'organisation d'un mariage. Elle était toujours prête à tout, et tout de suite !

— Pas une minute pour respirer ?

Haley leva les yeux au plafond et éclata de rire.

— Ça aurait été du temps perdu !

Comme elle posait le couvert sur le bar, elle ajouta :

— Et tes parents, comment étaient-ils ?

— Mon père exerçait le métier de pompier.

— Comme toi ?

— S'il était là, il dirait plutôt que c'est moi qui suis comme lui. A la différence près qu'il est à la retraite, aujourd'hui. Ils vivent en Californie, ma mère et lui. Elle était infirmière.

— Tu as des frères et sœurs ?

— Non. Je suis fils unique. En grandissant, il m'est arrivé quelquefois de me sentir seul. Ce qui explique peut-être en partie que je souhaite offrir à Nicole une famille plus grande.

La jeune femme redressa la tête. Leurs regards se croisèrent, puis restèrent soudés l'un à l'autre pendant un long moment.

Elle ne dit rien, lui non plus. Mais Adam sut que, comme lui, elle pensait aux liens d'amitié qui s'étaient rapidement tissés entre Belinda et Nicole. Il était également très reconnaissant aux parents de Haley d'avoir pris Nicole sous leur aile protectrice. La fillette était si contente et si fière d'avoir réussi à confectionner elle-même des biscuits !

Une étrange émotion s'empara de lui.

— Je l'ai embrassée, dit-il alors.

Haley acquiesça et posa les couverts à côté des assiettes.

— Ah…, murmura-t-elle.

— Mais…

Il se tut, dérouté. Pourquoi se sentait-il soudain coupable

d'avoir embrassé Kimberly ? C'était pourtant ce que souhaitait Haley !

Il avait toutefois l'impression d'avoir trahi cette dernière. Même si le bref baiser échangé avec l'institutrice ne signifiait rien, pas plus pour lui que pour elle.

Il posa le plat de lasagnes sur le comptoir, et passa de l'autre côté pour rejoindre la jeune femme.

— En fait…, commença-t-il de nouveau.

Il prit une profonde inspiration, et plongea dans le bleu intense de ses yeux. Elle était si belle…

— Il se trouve que…

— Tu n'as aucune explication à me fournir, Adam.

Il posa la main sur la sienne, toujours sur le comptoir.

— Si. Tu dois tout savoir, puisque tu as décidé de me trouver une épouse.

Elle lui sourit.

— Et donc… C'est de cette façon que je m'y suis pris.

Il se pencha vers elle pour effleurer ses lèvres d'un baiser. Il lui en coûta d'en rester là, mais il tint bon.

— Puis quand…

Adam se tut de nouveau, surpris par la vague de désir qu'avait suscité en lui ce bref contact. Il tendit la main pour caresser la joue de sa compagne, et ses doigts glissèrent vers sa nuque.

— Mais c'est *ça* que j'aurais dû faire, chuchota-t-il juste avant de s'emparer de nouveau de ses lèvres.

Pour l'embrasser vraiment, cette fois. Vraiment, et avec cette fougue qu'elle suscitait en lui.

Si elle parut hésiter en un premier temps, elle ne tarda guère à lui répondre. Avec une ardeur semblable à celle qu'il lui manifestait. Tant et si bien qu'il se demanda ce qu'il cherchait à lui prouver quand il l'avait enlacée.

— Oui…, fit-il enfin, essoufflé. Seul ce genre de baiser aurait pu me permettre de deviner si nous sommes faits l'un pour l'autre.

— Ah… Et tu crois que… eh bien, que vous êtes faits l'un pour l'autre, comme tu dis ?

Adam lui sourit et secoua la tête.

— Non. Raison pour laquelle nous avons échangé un baiser courtois, rien de plus.

— Je vois.

— Je n'en suis pas si sûr, souffla-t-il avant de l'attirer de nouveau contre lui.

Ce n'était pas son manque de désir pour Kimberly qui l'intriguait, mais plutôt celui, fou, qu'il connaissait en présence de Haley.

Aucun des motifs logiques qu'il se répétait ne parvenait à l'inciter à la prudence. C'était son attirance pour Haley qui l'emportait.

Il inclina la tête vers elle, avec lenteur, afin qu'elle puisse le repousser si c'était là ce qu'elle voulait. Mais elle n'en fit rien.

Quand il prit ses lèvres, elle frissonna et s'agrippa à lui. Quand ses mains se promenèrent sur son corps, elle laissa échapper un petit gémissement de plaisir. Et quand il s'enhardit à baisser les fines bretelles de sa robe en lamé, elle chuchota son nom d'une voix rauque, tremblante.

Il continua de l'embrasser, la caresser, la faire vibrer sous ses lèvres, ses doigts. Ils étaient tous deux ivres de désir quand il s'interrompit un instant pour fouiller son regard, d'un bleu plus dense que jamais.

— Ne t'arrête pas, Adam, dit-elle dans un souffle.

Reprenant ses lèvres, il la souleva dans ses bras et avança vers la table de la salle à manger.

— Je n'en ai ni l'intention ni l'envie, ma chérie.

8

Allongée sur le corps en sueur d'Adam, Haley avait l'impression d'être une poupée de chiffon. A un certain moment, il l'avait portée jusqu'à sa chambre. Elle en gardait un vague souvenir. Pour le reste, elle savait seulement qu'ils avaient été tous deux emportés par un tourbillon de passion.

A présent, les mains posées sur son dos, il traçait des petits cercles sur sa peau. Et au fur et à mesure que les secondes s'écoulaient, qu'elle reprenait pied dans la réalité, elle était consciente d'avoir commis une terrible erreur en faisant l'amour avec Adam.

Mais elle était trop épuisée pour comprendre de façon précise en quoi consistait cette erreur. Quand elle se serait reposée, aurait recouvré ses esprits, elle trouverait peut-être un moyen de remettre leur relation sur la voie qu'elle n'aurait jamais dû quitter.

Au prix d'un gros effort, elle redressa la tête pour le regarder. Il avait les paupières baissées, respirait profondément, et elle décida à ce moment-là qu'il était l'homme le plus attirant de la planète. Ce qui, bien entendu, lui rendait la tâche plus difficile encore.

Mais elle était résolue à ne pas flancher.

— Ce… qui vient de se passer entre nous ne change rien. Je suis persuadée que nous allons bientôt te trouver une femme qui te conviendra.

Adam ouvrit un œil et fixa sa compagne.

— Ah, tu me rassures ! ironisa-t-il. J'étais justement en train de m'interroger à ce sujet.

— Ce n'est pas parce que Joanne et Kimberly n'ont...

Il lui posa un doigt sur la bouche, l'obligeant ainsi à se taire.

— Sommes-nous obligés de parler de *ça* tout de suite ?

— Euh... non.

— J'imagine que tu n'avais pas dans l'idée de me présenter quelqu'un ce soir ?

Haley dut admettre qu'il avait raison. Trop fatiguée pour garder plus longtemps la tête levée, elle la posa sur l'épaule d'Adam.

— En effet, murmura-t-elle avec un petit soupir de bien-être.

— A moins que tu veuilles aller au bowling, plus tard ?

— Je ne crois pas, lui répondit-elle en grimaçant.

— Tant mieux, parce que je m'estimerai heureux si j'arrive jusqu'à la cuisine, où nous attendent toujours les lasagnes.

— Si tu n'y goûtes pas, ma mère sera très fâchée.

— Nous pourrions lui donner un Polaroid de nous deux, en ce moment même, pour la consoler.

La jeune femme pouffa de rire.

— Ce serait bien la seule chose susceptible de la consoler !

Adam rit lui aussi, puis lui caressa les cheveux.

— Tu veux bien que nous parlions de *nous* ? fit-il, soudain sérieux.

Elle secoua la tête. De quoi parleraient-ils ? Il n'y avait rien à dire.

Cette flambée de désir éteinte, ce moment de folie passé, elle savait au fond d'elle-même qu'il n'existait entre eux aucune possibilité de relation. Elle avait cru s'éprendre de lui, mais c'était là son côté fleur bleue. Et aussi l'éducation qu'elle avait reçue, selon laquelle une femme sans homme n'était pas complète.

Elle devait d'ailleurs admettre qu'en ce moment même, dans les bras d'Adam, elle éprouvait une merveilleuse sensation de plénitude.

Une sensation illusoire. Elles pouvaient parfaitement se

tirer d'affaire seules, Belinda et elle. Et elle allait d'ailleurs le prouver.

Dès qu'elle serait en mesure de bouger.

D'autant que, sa curiosité étant désormais assouvie, elle saurait se montrer plus forte qu'auparavant. Ce serait pour elle plus facile d'entretenir avec son voisin des rapports légers et amicaux. Elle cesserait aussi, sans nul doute, de rêver de lui presque toutes les nuits.

Et elle se remettrait en quête d'une femme qui lui convienne.

— Haley…

Du bout des doigts, il lui lissait les cheveux.

— Je pense que nous devons…

— En fait, rien n'a changé ! déclara-t-elle d'un ton qui se voulait enjoué.

Elle s'écarta de lui, comme si elle voulait donner ainsi plus de poids à ses mots.

— Ah bon ?

Se redressant sur un coude, il la contempla un long moment en silence.

— Tu es allongée nue dans mon lit, nous avons passé deux heures à faire l'amour de façon débridée, et tu considères que *rien n'a changé* ?

Il avait raison. Evidemment.

— Où veux-tu en venir, au juste ? lui demanda-t-elle néanmoins, une pointe de sarcasme dans la voix.

— J'aimerais assez que tu aies l'honnêteté d'admettre que notre relation n'est plus *tout à fait* la même.

Haley roula vers le bord du lit et s'assit. Elle ne se sentait pas la force de discuter avec lui.

— Je ne sais plus où j'ai laissé ma robe.

Il s'assit à son tour et prononça son nom d'un ton désapprobateur :

— *Haley* !

Mais elle s'était déjà levée et se dirigeait vers la porte.

— En tout cas, je possède maintenant davantage d'éléments à ton sujet. Ça devrait me faciliter la tâche. Mmm… Je crois qu'elle est dans la salle à manger.

— Te… faciliter la tâche ? répéta-t-il d'une voix étranglée.

— Oui.

Adam lâcha un long gémissement et se laissa aller contre les oreillers.

— Est-ce que tu veux que je te rapporte ton jean ?

— Pourquoi pas ? marmonna-t-il.

— Maman m'a dit que vous aviez dîné en tête à tête samedi, Adam et toi.

Laura, qui étalait une nappe en plastique sur l'une des tables d'activités manuelles du cours élémentaire, sourit.

— C'est avec Kimberly qu'il est sorti, rectifia Haley.

Du plat de la main, elle lissa les plis de la nappe.

— Avec Kimberly, c'était vendredi. Je te parle d'un dîner chez lui, composé de lasagnes.

— Ah… *Ça* ?

La jeune femme se détourna pour déballer le matériel qu'elle avait apporté.

Avoir sa mère installée au beau milieu du jardin présentait un certain nombre d'inconvénients. Si Belinda et Nicole s'amusaient comme des folles, Haley, elle, commençait à trouver le temps long et à regretter l'époque — si lointaine, lui semblait-il ! — où nul ne troublait son intimité.

Non qu'Ellen pût connaître les détails de sa soirée avec Adam. Rien ne lui permettait de deviner qu'ils ne s'étaient pas bornés à déguster les lasagnes en buvant du vin jusqu'à 22 h 30, heure très respectable.

— Oui, *ça* ! Alors ? insista Laura.

Haley continuait de trier les pots de peinture et de vernis. Mme Livingston ferait cours dix minutes encore dans la bibliothèque pendant que Haley disposait tout le matériel. Les enfants avaient confectionné leurs poteries la veille, et allaient les peindre et les vernir ce jour-là.

— Il n'y a rien à dire, fit la jeune femme avec un haussement d'épaules.

Laura vint se placer juste en face de sa sœur, afin de mieux l'observer.

— Qu'entends-tu par « rien » ? J'ai cru comprendre que tu lui avais préparé à dîner…

Haley fronça le nez.

— Si on veut. J'ai râpé le fromage !

— C'est déjà pas mal, pour toi. Mais parle-moi plutôt du reste.

— Maman s'est chargée de la sauce et des pâtes.

— Ce n'est pas ce reste-là qui m'intéresse, Haley, et tu le sais bien !

— Ah ?…

— Ne joue pas à la sainte-nitouche avec moi, s'il te plaît ! Je veux des détails.

Haley, qui venait d'aligner tous les bocaux dont auraient besoin les enfants, soupira et rejoignit sa sœur pour l'aider à couvrir les tables.

— Bien… tu veux des détails ? Tu vas en avoir !

Le visage de Laura s'illumina d'un sourire.

— Alors ? répéta-t-elle, l'œil luisant.

— Très simple. Tu prépares d'abord une sauce tomate avec de la viande hachée.

— Haley !

— Tu mets une couche de cette sauce dans le plat, et puis tu ajoutes une couche de pâtes, que tu auras précuites.

— Hal…

— Pour finir, et c'est là que j'interviens, tu mets une couche bien épaisse de fromage râpé.

L'air accablé, Laura reporta son attention sur les préparatifs de la salle de classe.

— Tu es *in*corrigible, *in*supportable, *in*fernale, dit-elle, mettant l'accent sur la première syllabe de chacun des qualificatifs.

— A quoi t'attendais-tu ?

— A quelque chose de plus mouvementé, de plus excitant. Quelque chose qui me prouve que tu n'es pas de pierre !

La jeune femme croisa les bras et fixa sa sœur.

— Tu aurais préféré entendre qu'il m'a embrassée ? Et que je me suis retrouvée presque nue dans sa cuisine ? Et que nous avons fait l'amour sur la table de la salle à manger ?

— Par exemple. C'est une version qui me satisferait assez.

— Très bien. Il m'a embrassée. Je me suis retrouvée presque nue dans sa cuisine. Et nous avons fait l'amour sur la table de sa salle à manger.

— Bien sûr !

Haussant les épaules, Haley se remit à la tâche.

— Libre à toi de me croire ou pas.

— Attends un peu…

L'air sidéré, Laura se rapprocha de sa sœur, lui posa la main sur le bras et la dévisagea.

— Tu n'as quand même pas…

Au bout de quelques secondes, comme Haley restait imperturbable, elle hocha la tête.

— Tu *as* !

— Oui, *j'ai.* Mais ça ne signifie rien. Rien du tout.

Il fallait qu'elle continue à se répéter sur tous les tons que cet intermède amoureux ne comptait pas, n'avait aucune incidence sur leurs vies respectives.

— C'est ridicule.

— Je suis toujours décidée à trouver celle qu'il épousera.

Ce qui la mettrait elle-même à l'abri de la tentation.

— Encore plus ridicule !

— Laura ! lança-t-elle avec un soupir exaspéré. Ce que je t'ai dit il n'y a pas très longtemps au sujet de mes relations avec les hommes tient toujours.

— J'ai toujours considéré ces propos comme une absurdité.

— Adam veut se marier, et moi je veux ma liberté.

— Est-ce que c'était bien ?

Haley écarquilla les yeux.

— Pardon ?

— Encore une fois, arrête de jouer les prudes ! Tu peux me raconter ce que tu voudras, Haley, je reste persuadée que la liberté ne vaut pas grand-chose, comparée à une bonne entente — au lit comme ailleurs !

— Hum-hum !

Les deux jeunes femmes se tournèrent d'un même geste vers la porte, que venait d'ouvrir Mme Livingston. Elle était entourée d'une ribambelle de petits élèves.

— Oh, mon Dieu..., chuchota Haley, horrifiée. Nous allons faire la une des *Nouvelles de la Maternelle* !

— Comment ?

— Je te raconterai ça plus tard.

Un grand sourire aux lèvres, elle avança vers le groupe.

— Bonjour les enfants ! Vous allez bien ? Est-ce que vous avez tous pensé à apporter votre tablier en plastique ?

Les « oui » fusèrent de toutes parts, et, fuyant le regard de l'institutrice, Haley commença à s'affairer. Qui sait, Laura avait peut-être parlé assez bas pour que nul, exception faite de Mme Livingston, ne l'entende ?

Cette dernière s'effaça pour laisser passer les bambins, qui entrèrent au pas de charge dans la classe.

Haley frappa dans ses mains pour imposer le silence avant de prendre la parole.

— Vos créations sont alignées sur le rebord de la baie vitrée. Quand vous aurez mis votre tablier, que chacun retrouve la sienne et se serve des peintures et vernis disposés sur les tables pour procéder aux finitions.

— Pas tous ensemble ! intervint Mme Livingston. La première rangée d'abord.

Comme les jeunes élèves approchaient de la baie vitrée, elle adressa un petit sourire à Haley, qui frémit. C'était charmant. L'équipe pédagogique au complet allait pouvoir se livrer à des commentaires sur sa vie sexuelle.

— Madame Roberts ?

L'une des fillettes se tenait devant elle. Elle brandissait un très joli vase.

— Oui ?

— On est *vraiment* obligé de vendre ce qu'on a fait, pour la fête de l'école ?

— Eh bien… Je…

Haley ne comprenait que trop que certains créateurs en herbe ne souhaitent pas se séparer de leur œuvre. Comme elle ne savait que répondre en ces circonstances particulières, elle se tourna vers Mme Livingston.

Souriant, l'institutrice se rapprocha de l'élève.

— Non, Alyssa, rien ne t'y oblige.

Puis elle redressa la tête pour s'adresser à la classe entière.

— Vous avez entendu, les enfants ? Vous êtes libres de donner ou pas votre poterie pour qu'elle soit vendue à la fête de l'école. Il va donc de soi que ceux d'entre vous qui souhaitent l'emporter chez eux en ont parfaitement le droit.

Des cris de joie saluèrent cette brève allocution.

Mme Livingston, qui s'était rapprochée de Haley, fronça le nez.

— J'ai bien peur qu'il n'y ait pas beaucoup de poteries à vendre sur le stand artisanal.

— Est-ce que ça pose un problème ?

— Du tout. La récolte de fonds ne représente qu'une composante mineure de cet événement.

— De toute façon, ça m'étonnerait qu'on veuille acheter la mienne ! grommela un garçonnet.

Il tenait à bout de bras un vase aux formes biscornues.

— Détrompe-toi, dit Haley. Tu as fait preuve d'un esprit fantaisiste qui devrait attirer les amateurs d'originalité. N'oublie pas que les grands artistes, comme Picasso et Dali, ont commencé par surprendre.

Dubitatif, l'enfant finit par hocher la tête et se mit à l'œuvre avec un enthousiasme accru.

— Vous vous en êtes très bien tirée, lui chuchota Mme Livingston à l'oreille, tandis que le jeune élève s'éloignait.

— Merci.

— Et si vous me le permettez, j'ajouterai qu'elle a raison, reprit l'institutrice en baissant davantage encore le ton.

— Qui ?

— Votre sœur. La liberté n'est rien, comparée à une bonne entente — intellectuelle mais aussi physique !

— J'en ai appris de belles…

Adam se tourna vers Laura.

— Il paraît que tu as fait l'amour avec ma sœur sur la table de la salle à manger ? insista-t-elle avec un sourire entendu.

Cette fois, Adam sursauta presque.

La fête de l'école battait son plein. Vêtu de son habit de pompier, il montait la garde à côté du camion que les enfants aimaient tant.

La jeune femme portait, elle, un short et un T-shirt, tenue plus adaptée à la température de ce bel après-midi.

Les élèves, dont l'excitation augmentait d'heure en heure, montaient et descendaient du véhicule en poussant des cris de joie. Adam leur avait promis une démonstration en bonne et due forme à la fin de la journée.

— *Comment ?* articula-t-il enfin.

Il avait du mal à imaginer que Haley ait pu raconter à quiconque les détails de leur soirée. De toute évidence, c'était pourtant ce qu'elle avait fait !

Un groupe de fillettes avançait en riant dans leur direction. Elles mordaient à belles dents dans de la barbe à papa.

Laura se rapprocha d'Adam afin que nul ne puisse entendre leur conversation.

— Comme tu t'en doutes, nous sommes très proches l'une de l'autre, Haley et moi, et il est donc normal que je me soucie de son sort. Alors ?…

— Je n'ai pas pour habitude de raconter ma vie privée !

— Haley m'a déjà mise au courant.

Il regarda en arrière, vers le stand d'artisanat où la jeune femme bavardait avec Elsa Johnson, une mère d'élève. Elle s'était plongée depuis deux jours dans les préparatifs de la fête, et n'avait pas eu une minute de libre. C'était du moins ce qu'elle lui avait dit.

— Eh bien puisque tu sais tout, Laura, tu n'as pas besoin de moi !

Un groupe de garçons tira sur la cloche située en haut du camion. La cloche relevait plus de la tradition que de l'utilitaire, mais elle remportait ce jour-là un grand succès auprès de la jeune population de Hillard. En dépit des nombreux jeux proposés aux élèves, le camion ne désemplissait quasiment pas.

— Je voudrais connaître tes intentions.

Adam lâcha un petit rire sec, et, d'un geste du menton, désigna Elsa Johnson, divorcée depuis peu.

— C'est à ton entremetteuse enragée de sœur que tu devrais poser la question !

Laura, qui avait suivi son regard, haussa un sourcil.

— Elsa ?

— Je parie que Haley est déjà en train de lui demander si elle sait cuisiner !

Il avait du mal à comprendre que sa voisine paraisse toujours aussi férocement résolue à lui trouver une épouse. La soirée qu'ils avaient passée ensemble comptait parmi les meilleures de sa vie. Mais peut-être ne partageait-elle pas cet avis…

— Tu n'as pas répondu à ma question, insista Laura.

— J'en ai moi aussi une à te poser. Quelle est cette histoire, selon laquelle Haley aurait décidé de renoncer aux hommes ?

— Pourquoi tiens-tu à le savoir ?

Elle avait les yeux grands ouverts, et une flamme dansait au fond de ses prunelles. Une flamme qui la faisait ressembler à sa mère. Et à Haley.

La famille entière était incurable.

Ce qui ne représentait pas forcément un handicap, si certains membres de ladite famille consentaient à lui venir en aide.

— A ton avis, pourquoi ce « détail » pourrait m'intéresser ?

— Parce que ma sœur te plaît, je pense.

Adam enleva son casque et le posa sur le pare-chocs.

Il était prêt à révéler toute la vérité à Laura. S'il existait quelqu'un au monde capable de l'aider à comprendre Haley, c'était bien elle.

— Dire qu'elle me plaît serait un euphémisme, admit-il. Mais la réciproque…

— J'en étais sûre ! l'interrompit la jeune femme en serrant les poings. Je l'ai deviné tout de suite. La première fois que tu l'as embrassée !

— Mmm… Oui, peut-être. Mais le problème qui se pose maintenant…

Il décocha un nouveau regard à Haley, qui riait avec Elsa. Elle ne tarderait sans doute pas à lui forcer la main pour qu'il donne rendez-vous à celle-ci, et il lui faudrait chercher un prétexte pour se défiler.

— Eh bien, reprit-il, je me demande ce que je dois faire.

— Aucune idée. Je ne suis pas spécialiste en la matière.

Adam leva les yeux au ciel. Il commençait à croire que toute la famille était génétiquement programmée pour trouver l'âme sœur à tous ceux qui croisaient leur chemin.

— A l'inverse de ma mère et de Haley, ajouta-t-elle.

— Très bien. Je te paierai donc demi-tarif.

Laura éclata de rire.

— Elle m'a parlé de Tony et de Raymond.

— J'en viens à me demander si son histoire avec Stephen n'a pas été pire encore.

— Comment cela ?

La jeune femme lui avait peu parlé de son défunt mari.

— En regardant en arrière, je me rends compte qu'elle l'aimait. Et je suppose qu'il l'aimait lui aussi. Mais ils ne partageaient pas cette folle passion qui permet de traverser les mauvais moments de la vie à deux.

— Comment peut-on ne pas être passionnément amoureux de Haley ?

Adam posa de nouveau le regard sur la jeune femme. Même à cette distance, il la trouvait belle à couper le souffle.

— Ils étaient en quelque sorte… installés dans leur vie

de couple. Et elle pensait sans doute que c'était là tout ce qu'elle avait à attendre de l'existence.

— Quelle erreur !

C'était grâce à elle qu'il le savait. Et elle aurait dû le savoir elle aussi !

— Quant à Tony et Raymond, reprit Laura avec un soupir, je crois que ce n'est pas tant le fait qu'ils soient minables, qui l'a effrayée, mais plutôt qu'elle se soit donné tant de peine pour que ça fonctionne entre eux. J'imagine que maintenant, avec le recul, elle doit paniquer à l'idée que l'une de ces relations ait abouti, et qu'elle se retrouve aujourd'hui mariée à l'un de ces guignols !

— Je sais qu'elle n'a pas confiance en son propre jugement.

— Exact.

— Ce qui signifie que, pour aussi parfait que je sois…

— Et surtout aussi modeste !

— Je vais essayer de formuler différemment ma pensée. Quelle que soit la nature des sentiments qu'elle me porte, elle pense qu'il s'agit d'une illusion.

— Tout juste.

— Ça ne me laisse pas une grande liberté de manœuvre…

— Détrompe-toi, Adam.

Comme il l'enveloppait d'un regard interrogateur, elle enchaîna :

— Elle a fait l'amour avec toi.

Il hocha la tête.

— Et il m'a semblé deviner que ça s'était…

— Je ne suis toujours pas du genre à raconter ma vie privée !

Au fond de lui, il savait toutefois que leurs ébats l'avaient autant affectée que lui. La fougue qu'elle lui avait témoignée dans ces moments-là n'était pas feinte.

— D'accord, d'accord, je n'insisterai pas. Mais je connais Haley, et je crois pouvoir affirmer qu'elle n'aurait pas fait l'amour avec toi si ça n'avait rien signifié pour elle.

Elle se tut et croisa les bras, attendant que son interlocuteur prenne la parole. Comme il n'en faisait rien, elle poursuivit :

— Et il se trouve en plus que tu as une formidable arme secrète à ta disposition.

— Ah ? Laquelle ?

Adam se félicitait de laisser Laura alimenter presque seule la conversation. Si Haley n'était pas gênée de fournir à sa sœur des informations sur leur relation physique, il préférait, lui, rester très discret sur ce point.

La jeune femme sourit et se tourna vers le stand des pâtisseries.

— Ma mère.

— Ahhh...

Pour la première fois depuis trois jours, il eut l'impression que le voile gris qui assombrissait son avenir se levait.

— Tu veux dire que... je pourrais...

— Tu *peux*. Mais tâche de savoir ce que tu veux vraiment avant de la lancer sur l'affaire !

Etait-il sûr de lui ? Soudain oppressé, il regarda autour de lui. Etonné, il s'aperçut que Haley n'était plus en train de parler avec Elsa. Elle avait rejoint Belinda et Nicole au stand de pêche au canard.

Fasciné, il la vit rire en rejetant en arrière sa masse de cheveux auburn, qui luisaient au soleil comme de l'or rouge. Puis il se rappela son expression affligée, face au spectacle désolant de son gâteau au chocolat, comparé à la superbe glace apportée par ses parents. Il se rappela aussi l'éclair de tristesse qui avait traversé son regard lorsqu'il lui avait dit qu'il avait embrassé Kimberly. Il se rappela enfin ce même regard, si intense, si lumineux, tandis qu'ils faisaient l'amour.

Cette dernière image fut celle qui resta gravée dans son esprit.

Un sourire se dessina sur ses lèvres. Il avait décidé de chercher une mère pour Nicole, mais n'avait jamais imaginé que cette même femme soit parfaite pour lui aussi.

Etait-il sûr de lui ?

Dieu, oui !

— Je sais vraiment ce que je veux ! déclara-t-il avec fermeté.

9

Le directeur de l'école, M. Ruskin, monta sur l'estrade et se plaça derrière le micro pour annoncer que la dernière épreuve de la fête — la course d'obstacles familiale — allait commencer.

— On peut y participer, m'man ? Dis, on peut y participer ?

Suspendue au bras de sa mère, Belinda sautillait sur place.

— Je crois que c'est grand-mère qui a préparé le gâteau qui tiendra lieu de récompense.

— Et alors ?

— Alors, il y en aura sûrement un identique à la maison.

— Il sera meilleur si on l'a gagné !

La jeune femme examina la piste d'obstacles et eut une grimace dubitative.

— Il faut être quatre pour former une équipe, non ? Or nous ne sommes que deux, et je doute que papy et mamie aient très envie de traverser ce tunnel en rampant.

Laura se dirigeait déjà avec sa famille vers la ligne de départ, qui était aussi celle d'arrivée.

— Nicole peut demander à son père de faire équipe avec nous…

En entendant parler d'Adam, Haley réprima un petit frisson. Elle ne l'évitait pas *réellement* depuis la soirée du samedi. Dire qu'elle avait été très occupée par le projet de l'école et par ses propres activités de poterie aurait été plus juste. Elle venait de recevoir une commande de l'agent chargé de distribuer ses œuvres, à Chicago, et il ne lui faudrait pas moins d'un mois pour exécuter cette commande.

— S'il te plaît, m'man…

Haley baissa les yeux sur sa fille. Quelle mère digne de ce nom priverait sa fille d'un jeu à cause de ses propres angoisses ?

— D'accord, Belinda.

Adam l'avait vue nue, soit. Mais fondamentalement, les bases de leur relation restaient inchangées. Elle était toujours prête à lui trouver une fiancée, et ce, dès que possible. Elle avait cru, quelques minutes plus tôt, qu'Elsa était la candidate rêvée. Et puis elle avait changé d'avis. Sans trop savoir pourquoi, d'ailleurs. Elle avait perçu en elle quelque chose qui, de toute évidence, ne passerait pas avec Adam.

Haley ne le connaissait que depuis une quinzaine de jours, mais cela lui suffisait pour être sûre qu'Elsa ne lui conviendrait pas.

— Va chercher ton père ! lança Belinda à Nicole.

Cette dernière ne se fit pas prier, et Haley la suivit du regard tandis qu'elle rejoignait Adam au pas de course. Il venait de procéder à une démonstration de ses compétences de pompier, et remettait à présent tout le matériel en place.

De loin, elle le vit lancer son casque sur le siège avant, puis baisser la fermeture Eclair de sa veste. Il portait dessous un T-shirt blanc, tout simple, qui soulignait les muscles de son torse. Haley sentit sa gorge se sécher. Ces muscles, elle les avait touchés, caressés, s'était pressée contre eux.

Nicole, qui s'était arrêtée à côté de son père, lui parlait en faisant de grands gestes et en montrant la piste où devait avoir lieu le relais d'obstacles.

Adam leva la tête. Son regard croisa celui de Haley, et son visage s'éclaira d'un sourire tandis qu'il agitait la main dans sa direction.

— Il arrive ! s'exclama Belinda, qui ne cherchait pas à cacher sa joie.

La jeune femme avala sa salive. Il fallait qu'elle cesse

de se remémorer les moments qu'elle avait vécus dans les bras d'Adam.

Ellen, qu'elle n'avait pas vue arriver, se matérialisa soudain à côté d'elle.

— Vous participez à cette épreuve, Adam et toi ?

— Oui ! s'exclama Belinda, alors que Nicole et son père se rapprochaient. On va gagner le gâteau au chocolat !

Après s'être éclairci la voix, Haley hocha la tête et adressa un sourire hésitant à Adam. Il répondit à son sourire, et elle sentit son cœur s'emballer.

— Comment vas-tu, mon cœur ?

Il l'avait déjà rejointe, et l'embrassait sur la tempe tout en lui passant un bras autour des épaules.

— Tu m'as manqué, lui chuchota-t-il à l'oreille.

Elle en eut le souffle coupé, puis se rappela qu'il n'agissait ainsi que pour épater la galerie — en l'occurrence, sa mère. Mais elle ne saisissait pas très bien pourquoi il continuait à jouer la comédie, alors que leurs rapports auraient dû se distendre.

— Dépêchez-vous de vous placer ! lança Ellen. Bonne chance les filles ! ajouta-t-elle en leur administrant à chacune une petite tape affectueuse sur le derrière.

Le directeur de l'école donnait les consignes.

— Il faut d'abord traverser le tunnel, puis marcher sur la poutre, escalader le mur de varappe — les enfants à gauche, les adultes à droite.

Haley serra les lèvres à la vue du mur dressé là pour la circonstance. Si la partie réservée aux enfants était assez simple, il n'en allait pas de même de l'autre ! La paroi était haute, raide, avec de minuscules encoches pour poser les pieds et les mains. Heureusement, les organisateurs avaient pris soin d'arranger une sorte d'épais matelas de paille au pied de ce mur.

La jeune femme grimaça. Elle aurait dû ajouter une série de « pompes » aux abdominaux qu'elle s'infligeait tous les matins, car elle n'avait pas beaucoup de force dans les bras.

— … lancer un ballon dans le panier, puis revenir au pas de course vers la ligne d'arrivée, poursuivit le directeur. Je constate que vous êtes nombreux à vouloir participer à cette dernière épreuve. On me dit qu'il y aura donc deux courses, avec deux fois huit équipes chacune. Celles qui arriveront en première, deuxième et troisième position, pour chaque course, seront décorées d'un ruban. La famille gagnante sera celle qui aura fait le meilleur temps. Elle remportera le gâteau au chocolat. Est-ce que les premières équipes sont prêtes ?

Les équipes en question, rassemblées devant la ligne de départ, lâchèrent des cris de joie.

Laura et sa famille, qui devaient participer à la première course, étaient déjà en place. Adam, Haley et les filles s'alignèrent derrière le premier groupe.

Au moment même où le directeur donnait en sifflant le signal du départ, les premières équipes se mirent en branle. Haley, qui accordait une attention particulière à la performance de sa sœur, se félicita de ne pas être directement en compétition avec elle. Laura était ce jour-là aussi vive et agile qu'une gazelle !

— Tu veux partir en tête ? lui demanda Adam.

Il se tenait juste derrière elle, et elle frémit en sentant son souffle chaud sur sa peau.

— Euh… Qu'en pensez-vous, les filles ?

Ce fut Belinda qui se chargea de répondre.

— D'abord m'man, après Nicole, et après moi, dit-elle d'un air décidé.

— Tu voudrais donc que je parte en dernier ? s'enquit Adam.

— Tu es le plus rapide de nous quatre, fit Nicole en glissant sa petite main dans celle de son père.

— Tu as entendu ça, Haley ? lança-t-il, tout fier. Ma fille pense que je suis l'élément le plus rapide de notre équipe !

La jeune femme, qui ne quittait pas sa sœur du regard, se passa la main sur la nuque. Laura se débrouillait tant bien que mal sur le mur de varappe. Une autre mère, d'une équipe rivale, était en train de la rattraper.

— La partie escalade ne m'inspire pas vraiment..., murmura-t-elle.

La voix de Belinda retentit alors, se mêlant aux clameurs voisines.

— Vas-y, tante Laura !

— Oui, vas-y, tante Laura ! s'écria à son tour Nicole.

La tête tournée vers la grande horloge installée là pour la circonstance, Belinda ajouta, tout excitée :

— Si leur équipe gagne, ils nous inviteront peut-être à partager le gâteau avec eux !

— Sans ça, Haley nous en préparera un, suggéra Adam.

Les deux fillettes cessèrent aussitôt de crier, et se tournèrent vers Haley, qu'elles dévisagèrent, sceptiques.

Comme la jeune femme lui administrait un coup de coude dans les côtes, il leva les bras et protesta :

— Hé, j'ai beaucoup aimé le précédent, *moi* !

— Bien sûr, bien sûr...

Elle devait admettre qu'il avait de grands talents d'acteur. Tous ceux qui l'avaient vu déguster le gâteau en question avaient sans doute pensé qu'il y prenait beaucoup de plaisir.

— Il sera bien meilleur encore si on le gagne ! insista Belinda, tandis que Laura lançait le ballon de basket dans le panier.

Ayant ainsi terminé le parcours, elle fit demi-tour, revint sur ses pas en courant et toucha la main de Caitlin, qui prit aussitôt le relais.

Le moment du départ approchait. Haley se mit à sautiller sur place pour s'échauffer.

— J'étais plutôt bonne en activités physiques, au lycée.

Elle ne prétendait pas avoir l'adresse de Laura pour traverser le tunnel, marcher sur la poutre ou faire de la varappe, mais elle placerait sans aucun mal le ballon dans le panier et reviendrait au pas de course, le tout en un temps sinon record, en tout cas convenable.

— Je pratiquais l'escalade autrefois, dit Adam.

— Vraiment ?

Il acquiesça.

— Dans ce cas, tu as peut-être des conseils à me donner ?

— Ce qu'il faut surtout, c'est éviter de perdre l'équilibre.

— Merci beaucoup ! railla-t-elle. Je n'y aurais pas pensé toute seule.

Caitlin, qui venait de sauter de la poutre, courait vers le mur.

— Vas-y, Caitlin ! hurla Belinda. Monte, monte, monte !

Adam posa les mains sur les épaules de la jeune femme et l'embrassa sur la nuque.

— Tu vas très bien t'en tirer, j'en suis sûr.

Un acteur hors pair, cet Adam ! A les voir ainsi, nul n'aurait douté qu'ils étaient amoureux l'un de l'autre.

Et la façon dont elle se blottissait contre lui ne faisait que rendre le tableau plus crédible, elle en était consciente. Mais elle se sentait si bien, serrée contre lui…

— Je t'encouragerai, ajouta-t-il dans un murmure.

Elle aimait tant sa voix aussi.

Si elle se laissait aller au plaisir de l'instant, peut-être cesserait-elle de fantasmer. La nuit dernière, elle l'avait passée à rêver de lui. Elle avait rêvé qu'il…

— C'est à nous, m'man ! s'écria Belinda au moment même où le directeur de l'école se rapprochait du micro pour annoncer le départ imminent de la deuxième course. Tu as vu ? L'équipe de tante Laura est arrivée deuxième ! Génial, non ?

— Oh… oui, déclara Haley d'une voix étranglée. Génial en effet.

Elle s'en voulait terriblement de ne pas avoir prêté plus d'attention au déroulement de l'épreuve. Tout cela à cause de sa ridicule attirance pour son voisin !

— Allez, m'man ! Fais le plus vite possible.

— Je sais que tu en es capable, dit Adam tandis qu'elle se mettait en position de départ.

— On criera tous très fort pour t'encourager ! renchérit

Nicole, qui l'avait tutoyée au bout de deux jours, tout comme Belinda avait tutoyé Adam.

Haley inspira profondément et s'enjoignit au calme. C'était ridicule d'être aussi énervée pour un parcours d'obstacles de l'école élémentaire. Nul n'attendait d'elle une performance digne des jeux Olympiques. Mais on remettait à Laura et à sa famille des rubans correspondant à la deuxième place, et elle ne pouvait pas s'empêcher de penser qu'elle décevrait Adam et les filles si elle ne donnait pas le meilleur d'elle-même.

Le coup de sifflet du directeur retentit, et elle eut l'impression d'être propulsée en avant. Elle courut, traversa le tunnel, manqua tomber de la poutre mais réussit à maintenir son équilibre jusqu'au bout, et, tandis qu'elle se dirigeait vers la terrible épreuve de la paroi, lança quelques regards autour et derrière elle. Apparemment, elle occupait la *première* place.

Encouragée par sa performance, elle s'apprêta à escalader le mur, qui, vu de près, lui sembla beaucoup moins impressionnant avec ses encoches profondes et assez rapprochées. Derrière elle, elle entendait les cris des supporters — les siens, et ceux des autres équipes. Imaginant Belinda et Nicole qui hurlaient à pleins poumons, elle atteignit le sommet en un rien de temps.

Plus que le ballon, à présent.

Elle dut s'y reprendre à deux fois pour viser juste, mais, toujours en tête, rejoignit la ligne où l'attendait Nicole, la main tendue. Elle n'eut que le temps de la toucher avant de se laisser aller contre Adam, qui l'avait recueillie, les bras ouverts.

— C'est toi qui as fait le meilleur temps ! s'exclama-t-il.

Elle hocha la tête, trop essoufflée pour parler, et se tourna pour ne rien perdre du parcours de Nicole. Après avoir traversé sans peine le tunnel, celle-ci paraissait en difficulté sur la poutre.

— Vas-y, ma chérie, marmonna Adam.

La fillette tomba. Haley sentit tous les muscles d'Adam se tendre. Belinda lâcha un petit cri.

Mais Nicole fut prompte à se relever et reprit sa course. Un garçon de sa classe avait toutefois profité de l'occasion pour la devancer et prendre la première place. Et elle se fit aussi rattraper par une fille de cours moyen deuxième année, quand elle manqua à deux reprises le lancer de ballon. Mais elle parcourut à vive allure les cinquante derniers mètres.

Dès qu'elle eut frappé la main de Belinda, Adam ouvrit grand les bras et la serra contre son cœur.

— Jolie performance, ma chérie !

— Je suis tombée, objecta-t-elle, pantelante.

— Et tu t'es relevée en un clin d'œil ! déclara Haley. Nous sommes très fiers de toi.

— Regardez Belinda ! s'exclama alors Nicole.

Adam lâcha sa fille pour applaudir.

— Elle détient la deuxième place !

— Oh non…, gémit Haley, tandis qu'un garçon d'une dizaine d'années dépassait Belinda.

Celui-ci escalada le mur de varappe avec une facilité déconcertante, tandis que la fillette luttait pour le gravir.

— La revoilà en troisième position…, grommela Nicole.

— Elle fait de son mieux, mon cœur. Hé, bravo ! Vous avez vu ça ? Elle a lancé le ballon dans le panier du premier coup !

Belinda courait déjà à toute vitesse vers eux. Adam s'écarta de Nicole pour se mettre en place, sur la ligne de départ.

— On compte sur toi ! s'écria-t-elle.

— Vous pouvez ! Je me sens une folle envie de gâteau au chocolat…, conclut-il avec un clin d'œil pour Haley.

La jeune femme retint son souffle tandis qu'il partait. En dépit de sa haute taille, Adam vint à bout de l'épreuve du tunnel en un rien de temps. Sidérée, elle le vit traverser la poutre avec l'agilité d'une danseuse, puis se lancer à l'assaut du mur, avant l'un des pères qui se battait pour offrir à sa famille la deuxième place.

Arrivé au sommet de la paroi, il sauta et, prenant à peine le temps de s'arrêter, s'acquitta de l'épreuve du ballon avec un sans faute, et se retrouva coude à coude avec « le premier ».

Nicole et Belinda criaient à tue-tête. Laura, Kyle et leurs filles s'époumonaient eux aussi. Tous les enfants sautaient en hurlant.

Médusée, Haley restait muette. Elle n'osait pas même respirer. De là où elle était, elle avait du mal à distinguer lequel des deux hommes arrivait en tête.

Et soudain elle n'eut plus le moindre doute. C'était bien Adam qui venait de franchir la ligne d'arrivée. A un bon mètre de son rival ! Son score s'afficha sur le tableau.

— On a gagné ! s'écria Belinda. On a gagné le gâteau !

Elle prit Nicole par la taille et se lança dans une danse endiablée.

— Oui ! s'exclama Haley, les bras levés.

Elle se précipita vers Adam, aussi fière de lui que s'il avait vraiment été un membre de sa famille, et se serra contre lui.

— Tu y es arrivé Adam ! Tu y es arrivé...

Ivres de joie elles aussi, les filles les rejoignirent pour féliciter à leur tour le héros du jour.

C'était une réaction un peu ridicule pour un simple gâteau au chocolat, mais Haley ne s'en souciait guère.

— Le jeu en valait la chandelle, lui souffla-t-il à l'oreille avant de se pencher vers Nicole et Belinda.

10

— Une autre part de gâteau au chocolat ? proposa Ellen, prête à se servir de sa pelle à tarte.

— Je ne pourrais pas en avaler une miette de plus ! lui répondit Adam avec une grimace éloquente, mais il était succulent.

Il déplaça Nicole qui, assise sur ses genoux, était en train de s'assoupir.

— On peut dormir ce soir encore dans la caravane ? demanda Belinda à sa grand-mère. Il n'y a pas école, demain.

L'établissement était désormais fermé pour tout l'été.

— Mais bien sûr, dit Ellen avec un sourire affectueux. J'en parlerai à ta maman quand elle sortira de son atelier de poterie.

Pour la plus grande déception d'Adam, Haley s'était réfugiée dans son atelier avant même que le gâteau ne soit découpé. Seul le bruit de moteur de son tour permettait d'affirmer qu'elle n'avait pas quitté la maison.

— On peut rester nous aussi, m'man ? demanda Alice à Laura.

— Je n'y vois pas d'inconvénient. Si tu es sûre que ça ne te dérange pas, maman.

— Certaine, répliqua Ellen, en ébouriffant les cheveux de Caitlin.

Toujours sur les genoux de son père, Nicole se redressa afin de le regarder dans les yeux.

— Tu es d'accord, papa ?

— Oui, ma chérie. Cours à la maison chercher tes affaires pour la nuit.

— Dépêche-toi, Nicky ! lança Belinda, qui l'attendait déjà devant la porte.

— Je ne voudrais pas que ça vous gêne…, dit Adam, s'adressant à Ellen, tandis que Nicole se levait.

— Allons donc ! Votre fille est un ange.

Le sourire de l'enfant s'élargit. Sur un petit signe de la main, elle s'empressa de rattraper Caitlin et Alice, qui avaient rejoint Belinda.

— Je pars chercher les affaires de nos monstres, fit Kyle.

Se tournant vers sa femme, il ajouta :

— Tu veux rentrer tout de suite à la maison, ou tu préfères rester encore un peu ici ?

— Je reste.

Sur ce elle adressa un clin d'œil à Adam, attitude qui le surprit.

— Bon. Eh bien, à tout de suite ! lança Kyle.

Dès qu'il eut emprunté la porte de service, Laura commença à rassembler les assiettes à dessert. Comme elle se dirigeait vers la cuisine, elle glissa à l'oreille d'Adam :

— Sois bien attentif à ce qui va suivre, et ne me contredis surtout pas !

Saisi par la nature sibylline de ce message, il fronça les sourcils. Qu'entendait Laura, par là ? Qu'était-il censé faire, à présent ?

Ellen, qui leur avait emboîté le pas, entreprenait de remettre la pièce en ordre lorsque Laura se tourna vers ses parents et les fixa, les bras croisés.

— C'est une surprise, donc vous n'avez pas le droit de répéter ce que je m'apprête à vous annoncer. Voilà…

Elle marqua une pause, s'assura que son auditoire était suspendu à ses lèvres, et, avec des mines de conspiratrice, reprit :

— En fait, Adam envisage d'acheter à Haley une bague de fiançailles.

Ellen lâcha un petit cri ravi.

Warren redressa les épaules.

Adam, lui, ouvrit la bouche mais aucun son n'en sortit.

Toujours stupéfait, il vit Ellen avancer vers lui, les bras ouverts.

— Oh, Adam ! Rien ne pourrait nous combler davantage de plaisir.

— Merci. Je…

Que dire ? Quand il s'était entretenu cet après-midi-là avec Laura, il ne se doutait pas qu'elle manierait ainsi la fameuse « arme secrète ».

Haley risquait de…

Dieu du ciel ! Il préférait ne pas imaginer la réaction de la jeune femme.

Warren se dirigeait vers lui, la main tendue.

— Enchanté de vous accueillir dans la famille, mon garçon !

Serrant la main du père de Haley, il esquissa un vague sourire.

— Je… En réalité, elle n'a pas encore accepté…

Il s'éclaircit la voix.

— Et je crains qu'elle soit un peu… hésitante.

Il aimait autant que ces gens si aimables, si chaleureux, soient préparés au pire.

Ellen balaya cette objection d'un geste de la main.

— Bah ! Ce ne sont que des broutilles.

Il n'était malheureusement pas de cet avis. Haley semblait toujours décidée à lui présenter la prétendue perle rare.

— J'ai vu qu'il y avait une vente exceptionnelle de diamants tout près de Hillard, ajouta-t-elle. Voyons, où ai-je bien pu mettre ce catalogue ?

Elle retourna dans la salle à manger, suivie de Warren, qui semblait décidé à rapporter dans la cuisine toute la vaisselle sale.

Dès qu'ils se retrouvèrent seuls, Adam se rapprocha de Laura.

— Tu as perdu la tête ? chuchota-t-il, affolé.

— Pas si sûr. Ma sœur est têtue comme un âne. Sans l'aide de ma mère, tu n'arriveras à rien avec elle.

— Supposons qu'elle ne veuille *vraiment pas* m'épouser ?

— Elle a bien fait l'amour avec toi, non ? reprit-elle à voix basse, tandis que Warren arrivait, chargé de vaisselle sale qu'il s'empressa de poser sur la table avant de repartir.

Adam hocha la tête.

— Elle s'est bien jetée dans tes bras à la fin de la course d'obstacles, non ?

Il acquiesça, et sourit au souvenir de la scène. Il se sentait prêt à effectuer ce parcours dix fois par jour, s'il recevait chaque fois un accueil pareil de la jeune femme.

— Est-ce que tu penses qu'elle t'aime ?

Adam dévisagea Laura. Dans son esprit défilaient des images de cette soirée où elle avait sonné à sa porte, vêtue d'une robe en lamé argent et tenant à bout de bras un plat de lasagnes. Il sourit. Si les moments qu'ils avaient partagés n'étaient pas de l'amour, que lui fallait-il ?

— Oui. Je crois.

Puis il soupira.

— Mais elle refusera de l'admettre. Elle ne se l'avouera même jamais à elle !

— Cesse donc de te torturer l'esprit. Tu es l'homme qu'il lui faut. Tout se passera bien. Je suppose que tu l'aimes, toi ?

S'il l'aimait ? Seigneur, oui ! L'amour qu'il lui portait l'occupait nuit et jour. Il l'aimait au réveil, tout au long de la journée, au coucher. Il aimait sa façon de marcher, de sourire, ses petits mensonges.

— Absolument.

Il avait envie de vieillir auprès d'elle. D'avoir des enfants avec elle. De s'endormir tous les soirs en la serrant dans ses bras. D'ouvrir tous les matins les yeux sur elle.

Mais plus que tout, il souhaitait l'entendre prononcer les mots qui les uniraient l'un à l'autre. Il avait besoin de la savoir prête à oublier ses craintes, pour bâtir une vie avec lui.

— Ah, je n'ai quand même pas rêvé !

Ellen, qui venait d'apparaître à l'entrée de la cuisine, brandissait un catalogue.

— Venez, Adam. Certains de ces modèles vous inspireront peut-être.

Il avança d'un pas, mais se tourna vers Laura pour murmurer.

— Tu es vraiment sûre que… c'est une bonne idée ?

— Aie donc confiance en moi !

Elle rejoignit sa mère dans le salon, et Adam la suivit. Ces femmes étaient la plus prochc famille de Haley, se dit-il tandis qu'il s'installait entre Laura et Ellen pour consulter le fameux catalogue. Nul au monde ne la connaissait mieux que sa mère et sa sœur.

— Un solitaire ? fit Ellen en tournant les pages. Ou plutôt plusieurs pierres qui forment un motif ?

— Pourquoi pas une pierre de couleur ? suggéra Laura, penchée au-dessus du catalogue. Un rubis ou une émeraude sertis de diamants, par exemple ? Ça changerait.

— Que lui a offert son premier mari ? s'enquit soudain Adam.

Il voulait que ces fiançailles soient différentes des précédentes. Il était désormais quasiment sûr que Haley n'avait pas été amoureuse de Stephen. Et il ne tenait pas à ce que sa demande en mariage éveille de tristes souvenirs.

— Un solitaire, lui répondit Ellen.

— De taille modeste, précisa Laura. Ils étaient très jeunes quand ils se sont fiancés.

— Mmm… Je pense que je vais opter pour une émeraude. Le vert lui va bien.

Peut-être même achèterait-il cette bague le lendemain. Il imagina le visage de Haley s'éclairer d'un sourire tandis qu'elle ouvrirait l'écrin.

Finalement, cette entreprise lui semblait de moins en moins hasardeuse. Ils étaient faits l'un pour l'autre. Il fallait simplement qu'il l'aide à le comprendre.

— Quelqu'un voudra du café ? lança Warren, de la cuisine.

— J'en boirai une tasse avec plaisir, papa. Tu as besoin d'aide ?

— Du tout, ma chérie. Un café, Adam ?

— Non, merci.

Le souvenir de ses ébats avec Haley le gardait éveillé bien assez longtemps, la nuit. Inutile d'y ajouter une dose de caféine.

Warren disparut de nouveau derrière les portes battantes.

— Regardez ça !

Ellen, qui avait tourné les pages du catalogue, pointait de l'index des mannequins en robe de mariée.

— Celle-ci ressemble à la mienne, dit Laura, désignant une robe longue avec des flots de dentelle.

Adam, pour sa part, était d'avis d'opter pour un modèle plus simple, et un ton plutôt champagne.

— Haley était adorable en fille d'honneur, pour ton mariage. Oh, je vois très bien Belinda et Nicole dans ce genre de tenue. Elles seraient à croquer !

Le modèle qu'elle montrait à présent était une robe jaune paille décorée de boutons de rose et de rubans.

Adam sourit, imaginant sa fille ainsi vêtue. Les contours de cette image, d'abord flous, se firent de plus en plus précis. Nicole tenait par la main sa nouvelle mère, et affichait une mine presque aussi radieuse que celle-ci.

A cet instant-là, il sut qu'il avait trouvé ce dont il rêvait.

Rien ne se placerait en travers de leur chemin.

Warren apparut avec un plateau, qu'il posa devant le petit groupe, sur la table basse.

— Est-ce que ça ne te rappelle pas des souvenirs ? lui demanda Ellen. Je suis certaine que ton smoking te va encore.

— Moi aussi. J'ai conservé ma taille mannequin !

Tout prenait forme dans l'esprit d'Adam. Chaque pièce du puzzle s'assemblait à la précédente.

— Maman préparera le gâteau, dit Laura.

— Haley adore les bouquets printaniers, fit Ellen.

— Je me demande si elle optera pour un voile ou plutôt

pour une coiffure avec des fleurs, murmurait Laura, songeuse, quand la voix de la principale intéressée retentit, depuis la cuisine.

— Mais enfin que faites-vous ?

Tout le monde se tut.

Adam redressa vivement la tête.

— Nous feuilletions ce magazine de mariage, ma chérie, lui répondit Ellen d'un ton jovial. Tu te doutes bien que nous ne prendrions aucune décision finale sans te consulter !

La jeune femme, qui venait de passer le seuil du salon, s'arrêta, interdite.

Elle ouvrit la bouche. La referma. Essaya de parler, sans aucun succès.

— Adam…, articula-t-elle enfin.

— Oui ?

Il eut lui-même du mal à reconnaître cette voix aiguë qui venait de jaillir de sa gorge. Dévoré de remords, il referma en hâte le catalogue et le lança sur la table. Ce n'était certainement pas de cette façon qu'il avait envisagé d'aborder avec Haley le sujet du mariage.

— Tu peux venir dans la cuisine, s'il te plaît ?

Pivotant sur ses talons, elle retourna elle-même dans cette pièce tandis qu'Adam lançait à Laura un regard désemparé.

— Tout se passera bien, affirma celle-ci.

Mais elle ne lui sembla guère convaincue.

— Allez-y, fit Ellen. Et surtout, arrangez-vous pour qu'elle ait l'impression de prendre les décisions finales. C'est primordial, pour une future mariée.

Après s'être éclairci la voix, Adam se leva. Il avait la désagréable impression que ce n'était pas tant les « décisions finales » qui poseraient problème, mais plutôt les décisions *initiales*. Haley n'apprécierait sans doute pas qu'il ait franchi les étapes avec une telle désinvolture.

La jeune femme lâcha derrière elle la porte de la cuisine, qui battit plusieurs fois avant de s'immobiliser.

Elle avait du mal à respirer. Comment osait-il ? Mais comment osait-il ? Les poings serrés, elle tenta de maîtriser sa colère. Adam n'avait tenu aucun compte de ses avertissements !

— Haley ?

La porte de la cuisine s'était ouverte et refermée tout doucement. D'un geste vif, la jeune femme se tourna vers Adam.

— Tu as perdu la tête ?

— Euh…

— Je vois ! Tu t'es réveillé ce matin en te disant : « Voyons… Que pourrais-je bien faire aujourd'hui pour empoisonner l'existence de Haley ? »

— Ce n'est pas…

— Je t'ai pourtant mis en garde contre *elle*, non ?

Elle considérait Adam comme un homme intelligent. Que s'était-il donc passé ? Peut-être ne l'avait-il pas crue, tout simplement.

— Ma mère est infernale. Elle doit être en ce moment même en train de réserver une salle !

— Je ne crois pas qu'elle…

— *Quand*, au juste, envisageais-tu de lui dire que nous jouions la comédie ? Quand les invitations seraient postées ? Quand les cadeaux commenceraient à arriver ? Le soir où tu enterrerais ta vie de garçon ?

— Ecoute, Haley…

— Il n'y a pas de « écoute Haley » qui tienne ! Tu ne sais pas comme il est difficile d'arrêter son train du mariage, quand il est lancé. Je le sais, moi. Et Kyle aussi le sait ! Pose-lui la question.

Exaspérée, elle leva les bras au ciel et se mit à déambuler dans la pièce.

— D'ailleurs, pourquoi Laura est-elle là elle aussi ? Elle s'entraîne, pour remplacer notre mère quand elle prendra sa retraite ? Après tout, il y aura bientôt quatre filles sur les rangs !

— Haley…

— Tais-toi ! lança-t-elle, pointant sur lui un doigt accusateur.

Elle n'avait aucune envie d'écouter ses explications. Elle exigeait des excuses. Des excuses et un moyen de se tirer de cette situation rien moins qu'embarrassante.

— Je vais immédiatement leur dire que cette affaire n'est qu'un tissu de mensonges.

Elle se dirigeait déjà vers la porte lorsqu'il la retint par le bras.

— Non, attends. J'ai réfléchi.

— Allons bon ! Ça t'arrive ?

Elle recula afin qu'il la lâche. Elle préférait qu'ils se tiennent à une distance respectable. L'étreinte qu'ils avaient échangée cet après-midi-là, à la fin de la course, était encore gravée dans son esprit. Dans son esprit et son corps.

Il lui était de plus en plus difficile de camper sur ses positions.

— Plus souvent que tu ne crois, Haley. Et vois-tu, plus je réfléchis plus je me dis que ce n'est peut-être pas une idée si saugrenue.

— Quoi donc ? s'entendit-elle insister.

— Que nous pensions toi et moi à une relation. Une relation sérieuse. Peut-être même permanente.

— Per… manente ? répéta-t-elle d'une voix étranglée.

Il sombrait bel et bien dans la folie. Que lui arrivait-il ? Serait-il prêt à renoncer aux qualités dont il avait dressé l'inventaire, sur sa liste ? Aurait-il oublié tout ce qu'elle lui avait révélé à son sujet ?

Elle le fixa. Il n'avait pas l'air de plaisanter. Il faudrait donc qu'elle soit forte pour deux.

— Pourquoi pas ? fit-il alors.

Haley détourna la tête, fuyant ainsi son regard soutenu et les souvenirs qu'il ravivait. Le moindre moment de faiblesse lui serait fatal, elle ne devait pas l'oublier. Or si elle songeait aux moments qu'ils avaient partagés, ce fameux soir, elle faiblirait.

— Joli boulot ! Elle a réussi à t'embrigader.

— Ne dis pas de bêtises.

— Oh que si ! Je reconnais bien là la patte de ma mère.

C'était d'ailleurs la seule explication plausible. Si Adam consentait à réfléchir posément à la situation pendant quelques minutes, il admettrait que ce qu'elle avançait était vrai.

— C'est faux, Haley. Il s'avère simplement que je me suis interrogé et…

— Tu as une liste.

— Exact, mais…

— Une liste très complète, parfaite. Tu te montres à la fois intelligent et raisonnable en cherchant une mère pour ta fille. Sache que je n'ai pas renoncé à la trouver. Nous y arriverons.

— Ça n'a rien à voir avec…

— Si !

— Je peux très bien la changer, cette liste ! s'exclama-t-il, à court d'arguments.

— Non, non, non…

Haley réprima une grimace. Elle venait de se cogner au plan de travail, ce qui signifiait qu'il lui était impossible de reculer davantage.

— J'ai l'impression d'entendre ma mère ! Je t'avais pourtant prévenu. Je t'avais dit qu'elle te persuaderait de rayer tout ce que tu avais noté, pour inscrire mon nom et mon nom seul sur cette liste. Tu t'en souviens ?

Il hocha la tête avec lenteur, et elle crut distinguer une expression de doute dans ses yeux. Très bien. Il commençait à y voir plus clair.

— Ça ne te semble pas étrange que je sois soudain devenue « celle que tu attendais » ?

Ses traits se durcirent.

— Haley, je…

Il avait failli la suivre dans son raisonnement. *Failli*, seulement. Elle sentit la panique monter en elle.

— Adam, l'interrompit-elle, d'une voix qu'elle jugea elle-même stridente. Souviens-toi ! Il n'y a pas si longtemps, quand tu étais encore capable de raisonner normalement, tu avais pris de bonnes décisions concernant la femme que tu souhaitais épouser.

— Et je m'aperçois maintenant que cette fameuse liste était erronée.

— Pas du tout. Elle était *parfaite*, comme je crois te l'avoir déjà dit.

Pourquoi se comportait-il de la sorte ? Il était convenu qu'elle l'aide à trouver une épouse. Une épouse autre qu'elle.

— Je l'ai modifiée.

— Ah ?

— J'ai changé deux éléments.

Il avança encore vers elle, et elle se rapprocha de la porte, prête à battre en retraite. S'il la touchait, la prenait dans ses bras, elle serait perdue.

Elle ne voulait pas se lancer dans une autre relation. Une relation qui, à l'instar des précédentes, aboutirait au désastre.

— Critère numéro un, reprit-il en faisant un pas de plus vers la jeune femme : je dois l'aimer.

Elle ouvrit la bouche et la referma à plusieurs reprises, consciente de ressembler à un poisson dans un bocal.

— Critère numéro deux : elle doit m'aimer.

Haley se déplaça encore vers la porte. Comment était-ce possible que le contrôle de sa vie lui échappe ainsi ?

Il fallait qu'elle reprenne la situation en main. Pour éviter qu'Adam ne devienne un autre Stephen.

Il fallait qu'elle oublie ce qu'elle avait ressenti quand ils avaient fait l'amour. Qu'elle ignore la voix ténue qui, tout au fond d'elle-même, lui disait qu'ils seraient heureux ensemble.

Elle savait qu'on les avait manipulés, et c'était là tout ce qui comptait.

— As-tu une idée du nombre de fois auquel elle s'est livrée à ce genre de stratagème ?

Très bien. C'était à cela et à cela seulement qu'elle devait songer.

— Non.

— Kyle et Stephen ne représentent que la partie visible de l'iceberg.

Les bras croisés, Adam hocha la tête. Il affichait un air désespérément calme et raisonnable.

— Tu veux bien me faire un peu confiance ?

— Tu ne la connais pas !

— Certes. Mais je prétends me connaître mieux que tu ne me connais, et je crois donc être en mesure d'analyser mes propres sentiments.

Haley se figea. Il était hors de question qu'elle le laisse parler plus longtemps.

— Ecoute, Adam. Il y a deux semaines à peine, tu avais en tête un projet assez précis pour ton avenir. Moi aussi. *Personne* n'était encore venu semer le désordre dans nos idées. Tout allait bien.

— Tu envisageais de devenir bonne sœur.

— Je n'ai jamais prétendu que le projet en question ait été irréprochable !

Elle pensait en tout cas, à ce moment-là, être capable de chasser à tout jamais les hommes de sa vie, et donc d'éviter bien des complications et déconvenues.

Tout avait changé, depuis. Une partie d'elle-même aurait pris un plaisir infini à s'asseoir à côté d'Adam, dans le salon.

— Est-ce que tu veux bien…

— Non ! Non Adam. C'est… impossible.

Si elle ne s'éloignait pas immédiatement de lui, elle n'aurait plus la force de le faire.

— Explique à tout le monde que je suis sortie un moment. Demande à maman de s'occuper de Belinda.

C'était bien le moins que puisse faire Ellen.

— Haley.

Il tendit la main vers elle en ajoutant :

— Les filles sont…

— Non, Adam. Nous devons en rester là.

11

Les épaules d'Adam s'affaissèrent tandis que la porte de service claquait sur Haley.

Il avait tout gâché. Il avait réduit à néant tout espoir de voir leur relation aboutir.

Quelle idée, d'écouter Laura ! Il aurait dû prendre son temps, démontrer à Haley qu'il l'aimait, la laisser s'habituer à l'idée qu'ils formaient un couple, faire en sorte qu'elle ne s'imagine jamais, pas même un court instant, qu'Ellen était responsable des sentiments qu'il lui portait.

D'ailleurs, pourquoi avoir voulu précipiter ainsi les événements ? Il n'en avait pas la moindre idée.

Le visage de Kyle s'encadra alors à l'entrée de la cuisine.

— Il m'a semblé entendre claquer une porte…

— Viens, lui dit Adam d'un air résigné.

Kyle avança vers lui. Lorsqu'il fut à ses côtés, il désigna le salon d'un geste de la tête.

— Ils m'ont mis au courant. Ça ne s'est pas trop bien passé, non ?

Délicat euphémisme !

— Je suppose que ça aurait pu être pire. Si la cuisine avait pris feu au beau milieu de notre discussion, par exemple.

Kyle hocha la tête, puis lâcha un rire sarcastique.

— J'ai du mal à y croire, mon vieux ! Qu'est-ce qui a bien pu te passer par la tête pour que tu te fies aux conseils matrimoniaux de ma femme et de ma belle-mère ?

Haussant les épaules, Adam soupira.

— Elles avaient l'air de bien connaître le sujet. Et elles connaissent sûrement mieux Haley que moi.

— Pas forcément mieux. De façon différente, plutôt. Qu'envisages-tu de faire, maintenant ?

— Aucune idée, répliqua-t-il, la mine sombre.

Il était convaincu d'avoir, par son attitude, mis un terme définitif à leur relation. Haley lui avait dit sans détour qu'il n'y avait pour eux aucun avenir commun.

— Est-ce que mon avis t'intéresse ?

Adam salua la question d'une moue sceptique.

— Je ne sais pas. Qui me prouve qu'il sera meilleur que celui de ta femme ?

— Qui ne tente rien n'a rien !

— Je te trouve très rassurant.

— Ecoute-moi bien, insista Kyle. A ta place, je ferais machine arrière. Ce que Haley redoutait le plus vient de se produire.

— En d'autres termes, « on » lui a imposé un mariage dont elle ne voulait pas ?

Adam se sentait de plus en plus mal à l'aise. Il avait conscience de s'être comporté comme le dernier des crétins.

Kyle se rapprocha du réfrigérateur, dont il sortit deux cannettes de bière.

— En d'autres termes, pour reprendre ton expression, elle est amoureuse et elle ne sait pas comment se tirer de cette situation.

— Mmm… C'est là une hypothèse qui me conviendrait à merveille, murmura Adam en débouchant la cannette que lui avait tendue Kyle.

A un moment, il avait pensé que la jeune femme était amoureuse de lui. Mais il n'en était plus aussi sûr. Plus sûr du tout, même. C'était lui et lui seul qui s'obstinait à parler d'eux comme d'un couple. Il était sans doute temps qu'il accepte la position de la jeune femme.

— Malheureusement, je pense qu'elle est fausse. Haley se montre très honnête envers moi.

— Elle t'aime. Je le sais. Laura le sait. Ellen aussi le sait.

— J'ai bien peur que, dans ce cas précis, la majorité ne l'emporte pas.

— Elle a peur, Adam. Reviens sur tes pas. Laisse-la avancer vers toi.

Adam fit lentement tourner la canette dans sa main avant de relever la tête.

— Supposons qu'elle ne bouge pas ?

Après avoir bu une longue gorgée de bière, Kyle se dirigea vers la porte.

— Je t'ai donné mon avis. Je ne prétends pas lire dans le marc de café !

— Tu as envie d'un peu de compagnie ?

Laura avait rejoint sa sœur, deux pâtés de maisons plus loin. Le soleil déclinait à l'horizon, et le calme s'installait dans le quartier. En d'autres circonstances, Haley aurait apprécié cette promenade autour de chez elle, par cette belle soirée d'été. Mais elle était bien trop agitée pour y trouver le moindre plaisir.

Elle secoua la tête, sans même se tourner vers sa sœur. Elle n'avait pas envie de parler, et s'interrogeait toujours sur le rôle de Laura dans cette affaire.

— Ça va ? insista celle-ci, les sourcils froncés.

Haley secoua de nouveau la tête. Non, ça n'allait pas. Pas du tout. Elle était une fois de plus prise dans le tourbillon du mariage. Et elle avait entraîné ce pauvre Adam à sa suite.

Quel gâchis ! Mais quel gâchis !

Elle aurait dû lui présenter quelqu'un qui soit à la hauteur de ses aspirations. Elle n'aurait pas dû tomber amoureuse de lui. Et il n'aurait certainement pas dû céder aux pressions de sa famille.

Bref, ils avaient cumulé les erreurs.

— Il t'aime, dit Laura.

Un son qui exprimait le doute jaillit de sa gorge. Adam

n'était pas en mesure de savoir s'il l'aimait ou pas. Et quand bien même. Stephen aussi l'avait aimée. Leur mariage n'avait pas pour autant été un exemple de réussite.

— Tu penses qu'il ment, quand il affirme t'aimer ? insista Laura.

— Non. Je pense surtout qu'il ne sait pas où il en est.

— A cause de maman ?

— De qui d'autre, à ton avis ? riposta-t-elle, d'une voix ferme cette fois.

— Je tiens à préciser que c'est Adam qui a dit à maman qu'il voulait t'épouser, pas l'inverse.

Haley s'arrêta net.

— Adam… a dit à maman qu'il voulait m'épouser ?

— Bon, d'accord… C'est moi qui ai dit à maman qu'il voulait se marier avec toi.

— Génial, vous vous y êtes mises à deux ! s'exclama-t-elle en levant les yeux au ciel. Pauvre type ! Tu m'étonnes qu'il ne sache pas où il en est !

Laura se rapprocha de sa sœur et lui passa le bras autour des épaules.

— Haley, Haley… Est-ce que ça t'a traversé l'esprit que nous n'ayons aucune influence, ni maman ni moi, sur les sentiments d'Adam ?

— Ah…

— Il a peut-être décidé tout seul qu'il t'aimait. Tu as peut-être décidé toute seule que tu l'aimais.

Les yeux plissés, Haley fixa sa sœur.

— Je te rappelle que je ne suis pas toute seule, Laura. *Elle* s'est installée dans l'allée de mon jardin !

— Bon. D'accord. Je te concède que maman porte un intérêt tout particulier à cette relation.

— A *toutes* les relations !

— Tu veux bien me rendre un service, Haley ?

— Est-ce que ce service inclut une robe blanche et un bouquet de fleurs ?

— Pose-toi une question.

Laura avait tourné au coin de la rue, et elles revenaient vers la maison.

— Quelle question ?

— Supposons que tu ne sois pas amoureuse d'Adam. Est-ce que tu serais confrontée à un problème ?

Les sourcils froncés, Haley ralentit l'allure.

— J'ai bien peur de ne pas avoir saisi le sens de ta question.

— Réfléchis. Le plus simple aurait été d'annoncer à papa et à maman que vous aviez rompu, Adam et toi. C'était d'ailleurs ce qui était prévu, me semble-t-il. Mais tu ne l'as pas fait.

— Je n'ai jamais…

— Ça t'aurait pris deux minutes.

Haley se tut. Que répondre à cela ? Le moment adéquat ne s'était pas présenté, voilà tout.

— Il sort avec Kimberly, et tu fais l'amour avec lui le lendemain soir…

Haley avait en horreur ce ton de « Madame-Je-Sais-Tout » qu'empruntait parfois sa sœur.

— Simple coïncidence, marmonna-t-elle avec un haussement d'épaules.

— Je n'en suis pas si sûre, dit Laura avant d'éclater de rire. Et je t'ai vue cet après-midi en train de bavarder avec Elsa, à la fête de l'école. Adam était sûr que tu allais encore lui suggérer finement de l'inviter à dîner ou autre. Or il ne s'est rien passé. Pourquoi ?

Le piège que lui tendait Laura était assez grossier pour qu'elle l'évite.

— Elsa ne lui conviendrait pas.

— Bien sûr ! Parce que…

— Tu te trompes ! Pas parce que je veux le garder *pour moi*. Il se trouve simplement que j'ai appris à mieux connaître Adam, en l'espace de deux semaines, et que j'ai donc une idée plus précise de ce qu'il attend d'une femme.

— Tu mens, Haley.

— Non !

— Bien sûr que si ! Tu ne supportais pas l'idée de savoir Adam en compagnie de Kimberly, pas plus que tu n'aurais supporté l'idée de le savoir avec Elsa.

— Elle ne lui convient pas, un point c'est tout !

Mais les assertions de Laura avaient percé sa fragile carapace. Comment aurait-elle réagi si Adam était sorti avec Elsa ? Qu'avait-elle ressenti au juste, quand il lui avait dit qu'il avait embrassé Kimberly ?

De la jalousie. Ni plus ni moins que de la jalousie.

— A un moment ou un autre, il faudra bien que tu t'interroges. Que tu te demandes si c'est plus difficile d'être sans lui ou avec lui…

Laura s'arrêta. Elles se trouvaient à présent juste devant la maison d'Adam.

— Nicole dort ce soir dans la caravane avec mes filles et la tienne. Il est tout seul chez lui.

Haley se mordit la lèvre. Sa sœur aurait-elle raison ? Qu'y avait-il de plus facile pour elle : frapper à la porte d'Adam, ou rentrer chez elle et enfouir la tête sous l'oreiller ?

Oppressée, elle porta la main à sa gorge.

Elle l'avait vu en train de consulter un catalogue de mariages. Et si… si *ça* fonctionnait, cette fois ?

Des larmes lui picotèrent les yeux, et elle comprit soudain que c'était là ce dont elle rêvait.

— Réfléchis, insista Laura. S'il n'y avait pas maman, ni Stephen, ni Tony ou Raymond, quels seraient les sentiments que t'inspirerait Adam ? Et que ferais-tu, maintenant ?

Très simple. Elle courrait jusqu'à la porte, se précipiterait dans ses bras dès qu'il lui ouvrirait, et lui dirait qu'elle le considérait comme la chose la plus merveilleuse qui lui soit jamais arrivée !

Laura, qui ne l'avait pas quittée du regard, lui adressa un clin d'œil en souriant.

— Allez, file !

La jeune femme hésita, fit deux pas et se tourna vers sa sœur.

— A demain ! lança celle-ci avant de reprendre sa route.

Haley lui répondit par un vague signe de la tête. Elle avait les mains moites, les jambes flageolantes.

Elle avança d'un pas. Puis d'un autre. D'un autre encore.

Adam devait être furieux contre elle.

Peut-être même refuserait-il de lui ouvrir.

Si elle lui avouait son amour, et qu'il n'en voulait pas…

Arrivée devant la porte, Haley prit une profonde inspiration. Elle avait atteint le point de non-retour.

Avec une lenteur infinie, elle tendit le bras et frappa. Adam lui ouvrit. Parfait. La phase numéro un se déroulait comme prévu.

Il écarquilla les yeux et la fixa, apparemment stupéfait.

— Bonsoir, dit-il enfin.

— Bonsoir, parvint-elle à articuler.

Haley était partagée entre le désir de s'enfuir et celui de se précipiter dans ses bras. Elle ne fit cependant ni l'un ni l'autre, et ils restèrent une bonne minute à se dévisager en silence.

— Tu veux entrer ? lui proposa-t-il enfin.

Elle acquiesça et franchit le seuil.

— Je suis…

— Je…

Ils avaient pris la parole en même temps. Haley se tut, tandis qu'il poursuivait :

— Je suis désolé. Je n'aurais pas dû m'adresser à ta mère, essayer de te forcer la main en…

La jeune femme lui posa un doigt sur la bouche pour lui imposer le silence.

— C'est moi qui suis désolée, Adam. J'ai été stupide avec mes frayeurs, mon obstination à refuser d'admettre la vérité.

Elle marqua une pause. Le cœur battant, il attendait ce qui allait suivre.

— Je t'aime, Adam.

Il avança vers elle, lui prit les mains et les serra dans les siennes.

— Dans ce cas… je suppose que tu acceptes de m'épouser ? fit-il avec un rire nerveux. J'avais l'intention d'aller t'acheter une bague demain, mais je me demande si je pourrai attendre jusque-là.

Elle hocha de nouveau la tête. La tension qui l'habitait ces derniers jours la désertait peu à peu.

— En ce qui concerne ce mariage, j'ai bien peur que nous n'ayons pas le choix. A ce stade, je vois difficilement comment nous pourrions arrêter la machine.

— Et si c'était possible de l'arrêter, est-ce que tu m'épouserais quand même ?

Levant la tête vers lui, elle lui sourit.

— Je crois que tu m'as mal comprise. Quand je dis qu'il nous sera difficile d'arrêter la machine… c'est parce que je suis éperdument amoureuse de toi. Et quand j'ai une idée en tête, j'ai du mal à m'en défaire.

— Je suis bien placé pour le savoir !

— D'ailleurs, il m'en vient une autre à l'esprit.

— Laquelle ?

Pour toute réponse, elle se suspendit à son cou et lui offrit ses lèvres.

— On va être sœurs ! s'écria Belinda, enthousiaste, en serrant Nicole dans ses bras.

Encore en chemise de nuit, elles venaient de sortir de la caravane pour prendre leur petit déjeuner.

Haley posa la tête sur l'épaule d'Adam. Après cette nuit d'amour, elle se sentait fatiguée, mais détendue et heureuse.

— On pourra dormir dans la même chambre ? demanda Nicole.

La jeune femme se tourna vers Adam. Ils n'avaient pas pris le temps de discuter de ce genre de détail. Seul comptait pour le moment le fait qu'ils s'aiment et désirent se marier.

— On pourra avoir des lits gigognes ? lança Belinda. Tu préféreras dormir en haut ou en bas ?

— On changera. Un tour chacune.

— Va pour les lits gigognes ! s'exclama Adam dans un éclat de rire.

— Des lits gigognes ? répéta horrifiée Ellen, qui sortait de la cuisine, chargée d'un grand plateau. Un mari et sa femme dorment ensemble dans un lit à deux places, voyons !

— On parlait de Nicole et de moi, mamie. Ils sont à quoi ces muffins ? Aux myrtilles ?

— Oui ma belle.

Après avoir adressé un clin d'œil à sa fille, Ellen enchaîna :

— J'imagine que vous allez acheter la bague aujourd'hui ?

— Maman ! protesta Haley.

— Voyons, ma chérie, tu sais comme moi que les hommes ont besoin qu'on insiste quelquefois un peu sur certains points…

— Ah, voici tante Laura !

— Est-ce que vous avez fixé une date ? s'enquit Ellen, regardant tour à tour sa fille et celui qui serait bientôt son gendre. Début juillet, ce serait parfait. Il ne fait pas encore trop chaud à cette époque de l'année. Sandra descendrait du Dakota avec sa famille. Et vous, les tourtereaux, vous pourriez passer votre lune de miel à New York. Il y a tant de choses à visiter dans cette ville ! Nous serons enchantés, Warren et moi, de garder les filles. N'est-ce pas, Warren ?

— Absolument.

La porte s'ouvrit sur Kyle et Laura, suivis de leurs filles, qu'ils avaient récupérées dans la caravane.

Ce fut Belinda, tout excitée, qui annonça la nouvelle.

— Eh bien, les filles d'honneur sont toutes trouvées ! fit Ellen avec un petit soupir de plaisir. Elles seraient adorables en jaune, tu ne trouves pas ? ajouta-t-elle, tournée vers Laura. Et je crois qu'une robe de cocktail dans des tons écrus conviendrait à merveille à Haley.

Cette dernière se laissa aller contre Adam.

— J'espère que tu n'envisageais pas de prendre la direction des opérations ? murmura-t-elle avec une moue comique.

— Quelle importance ? Les souhaits de ma liste sont exaucés, c'est là tout ce que je voulais !

SUSAN MEIER

Un père pour ses triplés

Traduction française de
ANNIE LEGENDRE

HARLEQUIN

Titre original :
A FATHER FOR HER TRIPLETS

Ce roman a déjà été publié en 2015

1

Ce qu'il y a de bien quand on est riche, c'est qu'on peut s'offrir tous les jouets dont on a envie.

Wyatt McKenzie sourit à cette pensée et appuya légèrement sur l'accélérateur de sa moto. La puissante machine fit un bond en avant dans la lumière bleue d'avril et fonça sur l'autoroute qui le menait à Newland, dans le Maryland.

Le deuxième avantage — qu'il appréciait tout autant que le premier —, c'était le pouvoir que lui procurait l'argent. Pas celui qu'on exerçait sur un pays ou sur de braves gens dont le gagne-pain quotidien dépendait de la bonne humeur du patron. Non, le pouvoir qu'il avait sur la gestion de son temps.

Comme en ce moment précis, par exemple. Sa grand-mère était morte un mois plus tôt et il devenait urgent de vider sa maison pour la mettre en vente. Mais Grand'ma McKenzie avait la fichue manie de dissimuler chez elle de l'argent liquide et des objets de valeur. Comme aucun de ses bijoux n'avait été retrouvé dans sa maison de Floride, la mère de Wyatt soupçonnait qu'ils étaient encore dans le Maryland. Wyatt s'était donc proposé pour faire le voyage de près de deux mille kilomètres afin de fouiller la maison.

Sa mère aurait pu s'en charger. Elle connaissait mieux que lui les bijoux en question. Mais il éprouvait un besoin urgent de se changer les idées.

Son divorce avait été prononcé la semaine précédente, non sans difficultés. Après deux ans d'un combat juridique acharné, son ex-femme avait fini par accepter les trente pour cent d'actions qu'il était prêt à lui céder, au lieu des cinquante qu'elle lui réclamait sur le capital de son entreprise. Son entreprise à lui, Wyatt McKenzie.

Elle l'avait trompé. Elle lui avait menti. Elle avait tout fait pour saper son autorité. Et elle avait fini par lui extorquer trente pour cent de ce qu'il avait mis des années à construire.

C'était vraiment injuste.

Il n'y avait pas que de la colère en lui. Il y avait aussi de la douleur. Ils avaient été mariés cinq ans avant que les ennuis ne commencent. Et, pendant toutes ces années, il avait cru qu'ils étaient heureux.

Il avait besoin d'un peu de temps et de tranquillité pour surmonter sa colère et sa peine. Partir à la chasse aux bijoux dans une vieille demeure pleine de souvenirs était un excellent prétexte pour faire une pause. Et pour tirer un trait sur le passé.

Aussi s'était-il accordé un long mois, se contentant d'informer son assistant et son meilleur ami de ses projets. Il n'avait pas besoin de rappeler à Arnie le décès de sa grand-mère. Ni de lui apprendre les déplorables conclusions de son divorce. Il ne devait d'explication à personne.

Dès qu'il vit le panneau annonçant la sortie pour Newland, la petite ville paisible dans laquelle il avait grandi, il ralentit pour quitter l'autoroute. Après avoir racheté la maison d'édition qui publiait ses romans graphiques, il avait incité toute sa famille à venir s'installer en Floride auprès de lui pour profiter du soleil. Ses parents revenaient régulièrement dans la vieille maison de Newland où Grand'ma passait tous ses étés. Mais Wyatt n'y avait pas remis les pieds depuis quinze ans.

Et aujourd'hui, il était de retour. Complètement métamorphosé.

D'abord parce qu'il était devenu riche. Ensuite, et surtout, parce qu'il n'était plus le gamin dégingandé et timide que tout le monde aimait bien, mais dont on se moquait en douce, et dont personne ne voulait dans son équipe.

Il sourit dans le vent, jouissant d'avance de la surprise que son arrivée allait susciter.

En quelques minutes il avait atteint les faubourgs de la petite ville. Il longea Main Street et, après avoir tourné deux fois à gauche, se retrouva enfin dans la rue où vivait sa grand-mère.

Il repéra immédiatement la vieille demeure de style Cape Cod dont les volets bleus relevaient la façade de bois peinte en blanc. De part et d'autre, des haies mal entretenues créaient une certaine intimité entre les maisons, quasiment semblables. Le cadre était à la fois simple et charmant. Et c'était ainsi, dans une atmosphère de chaleureuse convivialité, qu'on vivait à Newland. La vie y coulait paisiblement. Rien de commun avec la Floride où se succédaient sur un rythme effréné travail acharné, cocktails et garden-parties, compétitions nautiques et fêtes de charité.

Wyatt gara sa moto dans l'allée et coupa le moteur. Puis, son casque sous le bras, il se dirigea vers le garage dont la porte se souleva avec un grincement familier. Pas de serrure, et encore moins d'ouverture électrique. Le taux de délinquance dans la ville avoisinait zéro. Encore une différence notoire avec l'endroit où il résidait depuis quinze ans.

Ici, tout le monde se connaissait, tout le monde avait appris à s'apprécier.

Encore une chose qui lui manquait.

Il partait chercher sa moto là où il l'avait laissée quand il entendit une petite voix venant d'en haut.

— Hé ! *Mofieu !*

Il regarda autour de lui puis, ne voyant personne, il se dirigea de nouveau vers son engin.

— Hé, répéta plus fort la voix enfantine. *Mofieu !*

Wyatt se tourna en direction de la voix et son regard rencontra les deux grands yeux bruns d'un petit garçon âgé de cinq ou six ans, pas plus. Perché sur le muret longeant la rampe du garage, il lui sourit.

— *Chalut !*

— Salut.

— C'est à toi, *chette* moto ?

— Oui.

En deux enjambées, Wyatt avait rejoint l'enfant qui leva vers lui sa frimousse ronde. Il avait des cheveux bruns coupés court, avec un épi indiscipliné au sommet du crâne, des traces de boue maculaient son T-shirt et son short était trop grand pour lui.

Penchant la tête de côté, le petit garçon demanda :

— Tu m'emmènes faire un *four* ?

— Un four ?

L'enfant montra la moto d'un doigt pas très propre.

— Un *four*. Avec ça.

— Ah ! Tu veux dire un tour ?

Wyatt considéra sa machine rutilante d'un air dubitatif. Il n'avait jamais emmené d'enfant sur sa moto. Et de toute façon, hormis ceux de ses employés rencontrés à l'occasion des festivités organisées par l'entreprise, il avait peu de contact avec les enfants.

— Owen !

Une voix mélodieuse parvint, portée par l'air tiède, jusqu'aux oreilles de Wyatt. Il s'arrêta de respirer, médusé.

— Oweeennn ! répéta la voix, une octave au-dessus.

Cette voix ! Il l'aurait reconnue entre mille. C'était celle de Missy ! Missy Johnson, la plus jolie fille du lycée. Et la petite-fille de leur vieille voisine. La seule fille à qui, lui si timide, il avait accepté de donner des cours d'algèbre pour le seul plaisir d'être assis à côté d'elle.

— Owen, mon chéri ! Où es-tu ?

Douce et musicale, la voix de la jeune femme pénétra dans le cerveau de Wyatt comme la caresse d'une brise de printemps.

Il regarda le petit garçon.

— Je suppose que tu t'appelles Owen ?

L'enfant lui décocha un large sourire.

La haie remua légèrement et, soudain, elle fut là, avec ses longs cheveux blonds attachés en queue-de-cheval et son clair visage tendu par l'inquiétude.

Si lui, en quinze ans, avait changé du tout au tout, pour

elle, le temps semblait s'être figé. Les mêmes yeux bleu-gris étincelaient derrière d'épais cils sombres. Ses lèvres gracieusement arquées lui souriaient avec la même spontanéité que jadis. Son teint de pêche avait la même fraîcheur, le même éclat qu'au temps de ses dix-huit ans.

Et pourtant, s'il savait encore compter, elle en avait trente-trois, tout comme lui.

Il baissa les yeux sur les hanches pleines, moulées dans un short en toile de jean bleu délavé, sur la taille mince ceinturée d'un foulard de soie multicolore. Puis son regard glissa le long d'interminables jambes bronzées, aussi parfaites que lorsque, pom-pom girl, elle encourageait l'équipe de Newland lors des matchs de football.

Ce souvenir accéléra les pulsations de son sang dans ses veines. Leurs deux grands-mères étant voisines, ils avaient souvent l'occasion de se voir à l'époque. Et c'est ainsi que depuis l'âge de douze ans, malgré sa maladresse et sa niaiserie, il mourait d'envie de l'embrasser, elle, la reine de toutes les soirées.

Bon sang, inutile de le nier. Il avait vraiment le béguin pour elle à cette époque.

Elle lui jeta un regard interrogatif.

— Je peux vous aider ?

— Bonjour, Missy.

Elle le dévisagea, les yeux arrondis par la surprise.

— Est-ce que… Nous connaissons-nous, par hasard ?

— Tu ne me reconnais pas ?

— Je devrais ?

— C'est tout de même grâce à moi que tu as réussi ton examen de rattrapage en algèbre.

Elle plissa ses jolis yeux bleus, hésita une seconde avant de s'écrier :

— Wyatt !

Il se balança sur les talons avec un petit rire.

— En chair et en os.

Le regard de Missy glissa de son blouson de cuir au casque

qu'il tenait sous son bras. Elle sembla hésiter, ayant du mal visiblement à réconcilier l'image du motard bronzé au foulard rouge noué autour du cou avec celle de l'adolescent tout en os et boutons d'acné qu'elle avait connu au lycée.

— Wyatt ! répéta-t-elle.

Il retira ses lunettes de soleil.

— J'ai changé tant que cela ?

De nouveau, elle le scruta d'un bref regard et Wyatt sentit tout son corps vibrer. Comme s'il était encore l'adolescent mourant d'envie d'inviter la plus belle fille de la soirée.

Il baissa les yeux sur le petit garçon.

— Il est à toi, ce petit bonhomme ?

Missy ébouriffa l'épaisse chevelure d'Owen.

— Oui.

— Maman ! Maman !

Une petite blondinette émergea à son tour de la haie, poussant sa mère pour mieux voir ce qui se passait.

Elle tira le bas du short de Missy et s'écria :

— Lainie m'a mordue !

Une tête brune apparut dans le feuillage.

— C'est même pas vrai !

Wyatt haussa les sourcils. Trois enfants ? Et qui semblaient à peu près tous du même âge ! Missy devait faire du baby-sitting pour dépanner une voisine…

Missy rencontra son regard.

— Wyatt, je te présente mes enfants : Owen, Helaina et Claire.

Elle ajouta en administrant une tape affectueuse sur les trois petites têtes parfaitement alignées :

— Ce sont des triplés.

Wyatt faillit s'étrangler.

— Des triplés ?

Cette fois, elle lui sourit, les yeux dans les yeux.

— Oui.

Bon sang ! Wyatt se gratta le cuir chevelu, ne sachant que dire.

— Ton… ton mari et toi, vous devez être fiers.

Tournant les trois enfants en direction de la maison voisine, Missy Johnson Brooks dit d'une voix autoritaire :

— Rentrez à la maison. J'arrive dans une minute pour vous faire manger.

Puis elle affronta avec autant d'assurance qu'elle s'en sentait capable l'homme magnifique qui lui faisait face.

Wyatt McKenzie était devenu l'un des hommes les plus séduisants qu'il lui ait été donné de rencontrer. Avec sa haute stature, ses larges épaules moulées dans le cuir noir de son blouson, et ses yeux bruns pétillants de vie, il pouvait rivaliser sans peine avec une vedette de cinéma.

Le cœur battant, elle s'efforça de se ressaisir. Ses retrouvailles avec Wyatt éveillaient en elle des souvenirs, des émotions qu'elle aurait préféré avoir oubliés.

Abritant ses yeux du soleil, elle annonça :

— Mon mari et moi avons divorcé.

— Ah !… Désolé.

Elle haussa les épaules.

— Pas de problème. Et toi ?

Il fit une petite grimace.

— Divorcé aussi. De fraîche date…

Sa voix qui jadis, sous l'effet de la mue, allait sans cesse de l'aigu au grave, était maintenant lente et profonde, et si sensuelle que Missy, la bouche sèche, déglutit péniblement.

Elle n'allait tout de même pas se laisser impressionner ? Elle avait déjà commis l'erreur d'épouser un beau mâle, un de ces hommes qui vous font vibrer des orteils jusqu'à la racine des cheveux et qui, quelques années plus tard, l'avait laissée tomber, avec trois enfants. Ce genre de mésaventure vous aide à grandir. Et vite !

Elle s'éclaircit la gorge.

— J'ai entendu dire que tu avais bien réussi professionnellement ?

— Ça peut aller… Je publie des romans graphiques.

— Tu publies ? Ou tu dessines ? Je me souviens qu'au lycée tu avais déjà un bon coup de crayon.

De nouveau, le sourire sexy de Wyatt éclaira son visage.

— Je dessine et j'écris le scénario… de temps en temps. Mais maintenant, je possède surtout ma propre maison d'édition. Et ça marche plutôt bien.

Baissant les yeux sur les enfants dont le visage rond s'encadrait toujours dans la haie, il ajouta :

— Mais je vois que, toi aussi, tu n'as pas perdu ton temps.

Lentement, prudemment, elle rencontra son regard. Il n'était pas le seul à avoir fait du chemin depuis le lycée. Elle ne pouvait pas prétendre être riche, bien sûr. Mais, outre l'éducation de ses enfants, elle avait créé sa petite affaire.

— Oui. Je suis devenue chef d'entreprise.

— Vraiment ?

Il sourit de nouveau, de ce petit sourire irrésistible que Missy ne lui connaissait pas. Et son cœur fit un petit saut périlleux.

Elle se ressaisit tout de suite.

— Enfin, d'une toute petite entreprise.

— Il y a un début à tout… Bon, je vais rentrer ma moto dans le garage. Sinon, Owen va nous harceler pour que je l'emmène sur mon beau destrier.

Elle recula d'un pas. Bien sûr, un homme comme lui n'avait pas de temps à perdre avec une mère de famille nombreuse.

Des souvenirs l'envahirent, qu'elle s'efforça en vain de chasser. Elle revit le grand jeune homme brun, maigre à faire peur, qui s'évertuait gentiment à lui faire comprendre les mystères de l'algèbre. Elle se rappela comme si c'était hier — pourquoi une telle fraîcheur dans les souvenirs ? — qu'elle avait fini par accepter d'être sa cavalière pour la fête de fin d'année. Et qu'au dernier moment elle n'avait pu honorer sa promesse.

Un besoin aussi absurde qu'irrésistible de s'excuser lui brûla la langue. Mais elle se retint.

— Ravie de t'avoir revu.

Il lui décocha un nouveau sourire.

— Moi aussi. Vraiment.

Après un dernier sourire, la jeune femme, aussitôt imitée par ses trois enfants, s'enfonça dans la haie qui se referma lentement sur eux.

Une fois regagné le havre protecteur de sa maison, Missy se laissa tomber sur l'un des vieux canapés du salon. S'apercevant qu'elle tremblait, elle s'empara d'un coussin et y plongea son visage.

Elle savait qu'en revoyant l'un de ses camarades de lycée, quel qu'il soit, elle serait ramenée aux pires années de sa jeunesse.

Et parmi toutes ces années, à un jour particulier.

Celui de la remise des diplômes…

Son père, jadis brillant journaliste de renommée internationale, était passé comme souvent par le seul bar chic de Newland avant de rentrer à son domicile. Ivre, il avait frappé leur mère, secoué Missy au point de déchirer sa belle robe de fête, et avait violemment tordu le bras de sa cadette.

La petite Althéa, celle que sa mère appelait l'enfant du miracle et son père une « erreur », avait dû être emmenée aux urgences. Une fois le bras immobilisé, une assistante sociale était entrée dans la salle d'auscultation.

— Où est votre mère ?

— Elle travaille. J'étais seule avec ma sœur quand elle s'est blessée. Et de toute façon, j'ai dix-huit ans.

Devant l'incrédulité de la brave femme, Missy avait dû lui montrer son permis de conduire.

Une fois l'assistante sortie, Althéa lui avait décoché un regard désapprobateur. Elle aurait voulu qu'elle dise la vérité.

— Tu préfères aller dans un orphelinat ? Ou que notre père recommence à frapper maman ?

C'est ainsi qu'elles s'étaient tues, continuant à feindre de vivre dans la maison du bonheur.

Missy laissa échapper un long soupir. Tout cela était si loin, maintenant. Althéa avait quitté la maison. Elle travaillait désormais pour une association humanitaire, quelque part en Afrique. Et leur mère, rongée par le chagrin, s'était éteinte prématurément.

Quant à leur père… Il était parti, lui aussi. Il travaillait en free-lance aux quatre coins du monde, et revenait de temps en temps, soi-disant pour voir ses petits-enfants, mais surtout pour lui demander de l'argent.

Elle sentit une petite main se poser sur son épaule.

— Qu'est-ce qui ne va pas, maman ?

C'était Owen. Avec sa petite frimousse malicieuse et son grand cœur.

Elle sortit son visage du coussin mouillé de larmes.

— Tout va bien, mon chou, dit-elle en lui ébouriffant les cheveux d'un geste tendre. Je suis un peu fatiguée, c'est tout.

Et tout n'allait pas si mal, en effet. Parce que, après son divorce, comprenant qu'aucun prince charmant ne viendrait jamais à son secours, elle avait décidé de prendre sa vie en main. Elle avait une mission : faire en sorte que ses enfants grandissent en paix, à l'abri de la faim et du froid, dans une maison qui serait le foyer qu'elle n'avait jamais eu.

Et c'était ce qu'elle avait fait.

Mais plus jamais elle ne ferait confiance à un homme. Pas même à un vieux camarade de lycée.

Un peu désorienté, Wyatt pénétra dans la maison de sa grand-mère.

Tout au fond de sa mémoire, il avait laissé une ravissante jeune fille de dix-huit ans. Et cette jeune fille avait grandi. Elle était devenue femme, puis mère de famille.

Pourquoi cela le déconcertait-il à ce point ? Lui aussi avait mûri, s'était marié. Avait divorcé. Exactement comme elle.

Son portable sonna. Il le sortit de la poche de son blouson.

— Bonjour, Arnie. Quel bon vent t'amène ?

— Pas grand-chose… Sauf que le nom des gagnants des Wizard Awards a été annoncé ce matin… Tu as été cité trois fois.

— Ah bon ?

— Je pensais que cela te ferait plus d'effet que cela.

Lui aussi. Mais décidément, l'image de Missy lui trottait dans la tête, occultant toute autre idée, aussi importante soit-elle.

Prenant conscience de l'étrangeté de son silence, il chercha quelques mots aimables pour remercier l'assistant qui s'était donné la peine de le prévenir.

— Je suis vraiment ravi, mon vieux. C'est une superbe récompense.

— Et bien méritée. Tes livres s'arrachent, tu le sais très bien.

Wyatt sourit. Il était assez content de ses dernières histoires, en effet. Non qu'il soit prétentieux. Mais il commençait à connaître le métier. Et il publiait assez de romans graphiques pour savoir reconnaître un bon livre quand il en rencontrait un. Fût-il de sa main.

Sans crier gare, ses pensées prirent un autre tour… Il savait ce qui le dérangeait à propos de Missy. La dernière fois qu'il l'avait vue, ou plutôt qu'elle avait brillé par son absence, c'était parce qu'elle lui avait posé un lapin. Elle avait accepté son invitation pour la soirée de fin d'année, et elle n'était pas venue. Les semaines qui suivirent, elle ne vint plus jamais frapper à la porte de sa grand-mère comme elle le faisait jadis. Il ne la rencontra plus dans la rue.

Juillet, août s'étaient écoulés sans qu'elle donne signe de vie. Puis il était parti pour l'université sans avoir la réponse aux deux questions qu'il se posait : pourquoi la plus belle fille du lycée l'avait-elle accepté comme cavalier et pourquoi l'avait-elle laissé tomber ?

Il revint brutalement sur terre.

Son collègue était toujours à l'autre bout du fil.

— Arnie ? Tu es toujours là, mon vieux ? Merci d'avoir appelé. Super nouvelle ! A bientôt.

Sans écouter la réponse de son interlocuteur, il referma son téléphone d'un geste sec.

Missy lui devait une explication. Quinze ans plus tôt, même s'il l'avait revue, il n'aurait jamais osé lui demander ce qui s'était passé. Mais aujourd'hui, à trente-trois ans, il avait mûri. Et il avait largement fait ses preuves. Alors, il considérait qu'il avait le droit de savoir.

2

Le lendemain matin, Wyatt se réveilla avec la migraine. Après le coup de fil d'Arnie, il s'était rendu au petit libre-service du quartier pour y faire quelques emplettes : du pain, du fromage et un pack de bière. Se rappelant soudain les récompenses attribuées à ses trois derniers ouvrages, il avait décidé qu'il fallait fêter ça et avait ajouté une demi-bouteille de champagne bon marché. Le seul qu'ils avaient.

A présent, son crâne douloureux lui paraissait lourd comme un bloc de granit.

Ça lui apprendrait à enfreindre la règle de modération qu'il s'était imposée en toutes choses.

Il enfila un T-shirt propre, un vieux jean et alla se préparer du café. Puis, sa tasse à la main, il sortit sur le porche pour respirer l'air frais du matin.

De l'endroit où il était, il pouvait voir par-dessus la haie. Missy était en train d'étendre du linge à l'arrière de sa maison. La veille, il avait failli lui demander pourquoi elle n'était pas venue à leur rendez-vous. Mais quelle importance cela avait-il ? Le passé n'était-il pas mort et enterré ?

Pourtant il resta sur le porche, à l'observer. Elle n'avait pas remarqué sa présence. Occupée à sortir son linge de la panière et à l'étirer soigneusement avant de l'étendre, elle n'avait même pas entendu sa porte s'ouvrir.

Alors, dans cette paisible matinée de la fin avril, tandis que le clocher sonnait 10 heures, il se complut à observer sa jeune et jolie voisine. Son regard caressa ses longues jambes satinées, s'attarda sur la manière dont son joli fessier s'arrondissait sous le short quand elle se penchait pour prendre du linge dans le bac posé à ses pieds. Avec sa silhouette juvénile et sa queue-de-cheval blonde qui dansait sur ses épaules, il était difficile d'imaginer qu'elle avait passé la trentaine. Et qu'elle était mère de trois enfants.

— Hé ! *Mofieu !*

Son regard dégringola les cinq marches qui séparaient le perron du terre-plein de gravillon. Owen était là, les jambes écartées, un grand sourire éclairant sa frimousse.

— Salut, mon petit gars.

— Tu veux bien qu'on regarde la télé ?

— Chez moi ? Impossible. Ma grand-mère a résilié l'abonnement.

Il rit et descendit les marches.

— Et puis, ne crois-tu pas que ta mère risque de s'inquiéter ?

L'enfant opina du chef.

— Alors, je crois que tu ferais mieux de rentrer chez toi.

Cette fois, Owen fit un geste de dénégation.

Wyatt gloussa et, d'un trait, but le reste de son café. Le gamin savait ce qu'il voulait. Il lança un regard vers la haie, mais, d'où il était, il ne pouvait voir si Missy était encore là.

Il aurait pu crier pour lui demander de venir reprendre son fils. Mais tout de même, cela aurait semblé bizarre. Après tout, ce n'était pas comme s'ils étaient de parfaits étrangers.

Une révélation s'imposa brusquement à lui. Il avait peur de parler avec elle.

A moins qu'il ne soit en train de devenir misogyne parce qu'il s'était fait proprement rouler dans son divorce ?

Wyatt carra les épaules. Non, décidément, il n'avait pas peur de Missy. Et, même s'il ne se remariait jamais, il n'allait tout de même pas finir sa vie en ermite à cause d'une femme.

Son mug vide dans une main, la main d'Owen dans l'autre, il se dirigea d'un pas ferme vers la haie, l'écarta pour faciliter le passage du petit garçon, puis lui emboîta le pas.

De l'autre côté, des vêtements d'enfant et une gracieuse

lingerie féminine se balançaient au gré du vent sur la corde à linge. Mais la panière et Missy avaient disparu.

Il pouvait toujours laisser Owen dans son jardin et lui expliquer qu'il ne fallait plus qu'il vienne chez lui. Mais, comme s'il lisait dans ses pensées, le petit garçon leva vers lui un grand regard brun de chiot mouillé.

Wyatt sentit son cœur fondre.

— D'accord, je te raccompagne jusque chez toi.

Owen lui lâcha la main et, vif comme l'éclair, se précipita vers la porte de la cuisine.

— M'man ! hurla-t-il, le monsieur d'à côté est revenu !

Voilà maintenant qu'il était transformé en harceleur !

Missy ouvrit la porte en grand et Owen s'y engouffra en courant tandis que Wyatt attendait au pied des marches.

— Désolé, dit-il en levant les yeux vers Missy.

De nouveau, son regard remonta le long de ses jambes, glissa sur le short en jean blanc, s'attarda plus longtemps qu'il ne convenait sur le T-shirt rose dessinant discrètement la courbe de seins épanouis puis s'arrêta sur son visage souriant. Un violent désir l'assaillit, qu'il refoula aussitôt. Missy était une respectable mère de famille. Et, seule avec trois enfants, elle se remettait probablement très mal de son divorce. Quant à lui, ce n'était pas d'une relation sérieuse qu'il avait besoin mais de sexe.

— Owen a fait une soudaine apparition à la porte de la cuisine. Et j'ai pensé que tu risquais de t'inquiéter.

Missy fronça les sourcils.

— C'est curieux… Il n'a jamais fait ça jusqu'à présent. Il est plutôt du genre à traîner dans mes jupes. C'est sans doute parce que notre nouveau voisin est un homme…

Elle sourit en désignant son mug vide d'un geste du menton.

— Monte. J'ai du café tout prêt.

L'offre était courtoise et faite avec une sincère gentillesse. Et elle ne le considérait visiblement pas comme un intrus. C'était l'occasion idéale pour lui de fréquenter de nouveau une personne de l'autre sexe. Même s'il ne s'agissait que d'une simple conversation autour d'une tasse de café.

Wyatt grimpa les marches en deux enjambées.

— Merci. Je ne dis pas non.

Elle le fit entrer dans la cuisine dont elle referma la porte moustiquaire derrière lui. Les deux petites filles, assises autour de la grande table de chêne, étaient en train de faire des coloriages. Le comptoir était encombré de bols, de cuillères et de bocaux de toutes sortes, comme si Missy était en train de cuisiner quelque chose. Quant à Owen, il se tenait debout dans un coin, les bras croisés, visiblement content d'avoir pu ramener un mâle dans sa tanière.

Missy indiqua la table à son visiteur du bout de la longue cuillère de bois qu'elle était en train d'utiliser.

— Assieds-toi donc.

Les deux fillettes, concentrées sur leur ouvrage, levèrent à peine les yeux quand il s'installa. Un rapide sourire, puis elles retournèrent à leur travail. Missy posa devant lui son mug rempli du breuvage odorant.

— Qu'est-ce que tu fais de bon ?

— De la pâte d'isomalt.

Wyatt fit la grimace. Cela n'avait pas l'air très appétissant.

— Qu'est-ce que c'est que ça ?

Missy alla reposer le pot de café sur le comptoir.

— Un édulcorant qui sert à confectionner des décorations pour les gâteaux.

— Je me souviens ! Au lycée, tu faisais déjà des gâteaux épatants pour les anniversaires. On t'en commandait même parfois pour les fêtes de famille.

— C'est comme ça que je pouvais m'acheter des vêtements.

Il claqua de la langue.

— Tsss ! Tout le monde savait bien que vous étiez plutôt à l'aise.

Missy se détourna et rétorqua, d'un ton nettement plus froid :

— Mon père exigeait de moi que je paie mes vêtements. Il considérait que cela faisait partie d'une bonne éducation.

Mais, quand elle se retourna vers lui, elle souriait.

Perplexe mais peu désireux de se mêler de ce qui ne le regardait pas, Wyatt se dirigea vers le comptoir.

— Et pour qui est ce gâteau ?

— Il s'agit d'un gâteau de mariage. Une grande noce, aussi tape-à-l'œil que possible. La mariée veut que le gâteau soit à la hauteur.

Soudain, les pièces du puzzle se mirent en place.

— C'est donc cela, ton entreprise ? s'exclama Wyatt.

Missy opina du chef.

— De nos jours, les futurs mariés qui en ont les moyens veulent une pièce montée assortie à leur tenue de cérémonie. Et au décor de la salle. Ce qui me demande parfois jusqu'à quinze jours de travail. Tu n'imagines pas les trésors d'imagination dont ils font preuve quand il s'agit de trouver un thème… Mais ça paye plutôt bien. Et, comme j'ai hérité de cette maison et que nos dépenses sont peu élevées, deux gâteaux par mois suffisent à nous faire vivre.

— Mais que fais-tu en hiver ? A cette saison, il n'y a pas beaucoup de courageux pour affronter les frimas, même pour se passer la bague au doigt.

— C'est bien pour ça qu'il faut que je fasse au moins deux gâteaux par mois en pleine saison.

Elle ajouta avec une certaine fierté :

— Mais j'ai un carnet de commandes déjà bien rempli. Un gâteau pour les deux dernières semaines d'avril, un pour chaque week-end de mai, de juin et de juillet, et deux en août. Ce qui devrait pouvoir nous faire vivre jusqu'en avril de l'an prochain.

— Ça me paraît plutôt bien organisé.

Wyatt vida son mug et se leva.

— Il va falloir que j'y aille.

Un de ses brusques et radieux sourires éclaira le visage de Missy.

— Tu ne m'as pas dit pourquoi tu étais revenu.

Wyatt se demanda si elle voulait seulement être polie et eut un léger haussement d'épaules.

— Je viens ici pour la chasse.

— La *chache* ? répéta Owen, soudain intéressé.

— Oui, la chasse aux bijoux de famille.

Cette fois, Missy rit franchement. Wyatt l'imita.

— Il semblerait que ma défunte grand-mère ait eu en sa possession plusieurs parures héritées d'une lointaine aïeule qui les aurait elle-même rapportées d'Ecosse.

— Oh ! Peut-être des joyaux de la Couronne ? suggéra Missy, l'œil soudain brillant comme toutes les femmes quand on parlait bijoux.

— N'exagérons rien. En tout cas, pour ma mère, ce sont des souvenirs de famille. Et j'ai promis de les retrouver.

— Ta grand-mère n'avait pas de coffret à bijoux ?

— Si, et je l'ai repéré tout de suite. Mais les joyaux écossais n'y sont pas. J'ai envoyé la photo du contenu à ma mère qui ne les a pas reconnus.

— Donc, tu restes ici jusqu'à ce que tu les aies retrouvés ?

— Je me donne quatre semaines. Je ne peux pas m'absenter indéfiniment.

— Tu auras peut-être le temps de venir partager un barbecue avec nous, un de ces soirs ?

A ces simples mots, Wyatt fut assailli par le souvenir des après-midi qu'il partageait avec Missy dans le jardin de sa grand-mère. Installé à ses côtés à la table de pique-nique, il passait de longues heures à tenter de lui faire assimiler quelques rudiments d'algèbre. Ses narines frémissaient encore du parfum des cerisiers en fleur, et sur son palais revenait la mémoire des délicieuses saveurs des tartes aux fruits maison. Mais surtout, c'est à la jeune lycéenne frémissante, à la peau tendre et au corps tiède, si près de lui, qu'il pensait avec une douce nostalgie.

Oui, décidément, passer une bonne soirée avec une femme qui lui rappelait d'aussi radieux souvenirs pourrait l'aider à se distraire d'un divorce difficile.

Il sourit.

— Ça me semble être une bonne idée.

Et, sur ces mots, regagnant la maison de sa grand-mère, il monta tout droit à la chambre à coucher de la vieille dame.

Comme Grand'ma McKenzie vivait quatre mois de l'année dans le Maryland, la maison était encore meublée et équipée comme avant son départ. Un vieux couvre-lit en cotonnade fleurie, assorti aux rideaux, recouvrait l'immense lit de chêne noirci. Des lampes à abat-jour de dentelle étaient disposées sur chacune des tables de nuit et sur la commode. Et toute la pièce était envahie par l'odeur d'un pot-pourri de fleurs fanées qui trônait sur la cheminée de marbre blanc.

Prenant son courage à deux mains, Wyatt s'attela de nouveau à ses recherches. Il avait déjà fouillé la veille tous les tiroirs de la pièce. Il lui restait l'immense penderie et un bonheur-du-jour disposé près de la fenêtre. Mais son instinct lui disait que sa grand-mère avait dû cacher cette parure écossaise dans un recoin secret, digne de sa splendeur passée.

Peut-être un compartiment avait-il été aménagé derrière une tenture ou un tableau ? Dans le plancher ?

Il poussa le lit contre le mur et entreprit de rouler l'un des tapis persans qui servaient de descente de lit. Puis, du plat de la main, il tâta les planches, leur imprimant une légère pression à intervalles réguliers, à la recherche d'un ressort secret ou d'une quelconque aspérité.

En vain.

Il procéda de même de l'autre côté du lit, tâtonna encore méthodiquement. Et sursauta violemment. Sa main venait de se poser sur quelque chose de dur.

Il leva lentement les yeux.

C'était les genoux d'Owen.

— Salut, dit le petit garçon, agenouillé à côté de lui, avec un bon sourire.

— Salut. Ta maman sait que tu es là ?

Owen secoua négativement la tête.

Wyatt soupira.

— Bon… Ecoute, Owen, je crois que je comprends ton problème. D'après ce que j'ai pu constater chez toi tout à l'heure, tu t'ennuies un peu dans cette maison pleine de filles.

Les paupières d'Owen s'abaissèrent deux fois sur ses grands yeux bruns.

— Mais tu ne peux pas non plus passer ton temps à venir ici.

— Mais si, je peux. La haie est toujours ouverte.

Wyatt ravala un gloussement. Le gamin avait de la repartie.

— Bon, d'accord. Disons que, techniquement, c'est possible mais que tu ne dois pas le faire. Ta mère pourrait s'inquiéter.

Owen brandit un téléphone portable.

— On peut l'appeler avec *cha.*

Wyatt étouffa un juron.

— Owen, mon petit gars, je ne veux pas te faire de peine mais, si tu prends le téléphone de ta mère, tu vas au-devant de graves ennuis.

Il bondit sur ses pieds et tendit la main à son petit visiteur.

— Désolé, vieux. Mais il faut que je vous ramène à la maison, toi et le téléphone.

Retraversant la haie en tenant Owen par la main, il grimpa de nouveau les trois marches qui menaient à la cuisine de Missy.

Il gratta à la porte moustiquaire et appela :

— Missy ?

Elle apparut aussitôt et, poussant le battant grillagé, vit Owen.

— Oh ! Non. Je suis désolée. Je croyais qu'il était dans la salle de jeux avec les filles.

S'agenouillant devant son fils, elle le regarda dans les yeux.

— Mon chéri, tu sais très bien que tu dois rester ici, avec maman.

Pour toute réponse, Owen enroula son bras autour de la cuisse de Wyatt et la serra bien fort.

Toute l'enfance de Wyatt revint alors l'assaillir, avec son

lot d'amertume et de déceptions. Il n'était jamais invité à jouer chez ses voisins du même âge parce qu'il était trop timide et malingre. Owen, quant à lui, ne partageait pas les jeux de ses sœurs parce qu'il n'était pas une fille. Mais le sentiment d'exclusion était le même.

Le cœur de Wyatt se serra.

— En fait, je ne l'ai pas ramené pour m'en débarrasser. Je voulais juste que tu saches où il était et te rendre ceci.

Il tendit le téléphone portable à Missy qui ouvrit de grands yeux.

— Owen ! Tu as pris le téléphone de maman ?

— Oui. Pour te *pwévenir.*

Missy se passa la main sur le front.

— Oui, évidemment. C'est logique…

Elle ajouta en reportant son attention sur Wyatt :

— Tu veux dire que tu peux le garder avec toi un moment ?

— Exactement. On trouvera toujours quelque chose à faire. Hein, mon gars ?

Owen leva un regard éperdu d'adoration vers son nouvel ami.

Missy attira l'attention de son fils en lui posant une main solennelle sur l'épaule.

— Si je te laisse avec M. McKenzie ce matin, tu me promets de rester sagement ici tout l'après-midi ?

Owen opina du chef avec conviction.

— Vous n'allez pas vous ennuyer, tous les deux ? demanda encore Missy en s'adressant cette fois à son visiteur.

— Ma grand-mère ne jetait jamais rien. Je suis sûr qu'il doit encore y avoir dans le grenier les jeux vidéo avec lesquels je jouais quand j'étais gamin. Et puis, j'ai vu un bac à sable du côté de la corde à linge. Ça peut nous occuper un moment.

Owen tira sur son jean pour attirer son attention.

— J'ai des *tamions.*

Missy s'empressa de traduire :

— Il adore jouer avec ses camions dans le sable.

Wyatt hocha les épaules avec complaisance.

— Alors, ce sera le bac à sable. Je n'ai pas encore pris

ma douche et ça me changera de la poussière et des toiles d'araignées.

Il fut récompensé par un beau sourire.

— Merci beaucoup. J'apprécie. Vraiment.

— Pas de problème.

Vingt minutes plus tard, Missy, qui attendait devant son énorme robot de cuisine que son mélange de sucre et de gélatine refroidisse, regardait Owen et Wyatt par la fenêtre de la cuisine. Soudain, ses yeux se remplirent de larmes. Son petit garçon avait besoin de la présence d'un homme. Mais son mari était parti travailler à l'autre bout du monde et se contentait des photos qu'elle lui envoyait de temps en temps par internet. Son père était devenu un alcoolique dépendant et passait son temps lui aussi à barouder autour de la planète. Décidément, elle n'avait pas un éventail de choix bien fourni pour son petit garçon.

Owen était en train de faire rouler un camion de plastique jaune sur la route qu'ils avaient dessinée dans le sable, tandis que Wyatt attendait patiemment qu'il le rejoigne pour charger la remorque avec sa pelleteuse rose vif. Une fois cette tâche accomplie, l'enfant poussa son camion vers l'autre bout du bac à sable où il vida sa charge sur un tas qui croissait à vue d'œil.

Missy s'accouda sur l'appui de la fenêtre, son menton dans la paume de sa main. A supposer même que cela soit possible, il n'était pas raisonnable d'envisager une aventure avec Wyatt. Pourtant, cela ferait un bien fou à Owen d'avoir un homme comme lui dans les parages.

Cela dit, s'il l'avait voulu, un homme aussi séduisant que lui — et aussi à l'aise financièrement —, aurait déjà pu avoir toute une brochette d'enfants. Ce ne serait donc pas juste de lui imposer la présence d'Owen. Ce n'était pas pour ça qu'il était venu.

Elle leur apporta un pichet de jus de fruits et une assiette de biscuits, et annonça d'une voix ferme :

— Désolée, mais je pense que quelqu'un que je connais bien devrait se reposer un peu avant le repas.

Wyatt s'étira avec un long bâillement.

— Tu as tout à fait raison. Je me suis levé à 6 heures ce matin et un petit somme ne me ferait pas de mal.

Il se remit sur ses pieds et demanda au petit garçon :

— Tu veux jouer un peu avec moi cet après-midi ?

Owen hocha la tête énergiquement.

— Bon, alors à tout à l'heure.

Wyatt saisit deux biscuits dans l'assiette que Missy lui tendait et se dirigea vers la haie.

Missy le regarda partir avec un sourire pensif. C'était décidément quelqu'un de bien. Peut-être pouvait-elle trouver le moyen de le garder dans les parages quelque temps. Puisqu'il était seul dans la maison de sa grand-mère, il ne serait sans doute pas mécontent d'avoir au moins un repas décent dans la journée.

Et côté cuisine, elle avait du répondant.

Wyatt émergea de la haie vers 4 heures de l'après-midi. Comme Owen était déjà dehors, il ne vint pas jusqu'à la maison. Missy retourna les morceaux de poulet dans la marinade au citron, remit le tout au réfrigérateur et alla s'occuper de passer l'aspirateur et de nettoyer les salles de bains. Quand elle sortit dans la lumière rase de la fin d'après-midi, Owen et Wyatt étaient installés à la table de jardin.

Son plat de poulet mariné dans une main, un petit sac de charbon de bois dans l'autre, elle se dirigea vers eux.

— Wyatt, cela t'ennuierait de m'aider à allumer le barbecue ?

Wyatt bondit sur ses pieds.

— J'arrive.

Il s'empara du sac de charbon de bois et eut un petit rire amusé.

— Je ne savais pas qu'on utilisait encore ce genre de chose.

— C'est moins cher qu'un barbecue électrique.

Tandis qu'il s'activait autour de l'appareil, Missy ajouta d'un ton léger :

— A propos, j'ai fait mariner assez de poulet pour une armée. Et mon invitation pour un barbecue tient toujours. Si cela te tente…

— Si j'arrive à allumer et à entretenir ce maudit feu, d'accord, répondit Wyatt en lui décochant un sourire éclatant.

— Marché conclu !

Elle retourna dans sa cuisine et, tout en s'activant, continua à observer son fils et Wyatt par la fenêtre. L'un expliquait doctement à l'autre ce qu'il faisait. Et le petit garçon avait le visage épanoui de plaisir.

De nouveau, les larmes montèrent aux yeux de Missy.

Il fallait absolument qu'elle trouve une compagnie masculine pour son fils. Peut-être un voisin. Ou l'un des instituteurs de l'école, quand il serait en âge d'y aller.

Il était hors de question en effet qu'elle s'engage dans une relation amoureuse tant que son affaire n'aurait pas acquis une bonne vitesse de croisière.

Elle tenait absolument à être indépendante financièrement.

Wyatt alla prendre une douche et se changer pendant que le poulet cuisait sur le gril. Il aimait cet enfant. Il l'aimait beaucoup. Owen n'avait rien d'un gamin braillard ou capricieux. C'était un petit garçon très agréable qui prenait la vie du bon côté.

Et puis, contre toute attente, il s'était bien amusé au cours de cet après-midi passé avec lui. De plus, il appréciait que Missy le traite non comme un invité, ou un simple voisin, mais comme un ami. C'était bien ce qu'il s'était dit le matin même. Une relation platonique avec cette charmante jeune femme l'aiderait à se remettre de son divorce.

Il se passa la tête sous le jet de la douche. A condition qu'il parvienne à maîtriser l'attirance qu'il éprouvait pour elle. Cela lui rappela les années de lycée. Rien n'avait vraiment changé, finalement. A l'époque, elle fréquentait les champions de l'équipe de base-ball, tandis que lui souffrait en silence tout en l'aidant à faire ses devoirs.

Il laissa échapper un rire joyeux. Mais il n'avait plus rien du grand échalas introverti qu'il était alors. Il avait appris à obtenir ce qu'il voulait. Et ce qu'il voulait, pour l'heure, c'était elle. Il était libre. Et elle aussi.

Le seul ennui, c'est qu'il était hors de question de gâcher leur amitié. Pas question de jouer au chat et à la souris avec une fille comme elle.

Donc, la question était réglée. Pas de flirt. Aucune ambiguïté. Il serait amical, gentil avec les enfants, respectueux. Et il n'attendrait rien, strictement rien en retour.

Quand il revint dans le jardin de Missy, vêtu d'un T-shirt et d'un jean propre, un plat de riz pilaf à l'ananas était posé au milieu de la table et Missy était en train de retirer les morceaux de poulet du gril.

— Prends une assiette et sers-toi, dit-elle simplement.

Il enveloppa la table du regard.

— Les enfants ne sont pas servis.

— Je m'en occupe.

— Je peux t'aider si tu veux.

De nouveau, un sourire lumineux le récompensa.

Wyatt remplit trois assiettes pour les enfants et prit place à côté d'Owen tandis que Missy s'installait en face de lui à côté de ses deux filles.

Cela lui rappela le bon vieux temps du lycée : les filles d'un côté, les garçons de l'autre.

Claire, la blondinette aux yeux bruns si semblables à ceux de son frère, le remarqua aussi :

— C'est comme à l'école. Il y a un côté pour les garçons et un autre pour les filles.

Wyatt rencontra le regard souriant de Missy.

— A ton avis, c'est plutôt une bonne ou une mauvaise chose ?

— Je ne sais pas. Nous n'avons jamais eu d'autre garçon qu'Owen, à la maison.

— Vraiment ?

Missy eut l'air soudain absorbée par l'assiette d'Helaina, dont elle coupait le poulet en petits morceaux.

Intéressant. Donc, il n'y avait pas eu d'homme dans sa vie depuis le départ du père. S'il se débrouillait bien, il avait toutes ses chances…

Stop ! Il avait déjà pris une décision à ce sujet. Il était préférable que leurs relations restent sur un terrain amical.

Et donc strictement platonique.

Ils parlèrent donc de choses et d'autres tout en mangeant. Surtout des changements survenus dans la ville depuis toutes ces années. Puis, après avoir aidé au débarrassage de la table, Wyatt annonça qu'il devait rentrer.

— Pour continuer ma chasse au trésor, dit-il à Owen.

L'enfant leva aussitôt un regard suppliant vers sa mère.

— Moi aussi, je peux aider à la chasse au trésor, m'man ?

— Hélas, non. C'est l'heure du bain. Ensuite, au lit pour que je vous raconte à tous une histoire avant de dormir.

Wyatt, qui se souvenait de ses frustrations d'enfant, se mit à la hauteur du petit garçon et le prit par les épaules.

— Tu dois te reposer si tu veux avoir la force de m'aider à construire une tour haute comme le ciel, demain matin.

Le regard d'Owen s'éclaira. Il lança ses petits bras autour du cou de son nouvel ami et le serra très fort.

Puis il partit vers la maison en courant.

Un flot d'émotion envahit Wyatt. C'était la première fois qu'il avait l'occasion de serrer un enfant dans ses bras. Et cela suscitait en lui un bouleversant sentiment de force… et d'amour. Sa décision de resserrer ses liens avec cette famille s'en trouva accrue. Cela pourrait aider Owen. Et, quant à lui, cela lui permettrait de sortir de la forteresse qu'il avait érigée autour de lui ces dernières années.

Tous deux avaient à y gagner.

Missy eut un soupir heureux.

— Merci.
— Tout le plaisir est pour moi.
Elle se leva avant d'ajouter :
— Désolée, mais je dois y aller. Si je les laisse tous les trois seuls dans la salle de bains, je risque une inondation.

Il avait repris ses investigations dans la chambre de sa grand-mère depuis une bonne heure quand, par les larges vitres du bow-window, il vit Missy se laisser tomber dans l'un des fauteuils de jardin, sous le porche de la cuisine.
Elle avait l'air épuisée.
Wyatt la considéra un long moment, pensif. S'il voulait vraiment lui venir en aide, il devait connaître ses vrais besoins.
Quant à lui, il avait bien mérité une petite récréation. En sa compagnie.
Il alla prendre deux canettes de bière dans le réfrigérateur et, franchissant la haie pour la quatrième fois de la journée, traversa la pelouse en quelques enjambées.
Apparemment plongée dans ses pensées, elle ne semblait pas l'entendre, aussi appela-t-il du bas des marches :
— Missy ? Je t'ai vue sortir. Cela ne t'ennuie pas si je me joins à toi ?
— Non, bien sûr… Au contraire.
Il perçut une hésitation dans sa voix mais décida que ce n'était que de la fatigue.
— Je ne suis pas venu les mains vides, ajouta-t-il en brandissant les canettes de bière.
Il grimpa les trois marches et alla s'asseoir dans le fauteuil libre avec un soupir de satisfaction.
— Ton fils épuiserait un athlète de haut niveau.
Elle rit.
— C'est un gentil petit garçon et il te voue une véritable vénération. J'apprécie beaucoup ce que tu fais pour lui, Wyatt. Vraiment.
Elle but une gorgée de bière.

— Waouh ! Cela fait des années que je n'ai pas bu une bonne bière fraîche.

Wyatt se carra plus confortablement dans son siège.

— Parle-moi un peu de ton nouveau job.

Elle le considéra soudain avec plus d'attention et il sentit son cœur faire un vol plané. Dans la pénombre du soir tombant, les yeux gris-bleu de la jeune femme luisaient comme ceux d'un chat. Ses cheveux, qu'elle réunissait en queue-de-cheval dans la journée, retombaient sur ses épaules comme un voile doré. Troublé, il n'osa pas descendre plus bas, évitant la poitrine qui montait et descendait doucement sous son T-shirt et ses longues jambes dévoilées par le short.

Et tout cela parce qu'il avait décidé que leur relation devait rester purement amicale.

Et que regarder de trop près ces jambes-là signerait sa défaite.

— J'adore mon travail, dit-elle d'une voix douce en croisant prudemment son regard. Mais il est très prenant.

Wyatt déglutit péniblement.

— Oui. J'imagine…

— Le plus drôle, c'est que j'ai presque tout appris sur internet.

Cela le fit rire.

— Non !

Il pivota vers Missy pour la regarder bien en face et leurs jambes nues se frôlèrent. Ses nerfs frémirent comme les cordes d'un violon. Il éprouvait désespérément le besoin de flirter avec elle. De voir cette simple attirance se transformer en désir. De la sentir frémir dans ses bras avant leur premier baiser.

Leurs regards se rencontrèrent. Elle s'humecta les lèvres du bout de la langue.

Le frisson qui courait sur sa peau se transforma aussitôt en une vague brûlante. Peut-être n'était-il pas le seul à éprouver cette attraction ?

Se levant soudain, elle alla s'appuyer contre la balustrade

avec le plus grand naturel, comme si elle ne voulait pas avoir l'air de le fuir.

Mais elle le fuyait, c'était évident.

Leur attirance était réciproque.

Alors, pourquoi la nier ?

— Sur le Net, il y a des tonnes de vidéos sur la manière de faire de beaux gâteaux. Si on possède les bases de la pâtisserie, la décoration devient un jeu d'enfant.

Il se leva à son tour, changeant brutalement tous ses plans. Il voulait absolument l'aider pour Owen. Mais une relation platonique ne pourrait jamais l'aider à surmonter son divorce comme le ferait une aventure amoureuse. Et, d'autant qu'il pouvait en juger, une histoire, même sans avenir, ne pourrait pas lui faire de mal, à elle non plus. De bons souvenirs pouvaient vous aider à passer des caps difficiles.

Il alla la rejoindre, s'appuya de la hanche contre la rambarde.

— Tu as dû faire pas mal d'essais avant d'y arriver ?

Elle eut un rire nerveux.

— J'aurais dû, en effet. Mais la sœur d'une de mes collègues d'alors était sur le point de se marier. Quand elle a appris que j'apprenais à faire des gâteaux de mariage, elle a demandé si je pouvais en confectionner un pour elle.

Missy rencontra son regard, et la pupille de ses yeux de chat sembla s'élargir.

— Comme c'était mon premier gâteau, poursuivit-elle d'une voix mal assurée, je l'ai fait gratuitement. Mais ça a été un tel succès que j'ai commencé tout de suite à avoir des commandes.

Il glissa imperceptiblement vers elle.

— Pas si mal, pour un début.

— C'était l'année dernière, reprit-elle en reculant légèrement. Cette année, j'ai assez de commandes pour toute la saison. Et je ne regrette pas d'avoir quitté mon emploi.

Il opina du chef, avança subrepticement de quelques centimètres. Il n'était pas assez stupide pour croire qu'il arriverait à ses fins ce soir, mais il voulait ce baiser.

Cette fois, elle s'écarta franchement.

— Tu ne m'écoutes pas.

Il fronça les sourcils. Cette voix irritée ne cadrait pas avec l'excitation qui montait en lui.

Avait-il manqué quelque chose d'important ?

— Que disais-tu ?

— Que mon mari m'a abandonnée avec nos trois enfants. Bien sûr, il me donne une pension alimentaire, il est bien obligé. Mais elle est réduite au strict minimum. Et les petits ne l'ont pas vu depuis quatre ans. Il ne voulait pas d'enfant. Alors, des triplés…

Elle se détacha de la rambarde d'un léger coup de rein et s'éloigna de quelques pas.

— Je t'apprécie beaucoup, Wyatt. Mais j'ai trois enfants à élever et une affaire qui me prend tout mon temps.

La poitrine de Wyatt se serra.

— Et tu ne veux pas d'homme dans ta vie, c'est bien ça ?

Elle battit des paupières.

— Exactement.

Le joyeux pétillement dans les veines de Wyatt s'éteignit soudain. Il ne pouvait pas lui en vouloir. Comment l'aurait-il pu quand tout ce qu'elle disait tenait du bon sens ?

Mais toute son excitation avait disparu.

Il prit les deux canettes vides et s'en alla.

3

Le lendemain matin, Owen traversa la cuisine comme un boulet de canon et sortit par la porte de derrière, l'air très affairé.

Le cœur de Missy se serra. Il allait tout droit vers le bac à sable, persuadé que son nouvel ami l'y attendait.

Elle ferma les yeux, serrant bien fort les paupières. Le Wyatt de ses années de lycée n'aurait jamais osé la courtiser comme il l'avait fait hier soir. Se rappelant la manière timide, presque inaudible, dont il lui avait demandé d'être sa cavalière pour la fête de fin d'année, quinze ans plus tôt, elle secoua la tête. Ce garçon-là n'existait plus. Le nouveau Wyatt était un mélange entre l'être intelligent et hypersensible qu'elle avait connu autrefois et quelqu'un de très nouveau.

Quelqu'un qu'elle ne connaissait pas.

Et elle était prête à parier qu'en lui parlant franchement la veille au soir elle avait gâché toutes les chances d'Owen d'avoir un compagnon de jeu ce jour-là. Et même pour les jours à venir.

Tout ça parce qu'elle avait refusé de céder à l'attirance que Wyatt McKenzie exerçait sur elle. Car c'était indéniable. Il l'attirait follement. Et comment aurait-il pu en être autrement ? Il était devenu un homme magnifique. Et elle était tout à fait normale. Toute femme saine de corps et d'esprit ne pouvait qu'être attirée par lui. Raison de plus pour ne pas se laisser embrasser. Un seul baiser suffirait à faire fondre toutes ses bonnes résolutions.

Et elle n'en avait pas le droit. Ce qu'elle voulait, c'était avoir la force nécessaire pour faire prospérer son entreprise et assurer l'avenir de ses enfants. Elle ne pouvait pas faire passer sa vie personnelle avant son devoir.

C'est pourquoi elle lui avait exposé clairement son point de vue.

Et maintenant, Owen allait avoir de la peine.

Pourtant, quand elle leva le rideau de la cuisine pour jeter un regard dehors, qui vit-elle, là, au beau milieu du bac à sable ? Wyatt McKenzie. Il était pieds nus. Ses tongs gisaient, abandonnées, sur la pelouse. Un jean usé moulait ses hanches étroites et un T-shirt de coton blanc mettait en valeur son torse musclé.

Elle laissa retomber le rideau avec un gémissement. Pourquoi fallait-il qu'il soit à ce point irrésistible ?

Pourtant, le voir là, avec son fils, fit renaître la confiance qu'il lui avait toujours inspirée. Peut-être ressemblait-il plus à l'ancien Wyatt qu'elle ne l'avait supposé ?

Malgré tout, il était plus raisonnable de garder ses distances.

Elle sortit l'isomalt du réfrigérateur, le coupa en parts égales qu'elle roula d'abord en boules. Puis elle les aplatit consciencieusement avant de passer les longs rubans ainsi obtenus dans la machine à faire des pâtes. Enfin, elle disposa le tout sur une grande plaque qu'elle mit dans le congélateur pour le vendredi suivant.

Elle lança un nouveau coup d'œil vers le bac à sable. A sa grande surprise, Wyatt et Owen y étaient toujours.

De toute évidence, même s'il avait beaucoup changé, c'était toujours quelqu'un de bien.

Peut-être pourraient-ils rester amis ?

Et si, pour faire la paix, elle lui portait un pichet de ce cocktail de fruits qu'elle venait de préparer ?

Quand Missy traversa la pelouse avec un pichet et des verres, Wyatt hésita sur l'attitude à adopter. Il ne savait pas encore comment interpréter sa réaction de la veille.

Mais pas question de faire payer ça à Owen.
Elle lui tendit un verre.
— Tu veux un peu de ce cocktail de fruits ?
Elle avait un sourire hésitant, comme si elle non plus ne savait comment se comporter avec lui.
Il lui prit le verre des mains et elle le remplit.
— Volontiers. Merci.
— Avec plaisir.
Se tournant vers les enfants, Missy cria à la cantonade :
— Qui veut du jus de fruits ?
Un chœur de « moi, moi, moi » retentit dans l'air ensoleillé de cette belle matinée de printemps. Wyatt but son verre d'un trait et le mit sous le pichet pour qu'elle le remplisse de nouveau.
Leurs regards se rencontrèrent.
— Tu avais soif, dis donc ?
— Oui. Il fait déjà chaud.
— Eh bien, n'hésite pas. J'en ai préparé une quantité industrielle.
Mais ne m'embrasse pas !
Wyatt, les yeux fixés sur le verre qui se remplissait, respira un grand coup. Il était heureux. Il aimait Owen. Il trouvait amusant le babillage des petites filles qui jouaient avec leur maison de poupée sous le tilleul. Et il avait passé la moitié de sa vie à espérer un baiser de Missy Johnson, qui n'avait pas l'intention de le lui donner.
Donc, d'une certaine manière, tout était à la fois inattendu et parfaitement normal.
Mais peut-être était-ce ce qu'il était venu apprendre ici, avant de retourner en Floride. Peut-être était-il temps qu'il se rende compte qu'agir comme si rien ne pouvait lui résister pouvait le rendre insupportable aux autres ?
Il n'avait pas envie de se l'avouer, mais, jusqu'à ce qu'il perde Betsy, il avait toujours obtenu tout ce qu'il désirait. Son talent lui avait fait gagner de l'argent, son argent lui avait permis d'acheter sa maison d'édition. Jusqu'à ce que Betsy le

trompe, puis le laisse tomber et lui intente un procès, sa vie avait suivi une ligne droite parfaite en direction du succès.

Sa rencontre avec Missy allait peut-être lui donner une leçon de modestie ?

Bien qu'elle l'ait invité, il ne resta pas pour le déjeuner.

Il se contenta d'avaler un sandwich au fromage chez lui puis reprit son enquête, vidant méticuleusement la penderie de sa grand-mère en disposant son contenu sur le lit. Une fois le meuble vide, il contempla la pile de vêtements et d'objets divers avec incrédulité. Comment pouvait-on accumuler un tel fatras dans une simple penderie ?

Il fouilla les boîtes de chaussures qui contenaient un peu de tout, depuis des sels de bains jusqu'à de vieilles factures en passant par des fleurs fanées et des lettres. Mais pas de bijoux.

Vers 14 heures, il entendit des cris et des rires d'enfants dans le jardin d'à côté et décida qu'il avait assez travaillé.

Dix minutes plus tard, Owen et lui affrontaient l'équipe de Lainie et Claire dans un jeu de ballon endiablé.

Quand il décida de reprendre ses recherches, vers 16 heures, Missy l'invita de nouveau à dîner et il s'obstina dans son refus. S'il voulait s'en tenir à ses résolutions, il lui fallait garder ses distances.

Une fois rentré chez lui, épuisé et en sueur, il alla prendre une douche. Puis il décida de passer la soirée devant la retransmission télévisée d'un match de base-ball opposant les Yankees de New York contre les Cardinals de Boston, le tout arrosé d'une bière bien méritée. Et d'un plat de cannellonis décongelés au micro-onde.

Les derniers jours de la semaine s'écoulèrent sur le même modèle. Missy et lui avaient peu de contacts mais c'était aussi bien comme cela. Du reste, cette dernière avait un emploi du temps surchargé avec la confection de son gâteau de mariage le matin, les courses, le ménage et les enfants le reste de la journée.

Aussi, quand chaque soir elle l'invitait à partager leur repas, c'est en toute bonne conscience qu'il refusait. Il en avait plus qu'assez des soupes de légumes en boîte qu'il avait trouvées empilées dans l'arrière-cuisine et des toasts au fromage mais il ne voulait pas alourdir encore la charge de travail de Missy. Et il respectait ses frontières. Pas question de pousser son avantage auprès d'elle, même s'il pouvait lire dans son regard qu'elle aussi était attirée par lui.

Il avait décidé de se comporter en gentleman.

Quand bien même il devrait y laisser ses nerfs !

Puis, le samedi après-midi de cette même semaine, il l'aperçut par la fenêtre de la cuisine en train de charger avec difficulté les différents étages de son gâteau dans son vieux 4x4. Vêtue d'une robe de satin bleu cobalt, simple mais élégante, elle était perchée sur des escarpins à hauts, très hauts talons, qui mettaient en valeur le galbe de ses longues jambes.

Envahi par une vague de désir tout à fait primitive, il dut s'arracher à la fenêtre. Mais, tandis que Missy, aidée de la baby-sitter, installait la partie supérieure du gâteau sur le siège arrière, il ne put s'empêcher de surprendre leur conversation.

— Et comment allez-vous faire, une fois là-bas ?

— Je vais demander à un des serveurs de m'aider à entreposer tout ça dans la chambre froide du club de golf où a lieu la réception. Ensuite, il faudra tout installer sur le buffet. Et assurer le service… Ce n'est tout de même pas la mer à boire

Et, s'il n'y avait pas de serveur à sa disposition, elle ferait tout toute seule, évidemment. Le sang de Wyatt ne fit qu'un tour. Il s'était habillé pour aller jouer avec Owen mais, sans hésiter une seconde, il troqua son T-shirt et son bermuda contre une chemise et un jean propres.

Il ouvrit la portière côté passager en même temps qu'elle s'installait derrière son volant.

— Mais… Que fais-tu ?

— Je viens avec toi, rétorqua-t-il en claquant la portière et en attachant sa ceinture

Elle rit.

— Mais je n'ai pas besoin d'aide ! Tout va très bien.

— Bien sûr, tout va très bien. Avec trois enfants en bas âge et une affaire à lancer ! Et maintenant que tu as passé ta semaine à faire un gâteau du tonnerre, tu dois encore le livrer et le servir aux invités.

Il ajouta avec une moue désapprobatrice :

— Sans compter que ce véhicule aurait dû prendre sa retraite depuis longtemps…

— Il…

Wyatt interrompit Missy d'un regard.

— Je viens avec toi, un point c'est tout.

— Wyatt !

— Démarre et roule. Parce que je n'ai pas l'intention de descendre de ce véhicule et que tu n'en as pas d'autre à ta disposition.

Elle poussa un soupir et mit le contact.

— Au revoir, les enfants ! s'écria-t-elle en agitant le bras par la vitre ouverte. Maman revient bientôt. Soyez gentils avec Nancy.

Ils firent tous de grands gestes avec leurs bras.

Quand ils arrivèrent au club de golf — l'un des plus réputés de la région —, Missy arrêta son véhicule devant la porte de service. Elle ouvrit le hayon arrière et Wyatt ne put s'empêcher de pousser un cri d'admiration.

Un intense sentiment de fierté envahit Missy. Dans sa simplicité, le gâteau, simple fondant au chocolat blanc avec des cerises confites encerclant chaque étage et un bouquet d'orchidées bleu céruléen et rose fuchsia au sommet, était d'une grande élégance.

— Tu aimes ? demanda-t-elle.

— Ce sont des fleurs naturelles ?

— Non, bien sûr. Tu m'as vu les fabriquer.

— Bon sang ! Mais elles sont parfaites. Ce sont de véritables œuvres d'art !

Elle rit. C'était exactement ce qu'elle s'était dit.

— Si on ne se dépêche pas de les mettre au frais, ce sera bientôt de l'art abstrait.

Ils allèrent disposer les différentes parties de l'imposante pâtisserie dans le réfrigérateur tandis que les serveurs s'affairaient à dresser les tables et le buffet. Puis les fleuristes arrivèrent, transformant bientôt la vaste pièce de réception en une ravissante serre tropicale.

Vers 16 heures, les invités commencèrent à arriver. Ils signèrent le livre d'or et prirent place autour des tables tandis que le père du marié annonçait avec maintes plaisanteries l'ouverture du bar.

A 17 h 30, les deux jeunes époux firent leur apparition. Un murmure d'admiration parcourut la salle. Missy eut un soupir ému. Voilà ce que suscitait le spectacle d'un jeune couple bien assorti. La jeune femme, une jolie brunette aux yeux bleus, disparaissait presque dans un flot de mousseline blanche. Quant au marié, fier et rose d'émotion dans son smoking noir, un camélia blanc ornant sa poche de poitrine, il aurait brisé tous les cœurs, si le sien n'était déjà pris.

Wyatt consulta sa montre.

— Encore deux heures avant qu'on ne serve le gâteau, lui dit Missy.

Il grommela.

— Je me demande ce que fait Owen en ce moment.

— Il doit être dans son bac à sable, avec ses camions. Tu t'ennuies déjà ?

— N'importe quel homme digne de ce nom préférerait se vautrer dans le sable plutôt que jouer les larbins dans une comédie de ce genre.

Elle rit. Cela ne ressemblait pas au jeune Wyatt qu'elle avait connu. Ce Wyatt-là ne se roulait pas dans le sable, ne jouait pas avec les copains. Il lisait. Il étudiait. Et respectait les codes de la bonne société.

Elle le regarda du coin de l'œil. Sans doute l'argent avait-il ce pouvoir de métamorphose. En tout cas, il ne s'était pas laissé prendre au piège de la richesse.

Intéressant.

Des serveurs en veste blanche se tenaient derrière le buffet, prêts à commencer le service. Le témoin du marié fit un discours dont la longueur aurait pu le faire entrer dans le livre des records. Au fond de la salle, un orchestre de jazz jouait en sourdine.

Wyatt regarda de nouveau sa montre. Un silence inconfortable commençait à s'installer entre eux. Missy savait qu'il s'ennuyait. Elle aussi commençait à en avoir assez. Mais rester disponible, debout, ou éventuellement assise sur l'une des deux chaises qu'on leur avait obligeamment apportées, faisait partie de son travail.

— Ce mariage te rappelle-t-il de mauvais souvenirs ? ne put s'empêcher de demander Missy.

Il rit et la prit par la main.

— Mais non ! En fait, les jambes commencent à me démanger et j'adore danser.

— Tu sais danser la valse ? souffla-t-elle, la gorge soudain nouée par l'intensité de ses sensations.

Pour toute réponse, d'une simple pirouette, il la prit dans ses bras. Missy ferma les yeux. Le bras de Wyatt enserrait sa taille. Sa main à elle était posée sur son épaule large et rassurante. Pour une femme privée depuis tant d'années de tout contact masculin, la sensation était presque insupportable.

Puis il l'entraîna au rythme de la valse et un pur plaisir l'envahit. Le mot stop se forma sur ses lèvres. Mais pourquoi, au fait ? Pourquoi refuser ce moment de bonheur ? Ce qu'elle craignait, c'était une relation durable, n'est-ce pas ? Or il ne s'agissait que d'une simple danse. Et qui pourrait résister à un moment de paradis avec un homme aussi irrésistible ?

Les bras de Wyatt se resserrèrent encore davantage et elle s'abandonna au courant de désir qui la traversait de part en part.

Pour éviter que le moment devienne trop intime, elle se mit à parler.

— Où as-tu appris à danser comme ça ?

— En Floride. Réceptions et thés dansants, tu vois le genre. Incontournables. Alors, maintenant, je peux danser sur à peu près n'importe quoi. Je ne voulais pas être ridicule.

Elle s'écarta pour voir son visage.

— Crois-moi. Tu es loin d'être ridicule.

Ils tournaient, tournaient de plus en plus vite, si vite que le monde disparaissait dans un tourbillon de couleurs et de bruits. Il n'y avait plus que Wyatt, ses bras protecteurs, ses larges épaules, son regard brun, si tendre… Et elle avec son cœur tremblant et ses jambes mal assurées.

Leurs regards se nouèrent et un million de pourquoi se pressèrent sur les lèvres de Missy.

Que se serait-il passé s'il n'avait pas quitté la ville après le collège ?

Si elle était venue à ce fameux rendez-vous ?

Que se passerait-il maintenant si elle faisait de nouveau confiance à un homme ?

Etait-elle encore capable de tomber amoureuse ?

La valse, interminablement, étirait ses accents voluptueux dans la salle gaiement illuminée. Ils se regardaient toujours. Missy pensait à la gentillesse de Wyatt à l'égard d'Owen. Et des deux petites filles. Elle le revit l'autre soir essayant de l'embrasser et les jambes lui manquèrent. Si danser avec cet homme était aussi bon, comment serait le goût de ses baisers ?

Explosif ?

Brûlant ?

Dévorant ?

— Excusez-moi… Vous êtes la personne qui a livré le gâteau ?

Brutalement ramenée à la réalité, Missy s'arracha aux bras de Wyatt et se tourna vers la jeune femme qui l'interrogeait.

Aussitôt, elle s'affola.

— Oui. Quelque chose ne va pas ?

— Non, non ! Je voulais juste vous dire que votre pièce montée était magnifique.

Son interlocutrice, une toute jeune femme en robe de soie rose bonbon, lui tendit une feuille de papier pliée en quatre.

— Voici mon nom et mon numéro de téléphone. Je me marie l'an prochain. Le troisième week-end de juin. J'aimerais beaucoup que vous fassiez mon gâteau de mariage. Pourriez-vous me confirmer vos disponibilités ?

Missy s'empourpra jusqu'à la racine des cheveux. Elle ne s'habituait pas à la joie que lui procuraient ces compliments spontanés. Et ces commandes tombées du ciel.

— Je serais ravie… Mais je dois d'abord consulter mon agenda.

La jolie fiancée sourit.

— Eh bien, j'espère que vous serez libre. A bientôt, j'espère.

Et elle se fondit dans la foule.

Tout excitée, Missy glissa le papier dans la minuscule pochette de satin assortie à sa robe, qu'elle portait en bandoulière, et sourit joyeusement à son compagnon.

Il s'était écarté et la contemplait, adossé à l'une des colonnes de la salle.

— Tu as vu ? Je commence même à avoir des commandes pour l'an prochain !

Il se redressa d'un coup de rein.

— Oui. J'ai vu ça.

Il avait l'air maussade, presque sombre. Missy sentit son sang s'accélérer dans ses veines. Se pourrait-il qu'il soit contrarié de cette interruption ?

Elle s'humecta les lèvres, ajouta d'une voix hésitante :

— Elle n'a pas encore goûté le gâteau. Peut-être qu'il ne va pas lui plaire. Rien n'est encore fait !

— Tout le monde aime tes gâteaux, depuis toujours. Tu le sais très bien.

Elle sourit.

— Oui, c'est vrai.

— Alors tu cherches des compliments ?

— Oui.

Elle respira un grand coup. Ils venaient de danser ensemble, étroitement enlacés. Les yeux dans les yeux. Quelque chose était en train de se passer. Puis la magie avait été interrompue.

Et maintenant qu'elle était hors de ses bras, qu'elle avait échappé au sortilège de son odeur, du magnétisme qui se dégageait de lui, elle était contente. Sincèrement. Parce qu'il ne pouvait s'agir d'une relation durable. Dans quelques semaines, Wyatt serait parti. Et, même s'il restait, pas question de se retrouver de nouveau dans une situation de dépendance.

Elle annonça, très professionnelle :

— Les mariés vont commencer à couper le gâteau. Une fois les photos prises, ce sera à nous de jouer.

Et elle se dirigea vers le buffet sans même s'assurer qu'il la suivait.

Les affaires d'abord. Et surtout, l'avenir de ses enfants.

Quand la dernière part de gâteau fut servie, Missy posa précautionneusement la partie supérieure de la pièce montée, celle qui supportait les orchidées en sucre, dans sa boîte. Elle la tendit à la mère de la mariée qui la complimenta pour le gâteau et le service, puis alla ranger la boîte dans le réfrigérateur à l'intention des mariés.

Et, tandis que la fête continuait, Missy et Wyatt rassemblèrent le matériel — plateaux et pelles à gâteau —, et rangèrent le tout dans la camionnette.

Missy était sur le point de claquer la portière de son véhicule quand une autre jeune femme, cette fois en robe d'organdi verte, se précipita sur eux.

— C'est bien vous qui avez fait le gâteau, n'est-ce pas ?

Missy sourit.

— Oui.

— Il était absolument magnifique ! Et incroyablement bon.

De nouveau, Missy ne put s'empêcher de rougir. Ses yeux brillaient de plaisir.

— Merci.

— Avez-vous une carte ? J'aimerais tellement avoir affaire à vous pour mon mariage !

— Non, désolée.

Extrayant de sa pochette le feuillet que lui avait donné sa précédente interlocutrice, elle ajouta précipitamment :

— Mais vous pouvez écrire votre nom et votre numéro de téléphone sur ce papier. Et surtout, n'oubliez pas la date de la cérémonie.

La jeune femme écrivit rapidement quelques mots, ajouta des chiffres en s'appliquant comme une écolière et rendit le papier à Missy.

Celle-ci allait démarrer quand la tête blonde d'une autre candidate au mariage s'encadra par la vitre ouverte.

— Excusez-moi, mais est-ce que je peux vous donner mes coordonnées, moi aussi ? Je me marie l'année prochaine, en septembre. Et je viens de goûter la meilleure pâtisserie de ma vie entière !

— Merci.

Une fois les deux futures mariées envolées, Missy démarra avec un enthousiasme qui fit protester le vieux moteur.

Amusé et attendri, Wyatt lui jeta un coup d'œil admiratif. Jamais il n'avait éprouvé autant de fierté pour quelqu'un. Il n'avait sans doute même pas éprouvé autant de fierté le jour où il avait pu se porter acquéreur de la maison d'édition qui publiait ses livres. Bien sûr, l'enjeu d'alors n'était pas aussi important. Comme Missy l'avait dit, elle avait trois enfants à élever.

Et regarder Missy déguster sa victoire avait quelque chose de profondément dynamisant.

— Il va falloir que tu te commandes des cartes de visite professionnelles.

Elle tourna la tête vers lui, les joues roses de plaisir.

— Pardon ?

— Des cartes de visite. A distribuer à tes clients potentiels.

Son rire musical résonna dans l'habitacle.

— Je préfère que ces demoiselles me donnent elles-mêmes leurs coordonnées. Comme ça, je suis sûre de garder le contact.

— Bonne idée.

Wyatt détourna les yeux de ce beau regard brillant. Ne s'était-il pas promis de garder le contrôle de ses émotions ?

— C'est malin.

— Je suis tellement contente ! Dire que j'ai déjà des commandes pour l'été prochain.

Frappant le volant du plat de la main, elle ajouta d'une voix vibrante :

— N'est-ce pas formidable ?

— Si. C'est formidable.

Wyatt opina du chef. Mais pourquoi éprouvait-il soudain un tel sentiment d'empathie ? Pourquoi voulait-il si fort que tout aille bien dans la vie de Missy ? L'intensité de l'intérêt qu'il lui portait n'avait aucun sens. C'était certainement le reliquat du béguin qu'il avait pour elle lorsqu'ils étaient adolescents. Comme si les choses étaient en train de reprendre là où ils les avaient laissées, quinze ans plus tôt.

Mais c'était complètement absurde. Ni l'un ni l'autre n'avait plus rien de commun avec ce qu'ils avaient été. Ils ne pouvaient même plus prétendre se connaître vraiment.

Donc, ce ne pouvait être qu'une simple attirance sexuelle.

Une attirance tout à fait irrésistible.

Mais purement physique.

Il était tout à fait facile d'y résister.

Pourtant, quand ils eurent fini de décharger la camionnette et qu'elle se tint devant lui, dans sa jolie robe bleue, une mèche de cheveux glissant de son chignon d'une manière tout à fait sexy, il éprouva une irrésistible envie de l'embrasser.

Elle sourit, d'un radieux sourire qui arqua ses lèvres roses.

— Merci pour ton aide, Wyatt. Et bonne nuit.

Il hocha la tête, incapable de lui répondre. De s'arracher à sa contemplation.

Il savait qu'il n'avait pas le droit de l'embrasser, mais, malgré lui, sa tête se pencha sur le clair visage levé vers lui.

Les yeux bleus de Missy brillaient doucement dans la pénombre. Ses lèvres s'entrouvraient comme dans l'attente d'un baiser. Il pouvait sentir la chaleur douce de son corps…

Elle sourit encore, d'un sourire vacillant.

Puis, tournant brusquement les talons, elle s'élança dans l'allée qui menait chez elle.

4

Les jours passèrent et Wyatt s'absorba avec plus d'ardeur encore dans sa chasse au trésor.

Il affronta avec une patience résignée les sachets de lavande fanée, les nuages de poussière et les boîtes à chaussures bourrées de vieilles choses inutiles. Mais il ne trouva rien qui ressemblât à des bijoux anciens d'une quelconque valeur.

Tous les matins, pour rompre la monotonie de ses journées, il continuait à jouer avec Owen dans le bac à sable. Et en fin d'après-midi avec les trois enfants dans leur jardin.

Mais à part un petit salut par la fenêtre de la cuisine, accompagné parfois d'une rapide tasse de café, il évitait soigneusement Missy.

Pourtant, quand, le samedi suivant, elle sortit de chez elle vêtue d'une jolie robe de cotonnade jaune vif découvrant ses épaules, lourdement chargée d'une nouvelle pièce montée que la baby-sitter l'aidait à porter, il n'y tint plus.

Tandis qu'elle allait chercher le reste du gâteau, il se précipita dans sa chambre pour se changer. Un coup d'œil dans le miroir de la salle de bains lui arracha une grimace. Ses cheveux, trop longs, commençaient à faire des épis, comme ceux d'Owen. Et il avait besoin d'un bon rasage. Bah ! Ce look décontracté était plutôt à la mode et ne lui allait pas si mal. Et, s'il prenait le temps de se raser, Missy allait partir sans lui.

Alors, tant pis.

Une fois de plus, il se contenta d'ouvrir la portière du côté passager et de prendre place à côté d'elle.

— Et ne me dis pas que tu peux très bien te débrouiller sans moi, dit-il une fois installé. J'ai vu le mal de chien que vous avez eu à porter ce gâteau jusque dans la camionnette, Nancy et toi.

Elle soupira.

— Tu n'es pas obligé de faire ça.

— Je sais.

— Alors, pourquoi le fais-tu ?

Il n'en avait pas la moindre idée. Sauf qu'il ne supportait pas de la savoir en difficulté. Mais, après leur conversation de l'autre soir, il savait à quel point elle tenait à son indépendance. Aussi se contenta-t-il de rétorquer :

— J'aime les gâteaux.

Il l'entendit rire doucement.

— Tu n'as pas besoin de te donner tout ce mal pour en avoir. Je peux t'en faire un. Avec tout ce que tu fais pour les enfants, tu l'as bien mérité.

Il glissa un regard en coin dans sa direction. Dans sa robe bain de soleil, avec ses cheveux relevés en chignon et son rouge à lèvres rose bonbon, elle était si adorable qu'il sentit se réveiller ses vieux démons. Il avait oublié combien il était difficile de renoncer à ce qu'on ne pouvait avoir.

— Tu te rends compte de ce que tu viens de dire ? Tu veux me payer pour jouer avec tes enfants ?

Elle mit le contact avec un haussement d'épaule.

— Décidément, tu n'as pas changé tant que ça. Quand tu as décidé de faire l'idiot, impossible de discuter avec toi.

Wyatt fulmina pendant tout le trajet. Jamais personne ne lui avait parlé comme ça. Pire encore. Jamais une femme n'avait osé lui parler comme ça.

Et dire qu'elle lui plaisait toujours !

Il eut un soupir muet. C'était bien ça, le plus grave. Il appréciait Missy plus que jamais.

Alors, que faire ?

L'éviter ne servait à rien. Chaque fois qu'il l'apercevait, il en était tout chaviré. Même penser à elle devenait une souffrance. Et elle n'accepterait jamais qu'il lui prête de l'argent pour recruter du personnel et acheter une camionnette digne de ce nom.

Oui, décidément, elle avait raison. Il était complètement idiot.

Soudain, tout au fond de lui, une voix protesta énergiquement. Ils étaient tous les deux jeunes, en bonne santé, et leur attirance était réciproque. Alors, pourquoi ne pas se laisser aller à ce moment de bonheur ?

La réponse était simple. Et très désagréable.

Parce qu'elle ne le voulait pas.

Le trajet jusqu'au lieu de la réception, une vieille maison familiale transformée en hôtel de charme, fut nettement plus court que la fois précédente. Missy aida Wyatt à décharger un par un les différents étages de la pièce montée, couvant les boîtes des yeux avec amour.

— Les enfants m'ont dit que cette fois il s'agissait d'un gâteau jaune.

Missy jeta un coup d'œil à son compagnon, soulagée qu'il parle enfin.

— Oui, en effet, c'est un gâteau jaune. Fourré à la crème au beurre avec une décoration en dentelle de pâte d'amande et de pistache.

— Une dentelle ? Comment fais-tu ça ?

Sa question la surprit. La plupart des gens ne s'intéressaient qu'au produit fini.

— On peut acheter des modèles tout faits mais je préfère les créer moi-même.

Il étudia le motif compliqué à travers le couvercle transparent et émit un petit sifflement d'admiration.

— Ça n'a pas l'air si facile que ça.

— C'est à ça que je passe mon temps pendant que tu occupes les enfants.

Il lui sourit et elle détourna le regard. La petite étincelle qui avait jailli ce matin-là lorsqu'elle l'avait vu avec sa barbe de deux jours et son jean délavé qui mettait en valeur ses hanches étroites s'était rallumée fugitivement.

Mais pas question de se laisser distraire.

Ils disposèrent, étage par étage, la pièce montée jaune et noire sur le buffet installé dans un vaste salon, et Missy posa avec délicatesse le motif du sommet, un petit chapeau haut de forme en chocolat auquel était négligemment accroché un morceau de gaze symbolisant le voile de la mariée.

— Superbe !

Elle examina son œuvre d'un œil critique.

— Original, en tout cas.

Leurs regards se rencontrèrent. L'air autour d'eux devint électrique. Missy s'efforça de se contrôler, mais jamais depuis cinq ans elle n'avait ressenti un tel appel de tout son être. Wyatt était audacieux, exigeant et tout à fait irrésistible. Et il l'appréciait. Pas la version sophistiquée que la plupart des hommes voyaient. Non, la mère de famille soucieuse et harassée, qui n'avait qu'une ambition : rendre heureux ses enfants.

Et si ce qui se passait entre eux était sérieux ? Il pouvait s'en aller d'un jour à l'autre. Après le refus qu'elle lui avait opposé l'autre jour, sous le porche, il aurait déjà dû être parti. Pourtant il était encore là. Et elle savait qu'elle lui plaisait toujours.

Et c'était réciproque.

Alors, que faire ?

Missy fut tirée de ses réflexions par l'arrivée de la mariée, vêtue d'un tailleur de lin jaune paille et noir, son mari tout neuf pendu à son bras, en smoking noir avec une rose jaune à la boutonnière.

Ils étaient charmants et avaient l'air de s'aimer.

Pour combien de temps ?

Chassant ses idées noires, Missy se posta à la gauche du buffet, suivie aussitôt par Wyatt.

— Félicitations. Les mariés sont parfaitement assortis à ton gâteau.

La jeune femme sourit. Tout le monde pouvait jeter de la farine et des œufs dans un bol et en tirer une pâtisserie. Mais tout le monde n'avait pas son talent. Un talent qu'elle espérait pouvoir encore perfectionner.

— Merci.

— Tu finiras par devenir la meilleure, Missy. Je le sais.

Cette fois, elle rit franchement. Savoir qu'elle était bonne à quelque chose, et même très bonne, était infiniment satisfaisant. Et c'était encore meilleur quand il y avait quelqu'un comme Wyatt, artiste lui-même, pour le lui dire.

Un orchestre se mit à jouer en sourdine au fond du salon et les invités s'installèrent autour des tables. Le témoin du marié monta sur la petite estrade, tapota le micro pour s'assurer qu'il fonctionnait. Le tap-tap-tap résonna en échos sonores dans la salle.

Wyatt prit sa compagne par la main.

— Sortons. On étouffe, ici, et le jardin est superbe.

Missy se laissa entraîner par la porte-fenêtre et, après quelques pas, ils se retrouvèrent dans le calme, au milieu des arbustes en fleurs et du chant des oiseaux.

Missy regarda autour d'elle. C'était un jardin d'exception, dont elle avait lu l'histoire sur le dépliant que lui avait envoyé la mère de la mariée. Les anciens propriétaires, de riches amateurs d'art qui avaient ouvert des galeries de peinture à New York et à Boston, l'avaient créé après un voyage en France en copiant celui d'un grand peintre français, en Normandie.

Partout des bosquets offraient les corolles toutes neuves des fleurs printanières, un charmant pont de bois franchissait une rivière où flottaient des nénuphars encore en boutons. L'air doré du crépuscule était saturé d'odeurs d'herbes et de fleurs.

— C'est ravissant.

Wyatt, le regard grave, respira un grand coup.

— Missy, il faut que nous parlions sérieusement.

Le voyant dresser sa haute silhouette devant elle, elle se sentit vibrer de tout son être. Jamais un homme ne l'avait attirée comme celui-là.

— J'ai enfin compris pourquoi tu refusais qu'on t'aide. Ce n'est pas de l'orgueil. Tu sais parfaitement que ça va marcher. Par instinct. Tu vas devenir l'une des meilleures dans ton domaine.

Elle se sentit fondre littéralement. Elle aimait les compliments, ceux de ses enfants, ceux de ses amis et ceux de ses clients, bien sûr. Mais, de la part de Wyatt, c'était plus que ça. Il avait réussi dans son entreprise, lui aussi. Et, comme elle, plus qu'elle, c'était un artiste. Quelqu'un qui savait reconnaître les qualités d'un travail bien fait.

Un frisson d'excitation la parcourut. C'était un homme superbe, et elle lui plaisait. Et il la comprenait. Vivre une aventure avec lui serait-il une telle erreur ?

Bien sûr, elle s'était juré de ne pas avoir de liaison tant qu'elle ne se serait pas tirée d'affaire. Mais il s'agissait de Wyatt ! Un homme qu'elle connaissait depuis toujours. Qui croyait en elle. Et qui faisait tout pour lui rendre service. Une petite voix tout au fond d'elle lui murmurait de baisser sa garde, de tenter l'aventure.

Elle eut un sourire mal assuré. Comment faire comprendre à un homme qu'on a changé d'avis ?

— Merci pour le compliment.

— Je t'en prie.

Le silence s'installa. Il aurait pu s'agir du silence confortable qui règne parfois entre deux amis. Mais les nerfs de Missy étaient à vif, sa peau frémissait, avide de caresses. Elle n'avait jamais éprouvé ce besoin impérieux, irrésistible, de se blottir contre un homme. D'être serrée dans ses bras.

Comme s'il lisait dans ses pensées, Wyatt se rapprocha d'un pas. Il caressa sa joue.

— Missy…

Son visage se pencha sur le sien, de plus en plus près.

Elle avala sa salive. Cela faisait des années qu'un homme ne l'avait pas embrassée.

Mais, si elle laissait cela arriver, elle savait déjà qu'il n'y aurait pas que ce baiser. La flamme qui les consumait tous les deux était si vive qu'ils franchiraient très vite le dernier pas. Le cœur battant, elle eut encore le temps de se demander : « Suis-je prête pour cela ? » Leurs bouches se joignirent et un flot de plaisir jaillit en elle comme une lave. Elle s'abandonna, cédant à la langue audacieuse qui la pénétrait.

Elle n'avait jamais éprouvé cela. Ce plaisir total. Cette passion. Une jouissance aiguë, primitive, qui la laissait sans souffle.

De ses mains frémissantes, elle suivit la ligne souple des muscles du dos de son compagnon, caressa sa peau nue dans l'échancrure de son polo. Il était si fort, si solide. Tout en elle criait d'une faim depuis trop longtemps inassouvie.

Cinq ans. Cinq longues années durant lesquelles elle n'avait été qu'une mère.

Elle se sentait de nouveau femme. Une femme de chair et de sang.

Tout arrivait si vite qu'elle en éprouva un délicieux vertige.

Elle croyait connaître Wyatt. Mais était-ce bien sûr ?

Et lui, il pensait la connaître… Mais ce n'était pas le cas. Personne à Newland ne la connaissait vraiment.

Elle s'arrêta de l'embrasser, serra très fort les paupières, comme pour ne plus le voir. Voilà pourquoi elle fuyait les hommes désormais. Parce qu'ils ne la connaissaient pas, ne cherchaient pas à la connaître. Bien sûr, Wyatt avait été témoin de sa volonté à toute épreuve, quand il s'agissait de son travail. Il l'avait vue avec ses enfants, dans son rôle de parfaite mère de famille.

Mais personne ne pouvait seulement imaginer l'enfance que sa sœur et elle avaient eue. Personne ne connaissait réellement son père. Son alcoolisme, les scènes de violence qu'il infligeait à sa famille, ces longues années d'insécurité qui avaient miné toute la confiance qu'elle pouvait avoir en elle.

Le temps avait coulé et, pourtant, elle ne pensait pas pouvoir confier tout cela à quiconque. Même si elle savait pertinemment que, s'ils abordaient un jour la question de son père, le Wyatt qu'elle connaissait, celui qui était toujours prêt à consoler et à réparer, ne la tiendrait jamais quitte de réponses fuyantes ou approximatives.

Elle recula d'un pas.

— Je suis désolée, Wyatt. Je crois que ce n'est pas une bonne idée. Je ne peux pas faire ça.

Retenant sa main prisonnière, il la ramena contre lui.

— Il me semble que tu le faisais très bien, au contraire.

Elle ne put retenir un éclat de rire. Il était tellement amusant ! Et si gentil !

Mais son passé était trop lourd à porter. Même pour quelqu'un comme lui.

Elle échappa à son étreinte.

— Je parle sérieusement. Je ne veux pas entreprendre une relation sérieuse. Pas maintenant…

Wyatt se rapprocha.

— Ça tombe bien, parce que moi non plus.

Elle fut si désarçonnée qu'elle le regarda un moment, bouche bée.

— Tu ne veux pas de relation sérieuse ?

Il gloussa.

— Exactement.

Missy pointa son index sur sa poitrine, puis sur celle de son compagnon.

— Mais alors… que signifie tout ceci ?

— Un simple flirt ?

Elle battit des paupières. Un flirt ? Alors qu'elle tergiversait pour savoir si oui ou non elle lui confierait son terrible secret ?

— Tu comprends, commença-t-il à expliquer, cela fait seulement deux semaines que mon divorce a été prononcé. Les engagements pour la vie, j'ai déjà donné ! Mais nous sommes tous les deux majeurs et parfaitement libres. Et nous nous plaisons. Je ne vois aucune raison pour que nous ne prenions pas un peu de bon temps.

Missy cilla de nouveau. L'ampleur des émotions qui la traversaient depuis qu'elle avait retrouvé Wyatt cadrait mal avec la petite aventure qu'il lui proposait.

— Soyons clairs. Tu veux une aventure sans attaches, sans perspectives d'avenir... Sans possibilité de tomber amoureux ?

Le visage de Wyatt s'assombrit.

— Dit comme ça, ça paraît très... pragmatique, évidemment.

Missy n'avait jamais pensé que le sexe en tant que tel puisse jouer un rôle important dans sa vie. Evidemment, une liaison sur ces bases-là réglait le problème de son père. Elle n'aurait pas besoin de raconter sa vie ! Mais... A cette pensée, l'estomac de Missy se contracta. Il n'avait pas prononcé le mot amour. Il n'envisageait même pas la possibilité que cela puisse leur arriver.

Comme s'il lisait dans ses pensées, Wyatt la prit par les épaules et la força à le regarder.

— Je sors d'une sale épreuve, Missy. Imagine quelqu'un qui a travaillé depuis l'âge de seize ans avec un seul objectif en tête. Imagine qu'il rencontre sur son chemin celle qu'il considérait comme la femme de sa vie et que celle-ci, sans crier gare, tente de tout faire s'écrouler. Ou presque. C'est ce qui est arrivé avec mon ex-femme. Elle m'a trompé. Elle m'a menti. Et, quand elle a compris que je voulais divorcer, elle a négocié des promesses de marché avec mes pires concurrents en créant des alliances déloyales. Elle ne voulait pas seulement mon argent. Elle voulait m'exclure de ma propre entreprise. Elle voulait me faire chuter.

— Oh...

Missy était sensible à la douleur qui vibrait dans la voix de son interlocuteur. Mais cela ne comblait pas le sentiment de vide, de terrible déception qu'elle éprouvait à l'idée qu'il n'envisageait pas de tomber un jour amoureux d'elle.

N'y aurait-il jamais personne dans sa vie susceptible de l'aimer ? Sincèrement ?

Quand elle était petite, son père n'était jamais assez sobre pour éprouver la moindre émotion sincère. Sa mère, quant à elle, était si occupée à sauver les apparences que, lorsqu'elle se laissait aller à quelque effusion, Missy se demandait toujours si c'était pour la galerie ou parce qu'elle l'aimait. Et sa pauvre petite sœur était partie dès qu'elle avait été en âge de le faire.

Missy avait toujours été seule.

Non désirée.

Désemparée.

Wyatt soupira, la ramenant au temps présent.

— Je ne crois pas aux histoires d'amour. Et je ne voudrais pas que nous en sortions malheureux, toi et moi.

— Bien sûr.

Elle comprenait. Réellement.

Aussi recula-t-elle d'un pas.

— Tout cela est parfaitement clair.

Il eut un sourire de soulagement.

— Très bien.

Pourtant, quand il voulut la reprendre dans ses bras, Missy recula encore. Elle mit entre eux une distance autant émotionnelle que physique.

— Je suis désolée, Wyatt, mais, pour moi, il n'est pas question d'aventure. Dans ton beau raisonnement, tu n'as pas pensé à mes enfants.

— A tes enfants ?

— Oui. Ils sont jeunes. Encore très impressionnables. Je ne veux pas les perturber.

Elle lutta contre les larmes qui se pressaient derrière ses paupières. Elle avait cru que l'amour était à portée de main, et voilà qu'il s'évanouissait comme un petit nuage. La laissant plus seule que jamais.

Wyatt fouillait son regard, visiblement perplexe.

— Mais alors… ?

— Alors, cela signifie que, tant qu'ils ne seront pas assez grands pour comprendre, je ne…

— Tu ne coucheras avec personne.

Ils restèrent un long moment silencieux.

— Je n'aurais pas dit cela aussi… brutalement, reprit enfin Missy. Mais c'est à peu près ça.

Elle lui tendit bravement la main.

— Sans rancune ?

Il serra la longue main fine, étonnamment franche et ferme.

— Beaucoup de regrets… mais pas de rancune.

Missy afficha un sourire satisfait. Mais, quand il libéra sa main, un immense sentiment d'échec l'envahit.

Elle aimait décidément beaucoup Wyatt McKenzie.

Malheureusement, ce n'était pas réciproque.

5

Le dimanche matin suivant, Wyatt se réveilla sans la moindre envie de se lever. Il consulta sa montre, vit qu'il n'était que 7 heures et rabattit les couvertures sur sa tête. Puis il entendit une portière de véhicule claquer bruyamment et il comprit que, ce qui l'avait réveillé, c'était un bruit de moteur. Il bondit du lit, se demandant qui pouvait bien lui rendre visite un dimanche à une heure pareille. Mais, quand il regarda par la fenêtre de la cuisine, il vit que la voiture en question s'était garée dans l'allée de Missy.

Qui donc venait la voir si tôt un dimanche ? Sans doute quelqu'un qu'elle connaissait bien…

Bah ! Après tout, ce n'était pas ses affaires. Elle l'avait repoussé deux fois et lui avait expliqué la veille en long et en large qu'elle ne voulait rien avoir à faire avec lui.

Il avait sa fierté, tout de même !

Il alla jusqu'au comptoir, mit un café en route et ouvrit la porte de derrière pour humer l'air frais du matin.

Puis, un coude sur le comptoir, il attendit impatiemment sa dose de caféine. Quand la cafetière émit son dernier gargouillement, il se servit une bonne tasse de café fraîchement moulu.

Il pivotait sur lui-même pour aller s'installer à la table quand il trébucha sur Owen.

Le gamin, qui portait un pyjama orné de cow-boys et d'Indiens, lui adressa un grand sourire.

— Salut !

— Salut.

Wyatt s'accroupit pour regarder l'enfant bien en face.

— Dis donc, mon petit gars, qu'est-ce que tu fais ici ?

— Y'a un monsieur qui parle avec ma maman.

Il avait à peine fini sa phrase que la brune Lainie, en chemise de nuit rose, poussa la porte moustiquaire pour entrer à son tour.

— B'jour.

Wyatt allait répondre quand Claire, vêtue d'une chemise de nuit de la même couleur que celle de sa sœur, fit son apparition. Elle lui adressa un sourire timide.

Wyatt, toujours accroupi devant Owen, planta son regard dans celui du petit garçon.

— Donc ta maman parle avec quelqu'un. Et, bien sûr, elle ne vous a pas vus partir ?

— Elle nous a dit d'aller dans notre *chamwe*.

Lainie, qui s'était approchée, expliqua sentencieusement :

— Il veut dire notre chambre.

Owen opina du chef.

— C'est ça. Pendant qu'elle parlait au monsieur.

Le sang de Wyatt ne fit qu'un tour. Pour une femme qui ne voulait pas d'aventure, Missy n'avait pas froid aux yeux. Accueillir chez elle à 7 heures du matin un homme que ses propres enfants n'avaient jamais vu ! Sans même s'apercevoir que les gamins avaient quitté la maison…

Peut-être ferait-il bien de les raccompagner chez eux, au risque de perturber sa petite fête ?

Il eut beau se dire que c'était une réaction puérile, il n'en posa pas moins sa tasse sur le comptoir et poussa les trois enfants vers la porte. De toute façon, Missy allait être folle d'inquiétude si elle s'apercevait qu'ils s'étaient volatilisés.

— Allons-y. Votre mère doit vous chercher partout.

Owen freina des quatre fers.

— Mais elle est en train de parler au monsieur. Elle ne veut pas qu'on la dérange.

Wyatt le prit fermement par la main. Raison de plus pour aller voir de quoi il retournait.

Une fois passée la haie, l'enfant s'échappa comme s'il voulait partir en éclaireur et Wyatt le laissa faire. Il sentit une autre main d'enfant se glisser dans la sienne, celle d'Helaina, visiblement pas tout à fait rassurée. Claire prit timidement son autre main et Wyatt sentit une agréable sensation de chaleur l'envahir.

Décidément, il ne se reconnaissait plus. Lui qui deux semaines plus tôt ne connaissait rien aux enfants passait ses journées à s'amuser avec eux dans un bac à sable ou à jouer au ballon. Et voilà que, maintenant, ils le prenaient d'eux-mêmes par la main !

Il désigna le porche d'un geste du menton et dit d'un ton conquérant :

— Allez, on y va !

Ils avaient à peine parcouru la moitié de la distance qui les séparait de la maison quand ils entendirent la voix furieuse de Missy derrière la porte fermée.

— Je me fiche de qui tu es ! De ce que tu penses mériter. Tu n'auras pas un sou de moi. Plus un centime, tu entends ?

Wyatt s'arrêta net. Cela n'avait rien d'un duo amoureux. Ni même d'une conversation entre amis.

Le visiteur était-il son ex-mari ? Osait-il venir lui réclamer de l'argent après avoir vidé leur compte commun ?

Pris d'une soudaine colère, il lâcha les mains des petites filles.

— Attendez-moi là.

Mais, quand il regarda leurs petits visages, il vit les yeux de Claire se remplir de larmes. Et la peur élargir ceux d'Owen et d'Helaina. De toute évidence, les cris les effrayaient. Il ne pouvait pas les abandonner là, au beau milieu de la pelouse.

— Allez, mon chou ! Tu sais très bien que j'aurais pu prendre la maison quand ta grand-mère est morte. Je veux juste que tu me donnes ce qui me revient.

— Ce qui devrait te revenir, c'est la prison !

— C'est un peu mélodramatique, non ?

— Mélodramatique ? Tu as tellement maltraité notre mère que son cœur a fini par lâcher. Et tu nous as battues nous aussi, Althéa et moi, à nous rendre folles de terreur.

Elle s'arrêta de parler, la voix coupée par un sanglot.

Puis elle reprit :

— Tu m'as déjà pris beaucoup d'argent. Mais maintenant, c'est fini. Maman n'a jamais eu le courage d'appeler la police, mais, moi, je n'hésiterai pas une seconde à le faire. Je serais ravie que tout le monde ici sache enfin qui tu es vraiment. Ils auront vite fait de comprendre que le séduisant reporter qui leur en imposait tant n'était qu'un misérable alcoolique qui brutalisait sa femme et ses enfants.

— Personne ne te croira.

— C'est ce qu'on verra.

Les enfants s'étaient serrés autour des genoux de Wyatt. Plus un bruit ne leur parvenait de la grande maison. Puis la porte d'entrée principale claqua bruyamment. Les mains sur les épaules des enfants, Wyatt les dirigea vers le fond du jardin, pour que leur grand-père ne puisse les voir.

La voiture du visiteur démarra sur les chapeaux de roues et Missy apparut sur le seuil de la cuisine, le visage défait.

— Owen, cria-t-elle d'une voix alarmée. Lainie ! Claire !

Wyatt s'empressa de contourner l'angle de la maison, poussant son petit troupeau devant lui.

— Nous sommes là. Les enfants sont venus me chercher pour jouer.

La jeune femme dévala les marches du porche et, s'agenouillant, serra les trois petits dans ses bras.

— Mais ils n'ont même pas encore pris leur petit déjeuner !

— J'aurais pu leur donner des céréales et du lait. Je me demande bien pourquoi ma grand-mère en a stocké autant, il y a de quoi nourrir une armée… Et…

Elle le regarda. Des larmes coulaient sur ses joues, glissaient de son menton.

Wyatt s'arrêta net, le cœur serré. Que pouvait-on dire

à une femme, surtout devant ses enfants, quand on venait d'apprendre qu'elle avait été battue pendant toute son enfance ?

Wyatt n'en avait pas la moindre idée. Mais il compatissait sincèrement. La pauvre Missy n'avait pas eu de chance. Un mauvais mari, un père violent. Alors que lui avait des parents merveilleux, beaux, intelligents, cultivés, et qui le chérissaient encore tendrement.

Que dire, pourtant, qui ne soit pas maladroit ?

Il posa doucement sa main sur son épaule.

— Rentre. Va prendre une douche. Je m'occupe des petits.

— Mais je vais très bien !

— Tu es en train de pleurer. Accorde-toi vingt minutes. Je vais leur servir leur petit déjeuner.

Owen s'arracha à l'étreinte de sa mère.

— Ne t'inquiète pas pour nous, m'man. On est chez notre copain.

De nouvelles larmes roulèrent sur les joues de Missy. Elle serra les enfants contre elle encore une fois. Puis dit d'une voix tremblante :

— Si vous êtes sûrs…

— Nous sommes sûrs, assura Wyatt d'une voix ferme. Petit déjeuner puis jeu dans le jardin.

Owen tira sur la jambe de son jean.

— On pourra faire la *chache* au trésor ?

Wyatt rit.

— Oui. Nous allons faire la *chache* au trésor. C'est promis.

Depuis combien de temps n'avait-elle pas reçu la visite de son père ? Sept ans ? Huit ans ?

Et c'était aujourd'hui qu'il avait décidé de se montrer ?

Comment avait-il su qu'elle avait de l'argent ?

Missy mit sa tête sous le jet de la douche. Maintenant qu'elle pouvait repenser à toute la scène tranquillement, elle ne se sentait plus si vulnérable. Elle était choquée qu'il ait osé se présenter ainsi chez elle, sans crier gare, bien sûr. Mais, sachant qu'il était de nouveau dans les parages, elle ne ferait pas comme sa mère. Elle se défendrait. En commençant par appeler la police. Si jamais il osait lever la main sur elle, s'il touchait un seul cheveu de la tête de ses enfants, il se retrouverait en prison avant même d'avoir eu le temps de comprendre ce qui lui arrivait.

Après la douche, Missy, trop bouleversée pour se pencher sur ses comptes, comme elle l'avait prévu, décida de faire un gâteau au chocolat pour remercier Wyatt. Non seulement il avait proposé spontanément de s'occuper des enfants mais il ne lui avait pas posé de questions auxquelles elle n'avait pas envie de répondre.

Ce serait un gâteau au chocolat noir avec un coulis de cerises griottes.

Elle mit le gâteau dans le four. Puis, munie de biscuits et de packs de jus de fruits pour les enfants, sans oublier une ration pour Wyatt, elle alla les rejoindre dans le jardin. Il accepta le tout avec un sourire tout en restant sur sa réserve.

Elle le comprenait très bien. Non seulement il l'avait vue pleurer sans en connaître les raisons mais, pas plus tard que la veille, elle avait rejeté définitivement ses avances.

Peut-être ce gâteau réussirait-il à raviver leur vieille camaraderie d'antan.

Revenue dans sa cuisine, elle le sortit du four pour qu'il refroidisse, versa du sirop de cerise dans une casserole, y ajouta de la fécule de maïs et vingt-cinq centilitres de sucre en poudre. Une fois le tout fondu et bien lié, elle s'attela au glaçage.

Quand les enfants rentrèrent pour le déjeuner, le gâteau était prêt. Comme d'habitude, Wyatt se contenta de les laisser devant la porte. Il refusait toujours de déjeuner avec eux. Mais elle avait bien l'intention, une fois les enfants couchés pour la sieste, de prendre le babyphone avec elle et d'aller porter le gâteau à son voisin.

Une heure plus tard, les enfants se brossèrent les dents et allèrent s'allonger dans leur petit lit.

Aussitôt Missy, qui les avait prévenus de sa visite à leur voisin, glissa le babyphone dans sa poche et, la casserole dans une main, son gâteau dans l'autre, traversa la pelouse en direction de la haie.

Arrivée à la porte de la cuisine, elle la poussa du bout du pied et appela :

— Wyatt ?

Il apparut de l'autre côté de la moustiquaire.

— Oui ?

Elle brandit le gâteau.

— J'ai fait cela pour toi. C'est pour te remercier de m'avoir aidée ce matin. Pas pour les enfants, je sais que tu aimes ça. Mais pour m'avoir aidée, moi.

Comme il ne disait rien, elle rit, d'un rire mal assuré.

— Ouvre la porte, idiot, ou le coulis va finir par terre.

Il fit ce qu'elle lui demandait et elle entra dans la vaste cuisine. Elle posa le gâteau sur la table.

— Où ta grand-mère range-t-elle ses couteaux ?

Wyatt ouvrit un tiroir, en sortit plusieurs couteaux.

— Pendant que tu y es, sors donc aussi deux assiettes et deux fourchettes à pâtisserie.

Toujours silencieux, Wyatt s'exécuta. Elle coupa le gâteau avec entrain. Moelleuse et fondante à souhait en son cœur, l'odorante pâtisserie se laissa trancher comme un rêve. Missy en disposa une tranche sur chacune des petites assiettes blanches à fleurs bleues que son hôte avait posées devant eux puis les nappa de coulis de cerise.

Elle en tendit une à Wyatt.

— J'aurais bien rajouté un peu de crème fouettée mais je n'avais pas assez de mains pour porter tout ça.

Il étouffa un petit rire, toujours sans mot dire.

Missy éprouva une sensation de malaise. Quelque chose ne tournait pas rond. Wyatt s'imaginait-il qu'elle était venue chez lui pour le séduire ?

— C'est juste pour te remercier. Vas-y. Goûte.

Obtempérant, Wyatt porta un morceau de gâteau à ses lèvres. Il ferma les yeux avec un gémissement de plaisir.

— Mmm… Le paradis au bout de la fourchette !

Un vif sentiment de fierté envahit Missy.

— Je sais. Ce n'est qu'une simple recette trouvée sur internet, mais, pour la perfectionner, il faut pas mal d'huile de coude. Et de jugeote.

Elle eut un petit rire. Mais Wyatt, plongeant son regard dans le sien, posa sa fourchette.

— Missy, il faut que nous parlions sérieusement.

— A propos de ce qui s'est passé ce matin ?

— Oui. Comme je ramenais les enfants chez toi, j'ai surpris ta conversation avec ton père.

— Oh !

Un vif embarras remplaça la fierté que Missy éprouvait un instant plus tôt. Un embarras qui s'accrut quand Wyatt ajouta :

— Je l'ai entendu te demander de l'argent… Et je t'ai entendu aussi évoquer votre enfance, à ta sœur et à toi. Et la manière dont votre père vous maltraitait, ainsi que votre mère.

Missy serra les lèvres, les yeux baissés sur les assiettes intactes.

— Mais ce n'est pas le plus grave…

Elle leva brusquement les yeux.

— Vraiment ? Qu'y a-t-il de plus grave qu'un père qui martyrise sa famille ? Qui joue un double jeu, feignant d'être un père modèle et un brillant intellectuel le jour, et se transformant en bourreau le soir ? Au point que ma mère en est morte. Que peut-il y avoir de pire, Wyatt ? Dis-le-moi ?

— Je sais…

— Tu ne sais rien du tout.

Elle ne voulait pas lui en dire davantage. S'il y avait eu la moindre possibilité qu'il se passe quelque chose de sérieux entre eux, peut-être lui aurait-elle tout dit. C'était le moment idéal. Il connaissait déjà une bonne partie de l'histoire. Elle aurait pu lui confier les détails humiliants, ne serait-ce que parce qu'elle en avait assez de vivre dans le mensonge.

Mais, puisqu'il avait d'ores et déjà décidé que leur éventuelle relation ne pouvait qu'être éphémère, que toute possibilité de sentiment amoureux avait été écartée avant même d'exister, elle préférait garder ses secrets et sa blessure pour elle-même.

— Je n'ai plus envie de parler de tout ça. Mon père est un menteur, un voleur et, quand il a trop bu, il se transforme en brute incontrôlable. Je ne veux plus rien avoir à faire avec lui. Je ne veux pas qu'il s'approche de mes enfants.

— Comme tu voudras.

Son acceptation paisible flotta un instant entre eux, puis s'évanouit dans l'air comme un léger nuage de printemps. Il n'était visiblement pas satisfait de cet accord, mais il se pliait à sa requête.

Pourtant, connaissant Wyatt, elle aurait dû savoir que ce ne serait pas si facile. Car, après avoir dégusté une deuxième bouchée du fondant au chocolat, il déclara tout à trac :

— Il me semble pourtant qu'il faudrait que tout ça se sache. D'abord parce que cela te ferait du bien d'en parler. Ensuite parce que les gens pourraient t'aider.

Pour toute réponse, Missy se leva d'un bond.

— Les enfants vont bientôt se réveiller. Il faut que j'y aille.

Quand elle fut partie, Wyatt s'abandonna contre le dossier de sa chaise. Des souvenirs de son enfance l'envahirent. Il n'avait sans doute pas été très heureux à l'école, mais au moins, à la maison, il avait toujours été entouré d'une affection tendre et vigilante. Que savait-il du malheur de ne pas être aimé ? Des raisons obscures qui vous font préférer le secret ?

Lui était né sous une bonne étoile et il en était profondément reconnaissant à ses parents.

Missy ne rêvait plus que d'une chose : pouvoir assurer la subsistance de ses enfants. Et, si possible, les rendre heureux.

Et il risquait de tout gâcher avec ses questions idiotes.

Il se frotta énergiquement le visage de ses deux mains. Il fallait qu'il trouve une solution pour l'aider. Elle refuserait toujours son argent, il le savait. A lui de faire preuve d'imagination pour trouver un autre moyen.

Missy passa le reste de la sieste des enfants en pleurs. Pas parce que Wyatt l'avait interrogée sur son père. Comme il l'avait remarqué lui-même, sa mère, sa sœur et elle-même avaient tout fait pour le cacher et personne ne pouvait se douter que c'était aussi grave.

Non, si elle pleurait, cette fois, c'était sur elle-même. Elle se sentait soudain triste, dépassée par la tâche… et surtout si seule ! Elle ne parlait jamais avec personne. Du moins, jamais que de choses superficielles. Personne ne la connaissait vraiment. Et elle prenait soudain conscience que la chose la plus triste au monde, c'était d'exister sans que personne ne vous connaisse vraiment.

Au lycée, elle pouvait toujours se persuader que la vie qu'elle y menait, ponctuée d'événements aussi gratifiants que d'être choisie comme la reine du bal, la représentante de l'école dans un défilé de mode, la Reine des neiges à Noël, était sa vraie vie. Mais, au fil des années, son incapacité à avoir de vrais amis, des gens à qui se confier, commençait à lui peser. Et son nouveau métier n'arrangeait rien à l'affaire. Une fois un mariage fini, elle passait à un autre, sans autres échanges que des propos superficiels.

Personne ne restait jamais dans sa vie.

Pauvre sotte qu'elle était ! La seule personne avec qui elle avait voulu vraiment nouer une relation venait de l'éconduire. Le plus tranquillement du monde.

Wyatt ne voulait pas d'une amitié. Encore moins d'une histoire d'amour. Il voulait une aventure.

Elle essuya ses larmes. Tout cela n'avait pas d'importance. Si son père avait compris la leçon, s'il restait en dehors de sa vie, tout irait bien. Et elle était sûre de lui avoir fait peur. Il ne reviendrait pas. Et, s'il revenait, elle porterait plainte. Après quelques jours en prison, il n'aurait qu'une hâte : repartir à l'autre bout du globe.

Parce qu'il avait toujours été lâche.

Bien sûr, toute la ville saurait. Mais au moins, elle ne vivrait plus dans le mensonge.

Quand les enfants furent levés, bien décidée à les garder à l'intérieur, elle leur proposa un atelier de découpage. Elle posa sur la table des feuilles de papier de toutes les couleurs, de la colle et des ciseaux. Les petits firent des chats verts et des chiens rouges. Découpèrent des fleurs jaunes et des maisons blanches. Puis ils épinglèrent le tout sur les panneaux de liège accrochés dans leurs chambres pour que Nancy puisse les admirer quand elle viendrait les garder le samedi suivant.

Pendant ce temps, assis sur le banc de la vieille table de jardin croulante de sa grand-mère, Wyatt attendait que les enfants apparaissent, les yeux fixés sur le trou dans la haie. Mais personne ne vint. Missy était-elle en colère ? Ou triste ? Ou préférait-elle se protéger en se renfermant chez elle ?

Impossible de le savoir.

Se levant avec un grand soupir, il regagna la chambre de sa grand-mère, dont le parquet et le lit étaient parsemés de boîtes à chaussures presque toutes vides.

Puis, assis sur le lit, il reprit sa chasse au trésor, s'efforçant de chasser Missy de ses pensées.

Le lendemain matin, Missy se leva, mit en route la cafetière, remplit trois bols de céréales et trois verres de lait.

Puis elle s'assit à la table avec ses trois enfants.

— Alors, que voulez-vous faire, ce matin ?

Ce fut Owen qui répondit le premier.

— *Youer* avec Wyatt.

Elle remua un peu plus longtemps que nécessaire sa cuillère dans son mug de café.

— C'est une bonne idée mais il est possible qu'il ne vienne pas aujourd'hui. Alors, essaie plutôt de trouver une idée pour jouer avec tes sœurs.

Lainie leva brusquement la tête, les yeux ronds. La petite bouche de Claire s'ouvrit. Cela faisait plus de deux semaines qu'elles vivaient dans un véritable paradis, jouant tranquillement aux poupées sans être obligées de s'occuper de ce que faisait leur frère. Ni l'une ni l'autre n'avaient l'air d'apprécier la perspective d'un changement.

Un coup frappé à la porte les interrompit. Et Wyatt apparut.

— Je viens te rapporter ton plat à gâteau et ta saucière.

Bondissant sur ses pieds, Missy essuya ses mains moites sur son short. Elle lui prit les plats des mains.

— Merci.

— Tu ne me proposes pas une tasse de café ?

Elle qui espérait le voir partir tout de suite ! Comme Owen, elle s'était habituée à sa présence familière de l'autre côté de la haie. Elle n'en avait pris réellement conscience que la nuit d'avant, quand elle réfléchissait au fait que les gens ne faisaient que traverser sa vie.

Mais, comme eux, Wyatt partirait bientôt.

Il avait dit clairement qu'il ne souhaitait pas s'installer dans sa vie. Et elle l'avait accepté. Maintenant, elle voulait juste qu'il s'en aille, pour pouvoir entreprendre le lent processus de l'oubli.

— Du café ? Bien sûr. Tout de suite.

Il prit place en face des enfants.

— Bonjour, les gamins.

— Bonjour, Wyatt, dit Lainie.

— Salut, Wyatt, renchérit Owen.

Claire se contenta d'un joli sourire.

Owen revint à la charge, posant la seule question qui lui importait :

— On va *youer* ?

— Dès que j'aurai parlé à votre mère. Tu as fini de manger ?

Prenant son bol à deux mains, le petit garçon le vida d'un trait. Puis il le posa sur la table et sourit à Wyatt de toutes ses dents, sa petite bouche rose ornée d'une moustache blanche.

Wyatt rit.

— Maintenant, tu dois aller faire ta toilette.

— Vous allez tous vous laver, intervint Missy d'une voix ferme. Puis vous irez jouer dehors. Wyatt ne tardera pas à vous rejoindre.

Elle savait qu'elle ne se montrait pas très polie. Mais elle ne voulait pas entreprendre de conversation sérieuse avec Wyatt. Il allait bientôt partir. Il n'était même pas réellement son ami. Il fallait rompre toute attache.

Les enfants montèrent à l'étage en courant et elle s'assit en face de Wyatt.

— Je n'ai pas l'intention de reparler de mon père.

— Ce n'est pas cette question-là que je voulais aborder.

— Non ?

— Non. Tu te souviens que je t'ai dit une fois que j'avais le sens des affaires ?

Elle haussa un sourcil interrogatif.

— Hier soir, comme je réfléchissais à ta situation…

— Tu ne peux pas m'aider. Je dois régler le problème de mon père toute seule.

— Je ne parle pas de ton père mais de ton entreprise.

— Je ne veux pas de ton argent.

— Je ne te propose pas d'argent. Je me suis juste dit que, puisque j'étais bon dans la gestion de mes affaires, je devais pouvoir t'être utile dans la tienne.

Elle rit. Elle n'y avait pas pensé mais c'était vrai. Après tout, il était parti de rien, ou presque, et il était maintenant à la tête d'une importante maison d'édition.

— Sans me donner d'argent.

— Je crois avoir été clair.

— Et tu as donc réfléchi au défi à relever ? Une camionnette hors d'âge et trop de travail pour une seule paire de bras ?

Wyatt joua un instant avec la salière, une curieuse petite poule en faïence avec de gros yeux ronds.

— Non seulement j'y ai réfléchi, mais je crois avoir trouvé la solution.

Elle eut un reniflement dubitatif.

— Vraiment ?

— Vraiment. Je ne sais pas si elle va te plaire mais j'ai considéré tous les paramètres. Et j'en ai conclu qu'à ta place je prendrais une hypothèque sur la maison.

Missy porta une main à sa gorge.

— Ma maison ? Mais c'est tout ce que j'ai.

— Justement. J'ai réveillé mon comptable en pleine nuit et lui ai demandé de procéder à quelques estimations.

Wyatt tira une feuille imprimée de sa poche de jean.

— Il a estimé ta maison sur internet, à partir d'un site professionnel. Voilà ce que ça donne…

Il tapota un chiffre tout en haut de la page.

— Ce qui signifie, reprit-il avec assurance, que, avec ta maison pour caution, tu peux emprunter sans problème cent mille dollars.

Elle leva lentement les yeux.

— Mais je devrai rembourser une mensualité chaque mois.

— Tu auras aussi une assistante. Et une camionnette neuve, qui ne risquera pas de te laisser en panne au fin fond de la campagne pendant que tes clients se morfondent en attendant leur pièce montée.

Le bon sens de cette réponse la remplit d'une joie soudaine.

— Et je pourrai peut-être me lancer dans les gâteaux d'anniversaire…

— Oui. Et je te garantis que tu auras de la demande.

Wyatt ajouta, l'air coupable :

— J'ai fini tout le gâteau au chocolat.

— A toi tout seul ?… Wyatt ! Mais cela représente une quantité de sucre colossale !

— Je sais. Mais je n'avais pas le choix. A part un nombre invraisemblable de boîtes de céréales, les placards sont vides.

Owen fit irruption dans la cuisine.

— On va *youer* ?

Wyatt pointa un doigt vers la porte.

— Tu installes tout et j'arrive dans une minute.

Le petit garçon venait tout juste de sortir quand Claire et Lainie entrèrent à leur tour, tenant chacune une poupée sous leur bras.

— Vous sortez, vous aussi ? s'enquit leur mère.

Elles opinèrent du chef avec un bel ensemble.

Missy rajusta le col du chemisier de Claire au passage.

— D'accord. Vous connaissez les règles. Interdit de sortir de la cour de derrière quand je ne suis pas dehors avec vous.

Les deux fillettes s'empressèrent de filer par la porte ouverte et Wyatt prit la main de Missy dans la sienne.

— Alors ? Qu'en dis-tu ? Cette solution te paraît-elle convenable ?

La chaleur de la main de Wyatt sur la sienne troubla un moment Missy. Mais elle se rappela à temps qu'il n'était pas intéressé par une relation sentimentale. S'il faisait tout ça, c'était seulement parce qu'il était au courant de l'histoire de son père. Et en souvenir des temps anciens.

— C'est une décision importante. Je n'ai pas envie de perdre cette maison.

— Tout est une question de confiance en soi, Missy. Outre un bon expert-comptable, j'ai aussi dans mon entreprise deux prospecteurs de marchés qui seront ravis de tâter le terrain pour voir s'il y a un bon créneau en pâtisserie haut de gamme dans la région. Une fois cela clairement établi, il te restera à effectuer un peu de démarchage en laissant tes produits à l'essai. Tu verras bien… Mais honnêtement, je ne me fais pas de souci.

Une douce chaleur envahit Missy. Elle aimait l'idée que quelqu'un comme Wyatt ait confiance en elle.

— Tu crois vraiment que je peux réussir ?

— Oui. J'en suis sûr. Mais c'est d'abord à toi d'y croire.

6

A midi, Missy fit déjeuner les enfants, trop excitée elle-même pour manger plus que quelques fruits. Puis elle vit son voisin partir à moto.

Vingt minutes plus tard, il revenait avec un sac de courses. Bêtement rassurée, comme si elle avait le droit de s'inquiéter de ce qu'il mangeait et avec qui, elle retourna à son train-train quotidien. Elle rangea la maison, passa l'aspirateur de fond en comble. Et, quand elle regagna la cuisine, elle vit Wyatt qui attendait derrière la porte.

— Tu es là depuis longtemps ?

— Assez longtemps pour savoir que tu es la championne du monde de l'aspirateur.

Elle rit et lui ouvrit.

— Tu as déjeuné ?

— J'ai fait quelques courses. Sais-tu que la boulangerie du coin ne fait pas de pâtisseries maison ? Tu devrais leur rendre une petite visite…

— Tu es gentil mais je peux réfléchir à cela toute seule. Une fois que j'aurai mon assistante, je me transformerai en souris fureteuse.

— Tu as donc accepté ma suggestion ?

— Oui. Je suis d'accord pour prendre une hypothèque sur la maison.

Wyatt s'approcha de la table.

— Parfait. Je peux m'asseoir ?

— Pourquoi ? Tu veux m'aider à appeler la banque ?

Wyatt sortit une liasse de feuillets de la poche arrière de son jean.

— En fait, j'aimerais que ce soit moi, ta banque.

Elle eut un sursaut.

— Je t'ai déjà dit clairement que je ne voulais pas ton argent.

— Ce n'est pas mon argent mais celui d'une caisse de solidarité que j'ai montée dans mon entreprise. Ses fonds propres sont nourris par une partie des bénéfices annuels que chacun de mes actionnaires, y compris mes employés, reverse à raison d'un pour cent par action. Une sorte de caisse mutuelle, en quelque sorte. Comme j'y ai droit moi aussi, je t'en fais profiter.

Il planta son regard dans celui de Missy, qui s'était enfin assise.

— De ce fait, tu profiteras d'un taux d'intérêt hors pair. Et mon comptable a prévu un plan de remboursement modulable. Comme ça, quel que soit le succès de ton entreprise, tu ne perdras pas ta maison.

Le cœur de Missy débordait de reconnaissance, au point que c'en était presque douloureux. Aucune banque au monde ne se montrerait aussi généreuse.

— Mais il s'agit bien d'un prêt ?

Pour toute réponse, Wyatt posa les feuilles devant elle.

— Il faut que tu lises ce contrat avant de le signer. Si les échéances venaient à ne pas être payées, la maison ne serait pas saisie mais un nouvel échéancier serait établi. Et, si tu décidais de vendre la maison, une partie du fruit de cette vente servirait à rembourser le prêt. Naturellement, tu devras souscrire une assurance vie à mon avantage pour le montant de la somme prêtée. Donc, quoi qu'il arrive, tu devras rembourser le capital emprunté.

Un immense espoir envahit Missy. Wyatt répondait à toutes ses attentes, réglait tous ses problèmes, comme si cela allait de soi.

— Bien sûr, conclut son interlocuteur, avant de signer, tu peux montrer ce contrat à un avocat.

Elle lui sourit, rayonnante.

— Si cela ne t'ennuie pas, je vais le montrer à mon ancien patron, dans le cabinet de juristes où je travaillais.

Wyatt se leva.

— Brave petite femme d'affaires ! Je n'en attendais pas moins de toi.

Ce soir-là, Wyatt se laissa tomber, épuisé, dans l'un des rocking-chairs du porche. Il avait encore vidé des dizaines de boîtes à chaussures, enlevé des kilos de toiles d'araignées, et toujours pas de bijoux. La tête appuyée contre le dossier de son fauteuil, il ferma les yeux.

— Tu dors ?

Il se redressa avec un petit rire. Missy était au bas des marches, deux canettes de bière dans une main et, dans l'autre, le contrat qu'il lui avait confié dans l'après-midi.

— Je m'endormais.

Elle agita les documents.

— Je peux monter ?

Il se leva.

— Bien sûr. Ton ami juriste les a déjà regardés ?

Elle portait un top de cotonnade rose pâle sur un short blanc, et une partie de ses cheveux était nouée en un amusant petit chignon sur le haut du crâne. Mais ce fut son sourire qui retint son attention. Un sourire lumineux, confiant, rien que pour lui.

Elle lui tendit une des deux canettes.

— Pour fêter ça. Mon ancien patron a lu le contrat en dix minutes et en a conclu que je serais folle de ne pas signer.

Elle heurta sa canette contre celle de Wyatt et conclut :

— Au fait, il a lu quelques-uns de tes livres. Il les trouve géniaux.

Wyatt croisa les jambes.

— Je ne me prends pas pour un génie.

— Oh ! Avec le succès que tu as, ne joue pas les modestes.

Il rit.
— Donc, tu signes ?
Elle lui tendit les documents.
— C'est déjà fait. Je les ai même fait enregistrer chez le notaire. Et voici ta copie.
Wyatt prit les documents, vérifia la signature. Puis, à son tour, il fit tinter sa canette contre celle de Missy.
— Félicitations. Un jour, tu auras toi aussi la célébrité que tu mérites. Et je serai fier d'y avoir contribué.
Missy prit place dans le fauteuil libre.
— Cette ville n'attache pas d'importance à la célébrité. Nous essayons tous simplement de joindre les deux bouts. Et d'être heureux, modestement.
Il se rassit. C'était la première fois depuis leurs retrouvailles qu'elle se montrait totalement naturelle avec lui. Il but une gorgée de bière avant de répondre.
— Ce n'est déjà pas si mal.
— Quatre-vingt-dix pour cent des Américains se contentent de cette ambition-là, il me semble.
La conversation mourut mais le silence était paisible, confortable.
— Donc, tu es contente ? dit-il enfin.
— Je suis aux anges, dit-elle. Dans le mois qui vient, j'aurai une vraie camionnette, quelqu'un pour m'aider et les petits pourront aller au jardin d'enfants.
Elle se tourna vers lui.
— Sais-tu à quel point c'est important pour les enfants d'avoir des amis de leur âge ?
Non, il ne le savait pas. Il n'avait pas vraiment d'amis, quand il était petit. Et il ne connaissait pas grand-chose aux enfants. Il haussa les épaules.
— Ce doit être important, en effet.
— Owen aura enfin des copains avec qui jouer au foot.
Une flèche de jalousie traversa Wyatt. Mais il savait qu'il partirait bientôt. Avec ou sans les bijoux écossais. Il ne pouvait pas être absent plus de quatre semaines. Cinq au maximum.

— Cela ne peut que lui faire du bien.

Nouveau silence.

Au bout de quelques minutes, Missy lui adressa un de ces regards directs dont elle avait l'habitude.

— Je ne sais pas trop comment me comporter avec quelqu'un qui connaît tous mes secrets.

— A propos de ton père, tu veux dire ?

— Oui. Cela fait si longtemps que je garde tout cela pour moi que j'ai du mal à me faire à l'idée que quelqu'un d'autre est au courant. C'est comme si j'étais devenue une autre personne.

Il rit.

— C'est amusant, parce que j'ai la même impression. En Floride, je suis dirigeant d'entreprise, auteur reconnu, assez bon jet setter… Ici, je ne connais rien à rien. Je ne connais pas les enfants, je ne sais pas faire de gâteaux, et, dans les réceptions, ce n'est plus moi l'invité. Je fais le service. Et en plus, dans tes souvenirs, je suis toujours le grand dadais de la classe, celui qu'on évitait sauf quand on avait besoin d'aide pour ses devoirs.

— Je ne t'ai jamais considéré comme cela.

Elle l'enveloppa d'un regard appréciateur et ajouta :

— Tu t'es regardé dans une glace récemment ?

Il baissa les yeux sur son jean délavé, sur ses pieds nus.

— Je portais déjà un jean au lycée.

— Oui. Mais il ne t'allait pas si bien.

Il rit.

Missy reprit, son regard bleu brillant dans la pénombre :

— Tu es la première personne à connaître tout de moi. Le passé et le présent.

— Et toi aussi, tu es la seule personne à avoir connu le grand dadais et celui que je suis devenu aujourd'hui. Une bête sexuelle, si j'ai bien compris.

Elle bondit sur ses pieds en riant.

— Exactement. J'étais aussi venue te demander un service.

Un tout petit, celui-là. Aurais-tu le temps de venir avec moi pour acheter une camionnette ?

— Oh mais oui ! J'adorerais ça.

Ce n'était pas grand-chose, mais, absurdement, il était fier qu'elle fasse appel à lui. Chacun ses compétences. Elle savait faire des gâteaux et élever des enfants. Lui s'y connaissait en engins motorisés. C'était même l'une de ses passions, avec le dessin.

— Alors, c'est entendu. Et surtout, pas de folie ! J'ai bien vu dans le contrat le codicille qui stipule que le montant du prêt peut être augmenté en fonction des besoins. Mais pas question d'alourdir ma dette. Mon affaire doit progresser petit à petit. Nous achèterons une brave petite camionnette, tout ce qu'il y a de plus ordinaire. Je vais embaucher une assistante tout aussi ordinaire, et mes enfants iront au jardin d'enfants du quartier, comme les autres.

Le temps de finir sa phrase, elle était déjà au bas des marches. Elle leva les yeux et lui sourit.

— Oui, mon capitaine, dit Wyatt en portant deux doigts à sa tempe. Bien, mon capitaine.

Elle rit encore.

— J'aime aussi ton nouveau sens de l'humour. Le jeune Wyatt ne riait pas beaucoup.

Il se pencha sur la balustrade. Puisque c'était l'heure de vérité, autant aller jusqu'au bout.

— Il était trop anxieux. Surtout quand tu étais dans les parages. Tu étais déjà si jolie que tu mettais probablement tous les garçons dans cet état. Moi un peu plus que les autres, voilà tout.

Elle secoua la tête, comme s'il s'agissait d'une bonne plaisanterie, puis montra le trou dans la haie.

— Il faut que je rentre. A demain.

— A demain.

Il se redressa, souriant pour lui-même. Elle avait raison. S'il se sentait souvent si gauche avec elle, depuis leurs retrouvailles, c'était parce qu'elle était la première, et sans doute la seule aujourd'hui à part ses parents, à connaître les deux côtés de sa personnalité.

Mais maintenant, lui aussi connaissait son secret. Et au lieu d'en avoir peur, parce que ce secret était vraiment très sombre, très lourd à porter, il en éprouvait une étrange fierté. Il en était même honoré.

— B'jour, maman.

Ouvrant les yeux, Missy sourit à la petite Claire, qui se tenait au pied du lit. La fillette lui rendit son sourire. Jamais il ne lui arrivait de se réveiller après les enfants. Comment avait-elle pu dormir si tard ? La seule explication, c'était le bien-être inhabituel qu'elle éprouvait depuis la veille. Parce qu'elle avait révélé son secret à Wyatt et parce qu'elle avait accepté le prêt.

Avec lui, elle pouvait enfin être elle-même.

— Bonjour, mon chou. Tu veux ton petit déjeuner ?

Le sourire de sa fille s'élargit et elle hocha gaiement la tête.

Missy sauta à bas de son lit. D'ordinaire, elle était douchée et habillée avant de descendre dans la cuisine. Aujourd'hui, elle n'en avait pas le temps. Et puis, elle portait un caleçon et un T-shirt. Aucune raison de perdre du temps à chercher un peignoir qu'elle n'utilisait jamais.

Elle finissait de verser des céréales dans le bol de Claire quand Lainie et Owen firent leur apparition. Chacun grimpa aussitôt sur sa chaise habituelle. Puis, alors qu'ils étaient enfin tous servis et que la machine à café gargouillait joyeusement, on gratta à la porte. Sans attendre qu'on l'y invite, Wyatt entra dans la pièce.

— Tu veux encore du café ? s'enquit Owen, débordant d'hospitalité.

Wyatt rit.

— Ce n'est pas pour ça que je suis venu… A défaut de provisions, il y a une bonne cafetière à la maison. Mais si tu m'en proposes, pourquoi pas ?

Missy lui fit signe de s'asseoir. Puis, prenant une tasse dans le buffet, la remplit à ras bord.

Quand elle la posa devant lui, elle sentit le regard de Wyatt s'attarder sur son caleçon — n'avait-elle pas pris un peu de poids, ces derniers temps ? — puis sur son T-shirt largement échancré à l'encolure.

— Je venais pour la camionnette. Mais je suis peut-être un peu en avance…

Elle refoula énergiquement l'émoi qui s'était emparé d'elle en sentant le regard brillant de Wyatt l'envelopper tout entière. N'avaient-ils pas décidé, pas plus tard que samedi dernier, qu'il n'y avait rien de possible entre eux ? Et, la veille, en signant cette offre de prêt, ils avaient, qu'ils le veuillent ou non, cimenté ce constat. Même s'il prenait à Wyatt la fantaisie de changer d'avis, elle ne pouvait pas avoir de relation amoureuse avec quelqu'un qui venait de lui prêter de l'argent.

— Tu veux y aller aujourd'hui ?

— Pourquoi pas ? Ma banque vient de transférer l'argent sur un compte ouvert à ton nom. Nous nous arrêterons au passage pour signer les papiers nécessaires et tu pourras disposer immédiatement de la somme dont tu as besoin.

Missy sentit une joie intense l'envahir, et l'attirance qu'elle éprouvait pour Wyatt passa au second plan. Elle allait enfin pouvoir réaliser ses rêves.

— Donne-moi juste le temps de voir si Nancy peut venir garder les enfants. Normalement, le lundi, elle n'a pas cours et…

Se précipitant hors de la cuisine sans finir sa phrase, Missy monta dans sa chambre où elle avait laissé son téléphone.

Une fois l'accord de Nancy obtenu, elle se rua sous la douche. Elle avait les cheveux couverts de shampoing quand elle s'aperçut qu'elle avait laissé les enfants sous la garde de Wyatt. Sans même lui demander son avis, à lui. Sans même se poser la question, à elle.

Elle lui faisait totalement confiance.

Et cela lui faisait un bien fou. Dans un sens, elle était contente de la conclusion de leur conversation de samedi. Parce que ce qu'elle éprouvait pour lui n'avait rien à voir avec une simple attirance physique. C'était quelque chose d'infiniment plus précieux. Un sentiment de confiance simple, direct, honnête. Il lui avait prêté de l'argent comme l'aurait fait un ami et elle lui avait confié ses enfants sans même y penser. Spontanément.

Ils étaient en train de devenir des amis. Des vrais.

Quand elle revint dans la cuisine, Wyatt était en train de remplir l'évier d'eau savonneuse tandis que les enfants lui apportaient tour à tour leur bol de céréales. Vide.

— Comment as-tu obtenu une chose pareille ?

— Par la corruption.

— Wyatt !

— Calme-toi. Je leur ai simplement promis une nouvelle chasse au trésor dans les affaires de ma grand-mère. Rien d'aussi désastreux qu'un tas de bonbons ou une glace à la crème…

Elle alla ramasser les couverts.

— Une glace à la crème ? Mais ce n'est pas une si mauvaise idée…

Il se tourna pour lui jeter un regard étonné.

— Je croyais que, comme toutes les mères nouvelle génération, tu étais implacable en ce qui concerne l'hygiène alimentaire.

— Pas si implacable que cela. Il y a un glacier extraordinaire au centre-ville… Peut-être pourrions-nous y emmener les enfants après nos emplettes ? Ce serait une occasion de fêter l'arrivée de la nouvelle camionnette.

— Epatant !

Nancy frappa à la porte de derrière et entra.

— Il paraît qu'il y a un paquet de gamins ici qui ont envie de jouer à colin-maillard avec moi ?

— Ouiiii ! crièrent les petites filles.

Mais le petit visage d'Owen s'assombrit.

Wyatt s'accroupit devant lui et le prit par les épaules.

— Ne t'inquiète pas. Nous allons revenir très vite. Et, toi et moi, nous pourrons jouer à ce que tu veux.

— Juré ?

— Juré.

— On jouera à la *chache* au trésor ?

— D'accord.

Le cœur de Missy se gonfla de gratitude. S'ils n'avaient pas mis au clair la nature de leurs relations, elle aurait été en sérieux danger de tomber amoureuse. Mais ils étaient amis.

Et c'était déjà beaucoup.

Une fois dehors, elle fouilla dans son sac à la recherche de ses clés de voiture. Mais, quand elle ouvrit la portière pour s'installer derrière le volant, elle vit que Wyatt ne la suivait pas.

— Tu n'en as pas assez, de ce vieux dinosaure ?

Elle rit.

— Elle a encore quatre roues et un moteur. C'est tout ce que je lui demande.

Il sortit un trousseau de clés de sa poche, qu'il fit sonner allègrement.

— La journée est superbe. Ça ne te dirait pas de faire un tour en moto ?

Un frisson d'excitation parcourut Missy.

— Je n'ai pas de casque.

— Tu prendras le mien. Et nous croiserons les doigts pour ne pas rencontrer la police. Nous n'allons pas loin, de toute façon.

Ils traversèrent la haie, l'un derrière l'autre, et, une fois dans le garage, Wyatt lui tendit son casque qu'il l'aida à ajuster correctement.

Missy s'humecta nerveusement les lèvres. A la seule pensée de s'installer derrière lui sur la moto, de se serrer contre son corps, elle avait la bouche sèche et les mains moites.

Elle avait dansé avec lui. Elle l'avait embrassé. Elle connaissait le danger d'entrer en contact physique avec lui.

Et, en dépit de toutes ces considérations, elle ne parvenait pas à contrôler ses émotions. Ni l'évolution de ses sentiments. Wyatt était généreux avec elle. Il aimait ses enfants. Et, à ses côtés, elle se sentait redevenir femme.

Elle aimait cette sensation au moins autant que l'idée qu'ils étaient amis.

— Allez ! Un peu de courage !

Elle refoula le rire qui lui montait aux lèvres. Et dire que Wyatt pensait qu'elle avait peur de la moto.

N'hésitant plus, Missy céda au plaisir anticipé de se blottir contre lui. De presser sa joue contre son dos. De respirer son odeur.

Elle se hissa sur son siège et le moteur rugit. Une fraction de seconde plus tard, ils quittaient la rampe du garage et filaient dans la rue. Missy entoura le torse de son compagnon de ses deux bras et serra très fort. Cette fois, ce n'était pas le désir qui l'inspirait mais une véritable terreur.

Puis le vent de la course emplit ses narines et gonfla ses poumons. Exaltée, elle relâcha son étreinte et, étendant les bras, crut s'envoler comme un oiseau.

— Waouh !

Elle sentit plus qu'elle n'entendit le rire de Wyatt.

Ils furent à la banque en moins de cinq minutes. Elle signa des papiers. Wyatt signa des papiers. Et dix minutes plus tard, ils filaient de nouveau sur la route.

A la sortie de la ville, Wyatt tourna la tête et hurla :

— Chez quel concessionnaire veux-tu aller ?

— Je pensais que tu m'en conseillerais un ?

— Ça fait un bout de temps que je ne circule plus par ici.

Il ralentit et se tourna vers elle de nouveau, ses yeux brillant d'un éclat tentateur.

— Et si nous nous contentions de rouler sur la nationale jusqu'à ce que nous trouvions quelque chose ?

Pourquoi pas ? Les enfants étaient en de bonnes mains.

Missy se sentait pleine d'audace, le cœur léger. Et il était si proche. Si gentil. Et si plein d'un enjouement malicieux…

— Je pourrais chercher quelques adresses sur internet ?

Wyatt accéléra.

— Je préférerais aller au hasard. Mais tu es sans doute pressée, à cause des enfants.

Ils filèrent sur la route, l'air s'ouvrant devant eux comme une soie qu'on déchire. Et Missy dut réprimer son envie d'étendre de nouveau ses ailes pour prendre son envol.

— Wouh ouh !

Il y avait longtemps qu'elle ne s'était sentie aussi bien. Le soleil réchauffait ses bras nus. Basculant la tête en arrière, elle avala une longue gorgée d'air printanier.

— Alors, as-tu trouvé quelque chose ?

En entendant la voix musicale de Wyatt résonner contre son oreille, Missy faillit presque tomber de son siège.

— J'ai mis le micro, dit-il en riant et en lui montrant le kit main libre qu'il avait installé sur ses oreilles.

— Ah…

Cela n'aurait pas dû l'étonner. Dans son monde professionnel, Wyatt était certainement équipé de tout le matériel de communication dernier cri.

Elle sortit non sans peine son téléphone du sac qu'elle portait en bandoulière. Et, après une rapide manipulation de son smartphone, elle annonça :

— Il y a le concessionnaire d'une bonne marque juste avant l'entrée sur l'autoroute. A deux kilomètres d'ici, maximum.

— C'est parti !

Ils parcoururent la distance indiquée et aperçurent de loin les enseignes multicolores signalant la concession automobile. Sur un vaste parking s'alignaient de rutilantes voitures neuves, des 4x4 à l'équipement impressionnant, des camions de toutes les couleurs et des camionnettes.

A peine la moto arrêtée, Missy, les yeux brillants, mit pied à terre.

— Bon sang ! Je vais avoir du mal à faire mon choix.

Wyatt caressait déjà de la main l'aile impeccablement profilée d'une petite voiture de sport rouge.

— Dommage qu'on ne soit venus que pour une simple camionnette. Regarde-moi un peu cette ligne !

Elle rit.

— Tu peux toujours la prendre pour toi.

— Bonne idée, marmonna Wyatt, en se penchant sur le pare-brise pour inspecter l'intérieur.

Et il ajouta en se redressant :

— Bon. Il nous faut un vendeur.

Il revint cinq minutes plus tard avec un jeune homme fringant et affable qui s'empressa de leur détailler avec enthousiasme les vertus de la décapotable rouge.

Puis, quand Wyatt fut assis derrière le volant, il se tourna vers Missy, un large sourire aux lèvres.

— J'ai cru comprendre que vous cherchiez une camionnette ?

Elle eut un sourire mal assuré.

— Oui. Mais je…

— Savez-vous ce que vous voulez ?

— Oui. Une camionnette blanche.

Le jeune homme rit.

— Je faisais allusion à la puissance du moteur, à la force de charge, au nombre de places assises, ce genre de petits détails…

Wyatt surgit de la voiture de sport comme un diable de sa boîte.

— Il faut à madame un V8, avec une banquette arrière rétractable pour libérer de la place en fonction de l'importance de la livraison.

— Quel genre de livraison ? De combien d'espace avez-vous besoin exactement ?

— Elle cuisine et livre des gâteaux de mariage. L'espace n'a pas besoin d'être vaste. Mais il faut une bonne climatisation.

— Vous ne croyez pas qu'un petit camion réfrigéré ferait mieux l'affaire ?

Missy ouvrit la bouche pour répondre mais Wyatt était sur sa lancée.

— Madame dispose d'un budget limité. Et nous avons évalué ses besoins aussi précisément que possible.

Le vendeur leur présenta plusieurs camionnettes. Ils en essayèrent trois. Et finalement Missy choisit une camionnette blanche sans accessoires particuliers mais avec une puissante climatisation et des sièges rabattables. Plus tard, quand son affaire aurait pris son envol, elle pourrait toujours envisager l'achat d'un camion réfrigéré.

Elle se sentait soudain comme une princesse s'offrant un caprice. Jamais elle n'avait eu autant d'argent à sa disposition. Il était d'autant plus satisfaisant de l'utiliser avec parcimonie.

Une fois les documents signés et le règlement effectué, le vendeur demanda, un sourire de satisfaction sur le visage :

— Et pour la livraison ? Demain matin, cela vous ira ?

— Formidable !

Ils sortirent bras dessus, bras dessous dans le chaud soleil de cette fin de matinée. Wyatt enfourcha sa moto, Missy monta en croupe et ils démarrèrent dans un rugissement d'enfer.

Etreignant fermement le corps de son compagnon, Missy ferma les yeux. Il était si loin de son monde. Si différent des gens qu'elle connaissait.

Elle eut un soupir triste. Pourtant, elle se serra plus fort contre lui. Et, sachant qu'il ne pouvait la voir, elle sourit, jouissant de la simple sensation de le tenir contre elle.

Parce qu'elle lui était reconnaissante. Mais aussi parce que, pour une fois dans sa vie, elle voulait vraiment, vraiment quelqu'un. Et que ce quelqu'un, elle était assez intelligente pour savoir qu'elle ne pouvait pas l'avoir.

Et, si elle ne saisissait pas cette occasion de l'étreindre aussi fort que possible, de sentir la vigueur de son corps contre le sien, elle n'en aurait sans doute jamais d'autre.

Quand ils arrivèrent devant le garage de la grand-mère de Wyatt, elle retira son casque qu'il accrocha à la poignée du siège arrière.

— Alors ? Tu t'es bien amusée ?

Elle chassa aussitôt sa tristesse. Pas question de ternir cette belle journée.

— Epatant. J'ai adoré la balade en moto et encore plus l'achat de la camionnette. C'est la première fois depuis longtemps que je peux m'acheter ce que je veux vraiment.

Une expression indéchiffrable traversa le regard de Wyatt. Il sourit.

— Va vite nourrir tes trois petits monstres. Et dis bien à Owen que je serai là à 14 heures tapantes pour jouer avec lui.

Elle opina du chef, tourna les talons, puis, se ravisant, lui fit face de nouveau. Et, sans réfléchir, elle se hissa sur la pointe des pieds. Elle avait l'intention de le gratifier d'un petit baiser sur la joue mais, à la dernière seconde, elle l'embrassa sur la bouche. Un simple petit baiser qui lui effleura les lèvres, et qui suffit à l'électriser de la tête aux pieds.

— Merci.

Il rit.

— En garçon bien poli que je suis, je devrais te répondre : « De rien. » Mais il se trouve que tu me devais ce baiser.

— Vraiment ?

— Si tu étais venue à notre rendez-vous le soir de la fête de fin d'année, tu m'aurais embrassé.

— Ah oui ? Et en quel honneur ?

— Je reconnais volontiers que dans nos années lycée j'étais loin d'être un play-boy. Mais ce soir-là, je savais ce que je voulais et j'aurais fini par l'obtenir.

Elle rit. Puis son rire s'arrêta net.

— Qu'y a-t-il ?

— Rien…

Comme elle faisait mine de s'éloigner, il la retint par la main.

— Mais si, il y a quelque chose.

Elle se mit alors à parler très bas, les yeux fixés sur le T-shirt de Wyatt.

— Dès le premier jour de nos retrouvailles, j'ai voulu m'excuser pour ce rendez-vous manqué. J'étais prête. J'avais mis une belle robe… Mais mon père s'est mis à battre ma mère. Sa bouche saignait. Je me suis interposée. Il a déchiré ma robe… J'ai été obligée d'appeler la police.

Wyatt poussa un juron.

— Tu n'es pas obligée de me raconter tout ça…

— Non, tu as raison. Je t'ai déjà raconté l'essentiel. Je voulais juste que tu saches pourquoi je n'étais pas là.

L'air chaud de la mi-journée était immobile. Pas un oiseau ne chantait. Ils se tenaient tout près l'un de l'autre, comme des amants. Jamais Missy n'avait été aussi proche émotionnellement de quelqu'un. Elle savait que Wyatt ne voulait pas de relation durable. Tout ce qu'elle désirait, à la minute présente, c'était être dans le cercle de ses bras. Se sentir réelle. Complète.

Puis elle entendit les enfants au fond du jardin. Ses enfants. Sa vraie vie. Elle n'avait pas besoin de sexe pour exister vraiment. Elle avait sa vie. Une bonne vie, maintenant. Et elle avait un gâteau à faire pour le samedi suivant.

Elle recula d'un pas. Bien sûr, une aventure, même d'une nuit, serait agréable. Mais construire sur du solide, c'était mieux.

— Il faut que j'y aille.

Wyatt l'examinait attentivement.

— Tu vas bien ?

— Très bien. Merci pour tout. Tu as fait des miracles.

— C'est à ça que servent les amis.

Missy rit affectueusement.

— Eh bien, si, toi aussi, tu as d'autres secrets à me confier, tu sais où me trouver.

— Je n'ai pas de secrets.

Elle le regarda au fond des yeux. Non, il n'avait pas de secrets. Mais il avait des blessures. Des blessures qu'il ne tenait pas à partager.

Et si ces blessures n'avaient pas existé, ils seraient probablement dans les bras l'un de l'autre en ce moment.

7

Le samedi suivant, sans qu'ils se soient concertés, Wyatt alla aider Missy à livrer son gâteau de mariage. La seule modification apportée au rituel était qu'il s'était acheté un jean neuf et une chemise blanche pour être en harmonie avec l'élégance de la jeune femme. Dimanche, il alla jouer avec les enfants dans le jardin mais évita soigneusement Missy. Lundi matin, pourtant, il alla frapper à la porte de la cuisine dès qu'il vit briller de la lumière. Il frappa deux fois et entra.

— Entre, Wyatt, dit Missy sans même se retourner.

Le rire contenu dans sa voix disait qu'elle avait moins peur de se retrouver en tête à tête avec lui qu'il n'en éprouvait lui-même. Tout occupée par l'essor de sa petite entreprise, elle n'avait certainement pas le temps d'avoir des états d'âme.

Alors que lui était hanté chaque jour un peu plus par l'envie de l'embrasser, de la protéger, de la ramener chez lui… de la faire sienne.

Il savait que c'était une erreur. Une impulsion probablement due au traumatisme de son divorce, dont l'encre était à peine sèche. Il fallait qu'il contienne ses désirs. Qu'elle le sache ou non, elle était vulnérable. Et lui, quand il voulait quelque chose, pouvait devenir un véritable oiseau de proie. Elle n'aurait aucune chance de lui échapper.

Et, une fois qu'il aurait eu ce qu'il voulait, il risquait de s'en lasser, de la laisser brisée comme une poupée de porcelaine.

Pas question de faire du mal à quelqu'un comme elle. Il

fallait donc qu'ils aient le moins de contacts possible jusqu'à son départ.

Et pour ça, il n'y avait qu'un moyen possible : trouver une assistante pour Missy.

— Cette semaine, priorité à la chasse aux petites annonces.

Elle s'approcha de la table, un mug de café bouillant dans chaque main. Elle les posa devant elle et ils prirent place de part et d'autre de la table où les trois enfants jouaient à faire des labyrinthes avec des flocons de céréales.

— Je viens t'aider pour les offres d'emploi.

— Bonne idée. Mais j'ai déjà commencé.

— As-tu reçu des réponses ?

— Beaucoup. Mais je ne sais pas où faire passer les entretiens.

— Puisque tu travailles à domicile, le mieux, c'est ici, non ?

Ils dégustèrent leur café puis appelèrent l'une après l'autre les quatre candidates sélectionnées par Missy. Elle leur donna rendez-vous pour les trois jours suivants.

Wyatt l'épaula pour l'entretien de la première candidate, Mona Greenlee, une petite femme carrée dont les bonnes joues disaient assez qu'elle aimait la nourriture. Mais, au bout de quelques minutes, il ne dit plus rien et laissa Missy procéder au jeu de questions et faire faire à la candidate le tour de la maison. L'idée de préparer des gâteaux à des fins professionnelles dans une cuisine familiale sembla déstabiliser quelque peu Mona, mais Missy lui assura que sa cuisine avait reçu les agréments nécessaires.

Quand elle eut pris congé, Wyatt se dirigea vers la porte.

— Où vas-tu ? Nous attendons notre deuxième candidate dans moins de dix minutes.

Il pivota lentement sur lui-même. Quand leurs yeux se rencontrèrent enfin, elle vit briller dans ceux de Wyatt une petite lueur qui lui coupa la respiration. Il fixa son attention sur sa bouche puis la regarda de nouveau intensément.

— Tu peux très bien te débrouiller sans moi.

Flattée par le compliment, mais troublée, Missy se demanda s'il partait parce qu'il avait envie de l'embrasser.

Le baiser dans le jardin, puis l'ébauche de baiser qu'ils avaient partagé quelques jours plus tôt, après cette merveilleuse balade à moto, n'avaient cessé de la hanter. En était-il de même pour lui ?

— Tu ne veux plus m'aider ?

— Franchement, cela ne me paraît pas nécessaire.

Missy s'efforça de cacher son dépit. Mais elle aimait passer du temps avec lui. Elle aimait son humour. Son bon sens. Elle l'aimait lui, tout simplement.

Les mots résonnaient si fort dans sa tête qu'elle faillit les prononcer à haute voix. Mais elle ne le fit pas. Il fallait qu'elle réfléchisse à ce qu'elle venait de s'avouer à elle-même.

Et puis, étant donné les résolutions de Wyatt, passer du temps ensemble ne pouvait que leur faire du mal.

Elle procéda donc à l'entretien suivant toute seule et tout se passa très bien.

Mais, quand elle se rendit dans la cour de derrière où Wyatt jouait au ballon avec les enfants, c'est à peine s'il lui parla. Il la complimenta sur le succès de son entretien mais ne demanda aucun détail. Visiblement, il avait décidé de prendre ses distances.

Missy rentra dans sa cuisine le cœur lourd. Elle n'avait pas besoin de lui, en effet, mais soudain, sans lui, tout ce qu'elle faisait semblait n'avoir plus de sens.

Deux jours plus tard, après avoir procédé aux deux derniers entretiens, elle ne chercha même pas à parler à Wyatt. Pourtant, le sentiment de solitude était toujours là. Après tant de semaines passées côte à côte, elle ne parvenait pas à se faire à l'idée qu'elle était de nouveau seule.

C'était comme s'il avait décidé de la préparer, de se préparer lui aussi à son départ prochain.

C'était peut-être une bonne idée mais elle n'avait pas envie d'être préparée. Elle voulait profiter de ces derniers jours. Pourquoi commencer le processus de séparation aussi tôt ?

La solitude retrouverait bien assez vite sa place familière dans son cœur.

Le jeudi soir, elle offrit le poste à Mélanie Anderson. La jeune femme avait paru adopter immédiatement le désordre qui régnait dans la maison. Et elle adorait les enfants. Sans compter qu'elle était prête à prendre son poste sur-le-champ.

Pour fêter la nouvelle, Missy mit un poulet à rôtir dans le four et envoya Owen transmettre à son voisin une invitation à dîner. C'était peut-être un peu cavalier, mais elle en avait assez de voir filer le temps qu'ils pouvaient encore passer ensemble. Aussi avait-elle pris la décision de savoir exactement ce qui se passait dans sa tête.

S'il se préparait simplement à son départ, elle s'inclinerait.

Mais, s'il commençait à regretter le type de relation qu'il leur avait imposé à tous les deux, cela valait peut-être la peine de tenter quelque chose.

Elle ne voulait pas une simple aventure, d'accord. Mais ils pouvaient peut-être trouver un compromis ? Ou faire un bout d'essai ?

Le soir tombait quand Wyatt traversa la pelouse, sur les talons d'un Owen sautillant d'excitation. Missy ne se souciait plus de la manière dont les enfants réagiraient après le départ de son voisin. Maintenant, elle avait les moyens de leur offrir le jardin d'enfants où ils trouveraient des petits camarades de leur âge.

— Encore du poulet, dit-elle comme pour s'excuser. Mais rôti, cette fois. Avec de l'ananas.

— Qui pourrait ne pas aimer le poulet rôti avec une sauce à l'ananas ? dit Wyatt en prenant des assiettes en carton pour l'aider à faire le service.

Elle le regarda aider Owen à choisir le morceau qu'il voulait. Il y avait tant de choses qu'elle aimait en lui ! Et il ne s'agissait pas seulement de son charme ou de son sex-appeal.

Il aimait ses enfants. Sincèrement. Sans compter qu'ils avaient toujours du plaisir à être ensemble. Ils se comprenaient.

Et puis, il connaissait son histoire. Ce qui se passait entre eux ne pouvait pas s'achever comme ça.

Elle mit trois étoiles supplémentaires dans la colonne des pour.

Ils s'installèrent sur les bancs usés et commencèrent à manger.

Et Wyatt ne put retenir une exclamation de plaisir.

Elle sourit. Qui disait que le meilleur moyen de gagner le cœur d'un homme, c'était de passer par son estomac ?

— Mmm ! C'est tout simplement fantastique.

— Oh ! Ce n'est rien du tout. Juste un petit quelque chose cuisiné sur le coin du fourneau…

Elle n'avait pas l'intention de se vanter. Mais lui montrer qu'elle n'était pas qu'une mère ou une femme d'affaires ne pouvait pas faire de mal. Elle avait certainement plus de cordes à son arc que les poupées sophistiquées qu'il rencontrait en Floride.

Inconsciemment, elle se passa la main dans les cheveux puis rajusta les bretelles de son haut de coton rose. On lui avait souvent dit que cette couleur seyait à son teint mais, malgré tout, les doutes commençaient à l'envahir.

Comment une femme de trente-trois ans, mère de trois enfants, pouvait-elle prétendre rivaliser avec les bimbos bronzées de Miami Beach ?

Devait-elle seulement essayer ?

Elle courait certainement tout droit à l'échec.

Ils partagèrent un repas joyeux avec les trois enfants. Owen ne cessait de sourire de toutes ses dents, avec la bouche pleine, et Lainie finit par s'exclamer de sa petite voix flûtée :

— Oh ! maman. Tu ne peux pas lui dire d'arrêter de faire ça ?

Mais Missy se contenta de sourire. Cela faisait du bien de voir Owen se comporter enfin comme un petit garçon heureux.

Quand ils eurent terminé, Wyatt aida à tout remporter dans

la cuisine. Missy aurait bien voulu le retenir un peu auprès d'elle mais elle sentait qu'il était pressé de rentrer chez lui.

La peur et les doutes la tenaillaient. Il avait si peu parlé pendant le repas qu'elle commençait à croire qu'il avait déjà pris sa décision. Et, si c'était le cas, s'il avait décidé de la ranger dans les placards du passé sitôt qu'il aurait quitté Newland, ne serait-il pas embarrassant, voire franchement ridicule, d'aborder la question de leurs relations futures, d'un éventuel compromis entre leurs deux positions sur le sujet ?

Il se passait quelque chose d'important entre eux, elle en était certaine. Quelque chose qu'elle désirait maintenant plus que tout.

Et qu'il paraissait redouter.

A tel point qu'il se dirigeait déjà vers la porte.

Owen fit irruption dans la cuisine, prêt pour la nuit. Ses sœurs étaient maintenant dans le bain. Avec son pantalon de pyjama à l'envers et ses cheveux humides en épis au-dessus de son crâne, il était tout simplement adorable.

L'enfant se précipita sur Wyatt, un énorme livre de contes serré sur sa poitrine.

— Tu nous lis ça ce soir ?

— Je ne crois pas, mon petit bonhomme. Il faut que je rentre.

Missy attendait sans rien dire. Elle pouvait toujours convaincre Wyatt de lire une histoire, la dernière peut-être, à ses enfants. Mais elle voulait que cela vienne de lui. Car savoir donner spontanément du temps à ses enfants, c'était l'une des conditions primordiales chez elle pour accepter un homme dans sa vie.

Hélas, lentement mais sûrement, Wyatt reculait vers la porte.

— Je suis fatigué, tu sais…

Owen leva vers lui son irrésistible regard de chien battu.

— Juste cinq minutes !

Alors un miracle se produisit. Wyatt rit. Il rit d'un long rire joyeux et puissant. Puis, prenant Owen dans ses bras, il l'emporta vers l'escalier.

— Où est ta chambre ?

Missy s'empressa de leur emboîter le pas.

— Ils partagent tous les trois la même pièce. J'attends qu'Owen soit un peu plus grand pour lui donner sa propre chambre.

Wyatt ouvrit la porte du bout de son pied et jeta Owen sur son lit. Le petit garçon gloussa de joie.

Entendant le remue-ménage, les filles arrivèrent de toute la vitesse de leurs petites jambes. Vêtues de leur chemise de nuit rose, elles se jetèrent dans leur lit et tirèrent leur couette sous leur menton.

Wyatt s'assit sur le bord du lit d'Owen et commença à lire.

— Les aventures de Billy Bunny commencèrent derrière la grange, lut-il tandis que Missy s'appuyait contre le chambranle. Billy Bunny était un lapin très curieux. Il passait ses journées à explorer tout son domaine.

Missy nota que les fillettes commençaient à fermer les yeux, laissant l'histoire les conduire lentement au pays des rêves. Mais Owen restait assis, bien appuyé contre ses oreillers, son regard plein d'amour posé sur Wyatt.

Et c'est à ce moment-là que Missy comprit qu'elle était amoureuse. Cet homme n'était pas seulement sexy et intelligent. C'était un homme bon.

Et elle comprit aussi pourquoi il adoptait depuis quelques jours une attitude aussi fermée. Ce qu'il éprouvait pour elle était plus qu'une simple attirance sexuelle. Lui aussi commençait à l'aimer. Et cela lui faisait peur.

Quand l'histoire fut achevée, il referma le grand livre. Owen avait glissé lentement dans son lit, mais ses paupières se rouvrirent.

— Encore une. S'il te plaît…

Wyatt lui retira un de ses oreillers et le força à s'étendre confortablement.

— Tu tombes de sommeil.

— Mais j'aime beaucoup les aventures de *Willy Wunny.*

Wyatt lui remonta sa couette jusqu'au cou.

— Je t'en lirai une autre demain.

Les yeux d'Owen se fermèrent. Missy alla éteindre la lampe et remercia Wyatt d'un sourire.

Ils sortirent en silence et elle referma la porte.

— Tu veux boire quelque chose ?

Il s'éclaircit la gorge.

— Je dois rentrer.

— Juste cinq minutes.

Wyatt se massa la nuque du plat de la main.

— Allons un moment sous le porche.

En traversant la cuisine, Missy attrapa au passage deux canettes de bière. Elle comprenait pourquoi il avait peur. Un homme récemment divorcé ne pouvait que redouter une relation avec une mère de famille nombreuse.

Mais elle ne lui demandait pas de l'épouser. Du moins, pas maintenant. Elle voulait juste qu'ils s'accordent tous les deux un peu de temps ensemble. Qu'il revienne de temps en temps une fois qu'il aurait regagné son monde, si différent du leur. Et, pourquoi pas, qu'ils lui rendent visite tous les quatre cet hiver.

Elle le rejoignit sous le porche et s'assit dans le fauteuil le plus proche.

— Nous ne devrions pas faire ça, dit-il en regardant les canettes qu'elle venait de poser sur la table de rotin.

— Quoi ? Boire de la bière ? Nous sommes majeurs et nous n'en boirons qu'une seule chacun. Et nous sommes assez forts et responsables pour ne pas en faire une habitude.

Il soupira.

— C'est bien ça le problème. Toi, tu es mûre et responsable. Moi, non.

— Comment peux-tu dire une chose pareille ? Tu en fais la démonstration tous les jours.

— Crois-moi. Tu as vu un côté de ma personnalité que peu de gens connaissent. Je consacre d'ordinaire fort peu de temps à servir de nounou à de jeunes enfants ou à venir à la rescousse de jolies femmes en détresse.

Missy sourit.

— Je l'imagine volontiers.

Comme pour mieux prouver ses dires, il finit sa bière d'un trait et posa la canette sur la table.

— En Floride, je suis toujours pressé, exigeant, de mauvaise humeur… sauf quand j'écris et que je dessine.

— Tu as été comme ça ici aussi assez souvent. Mais je t'ai vu aussi attentionné avec les enfants, gentil avec eux et avec moi, amusant, attentif…

Il tourna la tête en bougonnant :

— Rien de plus facile ! Qui ne se plairait pas pendant quelques jours dans la compagnie d'une jolie femme et de trois enfants adorables ? Même t'aider à livrer tes gâteaux et à trouver une camionnette était amusant. Mais, une fois de retour chez moi, je recommencerai à travailler douze heures par jour, sautant sans cesse du cop à l'âne, rendant la vie infernale à tous mes proches.

Sa voix s'adoucit quand il conclut :

— J'aimerais être cet homme dont tu parles. Mais je ne le suis pas. Demande à mon ex-femme.

Il lui jeta un dernier regard puis, bondissant de son siège, il dévala les trois marches et se dirigea à grands pas vers la haie. Elle le regarda disparaître dans la nuit, le cœur gros.

La colère de Wyatt l'avait surprise mais la manière dont sa voix s'était adoucie et dont ses yeux s'étaient remplis de regret en disait plus que ses paroles. Il parlait de quelqu'un qu'elle ne connaissait pas. Quelqu'un avec qui il était probablement impossible de vivre.

Comment un tel homme pouvait-il se montrer si gentil avec des enfants, si tendre avec une femme ?

Diriger une entreprise ne pouvait suffire à expliquer cela.

Quand il l'avait épaulée et conseillée dans la gestion de ses propres affaires, il avait toujours fait preuve de calme et d'efficacité. Il savait parfaitement ce qu'il faisait. Et il donnait l'impression de le faire sans effort.

Le fait de ne plus avoir à se battre et de se retrouver dans le contexte apaisant de la ville de son enfance avait peut-être réussi à faire ce prodige ?

C'était la seule explication.

Avec son ex-femme, il devait être en permanence sur ses gardes. Pour être le plus beau, le plus fort, le plus efficace… Puis le plus méfiant. Aussi ne savait-il pas à quel point il pouvait être un homme bon. Chaleureux. Plein de joie de vivre.

Mais Missy, elle, le savait. Et d'une manière ou d'une autre, avant qu'il s'en aille, elle devait faire en sorte qu'il en prenne lui aussi conscience.

8

Quand Wyatt jeta un coup d'œil par la fenêtre ce samedi-là, ce n'était pas Nancy, la baby-sitter, qui aidait Missy à installer le gâteau de mariage dans la nouvelle camionnette flambant neuve mais Mélanie, sa nouvelle assistante.

Il ne put s'empêcher d'éprouver un sentiment de fierté.

Cette semaine, la pièce montée était particulièrement volumineuse, avec des guirlandes de fleurs multicolores cascadant d'étage en étage. On aurait dit le jardin d'Eden.

Mais, tandis qu'il admirait la nouvelle robe de Missy, une robe rose agrémentée d'un petit bouquet de fleurs sur la poitrine, il réalisa soudain qu'il n'aurait plus besoin de mettre des vêtements propres, de conduire sa jolie voisine dans des endroits plus ou moins prestigieux, de l'aider à installer son gâteau, de danser avec elle. De l'embrasser peut-être…

Il n'avait jamais oublié le baiser qu'ils avaient échangé dans ce jardin fleuri. Un baiser à la fois délicieusement romantique et terriblement sensuel.

Mais il ne regrettait pas de l'avoir poussée à embaucher au plus vite une assistante. Moins il la verrait avant son départ, mieux ce serait. Et il fallait absolument qu'elle cesse de penser qu'il était quelqu'un de bien. Un gentil garçon… Le genre d'homme qu'on épouse, peut-être…

Missy s'installa derrière le volant, son assistante à ses côtés. Puis, tandis que la camionnette s'éloignait dans l'allée, elle agita la main par la vitre ouverte.

— A bientôt, les enfants. Soyez sages !

Il la regarda partir, le cœur gros, puis monta affronter les cartons empilés sur le lit de la troisième chambre. Sa grand-mère avait peut-être une âme d'organisatrice, mais elle avait aussi le don de créer une fichue pagaille.

Il travailla ainsi deux bonnes heures, jusqu'à en avoir mal au dos. Puis il jeta un regard nostalgique par la fenêtre. Il n'avait pas la moindre intention de rester plus longtemps enfermé par ce bel après-midi de mai, à la recherche de bijoux dont il commençait à douter qu'ils existent vraiment.

Il enfila ses sandales et descendit se poster sur le porche de derrière. Chez Missy, les enfants étaient en train de jouer dans le bac à sable. Nancy, installée à la table de pique-nique, feuilletait une revue illustrée.

Il alla les rejoindre.

— Bonjour.

Owen leva aussitôt la tête.

— Salut, Wyatt !

— Salut, Owen. Je peux jouer avec eux ? ajouta-t-il à l'intention de la baby-sitter.

Il lui lança un regard amical. Seize ans, jolie et probablement très populaire dans le quartier, elle lui rappelait les baby-sitters auxquelles sa mère faisait appel quand il était petit.

— En fait, dit la jeune fille avec un bon sourire, je vous attendais.

— Vraiment ?

— Oui, expliqua-t-elle avec une petite moue coupable. C'est la fête des Mères demain et j'ai oublié d'acheter un cadeau à la mienne.

— Ouh là là ! C'est grave, ça. Le pire, c'est que j'ai oublié la mienne, moi aussi…

— Vous savez quoi ? Vous me donnez un quart d'heure pour aller jusque chez la fleuriste et je nous commande deux bouquets.

Il balaya la proposition de la jeune fille d'une main autoritaire.

— Inutile en ce qui me concerne. Je le lui en ferai livrer

par internet. Mais vous pouvez y aller. Rien de plus grave que d'oublier la fête des Mères.

— Ma mère en ferait une jaunisse !

Il rit.

— Et la mienne, une double jaunisse.

— Donc, ça ne vous ennuie pas de garder un peu les enfants ? La fleuriste est dans Main Street. Je peux faire l'aller-retour en moins d'un quart d'heure.

— Prenez tout le temps qu'il vous faudra. Les enfants me connaissent.

Joignant le geste à la parole, Wyatt retira ses sandales et rejoignit les enfants dans le bac à sable.

Quand Nancy fut partie, les enfants s'agitèrent pour faire de la place à leur grand ami. Ils décidèrent, après mûre concertation, de construire un centre commercial, ce qui amusa Wyatt. Décidément, ils avaient hérité du sens des affaires de leur mère.

Au bout de cinq minutes de dur labeur, Owen demanda :

— Qu'est-ce que c'est, la fête des Mères ?

— C'est le jour où les enfants offrent…

Wyatt s'interrompit, s'apercevant de l'intensité des trois regards d'enfants levés vers lui. Pas besoin d'être sorcier pour comprendre qu'ils n'avaient jamais célébré une telle fête. Leur père était parti dans l'année qui avait suivi leur naissance, la mère de Missy était morte, leur grand-père était hors circuit, aussi n'y avait-il eu personne pour les informer de cette tradition. Encore moins pour les aider à choisir un cadeau.

— C'est le jour de l'année où les enfants offrent à leur mère un présent pour lui montrer à quel point ils l'aiment.

Owen le regarda d'un air grave.

— Mais nous, on aime notre maman.

Le cœur de Wyatt se serra. La tentation de les aider à choisir un cadeau était forte. Mais c'était exactement le genre de chose qu'il ne devait pas faire. C'était en agissant ainsi qu'il avait fini par faire croire à Missy qu'il était quelqu'un de bien.

Il s'éclaircit la gorge.

— Oui, bien sûr. Je sais que vous aimez votre mère.

Lainie lui tapota le genou.

— Alors, on veut lui offrir des fleurs.

L'envie de leur faire plaisir, de faire plaisir à Missy se fraya un chemin au milieu de ses réticences. Pas seulement pour faire plaisir aux enfants. Mais parce que Missy le méritait. Elle aussi avait le droit d'avoir sa fête des Mères.

Et pourquoi se mentir ? Lui aussi serait ravi d'y apporter sa contribution.

Il se remit sur ses pieds d'un bond et épousseta son jean.

— Vous savez quoi ? Nous allons partir en excursion.

Lainie le dévisagea comme s'il s'était soudain retrouvé doté d'une seconde tête.

— Une excursion ? Dans un champ de fleurs ? Mais on n'a pas le droit de sortir du jardin !

Il rit.

— Nous allons seulement jusque chez la fleuriste. Et nous y retrouverons certainement Nancy.

C'est ainsi que, quelques minutes plus tard, le petit groupe avançait sur le trottoir, Lainie et Owen gambadant en éclaireur, Claire sa petite main prudemment glissée dans celle de son grand ami.

Le trajet leur prit plus de dix minutes et Wyatt termina la course avec Claire à califourchon sur ses épaules. Enfin, ils arrivèrent à destination.

Owen ouvrit la porte, faisant tinter dans la boutique un carillon mélodieux.

Comme on était au beau milieu de l'après-midi, il n'y avait personne. Nancy était à la caisse, en train de payer ses fleurs. Elle sourit en voyant les enfants.

— Que se passe-t-il ? demanda-t-elle à Wyatt.

— Nous avons décidé que nous aussi, nous avions une fête des Mères à souhaiter. Celle de Missy.

Le regard de la jeune fille s'éclaira.

— Quelle bonne idée ! Voulez-vous que je reste pour vous aider ?

— Non, c'est inutile. Nous nous retrouverons à la maison.

Elle embrassa les trois enfants et quitta la boutique, un énorme bouquet de roses à la main.

La fleuriste, une charmante femme d'une cinquantaine d'années, leur sourit.

— Mais je reconnais ces enfants-là. Ce sont les petits Johnson Brooks. Par contre, vous, vous êtes nouveau ici. Un parent, sans doute ?

— Pas vraiment. Je suis Wyatt…

Soudain, il s'interrompit, le regard plissé. Il venait de déchiffrer le nom de son interlocutrice sur la poche de sa blouse.

— Mme Zedik ?

— Oui ?

— C'est vous qui m'avez appris à lire, en classe préparatoire, vous ne vous souvenez pas ? La maîtresse était terriblement sévère et vous, l'assistante scolaire, vous m'aidiez toujours dans un coin.

Elle l'examina de plus près.

— Vraiment ? Je ne vous reconnais pas…

— Je portais des lunettes, à l'époque. Wyatt McKenzie.

Elle poussa un petit cri.

— Mon Dieu ! Mais bien sûr. Quelle métamorphose ! Il faut dire que depuis tout ce temps… Et quel bon vent vous amène ?

— La mort de ma grand-mère, hélas ! Je suis venu m'assurer qu'elle n'avait pas caché un Rembrandt quelque part.

La brave femme rit.

— Et que faites-vous avec les enfants Brooks ?

Claire, toujours perchée sur les épaules de Wyatt, profita de sa position dominante.

— On va faire un cadeau à maman pour la fête des mamans.

Mme Zedik sortit de derrière son comptoir.

— Et quel genre de fleurs voulez-vous ?

— Des fleurs roses, dit Lainie.

— Des jaunes, intervint Claire.

Owen pointa du doigt un grand pot d'azalées.

— Ça ! affirma-t-il avec une belle assurance.

— Bon, dit la fleuriste en riant. Je peux me débrouiller pour trouver des azalées roses dans la serre. Comme ça, au moins deux conditions seront remplies.

Claire leva un regard suppliant vers Wyatt.

— Je veux des fleurs jaunes.

— Les enfants peuvent avoir chacun les fleurs qu'ils veulent, décréta Wyatt aussitôt en posant Claire sur le sol. Quand on aime, on ne compte pas !

Il se mordit la lèvre. Bah ! Il s'agissait de la fête des Mères après tout. Et de rien d'autre.

Il sortit son portefeuille de la poche arrière de son jean et tendit sa carte de crédit à la fleuriste.

Elle la prit avec un petit rire de connivence.

— J'ai entendu dire que vous aviez plutôt bien réussi.

— Oui. Et c'est un bon moyen pour rendre les gens heureux. Choisissez ce que vous voulez, les enfants. Chacun d'entre vous pourra offrir les fleurs qu'il veut à sa maman.

Il reporta son attention sur Mme Zedik, déjà occupée à emballer le pot d'azalées roses.

— Et pour la livraison ?

— Exceptionnellement, nous livrons demain matin à partir de 8 heures.

— Si vous pouviez faire un petit effort… Missy est une lève-tôt et nous aimerions lui faire une surprise.

Mme Zedik sembla hésiter un instant mais, contre un bon pourboire, elle finit par accepter de persuader son mari d'apporter les fleurs chez Wyatt dès 6 heures.

— Alors, c'est entendu. Pour que Missy ne se doute de rien, vous ferez livrer tout cela chez moi.

Quand ils arrivèrent à la maison, Wyatt, pris d'une soudaine inspiration, fit asseoir les enfants à la table du jardin.

— Il y a encore une chose à régler. Vous savez que, le jour de la fête des Mères, les mamans sont supposées ne pas travailler du tout.

— Super ! s'exclama Owen. Moi, je m'occupe du petit déjeuner.

— Et moi, dit Claire en tirant sur la main de Wyatt, je peux faire des toasts.

— Bon, ce n'est déjà pas si mal mais…

Un bruit de moteur l'interrompit. Tournant la tête, il vit la carrosserie blanche de la nouvelle camionnette briller dans le soleil.

Il se leva pour accueillir Missy.

— Tu rentres bien tôt !

— Il s'agissait d'une garden-party. Service minimum. Punch, buffet, séance photo, pièce montée. Et me voilà !

— Où est Mélanie ?

— Je l'ai déposée chez elle au passage.

Missy ouvrit les bras et ses enfants s'y précipitèrent.

— Alors ? Vous vous êtes bien amusés ?

— Oh oui ! s'exclama Lainie, les yeux brillants. On a été au…

— Au bac à sable, intervint Wyatt en faisant un clin d'œil à la fillette. Mais vous devriez aller vous laver les mains. Ça va être l'heure du goûter.

Les enfants adressèrent un large sourire de connivence à leur ami et s'exécutèrent promptement.

Missy hocha la tête, impressionnée.

— Tu obtiens d'eux des miracles. Et je vois que tu as encore joué à la baby-sitter avec eux.

Elle hésita un instant puis décréta :

— Il faut que j'aille me changer. Mais ce soir, tu n'y couperas pas. J'ai promis aux enfants de leur faire des hamburgers au feu de bois. Non seulement tu vas m'aider à l'allumer, mais en plus tu vas nous aider à les manger !

Ainsi fut fait. Et après une délicieuse soirée autour du barbecue, dont les étincelles rouges traçaient dans la nuit printanière des motifs d'une étonnante invention, les enfants acceptèrent tant bien que mal d'aller se coucher. Puis, après qu'ils aient lu leur histoire, Wyatt bâilla ostensiblement et affirma qu'il devait rentrer. Il n'oubliait pas que le lendemain matin dès 6 heures il devrait réceptionner les fleurs destinées à Missy. Et il n'était pas question de passer une nouvelle soirée en tête à tête avec elle.

— Déjà ? Ma parole, ce ne sont plus des jeux d'enfants. Ce sont les travaux d'Hercule !

— Tu ne crois pas si bien dire. En tout cas, je ne dirai plus jamais de mal des femmes qui restent à la maison.

Elle rit, ses yeux lumineux pétillant soudain de malice.

— Comment crois-tu que je garde ma ligne ?

Il enveloppa du regard ses formes parfaites et avala sa salive.

— Tu devrais écrire un petit traité de minceur. Tu rendrais toutes les femmes folles de ce nouveau régime. Avec pour titre « Comment paraître dix-huit ans quand on en a plus de trente ».

— Tu trouves que j'ai l'air d'avoir dix-huit ans ?

Elle avait surtout l'air d'être une des plus jolies femmes qu'il ait jamais vues. Les mots lui brûlèrent la langue mais Wyatt s'empressa de les ravaler. Il était nettement préférable pour elle qu'elle ignore à quel point elle lui plaisait.

— Il faut vraiment que j'y aille.

— Dommage…

Elle avait l'air si déçue qu'il sentit ses bonnes résolutions vaciller. Mais il n'était pas l'homme qu'il fallait à Missy. Elle méritait mieux que lui.

Il gagna la porte d'un pas ferme.

— Et couche-toi tôt. Demain, il faudra te réveiller…

— Me réveiller ? Oui, comme d'habitude…

Il se mordit la langue. Il n'était pas meilleur que les enfants pour garder un secret. Du reste, tout allait de mal en pis. En voyant les fleurs demain, elle allait penser qu'elles venaient de lui.

Non, décidément, il n'était pas très doué pour faire échouer les histoires d'amour.

Pas plus que pour les réussir.

Une fois couché, il mit son réveil à sonner à 5 heures pour réceptionner les fleurs. Quand le réveil sonna, il était encore fatigué. Pourtant il sortit du lit sans regrets. Missy avait bien mérité sa première fête des Mères.

Avec l'aide du mari de la fleuriste, il transporta les divers arrangements floraux jusqu'à la porte de la cuisine de Missy, donna un bon pourboire au brave homme puis réfléchit, perplexe. Il n'avait oublié qu'un détail. Il n'avait pas la clé. Il tâta le haut du chambranle, puis fouilla les différents pots de fleurs et finit par dénicher une clé rouillée dans un vieil arrosoir.

Il entra dans la pièce encore pleine de la fraîcheur nocturne et installa un par un dans la vaste pièce les six bouquets choisis par les enfants. Puis il s'attela au petit déjeuner.

Les premières tranches de pain grillé n'avaient pas encore sauté du grille-pain qu'Owen faisait son apparition. Claire le suivit quelques secondes plus tard, Lainie sur les talons.

— Pas un bruit, chuchota Wyatt tandis que les enfants se précipitaient vers la table couverte de fleurs.

Missy se redressa dans son lit, le cœur battant. 6 h 30. Elle croyait avoir entendu un bruit. Quelque chose comme un objet métallique tombant sur le sol. A moins que ce ne soit une explosion.

En tout cas, si tôt le matin, ce n'était pas très rassurant. Surtout dans une maison pleine d'enfants.

Elle se précipita dans l'escalier sans prendre le temps d'enfiler ses vieilles pantoufles. Et s'arrêta sur le seuil de la cuisine, les yeux arrondis par la surprise. La table était couverte de fleurs, Wyatt avait les bras plongés jusqu'aux coudes dans l'eau savonneuse de l'évier, et Claire, perchée sur un tabouret, une fourchette à la main, essayait maladroitement de sortir les toasts du grille-pain.

— Mais… Que se passe-t-il ?

Tout le monde se figea.

Wyatt fut le premier à réagir.

— Alors, les enfants, qu'est-ce qu'on dit ?

Aussitôt, les trois enfants s'écrièrent en chœur :

— Bonne fête, maman !

Puis Owen se rua sur sa mère qu'il prit par les genoux, Claire descendit de son tabouret et se précipita dans ses bras tandis que Lainie entreprenait une danse des Sioux autour de la table lourdement chargée.

— Bonne fête, maman, répétèrent-ils encore.

Le cœur serré, trop émue pour parler, Missy contemplait le joyeux spectacle à travers ses larmes. Deux buissons d'azalées dominaient un pot d'hortensias et un rhododendron d'un bel orange doré. Trois roses rouge vif encore habillées de leur emballage se dressaient dans le pichet à eau.

Trop émue pour parler, elle contemplait le spectacle sans s'en lasser. Quatre fêtes des Mères s'étaient déjà écoulées depuis la naissance des enfants sans qu'aucune ne soit célébrée. Et, à dire vrai, elle était beaucoup trop occupée pour avoir le temps de le déplorer. Tout au plus prenait-elle le temps d'avoir une pensée émue pour sa propre mère.

Elle s'approcha de la table, fit courir ses doigts le long des pétales veloutés de l'une des trois roses. Comment un homme qui s'était donné la peine d'aider ses enfants à chercher un cadeau pour la fête des Mères, qui s'était levé aux aurores pour les aider à faire le petit déjeuner, pouvait-il ne pas être quelqu'un de bien ?

— Merci.

Occupé à détacher de la poêle des œufs brouillés un peu trop cuits, Wyatt se contenta d'un sourire.

Elle le contempla tandis qu'il avait le dos tourné, admirant son savoir-faire dans tous les domaines. Il dirigeait les enfants de main de maître, jetant les œufs trop cuits d'Owen à la poubelle, lui montrant comment en casser d'autres, surveillant la manière dont Claire maniait le grille-pain, indiquant à Lainie comment plier joliment des serviettes de table en papier sur lesquelles étaient écrits les mots « Bonne fête, maman ! » au centre d'une guirlande de roses.

Quelque chose se gonfla dans la poitrine de Missy. Cette fois, elle savait qu'elle l'aimait.

Et toutes ses incertitudes s'envolèrent. Elle voulait que cet homme entre dans sa vie pour toujours.

Et elle trouverait le moyen d'y parvenir.

9

Après le petit déjeuner, Owen et ses sœurs conduisirent avec autorité leur mère jusqu'au canapé du salon. Wyatt lui tendit le journal du dimanche et Lainie lui apporta un verre de jus de fruits.

Missy rit.

— Vous me gâtez. Je risque de prendre de mauvaises habitudes.

— Oh ! Je ne pense pas qu'une seule journée de farniente suffise à gâter une maman poule comme toi, lança Wyatt par-dessus son épaule avant de retourner à ses occupations. Nous allons nettoyer la cuisine puis les enfants iront faire leur toilette et s'habiller avant d'aller jouer dehors. Hier, Nancy vous a préparé un repas froid.

Riant de bonheur, Missy ouvrit docilement son journal et commença à le parcourir d'un regard distrait. Quand les enfants furent sortis dans le jardin pour jouer avec Wyatt, elle bondit sur son téléphone.

— Nancy ? C'est moi, c'est Missy Johnson Brooks. Tu es libre dans la soirée ?

Si elle voulait séduire Wyatt ce soir, ce n'était pas avec un babyphone dans la main qu'elle avait des chances d'y parvenir.

Un peu après 21 heures, un coup énergique frappé contre la porte d'entrée fit sursauter Wyatt. Il avait pris d'assaut la chambre numéro quatre dans l'espoir de trouver enfin les bijoux de sa grand-mère. Il fallait qu'il rentre en Floride au plus vite. Sinon, il risquait de prononcer des paroles qu'il regretterait plus tard.

On frappa de nouveau.

Le cœur de Wyatt se mit à battre la chamade. Ce ne pouvait être que Missy !

C'était bien elle, en effet, une flamme gaie dansant dans ses yeux clairs, ses cheveux mouillés par une pluie inattendue retombant sur son front.

Elle brandit une bouteille de vin.

— C'est pour te remercier.

Il regarda la bouteille. Ce qu'il avait fait pour elle, les fleurs, le petit déjeuner, tout cela était sans importance. Mais Missy n'était pas du genre à laisser passer une gentillesse.

C'était l'une des raisons pour lesquelles il l'appréciait.

Ouvrant la porte un peu plus largement, il prit la bouteille.

— Merci, mais je…

— De rien. Et cette bouteille est pour nous deux. Pour que nous la buvions ensemble.

— Ah !

Wyatt se renfrogna. Ça, ce n'était pas possible. Le vin le rendait toujours affreusement romantique. Et, après un après-midi passé avec des enfants auxquels il était en train de s'attacher plus que de raison, cette soirée en tête à tête allait être la soirée de tous les dangers.

Son cerveau se mit à fonctionner à toute vitesse.

— Dans ce cas, nous allons devoir le boire en travaillant. Ce soir, le programme, c'est, encore et toujours, la chasse au trésor.

Elle releva aussitôt ses manches.

— Pas de problème. Toujours prête.

Wyatt soupira. Missy prenait cela d'un cœur léger. Mais pour lui, cela risquait d'être l'un des moments les plus éprouvants de sa vie.

La regarder se mouvoir autour de lui, l'entendre rire, sentir la chaleur de son corps, la désirer au point d'en avoir mal lui promettait une soirée de délicieuse torture.

Pourtant, il sortit du buffet deux des plus beaux verres de sa grand-mère, glissa le tire-bouchon dans sa poche et conduisit son invitée dans la chambre d'amis.

Puis il remplit les verres et lui en tendit un. Elle le remercia d'un sourire.

Il la regarda et son cœur partit en dérapage non contrôlé. Les yeux de Missy étincelaient. Son visage resplendissait de bonheur. Il savait que c'était en partie grâce à lui, à cette belle journée de fête qu'il avait organisée pour elle avec les enfants. Et, tout au fond de lui, une petite voix lui disait de profiter de ce moment de parfaite harmonie. D'accepter la gratitude de Missy. De se laisser aller à l'envie irrépressible de l'embrasser.

Bon sang ! Mais c'était justement ce qu'il fallait à tout prix éviter !

Il s'écarta d'un pas.

Et dire que la femme de sa vie était là, à portée de sa main, de ses caresses, mais qu'il était trop bien élevé pour en profiter !

Maudits soient ses bons principes. Il n'oublierait pas d'en toucher deux mots à sa mère à la prochaine occasion.

— Bon. Au travail.

Missy embrassa la pièce du regard, but une gorgée de vin et posa son verre.

— Par où commençons-nous ?

— Par ces boîtes, là-bas. J'ai fait une pile de toutes celles que j'ai déjà fouillées. L'autre pile, près de la fenêtre, est encore à explorer.

Elle alla docilement jusqu'à la pile indiquée et, se laissant tomber en tailleur sur le plancher, commença à soulever des couvercles. Elle vidait le contenu des boîtes sur le parquet, l'étalait rapidement devant elle, puis, après avoir vérifié que les bijoux ne s'y trouvaient pas, remettait le tout sans se préoccuper du désordre. Puis elle passait à la boîte suivante.

Ils travaillèrent ainsi pendant vingt bonnes minutes, passant d'une boîte à l'autre sans mot dire.

— Moi aussi, j'ai dû me débarrasser de pas mal de vieilleries quand ma grand-mère est morte, constata enfin Missy.

Sa voix résonnait dans la pièce silencieuse.

— Vraiment ?

— Oui. Elle ne jouait pas les écureuils comme la tienne. Mais il y avait tout un bric-à-brac sans intérêt dans la maison. Et j'ai découvert des tas de pots de confitures et de bocaux dans la cave.

Il rit.

— Comme quoi, tu as de qui tenir. Après les gâteaux de mariage, je te vois très bien passer tes vieux jours à faire des confitures.

Missy soupira.

— Je l'aimais beaucoup. Sa maison représentait l'un des rares coins de ciel bleu dans ma vie.

— Ma grand-mère aussi a beaucoup compté pour moi. C'est pour cela que je l'avais incitée à venir s'installer en Floride avec nous.

— Et qu'as-tu là-bas pour héberger tout ce monde ? Un château ?

Il rit de nouveau.

— Personne ne vit avec moi. Ma grand-mère habitait un appartement en ville et mes parents ont une maison pas loin de la mienne, au bord du golfe.

— Ce doit être agréable.

Wyatt lui jeta un regard en biais. D'habitude, quand il disait aux gens qu'il avait une villa sur le golfe, ils poussaient des cris d'extase. Elle, avec sa simplicité habituelle, se réjouissait simplement pour lui. Il ne sut pas pourquoi il se crut obligé de préciser :

— Il s'agit d'une villa de trois cents mètres carrés avec des baies immenses pour profiter de la vue.

Elle hocha la tête.

— Il faut avoir les moyens de payer quelqu'un, pour nettoyer tout ça.

— Je n'occupe pas toutes les pièces.

— C'est la maison où tu vivais avec ta femme ?

— Non. Nous en avions une plus grande encore. C'est elle qui l'a gardée.

Missy le regarda, bouche bée.

— Une maison plus grande encore ? Mais pour quoi faire ?

— Pour rien. Juste pour habiter la maison la plus grande qui soit. Mon ex-femme voulait toujours plus.

Soudain, Wyatt s'interrompit. Depuis quand parlait-il de Betsy avec une étrangère ?

Missy haussa les épaules.

— Ça explique pas mal de choses.

— Qu'est-ce que tu veux dire par là ?

— Pas étonnant que vous ayez fini par divorcer. Vous ne sembliez pas avoir les mêmes idées sur ce que vous vouliez dans la vie.

— C'est le moins qu'on puisse dire.

— A quoi ressemblait-elle ?

— Grande. Jolie fille. Elle a même été mannequin, bien qu'elle n'ait pas eu besoin de ça pour vivre. Bonne famille de la côte Est. Du côté de Boston… Enfin, tu vois le genre.

— Mannequin ! Elle n'était pas seulement jolie, alors. Elle devait être franchement belle !

Wyatt eut un rire mal assuré.

— Pourquoi me poses-tu toutes ces questions ?

— Parce que je t'apprécie beaucoup. Vraiment. Et je n'ai pas envie de m'évertuer à te plaire. Je préfère apprendre à mieux te connaître. Savoir quels sont vraiment tes goûts. Pour savoir si j'ai la moindre chance.

Il reposa son verre sur la table de nuit d'un geste un peu trop brusque.

— Inutile de perdre ton temps.

— Pourquoi ?

— Nous avons déjà parlé de tout ça. Je n'ai pas la moindre envie de m'engager de nouveau avec une femme.

— Tu n'as pas dû rester très longtemps avec elle. Quatre, cinq ans, ce n'est pas long. Et il y a eu tout ce temps où tu t'es rendu compte que cela n'allait pas. As-tu eu des aventures amoureuses, depuis ?

Il haussa les sourcils.

— J'étais séparé. J'avais le droit de faire ce que je voulais.

— Je ne te juge pas. J'essaie seulement de te faire comprendre que cette histoire n'a pas duré si longtemps que ça. Qu'elle ne devrait pas prendre une telle place dans ta vie… Oh ! Mais regarde !

L'enthousiasme contenu dans la voix de Missy fit lever la tête de son interlocuteur. Elle tenait entre deux doigts un médaillon avec un visage de femme sur l'une des deux faces.

— Un camée !

Il demanda prudemment :

— Il a de la valeur ?

— Il semble très ancien. Et précieux. Oh !

— Tu as trouvé autre chose ?

Se levant, Missy versa le contenu de la boîte sur le lit. Wyatt la rejoignit.

— Des peignes. On dirait de l'argent, incrusté de perles. C'est un travail magnifique.

Wyatt les caressa du bout des doigts. Puis il souleva précautionneusement un long collier fait d'émeraudes taillées à l'ancienne. Il siffla longuement.

— Pas étonnant que ma mère ait tellement insisté pour qu'on retrouve ces bijoux.

— Oui…

La voix de Missy n'était plus qu'un murmure. La lumière s'était éteinte dans son regard comme si on avait soufflé une bougie. Il devina la raison de sa soudaine tristesse.

— J'ai donc trouvé ce pour quoi j'étais venu, constata-t-il d'une voix sourde.

— Oui. En effet.

Un lourd silence s'installa dans la pièce. Ils se regardèrent. Il savait maintenant qu'il ne la reverrait plus jamais. La maison serait vendue, et la porte se refermerait à jamais sur son passé. Une fois qu'il serait retourné en Floride, il n'aurait plus l'occasion de revenir. Il n'y avait pas de place dans sa vie pour Missy Johnson, la plus jolie fille du lycée.

Missy avait déjà payé sa dette, le baiser qu'elle lui devait à cause du rendez-vous manqué de leurs dix-huit ans. Pourtant, se penchant sur elle, il effleura ses lèvres. Aussitôt, deux bras le retinrent prisonnier. Et Missy, le serrant contre elle, répondit à son baiser d'une manière si tendre, si douce, qu'il en eut le cœur serré.

Lorsqu'elle glissa sa langue entre ses lèvres, il perdit tout contrôle de lui-même. Ils s'étreignirent follement, tous deux pris de la même faim. La peau tendre des bras de Missy promettait d'autres parties du corps encore plus douces. Elle resserra son étreinte, ravivant en lui les sentiments qu'il avait éprouvés sur la moto.

Missy l'aimait. Et c'était parfaitement réciproque.

Maintenant, il ne pouvait plus se refuser à l'évidence.

Et, contre toute attente, cette révélation le fit trembler. Parce que, quoi qu'il fasse maintenant, quand il partirait, elle allait souffrir. Alors, au point où ils en étaient, pourquoi ne pas aller jusqu'au bout ? Pourquoi ne pas se donner l'un à l'autre ? Ils auraient au moins de bons souvenirs.

Non. Il ne pouvait pas faire cela. Ce serait donner à Missy de faux espoirs. Et pour lui, la séparation serait encore plus difficile.

Quand il s'arracha à son étreinte, il eut mal dans son corps comme dans son âme. Mais il avait fait ce qu'il fallait.

Alors, bondissant sur ses pieds, Missy se mit à faire les cent pas dans la pièce. Puis elle fit soudain volte-face.

— Est-ce que je ne pourrais pas avoir au moins une fois dans ma vie ce que je veux sans me soucier de ce qui se passera après ? Est-ce donc si stupide de vouloir faire l'amour avec le seul homme qui m'émeut vraiment depuis quatre ans ?

Le désir que Wyatt refoulait depuis si longtemps le consumait presque physiquement. Pendant quinze ans, il avait rêvé à la seule fille qui l'ait jamais vraiment attiré. Il avait imaginé qu'un jour ils se retrouveraient, qu'ils pourraient se comprendre. Et, maintenant que c'était le cas, il devait partir. Tout en lui se révoltait à cette idée. Tout, sauf le gentleman que sa mère avait élevé.

— Ce n'est pas une raison suffisante pour le faire.

Quand Missy le regarda cette fois, toute sa peine, tout son amour se lisaient dans le bleu tendre de ses yeux.

— Et si je t'aimais ?

A ces mots, un flot de joie submergea Wyatt. Il l'avait déjà deviné mais entendre ces mots, c'était comme entendre le monde s'exprimer dans son harmonie primitive.

Pourtant, il ne put retenir un petit rire sceptique.

— Tu es tombée amoureuse ? En quatre semaines ?

— C'est si difficile à croire ?

— Ce n'est pas de l'amour. Avant mon arrivée, tu étais seule, ou presque. Je suis devenu ton meilleur partenaire. Un allié qui a vu en toi tout ton potentiel et qui t'a aidée à te donner les moyens de le réaliser. Non, Missy, ce que tu éprouves, ce n'est pas de l'amour. C'est simplement de la reconnaissance.

— Tu sais, il y a des gens pour qui c'est cela, l'amour. Avoir confiance en quelqu'un, l'aider à réaliser son rêve…

Wyatt détourna le regard. Oh ! Comme elle avait raison. Une partie de lui-même en tout cas aimait sincèrement Missy. Et les mots frémissaient sur sa langue, comme impatients d'être libérés. Mais son côté pratique, raisonnable, avait décidé que ce n'était pas de l'amour. Que ce n'était que la nostalgie du passé.

Et il n'avait pas envie de le vérifier. La chute serait trop dure. Pour eux deux.

— Je suis désolé, Missy. Tu vas sans doute trouver que je suis devenu bien amer, mais je ne crois plus à l'amour. Je crois seulement aux désastres qu'il provoque sur son passage.

Missy comprit qu'elle n'avait plus le choix. Soit elle éclatait en sanglots devant lui et le suppliait de rester, soit elle se retirait avec dignité.

Elle lisait de la tristesse dans son regard. Une tristesse qui ne tarderait pas à se transformer en pitié.

Ce fut son amour-propre qui la sauva. Elle puisa en elle la force de lui sourire et parvint à refouler ses larmes.

— Finalement, je crois que tu as raison, Wyatt. Chez toi, en Floride, tu es sans doute quelqu'un de totalement différent. Tu n'as plus rien en commun avec les braves gens du Maryland. Il est inutile de prolonger cette conversation.

— Dans deux ans, tu seras si occupée par ton travail que tu m'auras oublié.

Comme il se trompait ! Jamais elle ne l'oublierait.

Mais il avait raison au moins sur un point. Elle allait être très occupée, parce que son entreprise allait prospérer. Ses enfants ne manqueraient de rien. Ils grandiraient dans le confort, dans la joie et dans l'amour.

Pourtant, tout au fond d'elle-même, elle était convaincue qu'ils avaient manqué une belle histoire. D'une certaine manière, Wyatt avait autant besoin qu'elle d'être aimé. Sinon plus.

— Je serai très occupée, en effet. Mais je ne t'oublierai jamais.

Sa voix s'étrangla dans sa gorge et elle ne put en dire davantage.

Elle descendit le vieil escalier en courant et rentra chez elle.

Wyatt n'essaya pas de la retenir.

10

Missy se réveilla très tôt, bien avant les enfants, et décida de faire un gâteau.

Elle souffrait encore de la manière dont Wyatt l'avait rejetée, la nuit dernière. Mais plus elle repensait à leur conversation, plus elle revoyait l'expression torturée du visage de celui qu'elle considérait encore comme son ami, plus elle était persuadée qu'il l'aimait.

Elle s'était tournée et retournée dans son lit une bonne partie de la nuit et c'est seulement à 3 heures du matin qu'elle avait compris que, pour lui éviter de souffrir, il s'était fait violence à lui-même.

Si elle avait été sûre qu'il ne voulait pas lui faire de place dans sa vie, elle l'aurait laissé partir sans hésitation. Mais elle ne voulait pas qu'il s'en aille simplement pour la protéger. Le risque faisait partie de l'amour.

Elle trouva dans ses placards suffisamment d'ingrédients pour faire un gâteau au citron. Et de quoi le recouvrir d'une belle couche de meringue. Quand les enfants se levèrent, vers 8 heures, elle leur prépara leur petit déjeuner puis les incita à sortir dans le jardin pour jouer. Et elle guetta du coin de l'œil le bac à sable pour voir quand Wyatt les rejoindrait.

Mais il ne se montra pas.

Missy ne s'inquiéta pas outre mesure. Il était peut-être au téléphone avec sa mère pour l'informer qu'il avait trouvé les bijoux. Ou en train d'organiser son départ.

C'est pourquoi elle devait lui apporter son gâteau au citron au plus vite. Il fallait absolument le faire changer d'avis.

Mélanie arriva vers 9 heures, comme prévu. Missy s'essuya les mains sur son tablier et le retira.

— Ça vous ennuie de surveiller un peu les enfants ? Je vais porter un gâteau à Wyatt. J'en ai pour cinq minutes.

Mélanie accepta avec un bon rire.

— Allez, allez. Ne perdez pas de temps. On n'attrape pas les mouches avec du vinaigre.

Sans chercher à approfondir les paroles de son assistante, son joli gâteau jaune et blanc à la main, Missy traversa la cour et se faufila par le trou de la haie. Puis, aspirant un bon coup pour se donner du courage, elle frappa à la porte de derrière.

— C'est pas la peine. Il est pas là.

Missy fit volte-face, vive comme l'éclair, et vit Owen en bas des marches.

— Comment ça ?

— Il vient de partir.

— De partir ?

Owen hocha gravement la tête.

— Il m'a même dit de te dire au revoir.

— Oh…

Missy eut l'impression d'avoir reçu un coup en pleine poitrine. Ainsi Wyatt ne lui avait même pas fait ses adieux… Le choc l'empêchait de trouver ses mots. Pourtant, elle réussit à faire bonne figure.

— Dans ce cas… rentrons à la maison. Nous mangerons ce gâteau au dessert.

Owen approuva sans son enthousiasme habituel.

Tandis qu'ils revenaient tous deux sur leurs pas, la réalité de ce qui venait de se passer fit son chemin dans le cerveau de Missy. Sa gorge se serra. Ses yeux se remplirent de larmes.

C'était donc vraiment fini. Il ne voulait pas d'elle. Tout ce dont elle était parvenu à se convaincre, qu'il l'aimait, qu'il ne voulait pas la faire souffrir, n'était que chimères.

Combien de fois ne lui avait-il pas répété qu'il était habitué à avoir tout ce qu'il voulait ? Combien de fois n'avait-il pas essayé de la dissuader de s'attacher à lui ?

Comme elle s'était montrée stupide ! Ce qu'il voulait lui faire comprendre en réalité, c'est que, s'il l'avait voulue, elle, il l'aurait eue.

Elle posa le gâteau sur le comptoir de la cuisine, donna à Mélanie la liste des tâches du jour et alla se réfugier dans sa chambre. Mais, alors qu'elle était sur le point de s'effondrer sur son lit pour pleurer tout son soûl, elle se ressaisit. Sous la douche, personne ne l'entendrait.

Elle se déshabilla donc, ouvrit la douche et se mit à pleurer.

Lui n'était sans doute pas tombé amoureux d'elle.

Mais elle, comme une idiote, elle l'aimait.

Wyatt avait décidé de rentrer par l'autoroute. Il avait envisagé un moment de prendre l'avion en confiant sa précieuse machine à un transporteur. Mais il avait besoin de sentir le vent sur son visage. Cela lui permettrait de se souvenir de qui il était, de ce qu'il avait à faire dans la vie et des raisons pour lesquelles il n'avait pas accepté ce que Missy lui offrait.

C'était vraiment une belle personne ! Quelqu'un de merveilleux. Et une mère admirable.

Il revit les dernières minutes qu'il avait passées avec Owen. Il avait pensé sortir par la porte principale, descendre les marches silencieusement et pousser sa moto jusqu'à la rue sans mettre le moteur. Mais c'était sans compter avec l'intuition des enfants. Quand il avait mis un pied dehors, Owen était déjà là, perché sur le muret bordant la descente du garage, comme le premier jour.

— Où tu vas ?

— Je rentre chez moi.

— Tu ne m'as pas fait faire *un four.*

Wyatt, qui parlait maintenant couramment la langue d'Owen, avait ri. Puis il avait ficelé son sac sur le porte-bagages et avait poussé la moto jusqu'à la rue.

— En fait, avait-il enfin répondu avant d'enfourcher son engin, tu es encore trop petit pour monter là-dessus.

Owen avait baissé les yeux sur ses baskets. De toutes petites baskets rouges aux lacets soigneusement lacés.

— Ne t'inquiète pas. Un jour tu seras assez grand pour faire de la moto.

Le petit garçon lui avait souri.

Wyatt lui avait ébouriffé les cheveux, avait mis le moteur en marche. Puis, incapable de résister, il avait ouvert les bras. Le petit garçon s'était jeté dedans et il l'avait serré très fort, les yeux pleins de larmes. Quand Owen irait au jardin d'enfants, dès la semaine prochaine, il oublierait certainement très vite son grand ami.

Mais lui, Wyatt, avait la conviction qu'il n'oublierait jamais Owen.

Il le relâcha enfin.

— Au revoir, fiston.

— Au revoir…

Un dernier regard, un dernier sourire, et il était parti.

Bon sang ! Voilà qu'il recommençait à avoir le bourdon. Il voulait retourner avec les enfants. Il voulait revoir Missy. Revenir en Floride, c'était retrouver le paradis, certes, mais un paradis sans vie.

Avisant une station-service, Wyatt prit la voie de droite et alla se garer devant le bâtiment de brique. Un bon café lui remettrait peut-être les idées en place.

Juste à côté de lui était garé un camping-car. Soudain, la portière arrière s'ouvrit et cinq enfants en sortirent, deux garçons et trois filles. Ils passèrent devant lui en riant et en chahutant, et se dirigèrent vers le bâtiment.

— Inutile de leur demander d'attendre, commenta un homme d'âge mûr, qui venait de mettre pied à terre. Et maintenant, ils vont monopoliser les toilettes, les distributeurs de friandises et les jeux pendant les vingt minutes qui viennent.

Un mois plus tôt, cela aurait suffi à mettre Wyatt de mauvaise humeur. Mais aujourd'hui, il répondit par un sourire. Il pouvait imaginer les trois enfants de Missy faisant la même chose dans quelques années.

— Ils sont à vous tous les cinq ?

— Oui. Trois petits-enfants et deux enfants avec ma seconde femme.

Il montra du doigt une grande jeune femme rousse qui avait emboîté le pas aux enfants, essayant de mettre un peu d'ordre dans la troupe.

Wyatt ne sut que répondre. La situation était par trop insolite.

L'homme, un jeune quinquagénaire, balaya son embarras d'un geste de la main.

— On dit qu'élever des enfants, c'est pour les jeunes. Mais moi, je m'entends bien avec eux. Et nous nous aimons.

— Vos enfants adultes apprécient peut-être moins ?

— Vous plaisantez ? Notre maison est le point de rendez-vous de la famille. Un vrai repaire. Nous organisons une soirée cinéma tous les vendredis, ce qui permet à mes deux filles de passer une soirée en tête à tête avec leur mari.

— C'est pratique.

— Et ça me donne l'impression d'avoir de nouveau vingt ans.

Wyatt rit. La nouvelle femme de son interlocuteur ne devait pas avoir beaucoup plus que cet âge-là, en effet !

— — Quand ma femme m'a quitté, il y a cinq ans, j'ai cru que je ne m'en remettrais pas. Elle a voulu tout me prendre…

L'homme gloussa avant d'ajouter :

— Mais mes avocats se sont montrés meilleurs que les siens !

Cette fois, Wyatt ne put réprimer un rire clair qui fusa dans l'air du matin. Cela faisait plaisir de rencontrer un comparse qui avait gagné la guerre du divorce.

— Et maintenant, conclut son interlocuteur, j'ai une femme aimante, deux beaux enfants et trois petits-enfants ravis que je veuille bien faire du baby-sitting… Comme quoi, la vie vous réserve toujours des surprises. On croit qu'on a tout perdu et l'amour vous tombe dessus de la manière la plus inattendue.

Il s'arrêta net, repérant un de ses rejetons qui entreprenait d'escalader une poubelle.

— Dis donc, Tommy. Tu te prends pour un acrobate ou quoi ?

Quand Wyatt sortit de la cafétéria, le camping-car avait disparu avec sa brochette d'enfants. Il soupira. Voilà un homme qui avait su trouver le bonheur.

Lui aussi voulait des enfants.

Il voulait une maison pleine de rires et d'agitation. Il voulait une grande famille joyeuse et aimante, à l'opposé de son enfance solitaire.

Mais surtout, il voulait Missy. Il voulait rire avec elle, se réveiller à ses côtés chaque matin, s'endormir dans ses bras tous les soirs. Il était las du bruit quotidien qui régnait à Tampa. Il en avait assez de se battre pour gagner de l'argent, toujours plus d'argent.

Il voulait vivre une vraie vie.

Il balaya du regard le parking sillonné par des véhicules de toutes sortes. Que faisait-il ici ? Ce n'était pas son habitude de fuir ce qu'il voulait vraiment. Au contraire, il le pourchassait sans relâche. Jusqu'à ce qu'il l'obtienne.

Et pour cela, rien de plus facile. Il remonta sur sa moto et, avant de mettre le contact, composa le numéro de Betsy.

Dès qu'elle prit la communication, il dit très vite :

— Je vais être rapide. Soit tu me rachètes mes parts à dix pour cent au-dessus du prix du marché, soit tu me vends les tiennes à leur valeur réelle.

— Quoi ?

— Tu m'as parfaitement compris. Je ne veux pas travailler avec toi. Je ne veux plus avoir rien de commun avec ta sinistre petite personne. Alors, il faut que l'un de nous récupère toutes les actions de l'entreprise. L'autre perd tout. Peu importe que ce soit toi ou moi.

— Je te signale que nous ne sommes pas censés négocier sans nos avocats.

— Je me répète. Ça ne me dérange pas de continuer à

gérer cette entreprise, à condition que ce ne soit pas avec toi. Nous ne sommes pas faits pour nous entendre et j'en ai assez de me battre. Alors, soit tu vends, soit je vends. Dix pour cent plus cher. Sinon, je trouverai quelqu'un d'autre.

Un long soupir lui répondit.

— Wyatt…

— Tu as dix secondes pour prendre ta décision.

— Je ne veux pas de ta maison d'édition.

— Le décompte a commencé.

— D'accord. Je te vends tout. Au prix du marché.

— Parfait. Je contacte mon avocat.

Il coupa la communication avec un mince sourire. Il était libre. Libre de vivre la vie dont il avait envie.

Avec Missy.

Elle pleura longuement sous la douche, puis s'habilla et alla dans le jardin. Elle aurait dû se mettre en cuisine mais le cœur n'y était pas. Après le rejet de Wyatt, elle avait besoin de se sentir aimée, entourée. Aussi, tandis que Mélanie s'attelait aux préparatifs du prochain gâteau de mariage, elle décida d'aller planter dans le jardin les azalées que les enfants lui avaient offertes pour la fête des Mères.

Mais il y avait cette grande maison vide derrière la haie. Aussitôt, un fol espoir germa dans son esprit. Wyatt ne devrait-il pas revenir pour procéder à la vente ?

Elle se ressaisit. Même s'il repassait par Newland pour régler ses affaires, Wyatt n'avait aucune raison de lui rendre visite. Ils s'étaient tout dit. Et il avait fait ses choix. Maintenant, elle devait vivre avec. Dieu merci, sa fierté était intacte. Elle n'avait pas supplié. Elle ne l'avait jamais fait.

Elle n'avait plus qu'à reprendre sa route.

Mais, un de ces jours, elle arracherait les vieux thuyas pour replanter une haie vive. Une haie épaisse qui l'empêcherait de voir ce qui se passait dans la maison d'à côté.

Elle ravala un rire sans joie.

A quoi bon ? Plus aucun McKenzie ne reviendrait ici. Wyatt se contenterait sans doute de faire appel à une agence pour vendre sa maison. Elle n'avait pas besoin de se protéger d'une malencontreuse rencontre.

Le rugissement d'un moteur la ramena au présent. Elle pensa d'abord que quelqu'un se servait de son allée pour faire demi-tour. Mais elle tourna quand même la tête.

Et son cœur manqua un battement.

Wyatt.

La bouche sèche, elle retira ses gants de jardinage qu'elle jeta sur la table de jardin.

Il avait à peine retiré son casque que les trois enfants l'entouraient déjà en criant et en sautant de joie. Et il entra chez elle, un bouquet d'enfants dans les bras.

— On va jouer ? demanda Owen, les yeux brillants.

Ça, c'était du Wyatt tout craché. Il avait sans doute oublié quelque chose, et il faisait irruption dans leur petit univers sans se rendre compte qu'il détruisait en une seconde tous les efforts qu'elle faisait depuis le matin pour consoler les enfants de son départ. Et leur faire comprendre qu'il ne reviendrait jamais.

— Dans une minute, répondit Wyatt, la voix vibrante. Il faut d'abord que je parle à votre maman.

Ils poussèrent un « Hourra ! » unanime et se ruèrent sur le bac à sable.

— Pourquoi es-tu revenu ? interrogea Missy d'un ton sec. Tu as oublié quelque chose ?

Il rit, d'un rire léger qu'elle ne lui connaissait pas.

— Oui. Je vous ai oubliés, vous.

Se laissant tomber sur le banc, Missy le dévisagea d'un regard peu amène.

— C'est vrai. Tu as oublié de nous dire au revoir. Mais qu'est-ce que tout cela signifie ?

— Ça signifie, expliqua Wyatt en s'asseyant à son tour, que je ne veux pas partir sans vous.

Le sang de Missy fit un tour dans ses veines. Elle eut un rire bref.

— Tu pensais pourtant exactement le contraire hier soir.

— Hier soir, je ne comprenais rien à rien. Je fonçais dans le noir. Mon seul souci, c'était de ne pas te faire de mal. C'est aussi pour ça que je suis parti sans rien dire ce matin. Mais c'est moi qui ai eu mal.

Missy opina du chef.

— C'est donc pour toi que tu es revenu ?

— Non, pour nous. Pour nous tous. Pour que nous puissions former une famille.

Pour la première fois depuis qu'il avait fait son apparition au bout de l'allée, Missy sentit l'espoir renaître. Mais elle se méfiait de l'espoir. Elle resta un instant silencieuse, désorientée.

— Hé ! Missy !

Une main douce s'était posée sur son épaule, caressait sa joue.

— Je suis désolé, reprit Wyatt. Je n'aurais pas dû partir. Je n'en avais même pas envie. Je l'ai compris quand j'ai rencontré cet homme, sur une aire d'autoroute. Sa femme l'avait quitté et il s'était remarié avec une autre qui avait au moins vingt ans de moins que lui.

Missy plongea dans les grands yeux bruns qui la contemplaient avec tendresse.

— Et alors ? Je ne comprends pas où tu veux en venir…

Bondissant sur ses pieds, Wyatt vint s'asseoir à côté d'elle.

— C'est pourtant simple. Il avait avec lui cinq enfants. Et une femme. Le tout dans un grand camping-car.

— Cinq enfants ?

— Il avait eu les deux plus jeunes avec sa nouvelle femme. Les trois autres, des garçons, étaient ses petits-enfants.

Elle ne put s'empêcher de rire.

— Ses petits-enfants ?

— Oui ? Il les emmenait tous en vacances et tout ce petit monde s'entendait comme larrons en foire.

Missy prit soudain conscience qu'ils se parlaient normalement, comme de vieux amis. Comme les lycéens qu'ils avaient été, assis à cette même table, quinze ans plus tôt.

Cela lui fit mal parce que c'était exactement la relation qu'elle cherchait avec un homme. Elle voulait un compagnon autant qu'un amant. Quelqu'un avec qui partager ses chagrins et ses joies, ses attentes et ses rêves. Et, en voyant Wyatt assis là, sous le tilleul, elle sentait soudain ses espoirs renaître.

Si elle ne quittait pas immédiatement cette table, si elle ne mettait pas fin à cette conversation, la blessure que lui avait infligée Wyatt la veille au soir n'en serait que plus profonde.

Elle se leva.

— Eh bien, c'était une belle histoire.

Il la prit par la main pour la faire se rasseoir.

— Tu ne comprends pas ce que je veux te dire.

Elle le regarda, le visage fermé.

— Que veux-tu me dire ?

— Que je t'aime.

Missy lui arracha sa main.

— Tu as dit le contraire hier soir. Tu éprouves de l'amitié pour moi. Mais pas de l'amour.

Wyatt secoua doucement la tête et, lui prenant le menton, plongea son regard dans le sien.

— Je t'aime, Missy. Plus que tout au monde. Et depuis toujours. Je croyais ne pas être prêt pour l'amour. Mais ce type que j'ai rencontré sur l'autoroute m'a fait comprendre qu'on n'a pas besoin d'être prêt pour aimer. L'amour et le bonheur vous tombent dessus sans crier gare. Et on a intérêt à les attraper au vol si on ne veut pas tout rater.

Une joie folle submergea Missy.

— Mais… Et les enfants ? Et ma maison ? Et mon travail ?

Wyatt balaya ses objections d'un rire joyeux.

— J'ai eu le temps de penser à tout, sur le trajet de retour. Tu rencontreras mes parents, qui seront fous de joie à la perspective d'avoir trois petits-enfants tout faits. Nous habiterons en Floride. Mais nous passerons au moins la moitié de l'année ici. J'aime cette ville, j'aime l'authenticité de ses habitants.

Il se pencha sur elle et murmura contre sa bouche :

— Mais surtout, je t'aime, toi, Missy.

Cette fois, Missy n'hésita plus. Dans la voix de Wyatt, dans son regard brun si chaleureux, elle pouvait lire un véritable amour. Celui qu'elle avait cherché toute sa vie.

Et qu'elle trouvait finalement ici. Derrière la haie.

Il était resté là tout ce temps, bien caché. Les attendant.

Elle sourit à Wyatt, lui donna ses lèvres. Et son cœur.

Pour toujours.

KAREN ROSE SMITH

Un émouvant cadeau

HARLEQUIN

Titre original :
LULLABY FOR TWO

Ce roman a déjà été publié en 2015

1

Sous le choc, les yeux rivés sur le panneau accroché au-dessus de la réception, Vince Rossi ne bougeait pas.

Il s'était préparé à l'idée de devoir affronter son passé tôt ou tard, d'une façon ou d'une autre. En lisant le troisième nom inscrit sur le panneau, il comprit que le moment était venu.

Il regardait fixement le nom du Dr Tessa McGuire comme s'il s'attendait à voir les lettres se modifier sous ses yeux, mais rien ne se passa. Tessa était l'un des pédiatres de ce centre médical, et il n'y pouvait rien changer. Il lui restait une petite chance pour que la fiche de Sean ne tombe pas dans sa pile à elle, ce qui lui laissait un certain espoir.

Quand le bébé de sept mois qu'il tenait dans ses bras se mit à gazouiller en le dévorant de ses grands yeux bleus, Vince sentit son cœur fondre. Il en était ainsi depuis le jour où il s'était vu confier le petit garçon. Deux mois et demi plus tôt, il était devenu le tuteur légal de Sean et cela faisait maintenant une semaine qu'il était à Sagebrush, Texas. Deux raisons avaient motivé ce retour dans sa ville natale, proche de Lubbock. D'abord la nécessité d'offrir à Sean les soins médicaux dont il avait besoin, et ensuite le désir de démarrer avec lui une nouvelle vie. Vince avait été impressionné par le Family Tree Health Center qui proposait, outre les services du cabinet de pédiatrie, des consultations d'obstétriciens, de psychologues, d'ophtalmologistes et de quelques autres spécialistes.

La réceptionniste, qui venait enfin de terminer sa conversation téléphonique, fit coulisser la vitre de séparation du guichet et leva vers Vince un regard interrogateur.

— Nous avons rendez-vous à 11 h 30. Le rendez-vous est pour Sean Davidson, expliqua-t-il. Je suis son tuteur, Vince Rossi.

Tandis que l'employée vérifiait le nom sur la liste posée devant elle, une porte s'ouvrit.

Tessa McGuire apparut et se dirigea vers la salle d'attente voisine.

Elle avait toujours les mêmes cheveux blonds soyeux qui lui arrivaient aux épaules, et ses grands yeux bleus avaient gardé la couleur des myosotis. Son visage avait acquis une maturité qui la rendait plus jolie encore. Vingt années s'étaient écoulées depuis la dernière fois où Vince l'avait vue.

— Sean Davidson, appela-t-elle.

Son regard tomba tout à coup sur Vince qu'elle reconnut aussitôt. Elle se figea sur place.

Il s'avança vers elle.

— Je ne savais pas que ce serait toi qui recevrais Sean. Je suis son tuteur. Si cela te pose un problème de le soigner, je peux m'adresser à un autre médecin…

En digne fille de l'un des plus riches propriétaires de ranch de Sagebrush, Tessa avait toujours su se conduire avec élégance. Seule la soudaine pâleur de son visage trahissait le choc que lui causait leur rencontre. Devinant ce qu'elle ressentait, Vince eut le cœur serré.

Elle prit enfin la parole.

— M'occuper de Sean ne me pose aucun problème. Si tu veux bien me suivre…

Elle était si polie. Si parfaite. Si prête à faire ce qu'elle pensait devoir faire…

Elle avait pensé qu'elle devait retourner vivre chez son père, songea Vince. Divorcer. Oublier qu'ils avaient été mariés.

Il entra à sa suite dans la salle de consultation, conscient de l'attirance qu'il éprouvait encore pour elle. Elle lui avait toujours fait plus d'effet que n'importe quelle autre femme et, apparemment, rien n'avait changé.

Un silence gêné s'installa dans la petite pièce.

Tessa le considérait sans mot dire tandis qu'il passait mentalement en revue toutes les différences qu'elle pouvait noter chez lui. A trente-huit ans, il avait quelques fils d'argent dans ses cheveux noirs. Une cicatrice marquait sa mâchoire, du côté gauche. Après qu'il ait quitté Sagebrush, son passage dans l'armée de l'air l'avait musclé. Ensuite, il avait continué l'entraînement physique en tant qu'inspecteur de police.

Il se décida à rompre le silence.

— Veux-tu que je mette Sean sur la table d'examen ?

— Je vais le faire, dit-elle en prenant l'enfant.

Vince considérait Sean comme son fils, même s'il ne l'avait pas encore officiellement adopté. Il attendait pour le faire d'avoir trouvé l'endroit où ils s'installeraient de façon permanente.

En prenant le petit garçon, Tessa frôla la poitrine de Vince, ce qui provoqua chez lui une décharge électrique qu'elle ressentit aussi, comme en témoignait son regard effaré.

Sean ne parut pas troublé de changer de bras. Les yeux fixés sur Tessa, il agita son bras valide en gazouillant, comme s'il voulait lui dire bonjour.

Elle eut une expression si tendre, si attentive, que Vince comprit ce qui l'avait poussée à devenir pédiatre. Ne pouvant plus avoir d'enfants, elle avait choisi un métier qui lui permettait de s'occuper des enfants des autres.

— Depuis quand es-tu revenu ? demanda-t-elle tandis qu'elle installait l'enfant sur la table d'examen.

— Nous sommes arrivés d'Albuquerque lundi dernier.

Du coin de l'œil, il se mit à l'observer. Sous sa blouse blanche imprimée de personnages de dessins animés, elle portait un chemisier de soie bleu pâle et une jupe bleu marine. Ses chaussures, bleu marine elles aussi, avaient de petits talons qui mettaient en valeur le galbe de ses jambes.

Elle était aussi mince que lorsqu'elle était adolescente. Aussi mince qu'avant sa grossesse…

Il chassa de son esprit des souvenirs qu'il avait cherché à fuir pendant des années.

Après avoir ausculté le petit garçon, Tessa lui palpa doucement l'épaule droite et examina son degré de mobilité.

— J'ai reçu le dossier de Sean ce matin, dit-elle. Avec un autre nom que le tien. J'avoue que je me suis surtout intéressée aux informations médicales. Si j'avais regardé sa fiche de plus près, j'aurais vu que ton nom y figurait aussi.

— Je te l'ai dit, Tessa… Si tu préfères, je peux m'adresser à un autre pédiatre.

Elle se tourna vers lui et le regarda droit dans les yeux.

— Je ne renvoie jamais les enfants, Vince.

« Pas même lorsque tu n'as pas envie d'être dans la même pièce que leurs parents ? » fut-il tenté de demander. Il s'en abstint néanmoins.

— Nous resterons à Sagebrush juste le temps que les problèmes d'épaule de Sean soient réglés, expliqua-t-il.

Vince espérait ainsi la rassurer. Sans doute serait-elle soulagée d'apprendre que Sean n'allait pas faire partie de ses petits patients réguliers.

— Une désarticulation de l'épaule comme celle-ci est complexe, dit-elle. D'habitude, nous voyons des cas de brachiotomie se produire lors des accouchements difficiles, lorsque le bébé reste coincé. Ici, c'est une ceinture de sécurité qui a provoqué la blessure, mais le résultat est le même. Comment as-tu entendu parler du Dr Rafferty ?

— Par le médecin qui s'occupait de Sean à Albuquerque. Il a fait ses études avec lui et il le considère comme un as de la chirurgie. En faisant des recherches sur internet, j'ai vu que le Dr Rafferty est un spécialiste de ce type d'opération. Alors, j'ai pensé que le mieux à faire était de venir à Lubbock. Je veux que Sean bénéficie des meilleurs soins.

Bien qu'elle n'ait posé aucune question, il jugea préférable de lui donner quelques informations sur lui. Peut-être ainsi la pousserait-il à faire la même chose…

— Durant les treize dernières années, j'ai été inspecteur de police à Albuquerque, chargé des enquêtes criminelles. Après l'armée de l'air, je voulais faire quelque chose de tout à fait différent.

Il marqua une pause.

— Je n'avais jamais imaginé, quand mon coéquipier et sa femme m'ont désigné pour être le tuteur légal de leur bébé, qu'un accident de la route leur ôterait la vie et changerait la mienne.

— Tu es père célibataire ?

— Je ne suis pas marié. Je ne l'ai jamais été… je veux dire, depuis notre divorce. Etre militaire ou policier ne facilite pas les relations de couple.

— As-tu trouvé un poste dans la police de Lubbok ? demanda-t-elle d'un ton dégagé, comme si elle n'attachait pas d'importance à la réponse.

— Te souviens-tu de Ryder Greystone ? Il était en classe avec nous, au lycée.

Tessa acquiesça d'un hochement de tête.

— Il appartient à la police de Lubbock. Je lui ai téléphoné et il m'a répondu que, oui, ils pourraient me prendre chez eux. Mais il a ajouté que le chef de la police de Sagebrush, Clinton Farmer, avait eu une crise cardiaque et était en congé maladie. Le maire cherchait quelqu'un pour le remplacer temporairement. Après avoir subi un pontage coronarien, Farmer a l'intention de reprendre le travail à la fin du mois d'août. J'ai alors posé ma candidature et, après plusieurs entretiens téléphoniques, j'ai obtenu le poste.

Tessa ouvrit de grands yeux surpris.

— Tu vas être le chef de la police à Sagebrush ?

— Ne me dis pas que ça te paraît bizarre de me voir chargé du maintien de l'ordre, plaisanta-t-il.

S'ils devaient se revoir, peut-être feraient-ils mieux d'être un peu plus détendus et d'adopter un ton plus léger entre eux.

— Oh non, ce n'est pas cela ! protesta Tessa en rougissant. Seulement, je pensais que tu vivrais à Lubbock plutôt qu'à Sagebrush. Mais si tu es le chef de la police…

— Je loue un duplex dans Whitehorse Road, l'interrompit-il. Et toi ? Habites-tu à Lubbock ou chez ton père ?

Walter McGuire devait approcher des soixante-dix ans, à présent. Vince avait vu une publicité pour les chevaux provenant d'Arrowhead Ranch, ce qui montrait que le père de Tessa continuait de travailler dur.

Avant de répondre, Tessa finit de rhabiller Sean.

— Je partage une maison à Sagebrush avec deux amies.

Son ton semblait dire : « Mais cela ne te regarde pas. » Le fait qu'il lui ait parlé de son père l'avait aussitôt mise sur la défensive. Il aurait dû le savoir.

— Sean a l'air en bonne santé, poursuivit-elle, à part son problème à l'épaule, bien sûr. Sa fiche indique qu'il a rendez-vous le 12 juin avec le Dr Rafferty. Si celui-ci pense qu'il n'y a pas lieu de l'opérer, que feras-tu ?

— J'assurerai les fonctions de chef de la police jusqu'au retour de Farmer. Ensuite, je retournerai peut-être à Albuquerque. Pour l'instant, je n'ai pas de plan précis, Tessa. Je vis au jour le jour.

En l'entendant prononcer son prénom, elle se raidit et, lorsqu'elle lui tendit Sean, elle prit soin cette fois de ne pas le toucher.

— Tu lui fais travailler son bras tous les jours ?

— Oui. Et la femme que j'ai engagée pour s'occuper de lui sait, elle aussi, ce qu'il faut faire.

Adolescente, Tessa préférait les senteurs naturelles des shampooings et des lotions fruitées aux parfums capiteux. Manifestement, c'était toujours le cas. Vince sentit une odeur de fraise et de vanille qui lui rappela l'époque de leurs ébats amoureux dans son vieux pick-up fatigué.

Elle alla jusqu'à la porte et l'ouvrit.

— Bonne chance avec le Dr Rafferty. Demande-lui de m'envoyer un compte rendu.

L'expression de son visage s'adoucit.

— Je devine combien tu dois t'inquiéter pour Sean.

Elle toucha la main de l'enfant qui lui agrippa le doigt en la regardant avec des yeux ronds, comme fasciné.

— Bonne chance, petit bonhomme, murmura-t-elle en libérant son doigt du poing minuscule qui le serrait.

— Merci, murmura Vince.

Combien de fois déjà avait-elle prononcé ces mots en pensant au bébé qu'elle avait perdu ? se demanda-t-il en s'en allant avec Sean. Combien de fois avait-elle pensé à *lui*, en lui reprochant l'hystérectomie qu'elle avait dû subir ?

Il ne le saurait jamais. Entre Tessa et lui, c'était fini depuis longtemps. Et, visiblement, elle voulait que cela reste ainsi.

Tessa pressa le pas en traversant le hall du Family Tree Health Center. Le café se trouvait à droite de l'entrée principale. Encore bouleversée d'avoir revu Vince, elle dut faire un effort de concentration pour repérer la table où l'attendaient Emily Diaz et Francesca Talbot avec lesquelles elle devait déjeuner.

Vince Rossi était de retour à Sagebrush et elle allait devoir faire face à la situation.

D'habitude, elle savait fort bien cacher ce qu'elle ne voulait pas laisser paraître, mais elle avait découvert qu'avec Emily et Francesca, elle pouvait baisser sa garde. Toutes trois partageaient une maison de style victorien et étaient devenues les meilleures amies du monde.

Francesca lui fit signe la première. Elle avait des cheveux châtains soyeux qui lui arrivaient aux épaules et des yeux verts pétillants d'esprit. Médecin spécialisée en néonatalogie, elle avait son cabinet au deuxième étage du centre médical, mais passait le plus clair de son temps à l'hôpital avec ses petits patients.

Tessa sentait les grands yeux bruns d'Emily Diaz braqués sur elle tandis qu'elle se dirigeait vers leur table. Emily avait attaché ses boucles noires avec un ruban bleu marine. Vêtue de sa blouse d'infirmière — spécialisée en obstétrique, elle travaillait pour le Dr Madison —, elle se fondait facilement dans le décor et on avait l'impression que c'était ce qu'elle *voulait*. Tessa ne comprenait pas pourquoi. Emily ne vivait avec Francesca et elle que depuis cinq mois, mais elle avait une telle qualité d'écoute que ses deux colocataires l'appréciaient énormément. Tessa ne savait pas grand-chose d'elle. Toutefois, elle ne cherchait pas à provoquer ses confidences ; Emily lui parlerait lorsqu'elle en aurait envie.

— Nous avons commandé pour toi une salade de poulet et un thé glacé, annonça Francesca. Cela te convient-il ?

— C'est parfait, dit Tessa en s'asseyant.

— Tu as eu une matinée difficile ?

Cela se voyait donc tellement ? Vince s'était-il rendu compte à quel point sa venue l'avait perturbée ?

— Que s'est-il passé ? demanda Emily, visiblement inquiète. Des problèmes avec un patient ?

— Non, il ne s'agit pas de ça, répondit-elle d'un ton calme.

Dévorées par la curiosité, ses amies attendaient la suite. Tessa jeta un regard autour d'elle et constata que la table qu'elles occupaient offrait une certaine intimité.

— Aujourd'hui, poursuivit-elle, j'ai vu arriver dans mon bureau un fantôme appartenant au passé.

Francesca échangea un regard avec Emily.

— Ne me dis pas qu'il s'agit de Vince Rossi ?

Tessa vivait avec Francesca depuis qu'elle était revenue de Californie, deux ans plus tôt. Aussi connaissait-elle son histoire. En revanche, Emily, qui avait passé toute sa vie à Corpus Christi avant de s'installer depuis peu à Sagebrush, savait seulement qu'elle avait subi une hystérectomie. Tessa en avait parlé lorsqu'elle avait confié à ses deux amies son intention d'adopter un enfant, mais sans donner de détails sur les circonstances qui avaient rendu cette opération inévitable.

— Qui est Vince Rossi ? s'enquit Emily.

Peut-être le moment était-il venu de tout lui raconter, songea Tessa. Réveiller ce passé douloureux l'aiderait peut-être à se rappeler qu'elle devait se tenir à l'écart de Vince. Il en allait de son bien-être personnel. Car, dès que l'intervention de Sean aurait eu lieu, il partirait. Vince était comme cela. Il *s'en allait*.

Après avoir bu une gorgée de thé glacé, elle commença son récit.

— Vince et moi, nous nous sommes connus au lycée, au cours de notre dernière année d'études.

Soudain, tout le passé lui revint à la mémoire. Elle se revit ce matin-là, pleurant à chaudes larmes dans un coin de la bibliothèque. « Est-ce que ça va ? » lui avait demandé une voix grave. Elle connaissait peu Vince Rossi dont la beauté ténébreuse, les yeux gris mélancoliques et l'attitude rebelle l'effrayaient un peu. Manquant d'expérience avec les garçons, elle avait évité de s'approcher de lui.

— Oui, ça va, avait-elle répondu malgré ses larmes qui continuaient de couler sur ses joues.

— On ne le dirait pas.

Il s'était assis à côté d'elle. A l'époque, elle avait peu d'amis. Son père contrôlait ses relations, décidant de ses sorties et des personnes qu'elle pouvait amener à la maison. Les filles de sa classe l'excluaient de leurs petits clans. Deux élèves seulement avaient semblé vouloir se lier d'amitié avec elle, mais elle s'était rapidement aperçue qu'elles cherchaient surtout à profiter des avantages que lui procurait la fortune de son père.

Pour toutes ces raisons et parce que, la plupart du temps, elle se sentait très seule, elle avait dit la vérité à Vince.

— Je viens de perdre mon chien. C'était mon meilleur ami. Il me manque tellement !

— Je sais ce que c'est que de perdre quelqu'un qu'on aime. Ma mère est partie quand je n'étais encore qu'un enfant.

— Ma mère à moi est morte à ma naissance.

Ils s'étaient regardés et, à cet instant précis, elle était tombée amoureuse de lui.

— Tessa ?

La voix de Francesca l'arracha à ses réflexions.

— Oh ! Pardon, je... Vince et moi, nous sommes sortis ensemble. Et je suis tombée enceinte au mois d'avril. Nous avons attendu la fin des examens pour l'annoncer à mon père. Vince a voulu qu'on se marie, et papa m'a déshéritée.

— Tu ne parles pas sérieusement ! s'exclama Emily.

Elle savait combien Tessa était proche de son père.

— Oh si, le plus sérieusement du monde ! Vince a insisté pour m'épouser. Il travaillait le jour comme charpentier et, le soir, dans un magasin de sellerie. Je le voyais à peine. J'ai eu une grossesse difficile, j'étais souvent malade. Je travaillais dans une boutique de mode, chez Thelma's Dress Shop. Lorsque j'étais trop mal pour pouvoir être à la vente, j'aidais Thelma à la comptabilité.

— Tu travaillais dans ce magasin ? s'étonna Emily. Il existait donc déjà ?

— C'est la fille de Thelma qui tient la boutique maintenant, expliqua Francesca. Mais Thelma vient encore y travailler de temps en temps.

— Continue, Tessa, dit Emily. Je ne voulais pas t'interrompre.

Ce qu'il lui restait à dire était le plus difficile.

— J'étais enceinte de vingt-six semaines lorsque j'ai senti les premières contractions. J'ai eu un placenta praevia, ce qui a provoqué une hémorragie. J'ai perdu le bébé et subi une hystérectomie.

— Je suis vraiment désolée, Tessa, murmura Emily. C'est déjà une épreuve terrible pour une femme, alors pour une adolescente... Je n'ose même pas imaginer ce que tu as dû ressentir.

— Lorsque mon père a appris ce qui était arrivé, il a accusé Vince et la vie que nous menions. Nous habitions un appartement sans confort, dans un immeuble sans ascenseur. Nous avions très peu d'argent. La nuit où les contractions ont commencé, j'ai perdu connaissance. C'est notre logeuse qui m'a trouvée inanimée. Elle a appelé une ambulance. Vince était au travail. Lorsque je suis sortie de l'hôpital, j'ai décidé de retourner vivre chez mon père. Je ne voulais pas être un fardeau pour Vince. Je ne savais pas s'il m'avait épousée par amour ou seulement par devoir.

Elle marqua une pause.

— Il… il est venu chez mon père. Il m'a dit que cette grossesse et notre mariage étaient une erreur, que nous étions trop jeunes. Il savait que je désirais devenir médecin et il m'a dit que je devais suivre cette voie. Lui-même voulait entrer dans l'armée de l'air et peut-être mener la même carrière que son oncle, un homme bien différent de son père. Celui-ci buvait et était incapable de conserver un emploi. Je crois que Vince avait besoin de prouver qu'il était différent de son père et qu'il pouvait réussir quelque chose dans sa vie. Il ne m'a pas demandé ce que, *moi*, je voulais. J'ai vu qu'il n'avait aucune envie de se battre pour nous deux.

— Vous étiez l'un et l'autre plongés dans la douleur, dit Emily. Vous veniez de perdre un enfant.

— Un petit garçon, murmura Tessa. Je sais maintenant qu'il ne faut jamais prendre de décisions importantes dans de telles circonstances, mais nous l'avons fait, à l'époque. Il est parti, et moi je suis allée à l'université de Stanford. Quelques mois plus tard, j'ai su qu'il voyait quelqu'un. J'ai compris alors que notre relation avait moins compté pour lui que pour moi. Nous avions divorcé, mais je me suis sentie trahie.

— Et aujourd'hui ? demanda Francesca. Pourquoi est-il venu te voir ? Il est revenu ici et il a des enfants, c'est ça ?

— Je ne peux rien vous dire, tu le sais. Si vous apprenez quelque chose au sujet de Vince par quelqu'un d'autre, très bien. Moi je ne peux en dire davantage.

Ses amies savaient qu'elle était tenue par le secret professionnel. Toutefois, Sagebrush étant une petite ville, Tessa ne doutait pas qu'Emily et Francesca sauraient bientôt pourquoi *exactement* Vince était revenu.

En ce qui la concernait, elle était bien décidée à ne pas le laisser bouleverser sa vie une seconde fois.

Dix jours plus tard, Vince entra dans le lycée de Sagebrush, son téléphone portable collé à l'oreille. Son interlocutrice était la femme qu'il avait engagée pour s'occuper de Sean.

— Tout se passe bien ? demanda-t-il.

— Parfaitement bien, monsieur Rossi. Sean a dîné avec appétit. Je vais lui donner son bain et le mettre au lit. Ou peut-être voulez-vous qu'il attende votre retour ?

Lorsque Vince s'était mis en quête d'une nounou, il avait vu trois candidates. Mme Zappa était celle qui correspondait le mieux à ce qu'il recherchait. Professeur à la retraite, veuve, elle se montrait disponible chaque fois qu'il avait besoin d'elle. Et elle adorait les enfants. A Sagebrush, elle jouissait d'une excellente réputation.

— Non, dit-il, ne le faites pas veiller. Je pense que je rentrerai vers 22 heures. La réunion avec les parents durera environ trente minutes, mais ensuite il y aura sûrement des questions.

Il savait que Tessa assisterait, elle aussi, à la réunion. Mais cette fois, il s'était préparé à la revoir. Oui, il était prêt.

Du moins le crut-il jusqu'au moment où il la vit, vêtue d'un tailleur couleur framboise et d'un chemisier crème. Leurs regards se croisèrent.

— Ah, Vince, dit-elle de sa voix douce qu'il trouvait si sensuelle. Je pensais que tu enverrais l'un de tes subordonnés.

Peut-être l'avait-elle *espéré*. Pour ne pas avoir à le revoir.

— J'ai considéré que cette soirée était trop importante pour que je me dispense d'y assister, expliqua-t-il. Les parents n'imaginent pas vraiment les dangers auxquels sont exposés les adolescents. Ils doivent apprendre à communiquer avec leurs enfants et à les mettre en garde.

— Tu as raison. Le directeur a dit que tu prendrais la parole le premier. As-tu préparé quelque chose ?

— Non, avoua-t-il avec un sourire. J'improviserai. J'ai déjà fait ça des milliers de fois. Tout est dans ma tête.

— Et moi, tout est dans mes fichiers, répliqua-t-elle en montrant le porte-documents qu'elle tenait à la main.

Il se mit à rire. C'était bien là la Tessa qu'il connaissait, toujours organisée et consciencieuse.

— As-tu l'intention de parler des problèmes d'alcool et de drogue ? demanda-t-il en reprenant un ton sérieux.

Elle hocha la tête. Il remarqua le battement de son pouls à la base de son cou.

— Est-ce que cela te rend nerveuse ?

— Quoi donc ? Le fait de prendre la parole ou celui de faire cette présentation avec toi ?

— L'un ou l'autre. Ou les deux.

— Je n'ai plus dix-sept ans, tu sais. Je ne me laisse plus impressionner si facilement.

Cet air bravache était nouveau chez elle, ainsi que sa confiance en elle. Pour le reste, elle n'avait guère changé.

Il posa le doigt sur la petite veine qui battait sur le cou de Tessa.

— *Quelque chose* te rend nerveuse, insista-t-il.

Elle aurait pu repousser sa main, ou reculer. Or, elle restait là, le regardant droit dans les yeux, ce qui était pire encore. Il aurait préféré mille fois qu'elle le rejette.

Parce qu'il voyait la souffrance qu'il lui avait causée, et qu'il savait maintenant qu'elle ne lui pardonnerait jamais.

2

— Je vois que vous vous connaissez déjà, dit Joe Mercer, le directeur du lycée, en sortant de son bureau.

Tessa ne dit rien. Elle était encore troublée d'avoir senti la main de Vince sur son cou.

— Nous sommes allés en classe ensemble, dans cet établissement même, expliqua Vince pour briser un silence qui devenait pesant.

Joe, un bel homme d'une quarantaine d'années dont les tempes grisonnaient déjà, se tourna vers Tessa.

— Trouvez-vous que les choses ont beaucoup changé, depuis cette époque ?

Revenir dans ce lycée réveillait trop de souvenirs chez elle. Elle s'y était sentie très seule… jusqu'au jour où Vince avait fait irruption dans sa vie.

— Non, tout est pareil. Sauf que les couloirs ont été repeints et qu'on a ajouté l'auditorium.

Glissant un regard vers Vince, elle vit que ses yeux gris avaient pris une teinte plus sombre. Se rappelait-il les baisers qu'ils avaient échangés derrière les portes ? Leurs étreintes furtives avant de passer un examen ? Et, après les cours, leurs rendez-vous dans le pick-up de Vince, garé sur le parking ? Il semblait que lui non plus n'avait rien oublié.

Elle jeta un coup d'œil à sa montre.

— Les parents doivent être arrivés, poursuivit-elle. Cela se passera-t-il dans l'auditorium ?

— Non, parce que, malheureusement, le public n'est pas

assez nombreux. Les parents s'imaginent connaître si bien leurs enfants que ces rencontres leur semblent inutiles. Nous nous réunirons dans la bibliothèque.

Une centaine de personnes avaient pris place autour des tables. Joe conduisit ses deux invités jusqu'à un podium flanqué d'une chaise de chaque côté.

— Je ne voudrais pas que cette soirée ait un ton trop formel, leur confia-t-il à voix basse. L'idéal serait que les parents se sentent assez à l'aise pour poser des questions. Chef Rossi, après mes premiers mots d'introduction, je vous présenterai. Y a-t-il des choses vous concernant que vous aimeriez me voir préciser ?

— Je leur parlerai de moi en faisant mon exposé.

— Et ce sera pareil pour vous, docteur McGuire ?

Impatiente d'entendre ce que Vince avait à dire, Tessa hocha la tête. Où était-il allé et qu'avait-il fait durant ces vingt dernières années ? Bien sûr, il n'allait pas raconter tout cela ce soir, mais elle espérait apprendre certaines choses.

L'idée d'avoir à parler en public la rendait toujours un peu nerveuse. Elle préférait de loin les tête-à-tête ou les petits groupes restreints. Cependant, elle savait que lorsque quelque chose l'effrayait, elle devait l'affronter. Vince se conduisait-il ainsi dans la vie, lui aussi ?

Elle sentait chez lui une assurance qu'il n'avait pas, naguère. A dix-huit ans, son attitude provocatrice témoignait plutôt d'un manque de confiance en soi.

Il prit place sur le podium et regarda l'assistance avec un sourire détendu. Puis il ôta son Stetson et passa la main dans son épaisse chevelure noire.

— Je m'appelle Vince Rossi et je suis momentanément chef de la police à Sagebrush. Je me réjouis de vous voir tous réunis ici ce soir. Vous vous demandez certainement ce que, *moi*, je peux vous apprendre sur vos enfants. Peut-être rien. Peut-être quelque chose. Peut-être que mon expérience professionnelle vous aidera à voir les pièges auxquels sont exposés les jeunes, en termes de drogues, d'alcool et d'accidents de la route. Si vous écoutez ce que j'ai à vous dire, je promets de répondre à toutes vos questions, même si je dois y passer la nuit.

Son petit discours s'avéra efficace. Tous les yeux étaient rivés sur lui. Vince tenait son auditoire dans le creux de sa main.

Cette image donna des distractions à Tessa. Elle songeait à cette main qui l'avait caressée… Respirant un grand coup, elle se força à regarder son porte-documents plutôt que Vince, afin de mieux écouter ce qu'il disait.

Lorsque son tour arriva de prendre la parole, elle aborda le sujet d'une toute autre façon. Elle s'exprima comme une amie de la famille, attirant l'attention des parents sur les changements de comportement de leurs enfants. Elle expliqua qu'aucun adolescent n'était à l'abri de la pression exercée par les camarades de son âge. Tous cherchaient à se faire accepter par leurs pairs. Une fois son exposé terminé, elle déclara qu'elle était prête à parler avec les parents qui se faisaient du souci. Pendant une heure, Vince et elle, chacun de son côté, répondirent aux questions, donnèrent leur avis, et surtout écoutèrent.

Alors qu'il ne restait plus qu'une douzaine de parents qui continuaient de discuter entre eux, Vince la rejoignit.

— Dans treize ou quatorze ans, dit-il, je devrai faire face à leurs problèmes. Ça me donne envie d'enfouir ma tête dans le sable !

Lorsqu'ils s'étaient séparés, c'était ce qu'il avait fait, songea Tessa. Il avait enfoui sa tête dans le sable, sans voir combien elle l'aimait. Combien elle désirait que leur couple fonctionne. Combien elle souffrait d'avoir perdu leur bébé…

Il avait préféré prendre le large.

Elle se reprit. Ce soir, elle ne devait pas penser au passé. Elle était là à titre professionnel, et non en tant qu'ex-femme de Vince.

— La drogue et l'alcool ne doivent pas être considérés comme un rite de passage, répondit-elle.

Vince la regarda longuement.

— Quel dommage que tu sois pédiatre !

— Pourquoi ?

— Parce que ces parents te confieraient leurs adolescents si tu ne t'occupais pas exclusivement des bébés. Depuis quand es-tu revenue à Sagebrush ?

— Deux ans. Depuis que le Family Tree Health Center a ouvert.

Soudain, l'un des pères se détacha d'un petit groupe et vint vers eux. Il semblait un peu plus âgé que Vince.

— Docteur McGuire, dit-il, je m'appelle Tim Daltry. Je connais très bien votre père. Il laisse mon fils Ray travailler chez lui après la classe et le week-end. Ray se fait ainsi un peu d'argent qui lui sera bien utile, plus tard, pour ses études. Je voulais vous dire combien je vous en suis reconnaissant. Ray est vraiment bien payé, et ça l'aidera beaucoup.

Tessa avait toujours admiré la générosité de son père qui agissait en toute discrétion, mais avec efficacité.

— Si papa a engagé votre fils, c'est sûrement parce qu'il apprécie son travail.

Elle remarqua qu'en entendant parler de son père, Vince s'était crispé. Jusqu'à quel point lui en voulait-il encore ? Pour sa part, elle n'éprouvait plus aucune rancœur à son égard. Elle savait que son père avait simplement cherché à la protéger. A l'époque, elle avait été en profond désaccord avec lui, mais les événements avaient prouvé qu'il avait vu juste. Vince était bel et bien parti. Il l'avait abandonnée pour vivre une vie qui lui convenait mieux.

— Quoi qu'il en soit, dit Daltry, je voulais vous remercier. Faites mes amitiés à votre père.

Il se tourna vers Vince.

— Votre exposé nous a donné à réfléchir. Je n'imagine pas le chef Farmer s'adressant ainsi à un groupe de parents.

— Je ne sais pas, mais, en tout cas, il reprendra son poste dès qu'il sera rétabli. Si ce genre de réunion vous intéresse, vous pourriez lui suggérer d'en refaire.

— Je lui en parlerai peut-être. J'ai entendu dire que vous étiez inspecteur à la criminelle à Albuquerque. Est-ce exact ?

— Oui, en effet.

— Qu'est-ce qui vous a poussé à venir dans une petite ville comme Sagebrush ?

Tessa comprit que Daltry se demandait si Vince n'avait pas eu des problèmes, ou s'il n'avait pas été rétrogradé. Les gens adoraient les commérages. Vince et elle en avaient su quelque chose, quelque vingt ans plus tôt. C'était devenu de l'histoire ancienne. Depuis son retour à Sagebrush, personne ne lui avait reparlé du passé, mais maintenant que Vince était revenu…

A sa grande surprise, elle l'entendit répondre avec franchise à la question quelque peu indiscrète de Daltry.

— Ma vie a changé. A présent, je suis père et il est difficile de concilier le rythme de travail d'un inspecteur de police et les contraintes qu'impose la charge d'un enfant.

— Mais si vous ne devez rester ici que quelques mois…, remarqua Daltry.

— Pour l'instant, je me consacre à ma tâche. Ensuite, je verrai.

Tessa ne put conclure grand-chose de cette réponse assez vague. Vince envisageait-il de rester dans la région ? Retournerait-il à Albuquerque ? A moins qu'il n'aille vivre ailleurs ? C'était fort probable.

M. Daltry les salua et quitta la bibliothèque en compagnie de quelques parents.

Vince jeta un coup d'œil du côté du directeur qui conversait encore avec l'un des pères.

— Je sais qu'il se fait tard et que nous devons tous les deux nous lever de bonne heure demain matin, dit-il, mais que dirais-tu d'aller boire un café avec moi ?

— Pourquoi ?

Il l'observa un long moment avant de répondre.

— Parce que je voudrais qu'on brise la glace, toi et moi.

Il avait raison. Elle avait pensé s'être débarrassée du passé.

Or, en revoyant Vince, des sentiments qu'elle avait cru éteints à jamais s'étaient réveillés. S'il devait rester à Sagebrush et si elle était appelée à le rencontrer régulièrement, elle ne voulait pas que ces sentiments perturbent sa vie. Accepter un tête-à-tête… S'asseoir à une table en face de lui, plonger son regard dans ces yeux gris acier… Cela pouvait-il améliorer les choses, ou les rendre pires encore ?

Pour le meilleur et pour le pire, dans la pauvreté comme dans la richesse…

Ces vœux de mariage n'avaient eu aucune signification pour lui, mais elle ne voulait pas le détester. Elle ne voulait pas lui en vouloir de ce qui s'était passé autrefois. Elle refusait d'être assaillie de mauvais souvenirs chaque fois qu'elle se trouverait en sa présence.

Le mieux était de mettre un point final à cette histoire. Et, pour y parvenir, la meilleure solution était d'affronter ce qui lui faisait si peur.

— J'ai le temps de prendre une tasse… de thé, dit-elle.

Lorsqu'ils vivaient ensemble, ils aimaient boire un café très fort, très noir, sans crème ni sucre. Surtout le matin, après avoir fait l'amour…

Pendant des années, elle avait enfoui ces souvenirs tout au fond de sa mémoire. Ce soir, elle allait les laisser refaire surface… et se prouver qu'entre Vince Rossi et elle, tout était bel et bien fini.

En cette fin du mois de mai, la nuit était merveilleusement claire, avec une demi-lune brillante et des milliers d'étoiles qui scintillaient dans le ciel nocturne. Tessa marchait en silence, cherchant vainement quelque chose à dire à Vince.

— Difficile de briser la glace, murmura-t-il.

Ils approchaient de l'établissement dont l'enseigne lumineuse annonçait au monde entier que la brasserie La Rose Jaune était ouverte.

— Nous savions tout l'un de l'autre, Vince. Ce n'est plus le cas. Voilà pourquoi nous avons du mal à nous parler.

Il s'arrêta devant la porte vitrée.

— Es-tu en train de me dire qu'un ancien inspecteur de police et une pédiatre n'ont rien en commun ? Nous sommes des *gens*, Tessa. Si j'étais un inconnu que tu venais de rencontrer dans une réception, je parie que tu n'aurais aucun mal à discuter avec moi.

— Ce qui veut dire ?

— Ce qui veut dire que, ce soir, tu as su t'adresser à un auditoire composé en grande partie de personnes que tu ne connaissais pas. Tu n'as eu aucun mal à parler avec tous ceux qui sont venus te trouver après. Alors, pourquoi t'est-il si difficile d'avoir une conversation avec *moi* ?

Un millier de réponses se bousculèrent dans sa tête : « Parce que tu es parti, parce que tu m'as abandonnée, parce que tu n'as pas tenu tête à mon père, parce que tu as pensé que je ne valais pas la peine que tu te battes pour moi… » Mais elle garda le silence.

S'il avait continué à la provoquer, ils auraient pu se quitter là, chacun partant de son côté.

— Tessa, murmura-t-il doucement.

Cette façon qu'il avait de prononcer son nom… elle se sentit fondre.

— Je crois que j'aurais trop de choses à dire, et j'ai peur de me montrer maladroite. Je ne voudrais pas laisser échapper des paroles que je pourrais ensuite regretter. Et, reconnaissons-le, nous n'avons jamais eu l'habitude de parler du temps qu'il faisait.

Elle lut dans son regard qu'il songeait lui aussi à tout ce qu'ils avaient partagé naguère — leurs rêves, leur envie de se marier, les espoirs qu'ils nourrissaient pour leur bébé.

Détournant les yeux, il poussa la porte de la brasserie.

La salle était vide et Tessa se dirigea vers la serveuse qui était en train d'essuyer le comptoir.

— Salut, Mindy !

— Docteur McGuire ! Cela faisait un moment que je ne vous avais pas vue.

Elle observa Vince, comme si son visage lui disait quelque chose.

— N'êtes-vous pas le nouveau chef de la police ? Rossi, c'est ça ? Vous êtes d'ici, n'est-ce pas ?

Elle jeta un coup d'œil rapide à Tessa qui se demanda si elle connaissait leur histoire.

— Dusty m'a dit que les gars étaient tous un peu nerveux lorsqu'ils ont su que vous reveniez, après avoir été inspecteur, et tout ça, poursuivit Mindy. Mais il a dit que vous n'aviez pas l'intention de tout changer et que vous aviez l'air d'être vraiment un type bien.

Vince rougit légèrement et s'abstint de tout commentaire.

— Ah ! je vois où Dusty achète ses beignets ! dit-il en s'approchant de la vitrine où restaient encore trois beignets. Il les engloutit toujours en cinq minutes.

— Nous avons les meilleures pâtisseries de toute la ville ! Il me reste une demi-tarte aux pommes. Le Dr McGuire et vous, vous allez en manger un morceau.

D'un mouvement du menton, elle désigna Tessa.

— Le docteur me donne des échantillons de médicaments pour mon fils lorsqu'il est malade, ce qui me permet de faire durer un peu plus longtemps l'argent de mes pourboires.

Elle les guida vers une table située au fond de la salle.

— Si vous voulez un peu d'intimité, tous les deux, je peux vous proposer la meilleure table que nous ayons. Du thé pour vous, docteur ?

Tessa hocha la tête.

— Et du café noir pour vous, chef ?

— Comment le savez-vous ?

— Oh ! j'ai deviné, c'est tout ! Je vais vous préparer ça.

Tandis qu'elle s'éloignait, ils s'assirent sur les banquettes.

— J'avais oublié que, dans cette ville, tout le monde sait tout sur tout le monde, remarqua Vince en secouant la tête.

— Tu es un personnage public.

— Pas depuis longtemps.

Et il finirait par s'en aller, songea Tessa. Elle ne devait pas l'oublier.

Il ôta son Stetson et le posa sur une chaise voisine.

— Lorsque je t'ai amené Sean, reprit-il, j'ai oublié de te demander de me recommander un kinésithérapeute. Mon rendez-vous avec le Dr Rafferty n'aura lieu que dans quinze jours, et je voudrais m'assurer que les exercices que je fais avec Sean sont suffisants.

— Malheureusement, il n'y a pas de kiné à Sagebrush. Tu devras aller à Lubbock.

— Peu importe, j'irai où il faudra.

— J'en connais plusieurs bons, mais laisse-moi le temps de me renseigner et je te dirai celui qui conviendrait le mieux pour un enfant de l'âge de Sean.

— Je t'en serai très reconnaissant.

Mindy apporta les boissons et la tarte aux pommes.

Tessa goûta un morceau de sa pâtisserie et prit un air réjoui.

— J'apprécie d'autant plus cette tarte que je n'ai pas dîné.

— Tu as travaillé tard ?

— Je travaille toujours tard. En plus des visites à l'hôpital, une urgence peut se présenter, ou alors l'un de mes petits patients peut poser un problème particulier. Les journées ne sont jamais assez longues pour tout faire !

Ils mangèrent un moment en silence.

— Ton père élève toujours des chevaux ? demanda Vince.

Elle ne s'attendait pas à ce qu'il lui reparle déjà de son père.

— Oui. Il a avec lui un directeur et un entraîneur qui le secondent, de sorte qu'il travaille moins qu'avant, mais il continue de s'activer, ce qui lui évite de se laisser gagner par son arthrite.

Elle prit un autre morceau de tarte, bien qu'elle eût la gorge serrée.

— Mais ce n'était pas vraiment ce que tu voulais savoir, n'est-ce pas ? Si tu as des questions à me poser sur lui, ne te gêne pas. Je t'écoute.

— Continue-t-il à contrôler ta vie ?

C'était donc ce qu'il avait toujours pensé ?

Il n'avait jamais réellement compris la relation qu'elle entretenait avec son père, mais elle n'allait pas lui expliquer cela en dix minutes, autour d'une tasse de thé.

Lorsqu'elle n'était encore qu'une adolescente, son père avait voulu la protéger, car il craignait que Vince ne lui gâche sa vie. Voilà pourquoi il lui avait interdit de le fréquenter. Lorsqu'elle avait parlé de l'épouser, il l'avait déshéritée, dans l'espoir que cela la ferait réfléchir, mais elle avait tenu bon, et choisi Vince ainsi que la vie qu'il lui offrait. Jusqu'au moment où elle avait perdu son bébé.

Elle ressentit soudain le besoin de se protéger et de protéger son père. Elle lutta contre son envie d'exprimer sa colère, sa révolte, et de dire à Vince ce qu'elle pensait de lui qui l'avait abandonnée sans jamais se soucier par la suite de ce qu'elle était devenue.

— Tu disais que tu voulais briser la glace entre nous. Je ne suis pas sûre que tu t'y prennes très bien.

Cette remarque parut le gêner.

— Je ne sais pas comment dire cela autrement, Tessa.

— Je suis très proche de mon père, mais nous vivons chacun notre vie. Il respecte les décisions que je prends.

— Est-ce lui qui t'a demandé de revenir à Sagebrush ?

Tessa était d'une nature plutôt tranquille, mais Vince avait toujours eu le don de la pousser dans ses retranchements, l'obligeant à s'interroger sur ses sentiments, sur ce qu'elle pensait, ce qu'elle croyait.

— En réalité, il ne souhaitait pas que je rentre à la maison. Il pensait que cela nuirait à ma carrière. Un jour, il s'est fait botter par un jeune cheval qu'il essayait de dresser et qui lui a cassé le bras. Il pouvait se débrouiller, il avait de l'aide autour de lui, mais lorsque je suis venue lui rendre visite, j'ai vu à quel point il était handicapé. Comme je n'étais pas très attachée à la vie que je menais en Californie, j'ai décidé de revenir lorsque j'ai entendu parler de l'ouverture du Family Tree Health Center. Est-ce que j'ai répondu à ta question ?

— Pas exactement.

Elle posa sa fourchette dans l'assiette, à côté de sa part de tarte à peine entamée.

— Eh bien, il faudra te contenter de cette réponse.

Elle prit son sac et son porte-documents et se leva.

— Je ferais mieux de m'en aller.

Vince se leva à son tour.

— Tu peux rester et finir ta tarte, ajouta-t-elle.

— Je ne vais pas te laisser aller seule jusqu'à ta voiture.

— Nous sommes à Sagebrush, Vince.

— Oui, et je suis le chef de la police. Je sais ce qui se passe ici.

Il prit quelques billets dans son portefeuille et les posa sur la table. Tessa faillit protester, dire qu'elle voulait payer sa part, mais l'expression qu'elle lut sur son visage l'en dissuada. Après avoir adressé un petit signe d'adieu à Mindy, elle poussa la porte de la brasserie et sortit, suivie de Vince.

Ils firent quelques pas en silence.

— Quand tu as quitté Sagebrush, demanda-t-il soudain, y a-t-il eu quelque chose qui t'a particulièrement manqué ?

— Oui, le ranch. Les chevaux, les chats, et surtout les odeurs. Tu sais, l'odeur du vieux bois, du cuir des selles, de l'herbe chauffée par le soleil. Et ce qui m'a le plus manqué, c'était de ne plus monter à cheval.

— Tu n'as pas trouvé d'écurie en Californie ?

— Si, bien sûr. Mais ce n'était pas la même chose, et puis je n'avais pas beaucoup de temps pour ça. Je travaillais énormément. Je savais aussi que je ne tiendrais pas le coup si je continuais à ce rythme.

Ils restèrent silencieux quelques instants.

— Est-ce à l'armée que tu as commencé à t'intéresser au maintien de l'ordre ? demanda à son tour Tessa.

Elle était curieuse de connaître son itinéraire.

— Je suis resté à la base aérienne d'Albuquerque pendant quatre ans parce que j'étais dans les forces de l'ordre.

— Mais qu'est-ce qui t'a attiré vers ça ?

Il marqua une longue pause avant de répondre.

— Tu savais que ma mère était partie. Ce que tu ne sais pas, c'est qu'elle a été assassinée.

Tessa s'arrêta. Elle se tourna vers lui et lui posa la main sur le bras.

— Je suis désolée, Vince. Tu ne m'as jamais rien dit…

— Je n'avais pas envie d'en parler. Et c'est encore le cas, aujourd'hui. Elle nous a quittés, mon père et moi, pour aller vivre à La Nouvelle-Orléans. Elle a été tuée par un amant. Je crois que j'ai voulu entrer dans la police pour essayer de réparer ce qui ne va pas. Ça n'a rien de rationnel, bien sûr, mais c'est ce qui m'a amené là où je suis.

Tessa avait senti les muscles de Vince se raidir sous la manche de sa veste, mais elle ne pouvait voir l'expression de son regard, dissimulé sous le Stetson. Elle lui lâcha le bras.

Ils reprirent leur marche et arrivèrent bientôt sur le parking du lycée où il ne restait plus que leurs deux voitures, garées à une vingtaine de mètres l'une de l'autre.

Vince l'accompagna jusqu'à sa petite berline bleue.

— Ça ira, maintenant, dit-elle. Je ne risque plus rien… Tu pourras me regarder partir.

— C'est ce que je vais faire.

Lorsqu'il lui posa la main sur l'épaule, elle ressentit comme une brûlure. Un flot de souvenirs la submergea. Elle aurait voulu les fuir, et elle l'aurait fui, lui aussi, s'il n'avait pas exercé sur elle une telle attirance.

— Qu'y a-t-il, Tessa ?

— Nous ne sommes pas des étrangers, murmura-t-elle, consciente de ne pas répondre à sa question.

— Non, en effet. Et même si nous voulions l'être, cela ne changerait pas ce que nous avons été l'un pour l'autre.

Ce que nous avons été ?

Il avait raison, pensa-t-elle. C'était trop tard. Tout était fini entre eux depuis longtemps.

— Tu as l'air d'avoir peur, dit Vince. Aurais-je encore le pouvoir de te troubler ?

Tessa s'écarta. Elle voulait lui échapper… Oublier la tristesse, le chagrin et le douloureux sentiment de manque qu'elle avait connus à cause de lui.

— Ce serait une folie de ma part que de répondre à ta question.

Elle savait qu'en disant cela, elle avait déjà répondu.

Vite, elle ouvrit la portière de sa voiture et se mit au volant. Elle ne voulait plus écouter Vince ; elle ne voulait plus qu'il la touche. Parce que, oui, il la troublait, et qu'elle ne pouvait pas l'accepter. Elle ne *voulait* pas l'accepter !

Tandis qu'elle quittait le parking en roulant un peu trop rapidement, elle ne jeta pas un seul coup d'œil dans le rétroviseur.

Elle ne regarderait plus derrière elle, ce soir. Elle y était fermement décidée.

3

« Tu aurais pu téléphoner à Vince au lieu de venir le voir au poste de police. »

Tessa resta sourde à la petite voix intérieure qui lui soufflait cette remarque. Elle avait promis à Vince de lui trouver l'adresse d'un bon kinésithérapeute, et c'était ce qu'elle était venue faire ici.

Elle poussa la lourde porte du bâtiment en stuc jaune qui semblait aussi vieux que la ville elle-même, avec ses murs épais et son plancher tout usé à force d'avoir été piétiné durant des décennies.

A gauche, il y avait un vieux comptoir de bois derrière lequel trônait le responsable du courrier. Sur la droite, la réceptionniste, Ginny Ruja, tapait frénétiquement sur le clavier de son ordinateur. Derrière eux, une barrière de bois munie d'un portillon les séparait de trois bureaux équipés chacun d'un ordinateur. Deux d'entre eux étaient occupés par des agents en uniforme. Au-delà, un couloir menait à la prison et, sur la droite, Tessa aperçut une porte close. Probablement celle du bureau de Vince.

Elle se dirigea vers la réceptionniste qu'elle connaissait bien, car elle soignait son fils de quatre ans, Jeremy.

Ginny leva les yeux de son clavier et sourit.

— Bonjour, docteur McGuire. Vous avez un problème ? J'espère qu'on ne vous a pas volé votre sac ni rien de ce genre !

— Non, il ne m'est rien arrivé. Vince Rossi est-il là ?

— Le chef ? Oui, il est dans son bureau, mais il a demandé

qu'on ne le dérange pas pendant une heure, car il a de la paperasserie à terminer.

Déçue, Tessa se dit qu'elle aurait mieux fait de téléphoner avant de venir.

— Je comprends. J'aurais dû prendre rendez-vous. J'avais dit à V… au chef Rossi que je lui trouverais une information dont il avait besoin.

Elle sortit un papier de sa poche et le tendit à Ginny.

— Pourriez-vous lui donner cela de ma part ?

— Attendez une minute. Je vais l'appeler.

Avant que Tessa ait eu le temps de protester, Ginny appuya sur le bouton de l'Interphone.

— Chef, excusez-moi de vous déranger, mais le Dr McGuire est ici. Elle dit qu'elle a une information à vous donner. Voulez-vous que je vous l'envoie ?

Il y eut un bref silence.

— J'arrive, répondit enfin Vince.

Quelques secondes plus tard, la porte de son bureau s'ouvrit. Il apparut, vêtu d'un pantalon bleu marine, d'une chemise blanche et d'une cravate noire.

— Quelle surprise ! s'exclama-t-il en rejoignant Tessa. Je pensais qu'après…

Il se tut brusquement, conscient que des oreilles attentives les écoutaient.

— J'ai trouvé ces noms pour toi… des kinés, expliqua Tessa.

— Viens, nous allons parler de cela dans mon bureau.

Si elle partait maintenant, cela paraîtrait bizarre et pousserait les gens à se poser des questions. Si elle le suivait dans son bureau, cela ferait sans doute jaser. Elle hésita un instant puis se dit qu'après tout elle soignait le fils de Vince et que sa visite *pouvait* être strictement professionnelle.

Acceptant l'invitation d'un hochement de tête, elle se dirigea vers la barrière de bois. Vince se hâta d'ouvrir le portillon. Au moment où elle passait devant lui, elle sentit l'odeur de son eau de toilette, ce qui raviva chez elle bien des souvenirs qu'elle refoula. Elle devait se calmer et se comporter comme si Vince n'était qu'un ancien camarade de classe revenu vivre à Sagebrush.

La pièce où il travaillait n'était pas immense, mais assez spacieuse malgré tout pour contenir un vaste bureau métallique, quatre classeurs qui montaient jusqu'au plafond et des étagères chargées de livres. Des piles de dossiers recouvraient le bureau.

— Je ne veux pas te déranger, dit-elle. Je vois que tu es très occupé.

— J'ai besoin de faire une pause, répondit-il en lui faisant signe de s'asseoir. Veux-tu un café ? ajouta-t-il en montrant une cafetière posée dans un coin. Ah ! c'est vrai, j'oubliais… tu bois du thé, maintenant. Désolé, mais je n'en ai pas ici.

— Je n'ai besoin de rien, merci.

Il la regarda attentivement, détaillant sa tenue depuis le débardeur rayé jusqu'au jean blanc. Assise sur le bord d'un fauteuil, elle lui tendit un papier.

— J'ai là le nom de deux kinés. Ils sont bien tous les deux. Tu n'auras qu'à choisir.

Il prit le papier et s'appuya sur le coin de son bureau. Il était si près d'elle qu'elle en éprouva une certaine gêne. Tout, chez Vince, sa mâchoire carrée, ses hanches minces, ses longues jambes, lui rappelait l'époque où ils vivaient ensemble, montant à cheval, nageant, faisant l'amour. Ils se connaissaient intimement. Au fil des années, il avait acquis une force et une solidité que n'avait pas son corps d'adolescent ; cela se voyait à sa façon de bouger et de faire jouer ses muscles. Et *elle ?* se demanda Tessa. Comment était-elle, physiquement ? Elle se sentait en forme, mais comment Vince la trouvait-il, aujourd'hui ? Après tout, il avait trente-huit ans et certainement beaucoup d'expérience. Combien de femmes avait-il connues depuis qu'il l'avait quittée ?

— Tessa ?

Il avait dû lui poser une question.

— Excuse-moi, j'étais perdue dans mes pensées. Que disais-tu ?

— N'as-tu pas une préférence entre ces deux kinés ?

— Non. L'un et l'autre s'occupent des bébés.

Il étudia attentivement son visage.

— A quoi pensais-tu ?

Elle se sentit rougir.

— Je dois faire la tournée de mes patients, tout à l'heure, à l'hôpital.

— Et tu pensais à eux ? Ou à nous ?

Pas question de le suivre sur ce terrain-là ! songea-t-elle.

— Je sais que tu te demandes pourquoi je suis venue te voir ici au lieu de te téléphoner, dit-elle. C'est que… notre conversation, l'autre soir, ne s'est pas très bien terminée. Je ne veux pas me sentir aussi mal à l'aise chaque fois que je te verrai. Si nous pouvions simplement établir une relation professionnelle cordiale…

— Professionnelle ? répéta-t-il en haussant les sourcils.

— Oui. Je suis le médecin de ton fils.

Le regard gris de Vince disait clairement qu'il n'était pas dupe. Elle pouvait bien raconter ce qu'elle voulait et décrire les choses à sa façon, il n'en restait pas moins que leur relation serait toujours plus profonde qu'elle aimerait le faire croire. La vie les avait unis par des liens qui ne se laissaient pas dénouer si facilement.

— Est-ce que tu vois quelqu'un ? demanda-t-il soudain.

— Ça ne te regarde vraiment pas, répliqua-t-elle, déjà sur la défensive.

— Peut-être, mais je te pose quand même la question. Alors ?

Pourquoi voulait-il savoir ?

— Non.

— Donc, si tu te sens mal à l'aise avec moi, ce n'est pas par crainte de rendre jaloux un petit ami.

— Non, ce n'est pas pour ça.

— Ce qui veut dire que cette gêne qui existe entre nous vient de ce qui nous est arrivé. De ce que nous avons dit et de ce que nous n'avons pas dit. Nous ne réglerons pas ce problème autour d'une tasse de thé ou de café.

— Peut-être ne faut-il pas chercher à le régler. Peut-être devrions-nous simplement admettre que le temps a passé, que nous ne sommes plus les mêmes et qu'il nous faut partir de là.

Il se pencha vers elle.

— Sommes-nous vraiment différents ?

Son odeur, la façon dont il l'écoutait — comme si, pour lui, personne d'autre n'existait —, tout lui donnait envie de se laisser aller contre lui. Elle se concentra sur la question qu'il venait de lui poser.

— Oui, nous sommes différents. Tu es père, à présent, et je suis médecin, comme j'ai toujours rêvé de l'être.

— Toujours ?

Tessa ne répondit pas. Lorsqu'ils s'étaient mariés, son seul désir, alors, était de devenir sa femme et la mère de leurs enfants. Elle le lui avait dit.

Avec un peu de chance, elle pouvait encore devenir mère. Si quelqu'un la choisissait, à l'agence d'adoption. Si une mère isolée acceptait de lui confier son enfant. Cependant, les chances étaient minces. Pourquoi la préférerait-on à un couple marié ?

Elle remarqua son air sombre et comprit qu'il attendait une réponse.

— Mes rêves d'adolescente ont dû se transformer en rêves d'adulte, dit-elle. Et j'ai décidé de devenir médecin.

Il y eut pendant une minute un silence gênant puis Tessa se lança pour poser la question qui lui brûlait les lèvres depuis un moment.

— Sors-tu avec quelqu'un ? Je veux dire… avais-tu une relation sérieuse avec quelqu'un lorsque tu es devenu le tuteur légal de Sean ?

Il attendit quelques instants avant de répondre.

— Non, rien de sérieux.

— Je vois.

— Non, tu ne vois pas, répliqua-t-il en s'écartant du bureau.

J'étais inspecteur à la criminelle et je travaillais nuit et jour, avec des horaires impossibles. Comment vivre une vraie relation de couple dans de telles conditions ? Alors, quand je sortais, c'était pour m'amuser, oublier le travail et m'offrir un peu de bon temps. Sans doute est-ce là quelque chose qui t'échappe, parce que tu n'as jamais été ce genre de femme.

— Est-ce un compliment ou une critique ?

Vince soupira, agacé.

— Ni l'un ni l'autre. Tu voulais avoir une maison et une famille, ou alors une carrière. Mais tu n'as jamais été de ces femmes capables de passer une nuit avec un homme et de l'oublier aussitôt.

— Et toi, tu étais ce genre d'homme ?

— Je le suis devenu. Mais maintenant que j'ai la charge de Sean, je me dois d'être un modèle pour lui, et disponible à tout moment.

— La paternité ne semble pas trop te peser. Peut-être en avais-tu envie depuis longtemps.

Le cœur de Tessa se serra à la pensée de l'enfant qu'ils avaient perdu. Un enfant que Vince attendait avec autant d'impatience qu'elle. Elle voyait bien qu'à présent, il pensait à ce bébé, lui aussi.

— Le passé refait toujours surface, n'est-ce pas ? remarqua-t-il à mi-voix.

— C'est notre lot commun.

— En effet. Que nous le voulions ou non… As-tu la vie que tu souhaitais ?

— J'y travaille encore.

— Alors, je te souhaite bonne chance.

C'était *vraiment* fini, entre eux, songea Tessa. Trop de souffrance et de ressentiment remontaient à la surface. Que se passerait-il s'ils laissaient tout sortir ? Cela ne ferait qu'empirer les choses.

— J'espère que tu seras satisfait de ces kinés, dit-elle en se levant.

Elle ne le reverrait pas avant qu'il ait eu sa consultation avec le Dr Rafferty. Si celui-ci recommandait une opération, elle ne reverrait Vince qu'après l'intervention. A ce moment-là, il serait sans doute sur le point de quitter Sagebrush.

— Bonne chance avec Sean, Vince.

— Merci, répondit-il, le visage impassible. Je te raccompagne.

De toute évidence, ils n'avaient plus rien à se dire. Ou peut-être trop de choses, au contraire, qu'ils ne pouvaient exprimer.

Au moment de partir, Tessa tendit la main. Vince la prit dans les siennes.

— A un de ces jours, murmura-t-elle.

— Oui, à un de ces jours.

Lorsqu'elle franchit la porte du poste de police, elle eut l'impression d'avoir perdu quelque chose de très précieux qu'elle ne pourrait jamais retrouver.

Le lundi suivant, alors que Vince jouait avec Sean en le faisant sauter dans ses bras, l'enfant se mit à tousser.

Vince l'observa, puis se tourna vers Mme Zappa, occupée à plier du linge.

— Il a l'air enrhumé, dit-il. J'ai remarqué cela, ce matin, en lui donnant son biberon.

Petite et ronde, Mme Zappa avait des lunettes sans monture et des cheveux noirs parsemés de fils d'argent. Toujours débordante d'énergie, elle semblait adorer s'occuper de Sean.

Elle s'approcha de la table à langer où Vince avait posé son fils.

— Il a mangé, ce matin, observa-t-elle.

— Pas aussi bien que d'habitude.

— A-t-il de la fièvre ?

— Je vais voir ça tout de suite.

Il attrapa le thermomètre auriculaire qu'il avait acheté.

— Non, il n'a pas de fièvre, annonça-t-il quelques instants

plus tard. Mais peut-être m'y suis-je mal pris avec ce thermomètre…

— Donnez-le-moi, proposa Mme Zappa, je vais vérifier.

Elle se pencha vers Sean.

— Laisse-moi te prendre ta température, petit bonhomme.

L'enfant n'avait pas de fièvre.

— Tout est normal, déclara-t-elle. Mais avec un bébé, cela peut changer très vite. Je lui reprendrai sa température dans une heure.

— Je dois y aller, dit Vince après avoir consulté sa montre.

— Avez-vous pris votre petit déjeuner ?

Mme Zappa avait tendance à le materner, ce qui lui faisait une impression bizarre. Il y avait bien longtemps que personne ne se souciait plus de savoir s'il avait bien mangé ou bien dormi… Ça ne lui était plus arrivé depuis l'époque de son mariage avec Tessa.

— Je prendrai quelque chose en arrivant au bureau.

— Oh ! encore un de ces gâteaux achetés à la Rose Jaune ! Etes-vous conscient qu'ils bouchent vos artères ?

— Je me contenterai d'un café noir, répondit-il en plaisantant.

Mme Zappa leva les yeux au ciel.

— Laissez-moi vous dire quelque chose, monsieur Rossi. Vous ne pouvez plus vivre à votre guise, maintenant : vous avez des responsabilités. Vous devez rester en bonne santé pour ce petit bonhomme-là. Il aura besoin de vous pendant des années encore. Alors, il vous faut prendre soin de vous, manger sainement et faire un peu de sport.

— J'ai entendu dire qu'il y a autour du lac un chemin réservé au jogging. J'aimerais aller courir deux ou trois fois par semaine, mais cela signifierait que vous devriez rester ici une heure ou deux de plus. Seriez-vous d'accord ?

Elle sourit.

— Cela me permettrait de mettre un peu d'argent dans ma tirelire pour cette croisière que je voudrais m'offrir.

Après avoir posé Sean dans son berceau, elle fit tourner le petit mobile musical accroché au-dessus de lui.

— Je vais préparer un chili pour le dîner, poursuivit-elle. Comment le voulez-vous ? Très épicé ?

— Oui, c'est comme ça que je l'aime.

Elle secoua la tête.

— Bientôt, je connaîtrai tous vos goûts.

Vince se pencha sur le berceau et tendit un doigt à Sean qui l'attrapa de la main gauche. Si seulement le Dr Rafferty pouvait lui rendre bientôt l'usage de son bras droit…

— Savez-vous ce qui vous manque ? demanda soudain Mme Zappa.

— Quoi donc ? Une nouvelle batterie de cuisine ?

Lorsque Mme Zappa était arrivée chez lui, elle avait été consternée en découvrant qu'il ne possédait qu'une casserole et une poêle.

— Non. Ce qu'il vous faut, c'est une femme.

— Mais non ! Puisque je vous ai, *vous*…, plaisanta-t-il.

— Soyez sérieux, monsieur Rossi ! Je vois combien vous vous faites du souci pour ce petit garçon. Cela vous soulagerait d'avoir une femme qui partage votre inquiétude. Une femme, c'est deux fois moins de soucis et deux fois plus de bonheur.

— J'ai déjà essayé une fois, et ça n'a pas marché.

Il était sûr que Tessa lui en voulait encore de tout ce qui était arrivé, y compris l'hystérectomie. Il reconnaissait ses torts et se sentait honteux, coupable et bourrelé de remords.

— Je ne suis pas de ceux qui font les bons maris, madame Zappa.

— Pourquoi dites-vous cela ?

— Parce que mon mariage fut un échec. Parce que je n'ai jamais eu de modèle masculin digne de ce nom.

— Vous n'aviez pas de père ?

— Si, j'en avais un, mais il buvait.

— Je vois, dit-elle lentement. Cela ne signifie pas que vous ne pouvez pas apprendre. Si l'on veut vraiment quelque chose, il faut se donner les moyens d'y arriver.

— A vous entendre, la vie semble si facile…

— Oh non, elle ne l'est pas ! Parfois, elle ressemble vraiment à un combat. Mais si l'on a près de soi la personne qu'il faut, c'est bien différent. Mon Tony…

Elle soupira.

— C'était le meilleur des maris. Il me disait tous les jours qu'il m'aimait, et il me le montrait. C'était un homme bien qui travaillait dur pour nous faire la vie la plus belle possible. Il me manque tellement ! Heureusement, je garde en moi tous les souvenirs de nos trente-six ans de mariage et cela me réconforte. Je n'imagine même pas à quoi ma vie aurait ressemblé sans lui.

— Vous avez des enfants, n'est-ce pas ?

— Oui, deux fils. L'un vit à Austin et l'autre à San Antonio. Et parce que j'ai deux garçons, je sais que vous avez besoin d'une femme pour vous aider à élever votre fils.

Depuis son divorce, Vince n'avait jamais songé à se remarier. Lorsqu'il avait épousé Tessa, les chances de réussite de leur mariage étaient compromises dès le départ. Elle avait grandi dans l'aisance et ils n'avaient pas un sou. Elle avait vécu dans un ranch doté du confort le plus moderne et ils occupaient un appartement minable, au dernier étage d'un immeuble sans ascenseur. Elle avait cru qu'en l'épousant elle serait souvent avec lui, alors qu'il était obligé de travailler du matin au soir, juste pour assumer les dépenses du quotidien.

Il chassa ses souvenirs en soupirant. Avant de partir travailler, il lui restait cependant une dernière question à poser à Mme Zappa.

— Etant donné le nombre de mariages qui se soldent par un échec, je me demande quel est le secret de ceux qui, comme le vôtre, sont une réussite ?

Mme Zappa comprit qu'il attendait une vraie réponse.

— Il y a deux secrets. Le compromis et le pardon. Beaucoup de jeunes gens croient que l'amour suffit. Ce n'est pas vrai, sauf s'il grandit et aboutit à une certaine abnégation où chacun fera passer le bonheur de l'autre avant le sien.

En quittant l'appartement, Vince songea à ce que Mme Zappa venait de dire et à toutes les erreurs qu'il avait commises, à dix-huit ans, lorsqu'il était assez naïf pour croire que l'amour suffisait.

Ce soir-là, Vince arpentait la cuisine de long en large, tenant Sean dans ses bras. Il *ne voulait pas* téléphoner à Tessa.

Puis le petit garçon toussa de nouveau ; il semblait avoir du mal à respirer.

Il fallait faire quelque chose. Il allait appeler Tessa et, si elle n'était pas chez elle, il emmènerait Sean aux urgences.

Elle était chez elle.

— Désolé de te déranger, Tessa. Sean est malade. Ce matin, il avait seulement le nez qui coulait, mais maintenant il tousse, il a de la fièvre et respire difficilement.

— Donne-moi ton adresse.

Il s'exécuta aussitôt et lui indiqua la route à prendre.

— Je serai là dans dix minutes.

Elle tint parole. Lorsqu'elle arriva, sa trousse médicale à la main, Vince lui trouva l'air très professionnel, malgré son jean et son petit chemisier à manches courtes. Elle prit Sean qu'il tenait toujours dans ses bras et l'allongea sur le canapé.

Vince éprouvait un sentiment d'impuissance qui lui faisait horreur.

A présent, l'enfant pleurait, tout en reniflant et en toussant. Tessa essaya de le calmer et commença à l'examiner. Lorsqu'elle l'ausculta avec son stéthoscope, elle fronça les sourcils.

— Tu dis qu'il a commencé à ne pas se sentir bien ce matin ?

— Oui. Ce n'était qu'un rhume.

— Maintenant, ce n'est plus un simple rhume. Je voudrais que tu ailles faire couler l'eau chaude dans la douche. Il faut que la salle de bains soit remplie de vapeur. Prépare-moi aussi un drap de bain pour que je l'enveloppe dedans. Je vais lui faire une piqûre et ensuite, j'irai avec lui dans la salle de bains jusqu'à ce qu'il respire mieux.

Vince s'approcha de son fils et lui posa la main sur la tête.

— Je devrais peut-être rester près de lui pendant que tu lui fais cette piqûre.

Tessa le regarda au fond des yeux.

— Plus vite tu feras couler l'eau chaude, plus vite il retrouvera son souffle. Fais-moi confiance, Vince.

Il comprit qu'il pouvait faire confiance à Tessa la pédiatre. Mais à Tessa la femme ? Elle avait préféré la protection de son père à la sienne…

Il se reprit. Maintenant, cela n'avait plus d'importance. Seul Sean comptait. L'essentiel était qu'il guérisse très vite.

4

Assise sur le couvercle des toilettes, Tessa berçait Sean en lui murmurant des mots tendres. La vapeur qui emplissait la salle de bains faisait friser ses cheveux et ses vêtements étaient tout humides.

Vince se dit qu'il ne l'avait jamais vue aussi jolie que ce soir. Sa chemise lui collait à la peau, mais il avait été si inquiet pour Sean qu'il n'y prêtait même pas attention. Depuis quelques minutes, le bébé ne toussait plus et semblait respirer plus facilement.

— Nous n'allons pas pouvoir le garder ici encore bien longtemps, dit-il. Il n'y aura bientôt plus d'eau chaude. Qu'allons-nous faire ?

— Je ne crois pas nécessaire de l'emmener aux urgences. Peux-tu aller au drugstore pour acheter un humidificateur et de l'eau distillée ? Et puis, il faudrait aussi du Pedialyte ; je lui en donnerai pour qu'il ne se déshydrate pas.

Vince regarda sa montre. Il était plus de 21 heures, mais il savait que le drugstore restait ouvert jusqu'à minuit.

— Oh, reprit Tessa, et prends aussi de l'acétaminophène pour enfant, si tu n'en as pas déjà.

— Vas-tu rester dans la salle de bains jusqu'à ce que je revienne ?

— Si ton eau chaude tient le coup, répondit-elle avec un petit sourire.

Il fut pris d'une envie folle de la serrer dans ses bras pour lui dire combien il lui était reconnaissant d'être venue s'occuper de Sean. C'était d'autant plus méritoire qu'il savait à quel point elle avait peu envie de se trouver là, chez lui.

— Merci, dit-il simplement.

Un bref instant, leurs regards se croisèrent, puis Tessa détourna les yeux et les posa sur Sean.

— Inutile de me remercier, murmura-t-elle d'une voix qui tremblait légèrement.

En montant dans sa voiture, Vince ne pouvait s'empêcher de penser avec quelle douceur Tessa s'occupait de Sean, ce soir. Elle était merveilleuse avec les enfants.

Et elle n'en avait jamais eu un à elle…

Il savait que Walter McGuire le jugeait responsable de tout ce qui était arrivé — la grossesse, le mariage trop rapide, l'appartement minable, la perte du bébé. Durant des années, il s'était battu contre un sentiment de culpabilité, essayant de porter un regard objectif sur cette période de leur vie. Lorsque Tessa était sortie de l'hôpital, il avait souffert de la voir choisir de retourner vivre chez son père plutôt que de continuer sa route avec lui. Cette décision avait scellé leur destin. Et même s'il avait du mal à l'admettre, il souffrait encore du choix qu'elle avait fait alors.

Il trouva ce qu'il voulait au drugstore et, vingt-cinq minutes plus tard, il était de retour chez lui. Chez lui ?

A vrai dire, il ne se sentait pas vraiment chez lui, dans cet appartement. Peut-être devrait-il accrocher quelques photos aux murs du salon et mettre des tapis par terre ? Mais combien de temps resterait-il là ? Si Sean devait être opéré, combien de temps durerait sa convalescence ? Il aurait peut-être la réponse la semaine prochaine.

Lorsqu'il entra dans son appartement, il eut l'impression que quelque chose avait changé. Etait-ce à cause de cette senteur fleurie — un mélange de fraise et de vanille — laissée par le parfum de Tessa ? Ou de la vue de sa trousse médicale sur la table du salon ? Non. Ce qui lui donnait l'impression de rentrer *chez lui*, c'était d'entendre la voix de la jeune femme qui fredonnait une berceuse.

Après avoir posé ses achats dans le salon, il se dirigea à pas de loup vers la chambre de Sean et s'arrêta devant la porte grande ouverte.

Les cheveux et le chemisier de Tessa étaient encore tout humides. Elle avait posé une serviette sur le dossier du rocking-chair où elle était assise, berçant dans ses bras le petit garçon enveloppé dans un drap de bain.

Vince vit que son fils s'était endormi tandis que Tessa continuait sa chanson : « Bébé, ferme les yeux. Rêve de petits chiots et de lucioles. » Il ne connaissait pas cette chanson. Peut-être l'avait-elle inventée pour ses petits patients ?

Il savait qu'il n'avait fait aucun bruit. Pourtant, Tessa leva les yeux vers lui comme si un sixième sens l'avait avertie de sa présence.

— Il a fini par s'endormir ? murmura-t-il, même s'il connaissait déjà la réponse.

— Oui, il respire mieux. Il a bu un peu de jus de pomme. Lorsqu'il se réveillera, il sera peut-être en sueur. Essaye alors de lui donner du Pedialyte.

— Je vais mettre l'humidificateur en marche. Ensuite, nous verrons si Sean veut bien dormir dans son lit.

— Aurais-tu un vêtement que nous puissions lui passer sans le réveiller ? demanda Tessa après qu'il eut branché l'appareil.

Vince sortit d'un tiroir un petit pyjama qui se boutonnait devant. Tandis qu'il aidait Tessa à habiller l'enfant, ses doigts lui frôlèrent la poitrine. Tous deux se figèrent sur place.

— Excuse-moi, chuchota-t-il.

Voyant qu'il ne parvenait pas à fermer les boutons-pressions, Tessa proposa ses services.

— Veux-tu que je le fasse ?

Il hocha la tête et recula d'un pas pour ne pas céder à une irrépressible envie de la serrer dans ses bras. Cette proximité déclenchait chez lui un désir qu'il ne pouvait contrôler. Il remarqua que Tessa avait les doigts qui tremblaient en fermant le dernier bouton.

Tandis qu'il allait coucher Sean dans son petit lit, il ne songeait plus au passé ni aux regrets qui lui avaient rongé le cœur. Il existait entre Tessa et lui une attirance réciproque bien vivante, une force magnétique à laquelle il se sentait incapable de résister. Il alluma la veilleuse et régla le volume sonore de l'Interphone.

Tessa vint le rejoindre près du berceau.

— C'est un merveilleux petit garçon, dit-elle.

— Je devrais enregistrer cette berceuse que tu lui as chantée tout à l'heure. Ça m'aiderait à l'endormir les soirs où il a du mal à trouver le sommeil.

— C'est juste une petite chanson que j'ai inventée pour les nouveau-nés que je vois à la maternité.

— Tu es une femme douée de tous les talents.

Elle sourit.

— Crois-moi, ce que je compose ne vaut pas grand-chose.

Voyant qu'elle frissonnait, il s'inquiéta.

— Tu devrais ôter ce chemisier trempé. Je vais te prêter une de mes chemises pendant que je le mettrai dans le sèche-linge.

— Il faut vraiment que je m'en aille, maintenant.

— La nounou de Sean, Mme Zappa, a préparé du jus d'orange frais, ce matin. Est-ce que tu te laisserais tenter ?

A Arrowhead Ranch, la gouvernante avait l'habitude de servir tous les matins à Tessa une orange pressée.

Elle écarquilla ses beaux yeux bleus d'un air surpris.

— Tu te souviens de cela…

— Je me souviens de beaucoup de choses.

Une fois de plus, il fut tenté de la prendre dans ses bras et de l'embrasser. Il en avait une envie folle. Or, un baiser risquait de compromettre le lien fragile qui commençait à se tisser entre eux — un lien basé sur une compréhension mutuelle.

Il alla dans sa chambre et revint bientôt avec l'une de ses chemises blanches, repassée la veille par Mme Zappa. Il la tendit à Tessa, restée auprès du bébé endormi.

— Je vais nous préparer deux jus d'orange, annonça-t-il.

Il sortit et referma la porte derrière lui, laissant à Tessa une certaine intimité pour se changer… et pour réfléchir à ce qui allait se passer, maintenant que leurs vies se croisaient de nouveau.

Cinq minutes plus tard, Tessa entra dans la cuisine, quelque peu gênée par sa tenue. Lorsqu'ils étaient mariés, il lui arrivait de porter les chemises de Vince et cela se terminait souvent par…

Elle chassa ces vieux souvenirs surgis du passé. Sûre d'avoir boutonné la chemise jusqu'au cou, elle se dit qu'elle n'avait aucune raison de se sentir embarrassée. Pourtant, lorsque Vince l'examina lentement de la tête aux pieds, elle eut l'impression d'être nue et rougit jusqu'à la racine des cheveux.

Elle s'approcha du comptoir où Vince avait posé la carafe de jus d'orange qu'il venait de sortir du réfrigérateur.

— Cette nounou est une véritable perle, si elle presse des oranges tous les jours pour toi, dit-elle.

— C'*est* une perle. Je ne sais pas ce que je ferais sans elle. Je crois qu'elle cherche à me materner et, à vrai dire, je ne sais pas quoi en penser.

Tessa n'avait jamais connu sa mère et, d'une certaine façon, elle trouvait sa situation moins douloureuse que celle de Vince qui, lui, avait été privé du jour au lendemain d'une mère qu'il avait eu le temps d'aimer.

— Tu devrais la laisser s'occuper de toi, répondit-elle. Il n'y a pas de mal à se faire dorloter, même à notre âge.

A peine eut-elle prononcé ces paroles qu'elle les regretta. Vince fronça les sourcils et lui tendit un verre.

Elle but une gorgée, ne sachant comment reprendre la conversation. L'image de son père se dressait entre eux, occupant tout l'espace.

Mieux valait aborder un sujet anodin.

— Alors, es-tu content de tes fonctions de chef de police ? demanda-t-elle.

— Oui, ça va. J'ai cependant beaucoup de paperasserie à faire. Je suis habitué à plus d'action.

— Heureusement, nous n'avons pas beaucoup de meurtres ni de délits, ici.

— Heureusement, oui.

Silence. Peut-être n'avait-elle pas choisi le sujet le plus approprié.

La cuisine était aussi sommairement meublée que le reste de l'appartement. La table et les chaises qui délimitaient un coin repas semblaient n'avoir jamais servi. Il n'y avait pas de rideaux aux fenêtres, rien indiquant que Vince passait un peu de temps dans cette pièce. En revanche, un calendrier était fixé par un aimant sur la porte du réfrigérateur. Tessa remarqua que Vince y avait noté son rendez-vous avec elle, celui qu'il avait avec le Dr Rafferty, et la réunion qui avait eu lieu au lycée. C'était tout.

Manifestement, Vince n'était pas encore vraiment installé ici.

— Je sais à quoi tu penses, marmonna-t-il d'un ton bourru.

— Tu peux donc deviner mes pensées, maintenant ?

C'était dit d'un ton léger, mais Tessa se rappelait toutes ces années où chacun lisait dans l'esprit de l'autre comme dans un livre ouvert. Dès leur première rencontre, ils s'étaient sentis en parfaite harmonie.

Cependant, Vince n'était pas d'humeur à plaisanter.

— Tu te dis qu'un enfant devrait grandir au sein d'un vrai foyer, et non dans un appartement comme celui-ci.

— Non, ce n'est pas à cela que je pensais, Vince. Je me disais que tu venais juste d'arriver. Il te faudra un peu de temps pour t'installer… si tu as envie de le faire.

Il la regarda d'un air pensif.

— Je n'ai guère envie de dépenser de l'argent pour acheter des tapis et des rideaux si nous ne devons rester ici que quelques mois. Je n'ai décoré que la chambre de Sean ; je voulais qu'il s'y sente bien.

— Tu penses sérieusement à repartir ? demanda-t-elle en posant son verre sur le comptoir.

Vince l'imita, puis enfonça ses mains dans les poches.

— Quand j'ai découvert qu'il y avait un spécialiste à Lubbock, j'ai cru que c'était une bonne idée de revenir ici. Ayant vécu dans cette ville, j'ai pensé que j'y retrouverais quelques amis, que nous ne nous sentirions pas comme des étrangers, Sean et moi. Mais dès que j'ai roulé dans Longhorn Way, j'ai compris que j'avais commis une erreur. J'ai très peu de bons souvenirs ici, Tessa.

Elle savait qu'il disait vrai. Sa mère l'avait abandonné, son père n'avait pas joué son rôle de père. C'était Vince qui payait les factures avec l'argent qu'il gagnait grâce aux petits boulots qu'il effectuait à côté de ses études. Et lorsqu'il l'avait épousée, il avait eu deux fois plus de responsabilités.

Le voyant sortir une main de sa poche, elle devina aussitôt ce qu'il allait faire. A cet instant, elle aurait dû prendre sa trousse et s'enfuir. Elle aurait dû... mais elle ne le fit pas.

D'un geste tendre, il écarta une mèche de cheveux qui retombait sur sa joue. A ce contact, elle réagit comme elle l'avait toujours fait. Tremblant de la tête aux pieds, incapable de faire un mouvement, elle garda les yeux fixés sur lui. Elle ne pouvait oublier ce qu'ils avaient été l'un pour l'autre naguère.

— Ton parfum te va bien.

Il avait la voix rauque et son regard de feu disait clairement à quel point il la désirait. Jamais elle ne pourrait oublier cette ardeur ni cette avidité.

— Tu ne devrais pas...

Elle ne put achever sa phrase, car les mots lui manquaient.

— Je ne devrais pas quoi ? Te toucher ? Nous nous sommes évités, toi et moi, comme si nous avions la peste. Ce n'est pas par manque d'attirance réciproque, au contraire. Nous sommes toujours attirés l'un par l'autre, même lorsque je me fais du souci pour Sean, j'ai envie de te caresser.

Il avait toujours su trouver les mots pour la séduire.

Lorsqu'il se pencha vers elle et lui donna un baiser léger

sur les lèvres, Tessa s'arrêta de respirer, le cœur battant, l'estomac noué. Sans même réaliser ce qu'elle faisait, elle s'abandonna dans ses bras.

— Je ne peux pas croire ce qui nous arrive, murmura Vince.

Absorbée par ce baiser qui la transportait, elle ne l'écoutait déjà plus. Vince avait toujours été un expert en matière de baisers, même à dix-huit ans. A présent, il l'embrassait avec une fougue qui traduisait son envie de la posséder, de se fondre en elle, l'amenant à partager la même excitation, le même désir. Curieusement, elle avait le sentiment qu'ils étaient en train d'enfreindre un tabou… mais elle n'aurait su dire pourquoi.

Soudain, un cri d'enfant les arracha à leur plaisir.

— Je vais aller voir, dit Vince.

Tessa fut tentée de le suivre, car déjà elle se souciait de Sean comme de tous ses petits patients, mais elle resta clouée sur place, incapable de bouger.

Lorsque Vince revint, elle s'était assise.

— Tout va bien. Il a dû crier en dormant. Je me demande parfois s'il ne rêve pas de l'accident. Mais il est si jeune… Peut-être n'en gardera-t-il aucun souvenir.

Elle le regarda fixement.

— Pourquoi ne m'as-tu jamais donné de nouvelles après que tu sois parti ?

Il ne parut pas surpris par sa question. Il fronça les sourcils et sa mâchoire se crispa.

— Tu avais refait ta vie et choisi ta voie. Je ne voulais pas interférer.

— Comment savais-tu ce que je faisais ?

— J'avais encore quelques amis à Sagebrush. Mon père vivait encore ici. Tu sais comment c'est.

Oui, elle le savait et aurait dû deviner qu'il avait entendu parler de ses allées et venues, tout comme elle avait entendu parler des siennes.

— Par ailleurs, reprit-il, je ne voulais pas créer de problèmes entre ton père et toi. J'ai vu combien tu as été blessée quand il t'a déshéritée en te disant que tu n'étais plus sa fille. Lorsque je suis parti, tu es retournée vivre chez lui. Qu'aurait-il fait, si j'avais pris contact avec toi ?

— Il n'était pas obligé de le savoir.

Si Vince lui avait demandé de le rejoindre, *peu importe où*, elle aurait oublié ses études de médecine et choisi de le suivre.

— Jamais tu n'aurais pu le lui cacher, dit-il. J'ai vu à quel point tu as eu besoin de ton père après l'hystérectomie.

Décidément, pensa-t-elle, il n'avait rien compris.

— Je n'avais pas seulement besoin de mon père, Vince. J'avais aussi besoin de *toi*. Je venais de perdre notre bébé et tu n'étais pas là pour en parler avec moi. Tu n'étais pas là pour… comprendre.

Soudain, Tessa sentit qu'elle étouffait. Il lui était impossible de rester dans la même pièce que lui, elle avait du mal à respirer.

Elle se leva, prit son sac et sa trousse médicale et se dirigea d'un pas rapide vers la porte.

— Je te renverrai ta chemise par la poste, murmura-t-elle.

C'est en courant presque qu'elle alla jusqu'à sa voiture, sans même se retourner pour voir si Vince la suivait.

Il ne chercherait pas à la rattraper. Jamais il ne laisserait Sean tout seul. Et c'était très bien ainsi.

Lorsqu'elle mit le moteur en marche, une phrase s'imposa à son esprit, lancinante.

« Tu ne peux pas retomber amoureuse de lui… Tu ne peux pas retomber amoureuse de lui… »

Le samedi matin, Tessa se préparait une tasse de thé dans la cuisine en songeant à la semaine qui venait de s'écouler. Depuis lundi soir, elle avait essayé sans succès d'oublier le baiser échangé avec Vince. Elle ne voulait pas l'analyser, mais il continuait de l'obséder.

Francesca apparut, vêtue d'un jean et d'un T-shirt trop grand pour elle. Elle se laissa tomber sur un tabouret devant le comptoir qui leur servait aussi de table. On aurait dit qu'elle n'avait pas fermé l'œil de la nuit. Ses longs cheveux étaient emmêlés et son visage ne portait pas la moindre trace de maquillage, ce qui était inhabituel. Francesca était une perfectionniste qui attachait beaucoup d'importance à son apparence.

— Est-ce que ça va ? demanda Tessa en allant s'asseoir près d'elle, sa tasse de thé à la main.

— Je ne sais pas.

— Veux-tu en parler ?

Au lieu de répondre, Francesca se leva. Après s'être servi une tasse du café qu'Emily avait préparé avant d'aller faire les courses, elle reprit place sur son tabouret.

— Je suis allée à une fête, hier soir.

— Ah oui, c'est vrai ! se souvint Tessa. Kent Harris donnait une réception à l'occasion de l'ouverture de son cabinet juridique à Sagebrush.

— Il y avait tellement de monde que…

Elle se tut brusquement.

— Que quoi ? interrogea Tessa.

Francesca plongea le nez dans son café.

Inquiète, Tessa posa la main sur le bras de son amie.

— Qu'est-ce qui te trouble tant ? Darren était-il là ? A-t-il essayé de renouer avec toi ?

Si Francesca était venue vivre à Sagebrush, c'était à cause d'un homme dont elle était tombée amoureuse. Darren exerçait comme médecin à Family Tree. Il avait rencontré Francesca à une conférence et, malgré les kilomètres qui les séparaient, ils avaient entretenu une liaison jusqu'au jour où il avait réussi à la convaincre de venir s'installer à Sagebrush. Au début, tout s'était bien passé, puis Francesca avait découvert que son amant n'était pas l'homme qu'elle croyait. Il avait insisté pour qu'elle l'épouse et s'était mué sous ses yeux en une sorte de tyran domestique, bien décidé à tout contrôler. Le genre d'homme qu'elle s'était juré de ne jamais fréquenter, et encore moins d'épouser.

— Ça n'a rien à voir avec Darren, dit Francesca. Ou alors, indirectement, ajouta-t-elle en fronçant les sourcils. Pourquoi faut-il, alors que je croyais avoir tiré les leçons du passé et m'être libérée pour toujours de la tyrannie d'un père abusif, que quelque chose me ramène en arrière ? Avant même de savoir parler, j'avais compris que ma mère était écrasée par mon père. Petite fille, je l'ai entendue confier à une amie qu'il l'avait forcée à l'épouser quand elle était tombée enceinte. Lorsque je me suis aperçue que Darren était aussi dominateur que mon père, j'ai rompu avec lui.

— Je sais. Et depuis cette rupture qui a eu lieu l'an dernier, tu n'es sortie avec personne.

— Eh bien, en fait, j'ai passé la nuit avec un homme. Que dis-tu de cela ? demanda-t-elle d'une voix angoissée.

— Avez-vous eu des rapports protégés ?

— Oui, il a mis un préservatif. Franchement, Tessa, je ne sais pas ce qui m'est arrivé.

— Veux-tu dire qu'il a mis quelque chose dans ton verre, ou bien…

— Mon Dieu, non !

— De qui s'agit-il ?

— Je pense que ton père doit connaître le sien. Et il se peut que tu le connaisses, lui. Il s'appelle Grady Fitzgerald. Son père fabrique des selles et Grady a repris l'affaire.

— Mais oui, je le connais ! Et Vince aussi, sans doute. Il travaillait chez son père lorsque nous nous sommes mariés, mais, à l'époque, Grady était parti faire ses études ailleurs. Mon père m'a acheté ma première selle chez M. Fitzgerald et c'est Grady qui est venu la livrer au ranch.

— A quoi ressemblait-il alors ?

— Si je me souviens bien, il était plutôt solitaire. Beaucoup de filles avaient le béguin pour lui, mais il semblait indifférent. Il appartenait à une famille nombreuse. C'était un excellent cavalier et c'est sans doute pourquoi il fabrique de si bonnes selles. Comptes-tu le revoir ?

— Non.

— Pourquoi ?

— Parce que nous sommes très différents. Nous avons beaucoup parlé, Tessa, et j'ai réalisé alors à quel point nous étions différents, lui et moi.

— En quoi ?

— Mon métier représente tout à mes yeux, tu le sais. C'est ma vie. En ce qui concerne Grady, son entreprise ne représente qu'une partie de sa vie, et il passe beaucoup de temps avec sa famille. Pour moi, la famille a toujours été une source de souffrance… depuis le comportement incestueux de mon père jusqu'à la terreur dans laquelle vivait ma mère. J'ai toujours eu l'impression que je devais prendre soin d'elle parce qu'elle était incapable de le faire elle-même…

Tessa connaissait son histoire. La mère de Francesca avait fini par quitter son mari après qu'il s'en soit pris à leur fille, âgée alors de huit ans. Cette enfance gâchée par un despote avait profondément marqué Francesca. Depuis le décès de sa mère, morte quelques années plus tôt d'un cancer du poumon, elle se sentait orpheline.

— Nous sommes là, Emily et moi, dit-elle pour réconforter son amie. Tu sais que tu peux compter sur nous.

— Je le sais. Mais, pour Grady, ce n'est pas du tout pareil. Il est habitué à faire partie d'un tout, à être entouré, tandis que moi, j'ai l'habitude de la solitude. Et il n'y a pas que cela. Il est plus âgé que moi… il va avoir quarante-cinq ans, je n'en ai que trente-huit, et il veut rester à Sagebrush alors que j'envisage de rejoindre Médecins Sans Frontières pour découvrir un peu plus le monde.

Tessa garda le silence quelques instants.

— Au-delà de ces différences, dis-moi pour quelles raisons exactement tu ne veux plus revoir Grady ?

Francesca prit son temps avant de répondre.

— La vraie raison, c'est que je savais que nous étions très différents et que, pourtant, quelque chose s'est passé. Je me sentais tellement attirée par lui que le reste ne comptait plus. Seule existait cette… fièvre !

Elle secoua la tête.

— Je ne me sens pas prête à avoir une nouvelle relation. Il n'y a pas si longtemps que j'ai rompu avec Darren.

— Cela remonte à un an déjà !

— La vérité, Tessa, c'est que je ne fais pas confiance aux hommes. Ce qui s'est passé avec mon père, puis avec Darren… Il était si charmant ! Mais dès que je l'ai rejoint ici, il est devenu autoritaire et manipulateur, tout ce que je déteste chez un homme !

— Tu as fait une erreur, voilà tout.

— Oui, une énorme erreur. Je ne veux pas prendre le risque de me tromper une nouvelle fois.

Quelqu'un sonna alors à la porte et Francesca haussa les sourcils.

— Tu attends quelqu'un ?

— Non, et toi ?

— Non.

— C'est peut-être Grady, suggéra Tessa en allant ouvrir.

Ce n'était pas Grady, mais Vince. Il portait Sean sur un bras et avait un sac à la main.

En le voyant, Tessa ne put cacher sa surprise.

— Nous avons eu ce matin notre première séance de rééducation avec Carly Brennan, expliqua Vince. Tout s'est très bien passé. Je suis venu te rapporter ton chemisier et te remercier de m'avoir recommandé cette kiné.

Elle prit le sac qu'il lui tendait. Pour sa part, elle lui avait renvoyé sa chemise par la poste dès le lendemain du soir où ils s'étaient embrassés.

— Entre, je t'en prie, dit-elle. Je te présente l'une de mes colocataires, Francesca Talbot. Francesca, voici Vince Rossi.

Elle sourit à Sean qui semblait en pleine forme.

— Et toi, comment vas-tu, ce matin ? ajouta-t-elle. Alors, comme ça, tu aimes bien Carly ?

Sean agita son bras gauche en babillant.

— Il est adorable ! s'exclama Francesca. Est-ce que je peux le prendre ?

— Oui, bien sûr, dit Vince. Il n'est pas timide.

Sean parut ravi de se retrouver dans les bras de la jeune femme.

— Je vais l'emmener faire un tour dans le jardin, annonça-t-elle. Il y a plein de choses à voir, là-bas.

Elle quitta la pièce avec l'enfant qui n'eut pas un regard pour son père.

— Elle est parfaite avec les bébés, observa Vince.

— C'est une spécialiste de médecine néonatale, expliqua Tessa. Son métier est toute sa vie. Veux-tu un café ?

— Non merci, j'en ai déjà bu deux, ce matin.

Elle le rejoignit sur le canapé où il avait pris place, mais regretta aussitôt son choix. Leurs coudes se touchaient presque. Elle se tourna légèrement et ce fut alors son genou qui frôla celui de Vince. Ni l'un ni l'autre ne bougèrent.

— Carly t'a-t-elle laissé assister à la séance d'exercice ?

— Oui, en partie. Elle a passé un long moment à s'assurer simplement que Sean était en confiance avec elle.

— C'est en cela qu'elle est une excellente thérapeute. Elle demande la coopération du patient et l'obtient généralement.

Un long silence s'installa. Mal à l'aise, Tessa jeta un coup d'œil à Vince.

— On dirait que tu vas bondir sur tes pieds et t'enfuir, remarqua-t-il d'un ton sec.

Elle se força à se détendre et s'adossa aux coussins du canapé.

— J'ai l'impression d'être redevenu un adolescent, murmura-t-il.

— Pourquoi ?

— Je ne sais pas quoi dire ni quoi faire avec toi, Tessa. Au moins, lorsque nous étions ados, tu n'avais pas l'air de préférer être n'importe où plutôt qu'avec moi.

— Ce n'est pas le cas ! Mais nous ne sommes plus des adolescents. Nous avons maintenant l'âge de savoir ce qui est bon pour nous et ce qui ne l'est pas ; ce qui nous convient et ce qui ne nous convient pas.

— Peut-être faisons-nous trop d'efforts pour n'avoir ni souvenirs ni regrets. Nous ne pouvons pas effacer ce que nous avons vécu, toi et moi. Ne pourrions-nous pas dépasser cela ? Sean a besoin qu'on s'occupe de lui.

— Peut-être n'ai-je pas envie de m'occuper de lui. Peut-être cela me fait-il trop de mal.

— Tessa, dit Vince doucement en lui caressant la joue. Je ne suis pas venu ici uniquement pour te remercier. Tu te rappelles peut-être que je t'ai parlé de Ryder Greystone ?

— Oui, tu m'as dit qu'il faisait partie de la police de Lubbock.

— Il donne une réception, ce soir, et m'a invité. Il m'a dit que je pouvais amener quelqu'un. Aimerais-tu venir ?

Pouvait-elle avoir une relation amicale avec Vince ? se demanda Tessa. Serait-elle capable de se sentir à l'aise avec lui ? Certes, elle était amenée à le voir souvent puisque Sean était son patient. Mais de là à l'accompagner à une fête…

— Est-ce une sorte de rendez-vous que tu me proposes là ? s'enquit-elle prudemment.

— Ce sera ce que tu souhaiteras, répondit-il avec un petit sourire forcé.

— Peux-tu me laisser le temps d'y réfléchir ? Je te téléphonerai dans une heure ou deux pour te donner ma réponse. A moins que tu ne veuilles demander à quelqu'un d'autre, ajouta-t-elle en le voyant froncer les sourcils.

— Non, je ne demanderai à personne d'autre. J'attendrai ta réponse.

Il lui jeta un regard qui disait clairement à quel point il avait envie de l'embrasser puis se leva.

— Je ferais mieux de ramener Sean à la maison et de le faire déjeuner.

Tessa lui posa la main sur le bras.

— Je ne veux rien faire que je risquerais de regretter ensuite.

— Je comprends, Tessa, crois-moi. Mais il s'agit simplement d'aller à une fête, et d'y aller en amis, rien de plus.

Peut-être était-ce vrai pour lui, admit Tessa, mais pas

pour elle. Si elle l'accompagnait ce soir, cela voulait dire qu'elle le laissait revenir dans sa vie. Serait-ce une folie ou une sage décision ?

Elle avait besoin d'y réfléchir.

5

Devant la maison de Ryder Greystone, Tessa se demanda une fois de plus si elle n'avait pas commis une erreur en acceptant l'invitation de Vince.

Mais déjà la porte s'ouvrait et Ryder apparut, le visage éclairé d'un grand sourire.

— Bien, bien, bien ! Tout comme au bon vieux temps… J'avais dit à Vince de venir avec quelqu'un, mais je n'aurais jamais deviné que ce serait toi, Tessa.

Durant le trajet en voiture, Vince et elle avaient éprouvé une certaine gêne, car la situation ressemblait un peu trop à un rendez-vous d'amoureux. D'autant plus que Vince était incroyablement sexy dans son T-shirt noir et son pantalon en toile… L'accueil de Ryder n'arrangeait rien en leur rappelant ce qu'ils avaient été l'un pour l'autre par le passé.

— Le bon vieux temps, c'est fini, dit-elle d'un ton léger. Nous ne sommes plus que deux amis qui se sont retrouvés par hasard.

— Nous avions envie de boissons fortes et nous avons pensé que nous en trouverions ici, ajouta Vince.

Ryder prit conscience de la tension qui existait entre ses deux invités. Il s'effaça pour les laisser entrer.

— Venez, il y a plein de choses à boire et à manger, et des tas de gens à rencontrer.

Vince lui tendit une boîte de chocolats.

— Tu ajouteras ça au buffet.

— Génial ! Il n'y a pas beaucoup de nos anciens camarades

de classe ici ce soir, mais toi, Tessa, tu connais sans doute un certain nombre de mes invités parce que tu soignes leurs enfants. Et toi, Vince, tu retrouveras quelques collègues ; vous aurez sûrement des tas de choses à vous dire. Pour ceux qui ont envie de danser, il y a de la musique dans le patio.

Tessa s'étonna de voir le nombre de personnes présentes dans la maison, de dimensions plutôt modestes. A l'autre bout du salon bondé, une femme lui fit signe en agitant le bras.

— Tu la connais ? demanda Vince.

— C'est la secrétaire d'un des médecins de Family Tree. Ça ne t'ennuie pas si je la rejoins ?

— Non, bien sûr ! Je vais me mettre en quête de quelques gars de la police de Lubbock.

Durant les deux heures qui suivirent, ils se virent à peine. A mesure que le temps passait, il faisait de plus en plus chaud dans le salon et Tessa éprouva le besoin de prendre un peu l'air. Quittant le canapé où elle était assise, elle se dirigea vers le patio, éclairé par des guirlandes multicolores. Des couples dansaient sur des rythmes variés, allant de vieux airs de jazz à de la salsa.

Elle aperçut Vince installé sur une chaise longue, une bouteille d'eau à la main. Contrairement à la plupart des autres hommes présents, il ne buvait pas de bière. Etait-ce à cause de son père, détruit par l'alcool ?

Elle s'amusait bien, à cette soirée, mais avait-elle eu raison de venir avec lui ? Ils donnaient l'impression d'être ensemble alors qu'il n'en était rien.

Prenant délibérément la direction opposée, elle s'arrêta devant une grande glacière, hésitant entre un soda et de l'eau. Lorsqu'elle sentit une main se poser sur son épaule, elle sut aussitôt que c'était Vince.

— Tu veux danser ? Nous sommes dans une fête, Tessa. Danser fait partie du programme. Ça ne porte pas à conséquence.

Ils commencèrent à danser sans rien dire, conscients de

l'attirance qu'ils éprouvaient l'un pour l'autre. Les nerfs à vif, Tessa prit la parole la première.

— J'imagine que tu as beaucoup de choses en commun avec les hommes que tu as retrouvés ici ce soir.

— Oui, c'est vrai.

— Tu m'as dit que le père de Sean et toi, vous étiez autant des amis que des coéquipiers ?

— En effet. Il était comme un frère pour moi et, lorsqu'il a épousé Carol, je l'ai sentie de la famille, elle aussi. Je passais plus de temps chez eux que chez moi. Le jour où Sean est né, je n'étais pas en service et j'ai accompagné Scott à l'hôpital. Il est venu me chercher dans la salle d'attente pour me montrer le bébé dès qu'il est né.

Il parlait d'une voix enrouée qui fit comprendre à Tessa à quel point il était attaché à ses amis et au petit garçon qui était devenu son fils.

— Sean n'a donc aucune famille ?

— Seulement une grand-tante dont je ne sais trop que penser… Je dois prendre des photos de Sean cette semaine et les lui envoyer. Je suppose qu'il vaut mieux que je garde le contact avec elle.

Ils dansaient, étroitement enlacés. Tessa ferma les yeux, songeant au passé, s'interrogeant sur le présent. Comme Vince resserrait son étreinte, elle rouvrit les yeux. Ils étaient arrivés en bordure du patio.

— Viens avec moi quelques instants, dit-il. Je voudrais te demander quelque chose.

Il la prit par la taille et l'entraîna vers l'allée gravillonnée qui faisait le tour de la maison. La lune jetait une lumière froide et Tessa se demanda, tout excitée, ce que Vince pouvait bien avoir à lui dire.

Il s'arrêta enfin, la gardant tout près de lui — aussi près que lorsqu'ils dansaient.

— Que ressens-tu lorsque tu me vois avec Sean ?

Elle ne s'attendait vraiment pas à cette question.

— Vince, nous ne devrions pas nous isoler ainsi. Tout le monde va se demander…

— Personne ne remarquera notre absence, tu le sais. Il y a beaucoup trop de monde pour ça. Réponds-moi, Tessa. Que ressens-tu quand tu me vois avec Sean ?

Tessa ne voulait pas le regarder. Il venait de réveiller chez elle un flot d'émotions qu'elle s'était efforcée jusque-là de contenir.

— Ça me fait mal, Vince, dit-elle, la gorge serrée. Très mal. Je vois notre bébé, *notre* fils à nous, et je souffre.

Les larmes jaillirent sans qu'elle puisse les retenir et roulèrent sur ses joues.

Vince la saisit alors par la nuque et lui caressa les cheveux, les lèvres collées contre sa tempe.

— Je suis désolé, murmura-t-il. Tellement désolé.

Elle ne pouvait plus s'arrêter de pleurer.

Il lui releva doucement le menton. Alors qu'un air de blues s'élevait dans le patio, Vince s'empara de ses lèvres. Tessa crut avoir de nouveau dix-sept ans, et se trouver avec le garçon dont elle avait toujours rêvé. Elle répondit à son baiser comme s'ils n'avaient jamais été séparés par le destin et les années.

Soudain, elle le repoussa.

— Non ! Non, je ne peux pas… Tu es là, aujourd'hui, mais tu vas repartir. Ici, j'ai ma vie, une vie que j'aime. Je vais…

Elle était sur le point de lui dire qu'elle allait adopter un enfant. Un enfant qui aurait besoin d'elle et d'un foyer stable, tout comme Sean avait besoin de lui. Mais il lui parut impossible de lui confier son plus grand rêve alors qu'elle venait de lui révéler sa plus grande douleur. Elle ne voulait pas d'une telle intimité entre eux, car elle ne pourrait qu'en souffrir, comme par le passé.

Elle voulut s'enfuir, mais il la retint par les épaules.

— Du calme, Tessa, je n'ai pas l'intention de te faire de mal. Je n'aurais pas dû te mettre dans cette situation, mais je savais que tu ne voudrais jamais rester en tête à tête avec moi ni aborder ce sujet. Je devais t'y obliger en te posant directement la question.

— Et à quoi cela a-t-il servi, Vince ? Tu sais maintenant que chaque fois que je te vois avec Sean, je souffre. A quoi bon m'avoir obligée à te le dire ?

— Cela a le mérite de la franchise.

— Je vais rentrer chez moi. Je trouverai bien quelqu'un pour me raccompagner.

— Ne sois pas ridicule ! Je te reconduis. J'en ai assez de cette fête.

Elle aussi. Et elle avait hâte de se retrouver seule.

A peine avaient-ils pris place dans la voiture de Vince que son téléphone sonna.

— Rossi, dit-il, l'appareil collé à l'oreille.

Il écouta son interlocuteur et fronça les sourcils.

— Quand est-ce arrivé ?... Où cela ?... Bon, j'y vais. J'y serai dans dix minutes.

Il raccrocha et démarra sur les chapeaux de roues.

— Il y a eu un accident sur la route 82. Des adolescents. Je dois y aller. Un policier te ramènera chez toi.

— Ne t'inquiète pas pour cela. Je pourrai peut-être me rendre utile.

— Ils ont appelé les urgences. L'ambulance sera sans doute sur place quand nous arriverons, mais si tu veux donner un coup de main, je pense que tu seras la bienvenue.

— Combien y a-t-il d'adolescents concernés ?

— Six, à première vue. Espérons qu'il n'y en a pas plus.

Ils arrivèrent bientôt sur les lieux. Les voitures, encore fumantes, n'étaient plus que deux tas de ferraille tordue. Tandis que Vince se dirigeait vers l'un de ses hommes, Tessa rejoignit l'équipe des urgentistes. Une ambulance démarra en actionnant sa sirène.

— Nous attendons deux autres ambulances, dit un infirmier.

Trois des ados n'avaient pas mis leur ceinture de sécurité. Ce sont eux que nous emmenons en premier à l'hôpital.

— Avez-vous besoin de mon aide ? s'enquit-elle.

L'homme lui montra deux jeunes allongés sur le sol, sous des couvertures. Ils étaient déjà placés sous perfusion.

— Voyez ces deux-là et vérifiez leurs constantes vitales. La fille a une jambe cassée. L'épaule du garçon est disloquée. Ensuite, vous pourriez vous occuper des trois autres que la police est en train d'interroger. Ils ont dit qu'ils allaient bien, mais après un accident pareil, mieux vaut les examiner.

Après avoir vérifié l'état des deux blessés, Tessa s'approcha des trois autres adolescents. Serrés les uns contre les autres, enveloppés dans des couvertures, ils répondaient aux questions de Vince et de l'un de ses officiers.

— En as-tu fini avec l'un d'eux ? demanda-t-elle à Vince.

— Tu peux t'occuper de Linda, répondit-il en désignant une jeune fille blonde.

Tessa s'accroupit à côté de l'adolescente.

— As-tu des vertiges ? Du mal à respirer ? Un problème quelque part ?

Linda secoua la tête. Tessa lui prit le pouls et la tension artérielle.

— Je m'inquiète pour Amy, dit Linda d'une petite voix. Est-ce qu'elle va bien ? Ils l'ont emmenée en ambulance. Après l'accident, elle ne répondait pas quand je l'appelais.

— Lorsque tes amis seront à l'hôpital, on en saura davantage sur leur état. Maintenant, je veux juste m'assurer que tu n'as pas besoin d'être hospitalisée, toi aussi.

Deux ambulances arrivèrent et s'arrêtèrent dans un crissement de freins. Elles repartirent bientôt avec les blessés. Quelqu'un tendit une tasse de café chaud à Tessa qui frissonnait, saisie par la fraîcheur de la nuit. Elle avait entendu des bribes de conversation entre les policiers et les urgentistes, d'où il ressortait que les occupants de l'une des voitures avaient trop bu. Ils avaient brûlé un feu rouge et percuté l'autre véhicule.

Vince vint vers elle.

— Je dois aller à l'hôpital et parler aux parents des blessés. John te ramènera chez toi.

— Je t'accompagne.

— Pourquoi ?

— Parce que je connais les parents de la fille la plus gravement touchée, Amy Garwin. Je soigne ses jeunes frère et sœur. Je pourrai peut-être me rendre utile.

Le chapeau à large bord de Vince projetait une ombre qui lui masquait en partie le visage, de sorte que Tessa ne pouvait voir l'expression de son regard.

— Très bien, dit-il enfin. Mais je devrai poser des questions assez dures. Tu ne dois pas intervenir.

— Entendu.

Il hocha la tête et ils se hâtèrent de remonter dans sa voiture.

A l'hôpital, Vince commença par interroger les deux adolescents blessés, puis il parla avec leurs familles. Il avait vu Tessa discuter avec l'équipe médicale avant de s'entretenir avec les parents d'Amy Garwin. La mère pleurait, soutenue par son mari.

Vince avait l'estomac noué. Lorsqu'il s'était informé de l'état de santé d'Amy, l'infirmière lui avait dit que l'adolescente n'avait pas repris conscience et que les examens étaient en cours. Il n'avait pas envie de déranger les Garwin dans un moment pareil, mais il se devait d'interroger tout le monde ; il n'avait pas le choix.

Tessa était assise en face du couple. Vince se présenta, puis consulta les notes qu'il avait prises sur son carnet.

— Vous êtes M. et Mme Garwin, n'est-ce pas ?

Ils hochèrent la tête. Mme Garwin, une petite femme rousse, était cramponnée au bras de son mari.

— Es-tu vraiment obligé de les interroger maintenant ? demanda Tessa à voix basse.

— Oui, je le crains.

Il se tourna vers Mme Garwin.

— Comment va votre fille ?

— Elle n'a pas repris conscience, répondit-elle, les yeux brillants de larmes. Ils n'arrivent pas à la réveiller.

— Ils lui font passer une IRM, expliqua M. Garwin. C'est pourquoi nous attendons ici.

Respectant la douleur de ces pauvres gens, Vince écourta son interrogatoire. Amy n'était pas au volant au moment de l'accident. Assise à l'arrière de la berline gris métallisé, elle avait omis d'attacher sa ceinture de sécurité.

Lorsqu'il en eut terminé avec les Garwin, il alla questionner l'ambulancier qui était arrivé le premier sur les lieux. Une fois seul, Vince relut ses notes, vérifiant qu'il n'avait oublié aucun détail. Les compagnies d'assurance allaient avoir du travail avec ce dossier. Dans l'une des voitures, des jeunes rentraient tranquillement chez eux après avoir passé la soirée chez des amis. Dans l'autre, tout le monde avait trop bu.

En pensant à l'adolescente toujours dans le coma, à celle qui avait la jambe brisée et au garçon à l'épaule disloquée, Vince eut envie de donner des coups de poing dans le mur. Comme certains soirs, autrefois, lorsqu'il rentrait chez lui et trouvait son père par terre, ivre mort… Heureusement, il avait appris depuis longtemps à canaliser sa colère pour la transformer en quelque chose de plus productif.

Il esquissa un sourire en voyant Tessa venir vers lui.

— As-tu terminé ton enquête ici ? demanda-t-elle.

— Oui, pour l'instant. Je peux te ramener chez toi avant de me rendre à mon bureau. Je veux rédiger mon rapport pendant que tout est encore frais dans ma tête.

— Ne m'attends pas. Je vais rester un moment avec les Garwin.

— Qu'ont dit les examens ?

— Amy souffre d'une grave commotion cérébrale. Il ne reste plus qu'à attendre et à espérer. Elle se trouvait dans la voiture de ceux qui n'avaient pas bu. Si seulement elle avait attaché sa ceinture de sécurité…

— On a beau leur dire ce qu'il faut faire et essayer de

les élever correctement, ils n'en font souvent qu'à leur tête. Pourquoi veut-on absolument avoir des enfants ? On se le demande !

— Oui, explique-moi, dit doucement Tessa.

— Oh ! excuse-moi ! Je ne devrais pas parler ainsi.

Elle haussa les épaules.

— J'ai l'habitude d'entendre ce genre de propos chez les parents des enfants que je soigne. Je comprends ce que tu veux dire, Vince, mais *toi*, tu connais aussi les bons côtés de la paternité. Tu connais la joie de serrer Sean dans tes bras, de le voir te sourire. On ne peut pas se protéger du malheur, mais on peut espérer que les moments de bonheur compensent les peines et les angoisses.

Une fois de plus, il admira sa force intérieure. Comme elle était loin, l'adolescente qui attendait de son père aide et protection !

— Comment vas-tu rentrer chez toi ? s'enquit-il.

— Je connais beaucoup de gens, ici. Je trouverai sûrement quelqu'un pour me ramener. Au pire, Francesca ou Emily viendront me chercher. Ne t'inquiète pas, je me débrouillerai.

En d'autres termes, elle n'avait pas besoin de lui. Il se le tiendrait pour dit.

Elle jeta un coup d'œil vers l'ascenseur.

— Je ferais mieux d'y retourner. Merci de m'avoir invitée à cette fête, ce soir. Je ne sors pas assez.

— Il faudra que nous parlions de ce qui est arrivé.

Tessa secoua la tête.

— Non, c'est inutile, dit-elle d'une voix ferme.

Vince lut cependant dans ses yeux un certain désarroi.

— Sean doit voir Rafferty cette semaine. Je te tiendrai au courant s'il est décidé de l'opérer. Prends soin de toi, Tessa.

— Promis, murmura-t-elle.

Il tourna les talons et partit le premier. Alors qu'il quittait l'hôpital, Vince ressentit un vague malaise. Il avait l'impression de commettre une erreur… comme celle qu'il avait commise, vingt ans plus tôt, en quittant Tessa.

6

Le vendredi après-midi, Tessa s'apprêtait à accueillir son prochain petit patient lorsque la réceptionniste entrouvrit la porte du bureau.

— Vince Rossi vient de téléphoner. Il demande que vous le rappeliez dès que vous pourrez.

Tessa savait que Vince n'aurait pas laissé ce message sans une bonne raison. S'il s'était agi d'une affaire privée, il aurait téléphoné chez elle, non à l'hôpital.

Elle composa son numéro et il répondit aussitôt.

— Le Dr Rafferty croit qu'une opération rendrait à Sean le plein usage de son bras, dit-il sans autre préambule.

— C'est merveilleux ! Quand envisage-t-il de faire cette intervention ?

— Mardi prochain. Tôt le matin.

Vince ne semblait ni déborder de joie ni soulagé.

— Vince ?

— Il n'a que sept mois et demi, Tessa. L'anesthésie me fait peur, tout comme la possibilité que l'opération échoue.

— Il ne faut pas t'inquiéter. Le Dr Rafferty est un excellent chirurgien, l'un des meilleurs qui soient. Tu dois te montrer positif et ne pas laisser voir ton angoisse à Sean.

— Et comment suis-je censé ne pas me faire de souci ?

— Tu as le droit d'être soucieux, mais pas de le montrer. Imagine-toi Sean en train de jouer au base-ball, de manger avec sa main droite. Garde ces images en tête.

— C'est avec cette méthode que tu supportes les moments difficiles ? En imaginant une issue heureuse ?

— Oui, je le fais aussi souvent que possible. Tu ne peux pas priver Sean d'une telle chance, Vince.

— Je sais. En fait, je me demande si je dois parler de cette opération à sa grand-tante avant ou après qu'elle ait eu lieu.

— Si tu étais à sa place, ne voudrais-tu pas être mis au courant avant ?

— Je n'en sais rien. Je pourrais lui éviter bien des inquiétudes en ne l'informant qu'après.

— D'un autre côté…

— D'un autre côté, Janet est sa seule parente. Elle a le droit de savoir ce qui lui arrive.

— Veux-tu que je vienne à l'hôpital mardi matin ? Je ne travaille que l'après-midi.

— Ne viens que si tu en as envie.

Tessa ne savait pas exactement où elle en était avec Vince, mais elle savait dans quel état se trouvaient les parents au moment où leur enfant allait être opéré. En général, ils avaient de la famille autour d'eux pour les soutenir. Vince et Sean étaient seuls.

— Je te rejoindrai dès que j'aurai fini mes visites à l'hôpital.

— Je comprendrais si tu avais un empêchement, Tessa.

Lorsqu'elle raccrocha, Tessa réalisa qu'elle était en train de s'impliquer dans cette histoire. Elle ne pouvait s'en empêcher, mais elle veillerait à rester sur ses gardes. Elle devait se protéger pour ne pas souffrir de nouveau.

Vince avait insisté pour rester auprès de son fils pendant que les infirmières préparaient l'enfant pour l'opération. Il ne pouvait s'empêcher de le toucher, de lui caresser le visage.

Il n'avait pas vu que Tessa l'observait depuis le pas de la porte. Levant les yeux, il l'aperçut soudain, vêtue de sa blouse blanche, et son cœur fit un bond dans sa poitrine.

Elle traversa la pièce, adressant un sourire à l'infirmière qui posait une petite coiffe en papier sur la tête de Sean.

— A présent, ils doivent l'emmener au bloc opératoire, murmura-t-elle à Vince. Fais confiance au Dr Rafferty, ajouta-t-elle, consciente de la panique qui s'était emparée de lui.

— La question n'est pas d'avoir confiance ou pas, répondit-il à voix basse. Je pense à Sean, au fait qu'il va être séparé de moi, son seul lien en ce monde pour l'instant. Je pense à la douleur qu'il va peut-être connaître. Si seulement je pouvais souffrir à sa place…

Tessa lui posa la main sur le bras.

— Pense à l'avenir ! Dis-toi que Sean va bien supporter l'opération, qu'il va se remettre facilement et qu'il pourra se servir de son bras droit. Concentre-toi là-dessus.

Elle devait tenir les mêmes propos à tous les parents, se dit-il.

— Pour toi, c'est de la routine, n'est-ce pas ?

Une ombre passa sur le visage de Tessa.

— Non, jamais ! Crois-moi, Vince, voir l'un de mes petits patients entrer au bloc opératoire n'est jamais chose facile, et ce n'est jamais de la « routine » pour moi.

— Tu vas t'épuiser, à force de t'investir autant !

— Veux-tu dire que, pour m'économiser, je devrais avoir une attitude plus détachée ? Jamais je ne pourrais être ce genre de médecin. Pour moi, aider les gens exige autant de compassion que de compétences. Et, sur ce point, je ne suis pas différente de Francesca ou de n'importe quel autre médecin qui travaille à Family Tree ou dans cet hôpital.

L'infirmière revint, portant à présent la tenue de l'équipe chirurgicale.

— Je dois l'emmener, dit-elle en s'adressant à Vince.

Il savait que l'opération n'était pas particulièrement risquée, mais il savait aussi que les choses pouvaient toujours mal tourner.

— Je t'aime, murmura-t-il en caressant la joue de l'enfant. A tout à l'heure, petit bonhomme.

La matinée touchait à sa fin lorsque le Dr Rafferty rejoignit Vince et Tessa dans la salle d'attente afin de leur donner des nouvelles de Sean. L'opération avait duré trois heures et demie. Un temps interminable, durant lequel Tessa s'était efforcée de distraire Vince. Elle l'avait fait parler de son fils, de ses années passées dans l'armée de l'air, lui racontant à son tour sa rencontre avec Francesca et Emily, comment elles avaient décidé de partager un logement… Son but était de l'empêcher de plonger dans ses pensées et de ruminer des idées noires.

En voyant arriver le chirurgien, Vince bondit sur ses pieds. Le Dr Rafferty se montra rassurant.

— La reconstruction du nerf s'est bien passée. J'ai également ôté le tissu cicatriciel qui bloquait les signaux nerveux. Je crois que Sean fera partie des chanceux, si vous avez la patience de laisser faire le temps.

— J'aurai toute la patience qu'il faudra, assura Vince d'une voix étranglée par l'émotion.

— Le temps de récupération sera-t-il long ? s'enquit Tessa.

— Il aura le bras dans une gouttière durant trois semaines. Ensuite, il pourra commencer les séances de rééducation. Mais nous devrons attendre de quatre à six mois avant de voir les résultats, et peut-être faudra-t-il des années avant qu'il ne retrouve le plein usage de son bras.

— Pouvons-nous le voir ? demanda Vince.

— Vous le retrouverez dans la salle de réveil dans une petite demi-heure. Lorsqu'il sera parfaitement conscient et que ses constantes vitales seront satisfaisantes, nous l'installerons dans une chambre.

Trente minutes plus tard, ils se rendirent au chevet de Sean qui les accueillit avec des sourires et son babillage habituel.

Vince se pencha sur le berceau.

— Nous allons vivre tout cela comme une grande aventure, dit-il à l'enfant. A partir de maintenant, cow-boy, je ne te laisserai plus tout seul. Je vais passer la nuit ici et je resterai avec toi jusqu'à ce qu'on rentre à la maison.

Pour toute réponse, Sean attrapa la main de son père.

— Je suis contente que tu restes avec lui ce soir, dit Tessa. Il se sentira rassuré, protégé… et aimé.

— Je l'espère bien. Il est parfois plus facile à certains moments qu'à d'autres de savoir ce qu'il faut faire.

Leurs regards se croisèrent. Les souvenirs étaient toujours là, prêts à refaire surface.

Tessa consulta sa montre.

— Je vais y aller. Si je me mets au travail sans trop tarder, j'augmenterai mes chances de terminer à une heure décente. Lorsque j'aurai fini, veux-tu que je t'apporte quelque chose pour ton dîner ?

— Ce serait génial ! Je ne veux pas laisser Sean tout seul.

— Je comprends ce que tu ressens, Vince, mais quand il dormira, fais une pause. Tu dois aussi prendre soin de toi.

Il la regarda fixement, essayant d'imaginer ce que ce serait s'ils veillaient tous les deux sur le petit garçon. S'ils s'en occupaient ensemble. Etait-ce vraiment impossible à envisager ?

— Te soucierais-tu de moi, Tessa ? L'intérêt que tu portes à Sean dépasse-t-il celui d'un médecin pour son patient ?

Ils se trouvaient dans un coin de la salle de réveil, loin de l'équipe médicale postée à l'autre bout de la pièce.

— Vince, le lieu est mal choisi pour…

— Crois-tu ?

Elle posa sur lui un regard exprimant une vulnérabilité qu'elle avait rarement laissée paraître.

— Je me soucie de toi *et* de Sean. Peut-être beaucoup trop.

Tessa pensait que c'était là les mots qu'il avait besoin d'entendre à cet instant précis. Une fois qu'ils auraient dépassé cette période difficile, peut-être pourraient-ils faire le point et voir dans quelle mesure chacun allait s'impliquer dans la vie de l'autre.

A 21 heures, elle entra dans la chambre de Sean, portant deux sacs en papier. Assis près du berceau, Vince ne s'aperçut pas immédiatement de sa présence. Lorsqu'il la vit, il se leva aussitôt.

— Je perds mes réflexes, dit-il d'un ton bourru. J'aurais dû t'entendre arriver.

— C'est facile à comprendre ! Toute ton attention était fixée sur Sean.

— Ce n'est pas une excuse.

Il sourit en regardant les deux sacs.

— Tu apportes le dîner ?

Tessa lui rendit son sourire.

— Je t'ai pris des *enchiladas*, je sais que tu les adores. Enfin… j'espère que c'est toujours le cas ?

— Toujours !

Après lui avoir confié les sacs, elle s'approcha du berceau et contempla le bébé.

— S'est-il réveillé ?

— Plusieurs fois. Il s'est rendormi il y a peu de temps. Il vient de passer des moments difficiles. Heureusement que Rafferty considère que cette opération est un succès.

— Rappelle-toi ce qu'il a dit : l'amélioration se fera lentement.

— Je sais. Je serai patient. De toute façon, je n'ai pas le choix.

Tessa se pencha au-dessus de l'enfant.

— J'espère que tu fais de beaux rêves, bébé, lui chuchota-t-elle à l'oreille. Tu le mérites.

Sentant que Vince la regardait, elle se tourna vers lui.

— Excuse-moi d'arriver si tard, dit-elle. J'ai eu une urgence et pris du retard dans mes consultations.

— Tu n'as pas à t'excuser, Tessa. Tu ne devrais même pas être là… Désolé, ce n'était pas ce que je voulais dire. Je t'ai poussée un peu dans tes retranchements, aujourd'hui, dans la salle de réveil. Je m'étonne que tu sois revenue.

Mieux valait s'éloigner de ce sujet épineux, pensa-t-elle.

— Allons, mettons-nous à table, proposa-t-elle. J'ai choisi une salade *taco* pour moi.

Tandis qu'ils déballaient leur dîner dans la chambre faiblement éclairée, une infirmière passa vérifier que tout allait bien pour Sean puis, satisfaite, repartit.

Ce n'est que lorsque Vince eut dévoré ses *enchiladas* et bu la moitié de son soda qu'il fit part de ses projets à Tessa.

— Je ramènerai probablement Sean à la maison dès demain, en fin d'après-midi. Le matin, la kiné doit me montrer les exercices pour rééduquer le poignet, le pouce et les doigts. Nous ne toucherons pas à son épaule avant plusieurs semaines.

— Es-tu inquiet à l'idée de le ramener chez toi ?

— Pas inquiet, non. J'ai seulement peur de ne pas comprendre ce dont il pourrait avoir besoin.

— Veux-tu que je vienne, demain soir ? Juste pour jeter un coup d'œil et vérifier que tout va bien.

Comme Vince la regardait longuement, elle s'étonna.

— Qu'y a-t-il ?

— Lorsque tout ça sera fini, je te devrai plusieurs invitations au restaurant, ou alors de gros bouquets de fleurs, à toi de choisir.

— Tu ne me dois rien du tout.

Il resta silencieux quelques instants.

— Puis-je te poser une question ? demanda-t-il enfin.

— Oui, mais je ne te promets pas d'y répondre.

Il se mit à rire.

— Ça ne m'étonne pas de toi !

Presque aussitôt, il reprit son sérieux.

— Tu m'as dit que tu te souciais de moi et de Sean. Est-ce pour cette raison que tu es ici ?

— Est-ce si important ? J'aide mes amis, Vince, et ils m'aident aussi. C'est ainsi, dans les petites villes. Tu le sais.

— Peut-être l'ai-je oublié, à moins que je n'aie pas eu les mêmes expériences que toi sur la solidarité qui règne dans les petites villes. Lorsque mon père tombait ivre mort sur le plancher, je n'ai jamais vu personne venir m'aider.

— T'est-il arrivé de demander de l'aide à quelqu'un ?

— Sûrement pas ! C'était une question de fierté.

— Alors, pourquoi acceptes-tu *mon* aide aujourd'hui ?

Vince esquissa un petit sourire.

— Parce que tu sais choisir les bons restaurants, plaisanta-t-il en montrant ce qui restait de leur repas.

— Vince…

Il soupira.

— Tu veux vraiment savoir ? Eh bien, peut-être est-ce parce que tu t'intéresses à Sean et que tu connais bien les bébés. Mon fils a besoin de soins et je sais que tu peux lui apporter beaucoup. Il n'est plus question de fierté dès lors qu'il s'agit du bien-être de Sean.

Tessa ne put s'empêcher d'éprouver une certaine déception. Elle aurait aimé l'entendre dire qu'il existait encore entre eux un lien, quelque chose de leur relation passée.

Elle se sentait épuisée, physiquement et moralement, après avoir partagé l'angoisse de Vince durant toute la matinée. Elle était consciente de trop s'impliquer dans les problèmes du petit Sean, sans parler de la vie de son père. Heureusement, tout cela prendrait bientôt fin. Quand l'enfant serait rétabli, Vince s'en irait. Elle pouvait donc jouer les Bons Samaritains, cela ne portait pas à conséquence.

Elle n'avait *aucun* engagement envers Vince.

Sa salade terminée, elle se leva.

— Je dois rentrer, si je ne veux pas que Francesca et Emily alertent la police et déclenchent les secours !

— Elles ne savent pas où tu es ?

— Pas vraiment. Je leur ai juste dit que je rentrerai tard. Appelle-moi à mon bureau, demain, pour me dire quand tu seras chez toi. Je ne bougerai pas avant 17 heures.

— Entendu, je te téléphonerai.

— A demain, alors.

— Sois prudente en conduisant !

Jusqu'alors, elle s'était montrée très prudente dans sa vie, choisissant toujours la sécurité. Mais était-ce ce qu'elle voulait vraiment ? se demanda Tessa. Mieux valait ne pas essayer de répondre à cette question maintenant. Mieux valait la laisser de côté jusqu'au moment où Vince s'en irait de Sagebrush.

Lorsque Tessa arriva chez Vince. Mme Zappa s'apprêtait à partir.

— Ah ! vous réussirez peut-être à le faire manger ! s'exclama-t-elle en lui ouvrant la porte.

Tessa se demanda si Mme Zappa parlait de Vince ou de Sean. En fait, elle était étonnée de voir qu'elle semblait la connaître.

— Je ne crois pas vous avoir déjà rencontrée, dit-elle.

— Non, mais je sais qui vous êtes ! La fille de Walter McGuire. Et vous avez été mariée à Vince, autrefois.

Elle se pencha vers Tessa avec un air de conspiratrice.

— Je ne lui ai jamais dit que j'étais au courant, mais je le savais.

Tessa ne put s'empêcher de sourire.

— Croyez-vous qu'il serait gêné de savoir que vous savez ?

— Oh ! vous connaissez les hommes ! Ils n'aiment pas étaler leur vie privée. Mais je comprends cela et je n'ai pas l'habitude de me mêler de ce qui ne me regarde pas. Ce qui m'ennuie, c'est qu'il n'a pas encore dîné. Depuis qu'il a ramené Sean de l'hôpital, il ne l'a pas quitté, sauf le temps de prendre une douche. Il faut tout de même qu'il prenne soin de lui. J'ai préparé un ragoût auquel il n'a pas touché.

— Je vais voir ce que je peux faire. Comment va Sean ?

— Il a l'air en bonne forme. Et il a dîné, lui !

Tessa se mit à rire.

— C'est bon signe !

— Je suis ravie d'avoir fait votre connaissance, docteur McGuire, dit Mme Zappa en prenant son sac à main.

— Moi aussi. Mais, je vous en prie, appelez-moi Tessa.

— Et vous pouvez m'appeler Rhonda.

Après un dernier petit signe d'adieu, elle s'en alla.

Tessa se dirigea vers la chambre de Sean. Un lecteur de

CD posé sur la commode diffusait une musique douce. Assis dans le rocking-chair, Vince tenait dans ses bras son petit garçon qui dormait à poings fermés.

— Comment va-t-il ? s'enquit-elle à mi-voix.

— Tant que je lui parle et que je joue avec lui, il ne se plaint pas. Je pense que ça l'aide à oublier ce qu'il vient de subir.

— Rhonda dit que tu dois dîner. Tu pourrais le faire maintenant, pendant que Sean dort, ne crois-tu pas ?

— Rhonda ?

— Mme Zappa. Elle m'a demandé de l'appeler Rhonda.

Il fronça les sourcils.

— J'avais oublié son prénom ! Je ne l'ai jamais utilisé.

Quittant son rocking-chair, il alla vers le berceau et coucha le petit garçon, toujours endormi.

— Je n'aime pas le laisser, murmura-t-il. Je ne veux pas qu'il se réveille et qu'il ait peur, ou qu'il pense être encore à l'hôpital.

— Grâce au babyphone, tu l'entendras s'il se met à pleurer. Tu as besoin de faire une pause, Vince. As-tu dormi durant ces dernières quarante-huit heures ?

— Oui, quelques heures la nuit avant l'opération, et encore un peu la nuit dernière.

— Dans le fauteuil que j'ai vu dans la chambre de Sean à l'hôpital ?

— C'était très confortable.

— T'a-t-on déjà dit que ton côté entêté a quelque chose d'énervant ?

Il afficha un grand sourire.

— J'ai toujours pensé que c'était là une de mes grandes qualités.

Lorsqu'il avait ce sourire, Tessa se sentait toujours troublée. Mais elle n'était là *que* pour l'aider à prendre soin de Sean.

— Comme toi, dit-elle, je n'ai pas encore dîné. Nous pourrions partager le ragoût que Rhonda t'a préparé.

Elle décida de servir le repas sur la table basse du salon,

dans une ambiance détendue. Vince avait besoin de se relaxer. Lorsqu'il la rejoignit et vit les deux assiettes fumantes, il sourit.

— Je crois que je meurs de faim ! J'ai pris un sandwich à la cafétéria, mais ça remonte à des années-lumière !

— Ce ragoût m'a l'air excellent.

Assis côte à côte sur le canapé, ils commencèrent à manger en silence.

— Dois-tu travailler, demain ? demanda enfin Tessa.

— Oui, mais assez tard ! J'aurai le temps, avant de partir, de voir si tout va bien avec Sean et Mme Zappa — Rhonda. Je lui téléphonerai dans la journée et, s'il n'y a aucun problème, je resterai plus longtemps au travail le soir.

— Tu ne vas pas appeler Rhonda toutes les heures, n'est-ce pas ?

Il lui jeta un regard en coin.

— Comment as-tu deviné ? Non, je ne le ferai pas, ajouta-t-il en souriant. J'ai confiance en elle. Le médecin a dit que les incisions faites sur l'épaule et la jambe de Sean avaient un bel aspect. J'ai refait les pansements et Sean n'a pas trop protesté.

Tessa savait que le chirurgien avait prélevé des nerfs dans la jambe de Sean pour remplacer ceux de son épaule endommagée.

— J'ai l'impression que tu n'as pas vraiment besoin de moi, dit-elle.

— J'apprécie beaucoup de pouvoir dîner en ta compagnie, mais si tu as à faire, ne te crois pas obligée de rester.

— Oh ! je n'ai rien de bien important à faire !

Elle avait des revues médicales à lire, mais préférait de beaucoup être là, avec Vince. C'était dangereux. Leurs genoux se frôlaient. Elle pouvait respirer le parfum de son after-shave et avait remarqué qu'il était rasé de près.

— Je suis passée voir Amy, aujourd'hui, poursuivit-elle.

— J'ai pris de ses nouvelles, moi aussi. Il n'y a aucun changement, n'est-ce pas ?

— Non. Ses parents et sa sœur se relaient à son chevet

pour lui parler, lui faire écouter de la musique. Les médecins disent que la stimulation ne peut pas lui faire de mal.

— Si j'étais à leur place, je ferais comme eux ; j'essayerais tout.

— Je vois ce que tu veux dire.

Soudain, ils s'arrêtèrent de manger et restèrent là à se regarder, les yeux dans les yeux.

— Dis-moi, Tessa, es-tu venue ici ce soir uniquement à cause de Sean ? demanda Vince en se penchant vers elle.

Elle hésita, essayant de trouver les mots justes.

— Je… je suis venue parce que je pensais qu'il avait peut-être besoin de moi, et toi aussi, peut-être.

— Est-ce important pour toi de savoir si j'ai besoin de toi ?

Tessa ne se sentait pas prête à aller plus loin, à en assumer les conséquences.

— De quelle façon as-tu besoin de moi, Vince ? s'entendit-elle pourtant répondre. C'est là toute la question.

— Oh ! d'une façon très simple !

Le désir qu'elle lisait dans ses yeux n'avait rien à voir avec Sean, ni même avec leur passé. Il témoignait de l'envie qu'il avait de la posséder, ici et maintenant. Et pour être honnête, elle devait reconnaître qu'elle éprouvait ce même désir.

Lorsqu'il s'empara de ses lèvres, elle n'essaya pas de résister. Elle s'était toujours laissé emporter par la sensualité de Vince, et ce soir ne faisait pas exception. Les baisers et les caresses dont il la couvrait lui parurent la chose la plus naturelle du monde. Il avait l'art de lui communiquer sa fièvre. Avec lui, elle se sentait vivante.

Un long frisson la parcourut lorsqu'il défit l'attache de son soutien-gorge et commença à lui frôler les seins du bout des doigts. Cette façon qu'il avait de l'exciter par ses caresses lui avait toujours fait perdre la tête. Il avait toujours su lui donner du plaisir ; il lui avait toujours fait découvrir de nouvelles expériences. Il avait toujours…

Toujours ?

Ce mot n'existait pas dans le vocabulaire de Vince.

Comment avait-elle pu l'oublier ? Elle ne voulait pas revivre la souffrance qu'elle avait connue lorsqu'il l'avait quittée, naguère. Elle venait de perdre leur bébé, le chagrin l'écrasait, et il était parti, juste comme ça… sans même jeter un regard derrière lui.

Elle s'écarta brusquement, fuyant ces lèvres, ces mains, ce corps trop proche du sien, et secoua la tête avant même que Vince ait eu le temps de poser une question.

— Je ne peux pas… Ce serait une erreur. Nous ne pouvons pas nous remettre ensemble, toi et moi.

Il fallut un moment à Vince pour reprendre ses esprits.

— Dis-moi, Tessa, demanda-t-il d'un ton bourru, considères-tu que nous avons commis une erreur en nous mettant ensemble, autrefois ?

Tessa comprenait ce qu'il voulait dire. Ils étaient si différents à l'époque, ils appartenaient à des milieux si opposés… En dépit de cela, ils avaient su nouer une relation très forte qu'elle n'avait jamais connue avec personne d'autre.

— Je crois que nous avions une chance que cela marche, mais le destin a frappé et nous n'avons pas su faire face. Maintenant, je veille à garder le contrôle de ma vie, quelles que soient les circonstances.

— Tout cela est bien joli, Tessa, mais qu'est-ce que ça veut dire ? s'enquit-il d'une voix tendue.

— Ça veut dire que tu m'as déjà quittée une fois et que je ne peux pas croire que ça ne se reproduira pas. Voilà pourquoi il m'est impossible d'avoir de nouveau une relation avec toi.

Elle vit le visage de Vince se défaire sous ses yeux.

— Je n'ai jamais voulu te faire de mal, murmura-t-il.

Il marqua une pause, l'étudiant attentivement.

— J'ai besoin de savoir une chose. Aurais-tu renoncé à devenir médecin pour m'épouser ? Aurais-tu accepté de vivre dans un logement minable et de te retrouver seule la plupart du temps pendant que je travaillais pour assurer notre quotidien ?

— Je ne suis pas idéaliste au point de croire que l'amour

peut vaincre tous les obstacles, mais lorsque j'avais dix-huit ans, je croyais que ce que nous avions était suffisant. C'est toi qui es parti et qui as noué une nouvelle relation. Comment as-tu pu faire cela si peu de temps après ? J'ai compris alors que je n'avais pas eu autant d'importance pour toi que tu en avais eu pour moi !

— C'est *toi* qui as demandé le divorce.

Oui, il disait vrai. Elle avait voulu divorcer parce que son père le lui avait conseillé et parce qu'elle croyait que Vince l'avait abandonnée.

Luttant pour retenir ses larmes, elle rajusta ses vêtements.

— Essayer de faire revivre le passé ne nous mènera nulle part, Vince. J'aurais mieux fait de ne pas... de ne pas...

— De ne pas suivre ton instinct ? De rester sourde à tes envies ? As-tu décidé de me rendre responsable de tout ce qui s'est passé autrefois sans regarder quelle était ta part de responsabilité ? As-tu renoncé pour toujours à nouer une relation sérieuse avec un homme ?

— Une relation sérieuse n'a de chances de réussir que si les deux personnes concernées la prennent au sérieux. Si elles vivent au même endroit, si elles désirent *vraiment* s'engager... Je ferais mieux de m'en aller, ajouta-t-elle en se levant.

Vince l'imita et lui saisit le bras.

— Ne fuis pas ce qui est en train de nous arriver, Tessa.

— Vas-tu rester à Sagebrush ?

— Je ne sais pas encore. Tout va dépendre de ma situation professionnelle et de la façon dont Sean va se remettre de l'opération.

— J'habite ici. Je travaille ici. Mon père vit ici.

— Et tu n'accepterais pas de te déraciner pour essayer de vivre quelque chose de mieux.

Cela ressemblait davantage à un constat qu'à une question.

— J'ai appris à apprécier ce que j'ai et à ne pas me montrer trop exigeante.

Elle avait achevé sa phrase d'une voix qui tremblait légèrement.

Il n'essaya pas de la retenir. Il la laissa partir, comme il l'avait déjà fait bien des années auparavant.

7

— Peux-tu me dire pourquoi tu es allée à cette fête avec Rossi ? demanda Walter McGuire.

Assis dans l'un des fauteuils de son cabinet de travail, il se frottait l'épaule avec un onguent.

— Ce n'est pas la pommade que tu utilises pour tes chevaux, n'est-ce pas ? s'enquit Tessa dans l'espoir de détendre l'atmosphère.

Elle avait dit à son père que Vince était de retour, et pourquoi, mais avait découvert qu'il était déjà au courant de tout.

— Si ! répondit-il. Elle est plus efficace et beaucoup moins chère que cette préparation qu'on m'a prescrite. Mais n'essaye pas de changer de sujet, c'est inutile. Avec moi, ça ne marche pas, même si je ne suis plus tout jeune.

A soixante-sept ans, il était presque chauve, ne conservant qu'une couronne de cheveux gris, et essayait de rester aussi actif que le lui permettait son arthrite.

— Je ne cherche pas à changer de sujet ! protesta Tessa. Je me demandais seulement pourquoi tu ne m'as pas parlé de Vince alors que tu savais qu'il était revenu. Pourquoi n'avoir rien dit ?

— Je voulais que ce soit toi qui m'en parles la première, afin de savoir ce que tu en penses.

— Alors ? Qu'est-ce que j'en pense, d'après toi ?

— Tu es pleine de compassion pour lui et pour son fils. Tu prends déjà cette histoire trop à cœur. Je le devine à la façon dont tu prononces leurs noms.

— Je n'ai de compassion pour personne ! Vince est un père formidable. Tu devrais le voir avec Sean.

— Tu vois, c'est bien ce que je disais. Tu ne peux même pas en parler calmement. Je te connais, Tessa.

— Moi aussi, je te connais, beaucoup mieux qu'il y a vingt ans. Maintenant, je prends mes décisions toute seule, sans avoir besoin de te consulter.

— Tu ne veux donc pas entendre ce que j'ai à te dire ?

— Tu peux dire tout ce que tu veux, ce n'est pas pour autant que je suivrai tes conseils.

Il soupira et, après s'être frotté une dernière fois le bras et l'épaule, referma le pot de pommade.

— Parfois, tu es la femme la plus énervante que je connaisse.

— Parfois seulement ? J'en suis ravie !

— Je ne pensais pas que tu viendrais me voir ce soir, observa le vieil homme en remettant sa chemise.

— Francesca et Emily sont allées au cinéma. J'ai passé un moment dans la chambre d'une adolescente victime d'un accident de la route. Quand je l'ai quittée, je n'avais pas envie de dormir, alors je suis venue ici. Veux-tu déjà aller te coucher ?

— Mais non ! Je n'ai même pas encore ôté mes bottes.

— L'autre soir, au lycée, je suis tombée sur Tim Daltry. Il m'a dit que son fils travaille chez toi.

— Tim se charge de ma comptabilité depuis des années. Je suis très satisfait de lui. Son fils travaille dur et il mérite de faire de bonnes études. J'essaye juste de l'aider un peu.

Il se leva et, s'approchant de son bureau, prit une brochure qu'il tendit à Tessa.

— Qu'est-ce que c'est ? demanda-t-elle.

— La présentation d'un programme intitulé « Adoptez un cheval », lancé par le service d'aménagement du territoire. Le gouvernement réduit les troupeaux et ils ne savent pas quoi faire des chevaux en surnombre. George Baldwin vient d'en adopter un.

George était un ami de son père et le propriétaire d'un ranch situé dans un comté voisin.

— Et alors ?

— Il m'a dit que c'étaient des animaux magnifiques. Il m'a envoyé la photo d'une jument de toute beauté. Le problème, c'est que si ces chevaux ne sont pas achetés lors de la troisième vente aux enchères, ils sont…

Il s'arrêta net.

— Tu devines la suite. Alors, j'ai pensé que nous pourrions nous rendre là-bas le jour de la vente, en août, et ramener ici un ou deux de ces chevaux. Rico pourra les entraîner, comme il le fait avec les nôtres. Ça prendra plus de temps, bien sûr. Il faudra faire preuve de beaucoup de douceur et de patience avec eux. Peut-être voudras-tu nous donner un coup de main ?

— Tu me proposes une association père-fille ?

— Il y a bien longtemps que nous n'avons plus réalisé de projet ensemble, et tu as besoin d'avoir quelque chose à faire durant tes moments de loisir. Tu ne peux pas passer ton temps à lire des revues médicales. Autant que tu te consacres à quelque chose qui en vaille la peine… jusqu'au jour où l'adoption se fera.

Son père avait toujours su combien elle avait souffert d'avoir perdu son bébé, et elle lui avait parlé de son intention d'adopter un enfant.

— Lorsque ce jour arrivera, reprit-il, pourquoi ne reviendrais-tu pas t'installer ici ? Il y a de la place dans cette grande maison, et un gamin se plairait ici, au milieu des chevaux.

— Oh ! papa, je te remercie de ton offre, mais je ne sais même pas si cette adoption va se faire ! Cela peut prendre encore un an, voire davantage. Et puis, es-tu sûr d'avoir envie de voir un enfant mettre la pagaille chez toi, faire du bruit, réveiller tout le monde la nuit ?

Il hésita un moment.

— Je voudrais que des rires résonnent de nouveau dans cette maison.

Tessa se leva et regarda son père dans les yeux — des yeux aussi bleus que les siens. Il avait le visage tanné par des années passées à chevaucher en plein soleil. Malgré ses rides et ses cheveux clairsemés, il en imposait encore avec sa haute stature.

— Si j'ai le bonheur de pouvoir adopter un enfant, dit-elle, je te promets que nous passerons ici tous nos week-ends et que tu entendras de nouveau des rires dans cette maison.

Elle aurait juré voir les yeux de son père s'embuer, mais il lui tourna le dos et alla vers son bureau.

— Puis-je inscrire sur mon agenda que nous irons à cette vente aux enchères ? demanda-t-il.

— Oui. Si aucune urgence ne m'en empêche, je serai ravie de t'accompagner là-bas.

— Es-tu sûre de ne pas être trop occupée à venir en aide à Vince Rossi ? dit-il d'un ton malicieux.

— Sûre et certaine.

Il s'assit à son bureau et nota quelque chose sur son agenda. Lorsqu'il eut terminé, il leva les yeux vers Tessa.

— Ne jette pas ton cœur à ses pieds, conseilla-t-il. Ne le laisse pas le piétiner une nouvelle fois.

— Je serai prudente, promit-elle. Je ne suis plus une gamine.

— Non, mais dès qu'il s'agit de lui, tu n'as plus la moindre once de bon sens.

— Tu ne sais pas quel homme il est devenu. Ne porte pas de jugement sur lui.

— Et tu dis que *toi*, tu le *connais* ?

— Je sais ce que j'ai vu. Les actes en disent toujours plus que les longs discours. Il a changé de vie — une vie qui lui plaisait, je crois — pour s'occuper de ce petit garçon. Rien n'est plus important à ses yeux que Sean. Il fait ce que tout bon parent devrait faire pour son enfant — le considérer comme une priorité.

— Tu as raison. C'est ce que doit faire tout bon parent, que cela plaise ou non à son enfant.

Tessa secoua la tête. Même si son père et elle étaient souvent en désaccord, elle n'avait jamais douté de son amour pour elle, aussi solide que l'amour qu'elle lui portait.

— Et si nous faisions une partie de gin rummy avant que je ne m'en aille ? proposa-t-elle.

Pour toute réponse, son père sortit un jeu de cartes du tiroir de son bureau.

Tessa savait pourquoi elle avait fait cette offre à son père. Si elle rentrait chez elle maintenant, elle penserait à Vince. Elle se demanderait comment Sean avait passé la journée et serait tentée de téléphoner pour prendre des nouvelles. Or, elle devait résister à cette envie. Son père l'avait mise en garde : « Ne jette pas ton cœur à ses pieds. »

Elle allait essayer de suivre ce sage conseil.

Le lundi suivant, Vince était dans son bureau lorsque Ginny l'appela sur l'Interphone.

— J'ai en ligne une certaine Janet Fulton. Elle dit qu'elle est la grand-tante de Sean.

Pendant le week-end, Vince avait envoyé un e-mail à Janet pour lui dire que l'opération de Sean s'était bien passée. Il avait joint à son message deux photos de l'enfant. Janet avait répondu qu'elle avait bien reçu les photos et qu'elle téléphonerait pour avoir des nouvelles.

Il prit la communication.

— Bonjour, Janet.

— Excusez-moi de vous déranger en plein travail, Vince, mais j'ai une décision à prendre et je voulais vous en parler.

— Vous ne me dérangez pas, Janet. Je vous écoute.

— Avant toute chose, dites-moi comment va Sean.

— Il va bien. Comme je vous l'ai dit, il doit garder le bras dans une gouttière pendant trois semaines. Ce n'est qu'après que nous pourrons commencer les exercices de rééducation. Il est plein d'énergie et de vivacité et il essaye de ramper en utilisant son bras gauche.

— Cela va le pousser à marcher bientôt parce qu'il trouvera cela plus facile !

— Peut-être, oui.

— Si je vous téléphone, Vince, c'est aussi pour vous dire que je vais avoir un mois de vacances et que j'ai pensé en profiter pour venir vous rendre visite.

A soixante ans, Janet travaillait dans une galerie d'art de Santa Fe où elle avait passé la plus grande partie de sa vie professionnelle. Elle n'avait jamais été très proche de Scott et de Carol, mais peut-être le regrettait-elle aujourd'hui.

— Je serai ravi de vous voir, bien sûr, mais je ne sais pas si j'aurai beaucoup de temps à vous consacrer. Mon travail est très prenant, et Sean m'accapare aussi beaucoup.

— Je comprends. Mais, loin d'être un fardeau, je suis sûre que je peux vous aider.

— M'aider ?

— Je pourrais m'occuper de Sean. Vous m'avez dit qu'il a une nounou ; peut-être sera-t-elle contente de faire une pause.

S'il disait à Janet que Rhonda était devenue une sorte de grand-mère pour Sean, elle pourrait s'en offusquer. Il ne connaissait pas très bien Janet Fulton et ne savait pas exactement comment s'y prendre avec elle.

— Quand pensez-vous venir ?

— Dans une huitaine de jours. Je louerai une voiture afin d'être libre de mes mouvements. J'ai réservé une chambre dans une auberge qui a l'air charmante, le Blue Bonnet Inn.

— Je dispose d'une chambre d'amis chez moi, dit-il sans conviction.

— Oh, non, je vous remercie, je ne veux pas vous déranger ! Je compte faire un peu de tourisme pendant mon séjour ; je ne suis jamais allée au Texas.

— Si vous changez d'avis et souhaitez que j'aille vous chercher à l'aéroport, faites-le-moi savoir.

— Je vous enverrai un e-mail lorsque tout sera décidé, mais je crois que je préfère louer une voiture pour pouvoir circuler librement.

Lorsqu'ils eurent raccroché, Vince sentit comme un poids sur l'estomac. Janet venait-elle simplement leur rendre visite, ou voulait-elle s'assurer qu'il s'occupait bien de Sean ?

Et, dans ce cas, sortirait-il vainqueur de cette inspection ?

Tessa ne fut pas surprise de constater que Vince et Sean étaient inscrits sur sa liste de rendez-vous, le mardi matin, après qu'ils aient vu le Dr Rafferty pour un contrôle postopératoire. C'était toujours une bonne chose que le parent garde le contact avec le pédiatre de l'enfant.

Ce qui l'étonna, ce fut l'air soucieux de Vince.

— Sean a parfaitement supporté l'opération, annonça-t-elle après avoir examiné le petit garçon.

— On voit qu'il a hâte d'être débarrassé de sa gouttière, commenta Vince en marchant de long en large.

— T'es-tu organisé pour les séances de kinésithérapie ?

— Oui, nous avons notre premier rendez-vous le 6 juillet.

— Que se passe-t-il, Vince ?

Il s'arrêta net et parut surpris de sa remarque.

— Tu tournes comme un lion en cage. As-tu des soucis ?

— Oh ! je ne veux pas te faire perdre ton temps avec ça !

Il prit son fils dans ses bras et le berça doucement.

— J'ai tout mon temps, Vince.

— Sa grand-tante vient nous rendre visite la semaine prochaine, dit-il après un long soupir. Le problème, c'est qu'elle vient voir quel genre de père je suis, comment cela se passe entre Sean et moi.

— Elle te l'a dit ?

— Non, mais je le devine. Il est probable que si elle ne me trouve pas à la hauteur, elle sera tentée de l'emmener avec elle. Et je ne veux pas que cela arrive.

— Que pourrait-elle te reprocher ?

— Peut-être de ne pas passer assez de temps avec Sean. Peut-être de trop me reposer sur Rhonda. Peut-être estimerat-elle que l'appartement est trop petit, pas assez aéré... Que sais-je ?

Il n'était pas dans ses habitudes de montrer ses émotions, songea Tessa. Il devait être vraiment stressé.

— J'ai un mauvais pressentiment, murmura-t-il. Je me demande si j'agis comme il faut avec Sean. Comment un vrai père est-il censé se comporter avec un enfant de cet âge ?

— Ecoute-moi, dit Tessa en le regardant droit dans les yeux. Tu *es* un vrai père, Vince. Tu joues avec Sean, tu lui fais faire ses exercices, tu lui donnes toi-même ses repas lorsque tu es chez toi.

— Mais est-ce suffisant ?

Elle réfléchit un moment avant de répondre.

— Il y a une chose que les mamans font parfois pour socialiser leurs bébés. Crois-tu pouvoir te libérer une ou deux heures par semaine pour passer du temps avec Sean et d'autres enfants accompagnés de leurs parents ?

— Oui, je me débrouillerai. Où dois-je aller ? Et pour faire quoi ?

Tessa esquissa un sourire. Vince n'était pas du genre à tergiverser, mais plutôt à aller droit au but.

— Nous avons plusieurs groupes de rencontre qui se réunissent ici, à Family Tree. Je t'en dresserai la liste et tu verras celui dont les horaires te conviendront le mieux.

— Je te suis vraiment reconnaissant pour tout ce que tu fais pour moi, Tessa.

— Il te suffit de continuer à te comporter comme tu l'as fait jusqu'à présent et à considérer Sean comme ta priorité absolue. Sa grand-tante ne pourra rien te reprocher.

— J'espère que tu dis vrai. J'adore Sean, et je suis prêt à me battre pour lui.

Il s'exprimait avec la fougue et la passion qu'elle avait toujours aimées chez lui. Il était prêt à se battre pour Sean. Pourquoi ne s'était-il pas battu pour sauver leur mariage ? Parce qu'il ne l'aimait pas assez ? L'avait-il même jamais aimée ? Ne l'avait-il épousée que parce qu'il avait considéré comme étant de son devoir de le faire ?

— Qu'y a-t-il, Tessa ?

Pour rien au monde elle ne lui révélerait l'objet de ses réflexions.

Elle consulta sa montre.

— Je ne voudrais pas faire trop attendre mon prochain patient…

Le visage de Vince se crispa.

— Excuse-moi d'avoir abusé de ton temps.

Elle se hâta de le rassurer. L'idée qu'il la quitte en croyant que, pour elle, Sean n'était qu'un patient comme les autres lui était insupportable.

— Tout va bien, Vince. Je te l'ai dit, si je peux faire quelque chose pour toi quand la grand-tante de Sean sera là, n'hésite pas à m'appeler. D'accord ?

Il la regarda longuement puis hocha la tête.

— Je n'oublierai pas ta proposition, dit-il.

Là-dessus, il quitta la pièce.

Tessa se dit qu'il était peu probable qu'il l'appelle. Il avait toujours eu beaucoup de fierté — une fierté qui expliquait en partie l'échec de leur mariage.

En proie à une soudaine tristesse, elle prit la fiche de Sean et alla la remettre à la réceptionniste.

Le vendredi, à 12 h 45, Tessa traversa le hall du Family Tree Health Center pour se diriger vers l'une des salles de réunion. Lorsqu'elle passa la tête par l'entrebâillement de la porte, elle vit que tout le monde était assis, formant un grand cercle. Vince était là, seul homme de l'assemblée. Le groupe s'était rencontré à midi et si, au début, Vince n'avait pas paru très à l'aise, ce n'était plus du tout le cas maintenant.

Tessa vit la femme assise à côté de lui se pencher pour lui glisser à l'oreille quelque chose qui le fit éclater de rire. Sean était par terre, devant son père. Une petite fille rousse d'environ un an rampait sur le sol, juste devant la voisine de Vince qui avait, elle aussi, de magnifiques cheveux roux et un visage mutin.

— Ah ! Tessa, venez ! lança Sophie Hodgekins, installée au centre du cercle.

Sophie était l'animatrice chargée d'accueillir le groupe.

— Tessa est notre pédiatre, expliqua-t-elle. Elle nous rejoint maintenant, prête à nous faire bénéficier de ses conseils.

Tessa secoua la tête, signifiant qu'aujourd'hui elle n'avait pas le temps de participer à la réunion.

— Vous avez bien cinq minutes pour venir dire bonjour, insista Sophie. Sinon, vous ne vous seriez pas montrée.

En effet, elle aurait mieux fait de ne pas se montrer, songea Tessa. A contrecœur, elle entra et sourit à tout le monde, y compris à Vince qui lui fit un signe de tête.

Elle alla vers lui.

— J'étais venue voir si tu avais trouvé un groupe dont les horaires te convenaient, dit-elle.

— Oui, celui-ci est parfait, répondit-il.

La jeune femme assise près de lui tendit la main à Tessa.

— Je m'appelle Lucy Atkins. Vince m'a dit qu'il est le chef de la police. J'ai eu du mal à croire qu'il ait pris le temps d'amener son fils ici. N'est-ce pas merveilleux ?

Tessa savait que Vince détestait les compliments. Il était clair que Lucy Atkins le trouvait très sympathique et probablement aussi très attirant. Elle remarqua que Lucy ne portait pas d'alliance.

— Les pères célibataires connaissent eux aussi des moments difficiles, dit-elle. J'ai pensé qu'un groupe de soutien pouvait s'avérer bénéfique.

Vince fronça les sourcils.

— Un groupe de soutien ? répéta-t-il.

Devinant que s'il avait été au courant de cette dénomination il ne serait pas venu aux réunions, Tessa n'avait jamais utilisé cette appellation devant lui.

— Les mères qui élèvent seules leurs enfants ont aussi

la vie dure, dit Lucy. Mon divorce m'a démolie. Et lorsque j'ai découvert que j'étais enceinte, mon ex-mari m'a laissée tomber. J'ai dit à Vince que nous pourrions nous retrouver pour que nos enfants jouent ensemble.

A sa grande honte, Tessa s'aperçut qu'elle était jalouse. L'idée que Vince puisse passer du temps avec cette femme lui était insupportable. Comment pouvait-elle être aussi stupide ?

— C'est un excellent moyen pour apprendre à se connaître, assura-t-elle, pressée de mettre fin à cette conversation.

— Je ne vois pas cela comme un groupe de soutien, déclara Vince, revenant sur le sujet. C'est juste un lieu où les parents apprennent comment faire jouer leurs enfants et les éduquer tout en s'amusant. N'est-ce pas, Lucy ?

— Absolument. Et pendant que les enfants jouent, nous pouvons échanger des recettes de cuisine.

Elle jeta un regard amusé à son voisin.

— Mais en ce qui vous concerne, je propose plutôt de préparer quelque chose et de vous l'apporter.

Vince ne dit rien et Tessa se demanda ce qu'il fallait en penser. Etait-il sensible au charme de Lucy ?

Il se leva, prit Sean dans ses bras et se dirigea vers la table où étaient disposées des assiettes de petits gâteaux pour les enfants et du café pour les adultes.

— Tu veux un biscuit, Sean ? demanda-t-il. Ça t'aidera peut-être à sortir d'autres dents.

Pressée de quitter la pièce, Tessa s'excusa auprès de Lucy en prétextant avoir quelque chose à dire à Sophie. Comme elle s'approchait de l'animatrice, celle-ci lui sourit.

— Quelle bonne idée d'avoir suggéré au chef Rossi de venir à notre réunion ! Je parie que, la prochaine fois, nous aurons ici deux fois plus de mamans. Voir le chef de la police dans son rôle de père n'est pas chose courante.

— J'ai pensé que cela ferait du bien à Sean, dit Tessa.

— Cela donne aussi une excellente image de Vince. Toutes ces femmes vont parler de lui autour d'elles et dire comme il est doux et attentionné avec son fils. Je crois que Lucy se voit déjà en train de promener les enfants avec lui.

Tessa imagina Vince en train de marcher dans la rue en compagnie d'une autre femme, chacun avec sa poussette… L'image lui parut détestable. Jamais *elle* ne pourrait lui donner d'enfants. C'était un père merveilleux qui méritait d'avoir une grande famille, mais elle n'était pas la femme capable de lui faire ce cadeau — ni maintenant ni jamais.

— Que se passe-t-il, Tessa ? demanda Sophie, l'air inquiète. Vous êtes toute pâle.

— Oh ! ce n'est rien ! Je n'ai pas encore déjeuné. Un peu d'hypoglycémie, j'imagine. Il faut que je parte, maintenant.

— J'aimerais beaucoup que vous acceptiez de nous faire un jour un petit exposé sur l'alimentation des enfants.

Devant Vince ? En voyant Lucy lui faire du charme ?

— Je ne sais pas, Sophie. Je dois consulter mon emploi du temps. Je vous téléphonerai si je trouve un moment de libre.

— Entendu, tenez-moi au courant.

Tessa se dirigea vers la porte avec l'intention de s'éclipser discrètement, mais Vince la rejoignit et l'arrêta.

— Merci de m'avoir conseillé de venir ici, Tessa.

Elle ôta une miette collée sur la joue de Sean.

— Toi aussi, Vince, tu vas te contenter d'un biscuit pour ton déjeuner ?

Il rit.

— Je prendrai quelque chose en allant au bureau, après avoir ramené Sean à la maison. Je pense qu'il va faire une bonne sieste après la séance stimulante qu'il a eue ici.

— On dirait qu'il n'est pas le seul à avoir trouvé de la stimulation…

A peine avait-elle prononcé ces mots qu'elle les regretta. Vince hocha la tête en regardant les femmes du groupe.

— Elles se confient volontiers et parlent facilement des problèmes qu'elles ont rencontrés. Notamment Lucy. Elle a connu des moments difficiles.

— Elle t'a tout raconté ?

— Elle m'a dit beaucoup de choses. C'est vraiment une honte que son mari l'ait abandonnée. J'ai du mal à croire qu'un homme puisse se conduire ainsi avec une femme enceinte.

Avec une femme enceinte. Les mots atteignirent Tessa en plein cœur. Jamais elle ne pourrait avoir d'enfants, elle le savait, et cela lui faisait mal. Très mal.

— Tessa ? s'inquiéta Vince, voyant qu'elle ne disait rien.

Elle essaya de se ressaisir, concentrant toute son attention sur Sean. Il était tellement adorable… Son cœur saigna en songeant au bébé qu'elle avait perdu. A cet instant, son chagrin était aussi violent qu'il l'avait été vingt ans plus tôt.

Au prix d'un immense effort, elle réussit à esquisser un sourire en levant les yeux vers Vince.

— Je suis heureuse que cela se soit bien passé aujourd'hui pour vous deux.

— Vince, lança Lucy, j'ai retrouvé mon agenda ! Nous pouvons fixer un jour pour promener les enfants.

Tessa s'empressa de prendre congé.

— J'espère que tout ira bien avec la grand-tante de Sean. Je penserai à toi et je te souhaite bonne chance.

Elle quitta la salle de réunion et, tournant le dos à l'ascenseur, alla vers l'escalier. Un peu d'exercice physique l'aiderait à évacuer des émotions qu'elle ne voulait pas garder en elle toute la journée. Toutefois, elle savait qu'elle ne pourrait pas s'empêcher de penser à Lucy et à Vince, à l'image de la famille heureuse qu'ils pourraient former.

La gorge nouée, elle s'efforça de respirer un grand coup et commença à monter les marches.

8

Vince ne l'avait pas appelée.

Même si Tessa avait du mal à l'admettre, elle sentait que quelque chose lui manquait. Pourtant, il s'était écoulé moins de quinze jours depuis la dernière fois où elle l'avait vu.

« C'est parce que je me fais du souci pour Sean », se raisonna-t-elle tout en composant son numéro de téléphone.

Il répondit d'un ton si tendu qu'elle le reconnut à peine.

— Vince ?

— Attends une seconde.

Il reprit l'appareil quelques instants plus tard et elle entendit Sean pleurer.

— Je ne peux pas te parler maintenant, Tessa.

— As-tu un problème avec Sean ?

— Non, rien de grave de ce côté-là. Mais Janet vient dîner ce soir à la maison et je n'arrive pas à m'en sortir. Le riz est brûlé, les asperges sont spongieuses et je ne suis pas sûr que les steaks soient mangeables. Tu n'aurais pas par hasard sous la main une boîte de riz précuit ? Tu pourrais me la faire parvenir par pigeon voyageur.

— Oui, j'ai ce qu'il te faut. Veux-tu que je te l'apporte ?

— Ça m'ennuie de te voir me tirer d'affaire une fois de plus, marmonna-t-il après un bref silence.

— En te fournissant une boîte de riz précuit ?

— Je suis le chef de la police. Je ne suis pas censé me mettre dans les ennuis.

— C'est la vraie vie, Vince ! s'exclama-t-elle en riant.

— Si ce dîner n'était pas si important…

— Ecoute, si tu ne veux pas que j'aille chez toi, tu peux toujours réchauffer une boîte de haricots.

Vince hésita.

— Tu veux vraiment t'impliquer ? Rencontrer Janet ?

Tessa ne s'était pas vraiment posé la question.

— Et toi, as-tu envie que je m'implique ?

— Franchement, je ne sais pas. Tu pourrais apporter le riz et nous aviserons ensuite.

Dix minutes plus tard, Tessa sonna à la porte de Vince. Il était encore en chemise blanche, cravate et pantalon bleu marine. Avec ses cheveux en bataille et sa chemise froissée, il donnait l'impression d'être prêt à affronter un fauve. Blotti dans les bras de son père, Sean avait les vêtements maculés des restes de son dîner.

Elle donna la boîte de riz à Vince et tendit les bras au bébé.

— Viens me voir, mon bonhomme.

— Je lui ai donné à manger en me disant qu'il pourrait jouer pendant que nous dînerions, Janet et moi, mais je crois qu'il a plus de nourriture sur lui que dans le ventre. Les bébés et la précipitation font mauvais ménage, ajouta-t-il avec l'un de ses sourires irrésistibles. Avant toute chose, je dois le changer.

— Veux-tu que je m'en charge ?

— Ça ne t'ennuie pas ?

— Non, bien sûr ! Ça me donne l'occasion de passer un peu de temps avec lui. Il m'a manqué.

« Et toi aussi », pensa-t-elle.

Elle emmena Sean dans sa chambre. Lorsqu'elle revint dans la cuisine, Vince était en train de mettre le riz dans le four à micro-ondes.

— Je m'inquiète pour les steaks, dit-il en faisant la grimace. J'aurais dû acheter un gril. Ils sont tout secs !

— Je vais faire un peu de sauce, proposa Tessa. Ça agrémentera aussi le riz. Qu'as-tu prévu pour le dessert ?

— J'ai choisi la prudence et acheté une tarte aux pommes chez le pâtissier ! répondit-il en riant.

Elle rit aussi et souleva le couvercle posé sur les asperges.

— En aurais-tu d'autres ? s'enquit-elle.

— Oui, des toutes fraîches.

— Parfait. Je vais les passer au four pour faire une garniture supplémentaire au plat principal. Il me faut seulement de l'huile d'olive, du sel, du poivre et de l'ail pilé.

Tout en préparant la sauce pour les steaks, elle posa la question qui lui brûlait les lèvres depuis un moment.

— Pourquoi as-tu décidé d'inviter Janet à dîner ici et de faire la cuisine ? Rhonda aurait pu préparer le repas.

— Je sais que c'est stupide, mais je voulais tout faire moi-même. Je voulais montrer à Janet que je peux m'occuper de Sean et subvenir à tous ses besoins.

— Tu subviens à tous ses besoins en ayant Rhonda qui veille sur lui et qui cuisine.

— Ce n'est pas pareil, murmura-t-il.

Vince était un perfectionniste, Tessa le savait. Cependant, ayant à la fois un poste à responsabilité et un enfant à élever, il devait apprendre à déléguer.

— Il te faut choisir, Vince. Réserve-toi les tâches où tu excelles et, pour le reste, fais-toi aider. Nous savons tous deux que le monde dans lequel nous vivons n'est pas parfait. Nous essayons seulement de nous débrouiller au mieux.

Soudain, elle réalisa que c'était exactement ce qu'elle avait fait durant toutes ces années : se débrouiller au mieux. Elle s'était interdit de penser à Vince. Elle avait fui toute relation durable. Elle n'avait voulu prendre aucun risque…

Il la regarda d'un air ému.

— T'avoir ici ce soir signifie beaucoup pour moi, Tessa.

Elle voyait qu'il était sincère et savait ce que signifiait ce regard-là. Si elle faisait un pas vers lui…

A cet instant, la sonnette de la porte d'entrée retentit. Vince alla ouvrir.

— Ah, Janet ! Je suis heureux que vous ayez pu venir.

— J'espère ne pas trop vous déranger.

Tessa accueillit avec un sourire la grand-tante de Sean qu'elle trouva très élégante avec son pantalon en lin jaune pâle et son chemisier de soie couleur crème. C'était une blonde aux yeux bleus — les mêmes yeux que Sean. Elle parut surprise en voyant Tessa. Vince fit les présentations.

— Janet, voici Tessa McGuire, une amie. J'espère que vous ne verrez pas d'inconvénient à ce qu'elle reste dîner.

— Mais non, bien sûr ! Vous arrive-t-il souvent de dîner avec Vince, Tessa ?

— Nous sommes de vieux amis. Cela date du lycée.

Janet hocha la tête, puis s'approcha de la chaise haute dans laquelle était assis Sean.

— Puis-je le prendre dans les bras ?

— Il est assez sociable, dit Vince. Et il préfère de beaucoup la liberté au confinement.

Janet se mit à rire et sortit l'enfant de sa chaise en prenant soin de ne pas heurter son bras et son épaule.

— Mais tu es magnifique ! s'exclama-t-elle. Encore plus beau que sur tes photos.

Elle se tourna vers Vince.

— Est-ce que son épaule se remet bien ?

— Nous allons chez la kinésithérapeute une fois par semaine, et je lui fais faire ses exercices tous les jours.

— Une fois par semaine... est-ce suffisant ? observa Janet d'un ton dubitatif.

— C'est ce que pense sa kiné. Tessa est la pédiatre de Sean. Si vous voulez lui poser des questions, elle pourra vous donner toutes les informations que vous désirez.

Janet s'était assise sur l'une des chaises de la cuisine, avec Sean sur les genoux. Elle regarda Tessa d'un air approbateur.

— Ainsi, vous êtes médecin ?

— En effet.

— Je vais servir le dîner, annonça Vince. Que préférez-vous boire, Janet ? Du thé ou du café ?

— Du thé, s'il vous plaît.

Quelques instants plus tard, Vince posa les plats sur la table. Tout s'avéra bien meilleur qu'il ne s'y attendait.

— C'est très bon, commenta Janet en dégustant son steak nappé d'une sauce onctueuse. Est-ce Tessa ou vous qui avez préparé le repas ?

— Disons que je sais faire cuire des steaks et réchauffer du riz. Le problème, c'est de tout faire en même temps. Tessa m'a aidé à m'organiser et c'est elle qui a cuisiné les asperges.

— Vais-je rencontrer votre nounou, durant mon séjour ?

— Rhonda vient tous les jours s'occuper de Sean pendant que je suis au travail. Elle sera ravie de faire votre connaissance.

— Cela ne l'ennuiera pas de me voir débarquer ici ?

Vince n'eut pas le temps de répondre. Entendant sonner son téléphone portable, il vérifia sur l'écran l'origine de l'appel.

— Excusez-moi. Je dois prendre cet appel, dit-il.

Après un bref échange avec son interlocuteur, il raccrocha.

— Je suis désolé, mais il faut que je parte. Le feu a pris dans l'un des restaurants de la ville, et je dois me rendre sur les lieux. Je vais téléphoner à Rhonda…

Tessa secoua la tête.

— Inutile. Je peux rester ici aussi longtemps qu'il le faudra. Pars tranquille, ne t'inquiète pas pour nous.

— Mais oui, renchérit Janet, tout ira bien. Je vais jouer avec Sean et, comme sa pédiatre est là, je saurai exactement ce qu'il faut faire et ne pas faire. Vous arrive-t-il souvent d'être ainsi appelé à l'extérieur ?

— Chaque fois que les circonstances l'exigent…

Il se pencha vers son fils et l'embrassa sur la joue.

— Je vais revenir aussi vite que je pourrai, bonhomme. Sois bien sage avec Tessa et tante Janet, d'accord ?

Pour toute réponse, Sean agita la main en babillant.

— Si, à mon retour, vous êtes déjà partie, Janet, je vous téléphonerai demain.

Elle hocha la tête et le suivit du regard tandis qu'il se hâtait vers la porte.

— Il n'a même pas pris le temps de finir son dîner, remarqua-t-elle. Est-ce que cela arrive souvent ?

— Je ne saurais vous le dire, madame Fulton, répondit Tessa. En revanche, je sais que Rhonda est toujours prête à venir s'occuper de Sean lorsque Vince doit s'en aller.

— Ne vit-elle donc que pour eux ?

— Elle les adore et les considère comme étant de sa famille.

— Ils n'ont pourtant aucun lien de parenté, n'est-ce pas ?

— Non, mais elle ne pourrait veiller plus attentivement sur Sean s'il était son petit-fils.

— Vince a rapidement trouvé ses marques dans cette ville, à ce qu'il me semble.

— Il est né à Sagebrush. Il est revenu ici avec Sean parce qu'il y a un spécialiste à Lubbock.

— Dites-moi, Tessa, pourquoi Vince vous a-t-il demandé d'être là ce soir ? Il avait besoin d'un soutien moral ?

— En fait, il était à court de riz.

— Vous plaisantez ! s'exclama Janet.

— Pas du tout. Il avait brûlé le riz et je l'ai dépanné.

— A la façon dont vous vous regardez, tous les deux, j'ai pensé que vous veniez peut-être ici tous les soirs.

Que répondre à cela ? se demanda Tessa. Mieux valait dire la vérité. De toute façon, Janet Fulton finirait par l'apprendre.

— Vince et moi, nous nous sommes mariés en sortant du lycée. Mais nous avons perdu un bébé, et cela n'a pas marché entre nous.

Janet ne chercha pas à cacher sa surprise. Elle resta silencieuse un moment.

— Et vous êtes restés en contact durant toutes ces années ? finit-elle par dire.

— Non. C'est par hasard que nous nous sommes revus, lorsque Vince m'a amené Sean en consultation. Et maintenant, nous essayons simplement d'être des amis.

— Je vois, murmura Janet, l'air pensif.

Tessa savait que Janet ne pouvait pas vraiment comprendre la situation, car elle-même n'y parvenait pas. Vince l'attirait plus qu'aucun homme ne l'avait jamais fait, mais elle ne voulait pas vivre une simple aventure avec lui. Or, que pouvait-elle attendre d'autre ? Il ne se croyait pas apte au mariage. Il y avait déjà eu trop de souffrance entre eux. Elle resterait à Sagebrush, et lui partirait.

Non, elle ne voyait vraiment pas ce que pourrait devenir sa relation avec Vince.

Vince rentra chez lui vers minuit, couvert de suie.

— L'incendie était-il violent ? demanda Tessa.

— Très. Le vent attisait les flammes et nous avons cru un moment que nous devrions appeler les pompiers de Lubbock en renfort. Le vent s'est calmé et les hommes ont réussi à maîtriser l'incendie, mais il ne reste plus rien du restaurant.

— Comment le feu a-t-il pris ?

— Il y a une enquête en cours. Apparemment, tout a commencé dans la réserve. Sans doute un problème lié au circuit électrique. Heureusement, il n'y avait pas de clients ce soir. Le restaurant était fermé pour cause de congé annuel. Est-ce que Sean a été sage ?

— Un amour ! Janet et moi, nous lui avons chanté des berceuses. Elle sait très bien s'y prendre avec lui.

— Ce n'est pas le genre de chose que j'ai envie d'entendre, grommela-t-il en déboutonnant sa chemise. Il faut que j'aille me doucher. Travailles-tu, demain matin ?

— Oui, aussi vais-je me dépêcher de rentrer chez moi. Mais avant, j'ai quelque chose à te dire, Vince.

Il posa sa chemise sur le dossier d'une chaise et s'approcha de Tessa en la regardant attentivement.

— De quoi s'agit-il ? Janet a-t-elle fait des commentaires sur ma façon d'élever Sean ?

— Mais non ! En fait, je crois qu'elle a été plutôt impressionnée. C'est une personne assez directe et elle m'a posé des questions.

— A propos de quoi ?

— Ma présence ici l'a étonnée. Je lui ai expliqué que nous nous connaissions depuis le lycée. Alors, elle a voulu savoir si nous étions sortis ensemble et…

Vince fronça les sourcils.

— Et ?

— Je lui ai dit que nous nous étions mariés en sortant du lycée.

— Mais pourquoi es-tu allée lui dire ça ?

— Parce que c'est la vérité, et qu'elle aurait fini par l'apprendre.

— Elle n'a pas besoin de connaître ma vie dans ses moindres détails !

— Je suis désolée, Vince. J'ai pensé qu'il était préférable de ne rien cacher de ce qui nous concernait.

Il se passa la main dans les cheveux.

— Je comprends. C'est juste que… je sais maintenant ce que tu as ressenti quand je suis parti m'engager dans l'armée. Mais je ne veux pas, parce que notre mariage n'a pas marché, que Janet me croie capable d'abandonner un jour Sean. Notre situation à nous était compliquée, mais pas l'engagement que j'ai pris envers cet enfant. Il a besoin de moi et jamais je ne trahirai la confiance que Scott et Carol ont mise en moi.

Pourquoi ne s'était-il pas senti aussi engagé envers elle ? songea Tessa. Parce qu'il savait que son père était là pour l'aider et qu'il se réjouirait de la savoir débarrassée de lui ?

— Tu devrais peut-être dire tout cela à Janet, suggéra-t-elle.

— Peut-être le ferai-je. J'attends de mieux la connaître.

— Je crois qu'elle serait contente de s'occuper de Sean pendant son séjour ici. En restant seule avec lui, sans personne pour la surveiller.

— Si je la laisse faire ça, elle va s'attacher à lui. Et ça me fait très peur, Tessa. Je ne veux pas qu'elle s'imagine pouvoir l'emmener.

— Elle sait que tu es son tuteur légal.

— Oui, mais elle est sa grande tante.

— Réfléchis-y quand même, insista-t-elle.

— Promis, je le ferai.

Ils étaient tout proches l'un de l'autre et se regardaient, les yeux dans les yeux.

— Si je t'embrassais, chuchota-t-il, est-ce que tu t'enfuirais ?

— Je risquerais surtout d'arriver en retard à l'hôpital demain matin, alors qu'une journée très chargée m'attend.

— Et que se passerait-il si je te demandais de rester un jour où tu aurais moins de travail ?

Que répondre ? Ce soir, il s'était produit un subtil changement dans leur relation. Un changement qui lui faisait peur.

— Nous devons tous les deux nous lever tôt demain matin, murmura-t-elle. Peut-être devrions-nous en rester là.

Vince s'écarta aussitôt.

— Ce sera comme madame voudra. Merci de m'avoir donné un coup de main pour la sauce et les asperges.

— Un de ces jours, je t'inviterai à dîner chez moi.

— Avec grand plaisir !

Craignant qu'il ne l'embrasse, elle attrapa son sac et se dirigea vers la porte.

— Passez un bon week-end, chef.

— Vous aussi, docteur McGuire. A bientôt.

A peine était-elle sortie de l'appartement que Tessa se demanda où et quand elle le reverrait. Elle se sentait déjà tout excitée à cette perspective.

Tessa brandit sous le nez de Vince un petit jean et une chemise rouge sur laquelle était brodé un ballon de football.

— Que penses-tu de ça ?

Lorsqu'il lui avait téléphoné en lui demandant si elle voulait bien sacrifier son samedi après-midi pour l'accompagner dans les magasins et l'aider à choisir des vêtements pour Sean, elle avait accepté avec empressement. Vince s'était décidé à laisser son fils à Janet.

Et maintenant, elle se délectait à dévaliser les rayons d'une boutique spécialisée dans les articles pour bébé.

— Je crois que tu as déjà sélectionné plus de vêtements qu'il ne pourra en porter cette année, observa Vince.

Elle regarda la pile qu'elle tenait dans les bras.

— Prétendrais-tu qu'il ne lui faut pas une nouvelle tenue tous les jours ? s'exclama-t-elle, l'œil rieur.

— Il a besoin de deux ou trois shorts et de quelques chemises, c'est tout.

— Ah, ces hommes ! marmonna-t-elle en secouant la tête. Aucune notion de ce qu'est l'élégance.

Elle montra des chaussures de bébé alignées sur une étagère.

— Et si on lui prenait une paire de baskets ?

— Très bonne idée, approuva Vince.

A cet instant, le portable de Tessa sonna. Elle se débarrassa de sa pile de vêtements en les donnant à Vince et prit son téléphone. En voyant le nom inscrit sur l'écran, elle marqua une brève hésitation avant de répondre.

— Papa ?

Elle remarqua que le visage de Vince se crispait.

— Tessa, dit son père d'une voix rauque. Je suis tombé…

— Je t'entends à peine. Tu dis que tu es tombé ? Où ça ?

— Rico a pris sa journée. J'ai sellé Aztec et je suis allé avec lui jusqu'au ruisseau. Tout se passait bien jusqu'au moment où un lapin a déboulé de son terrier.

— Où es-tu exactement ?

— Près du bouquet d'arbres, les trois pacaniers.

— Dois-je appeler une ambulance ?

— Non ! Je ne crois pas m'être cassé quelque chose. Mais je ne peux pas m'appuyer sur mon genou.

— Y a-t-il quelqu'un au ranch que je pourrais prévenir ?

— En ce moment, il n'y a personne.

— Où est Aztec ?

— Ici, près de moi. Il a l'air penaud, comme s'il se sentait coupable. Mais il ne partira pas, c'est un cheval fidèle.

— Garde ton téléphone à la main et reste en contact avec moi. Tu n'es pas en plein soleil, n'est-ce pas ?

— Non, m'dame. J'ai rampé pour me mettre à l'ombre. Je possède un *certain* bon sens.

— J'arrive aussi vite que je peux, papa. Tiens bon !

Elle regarda Vince.

— Mon père a fait une chute de cheval près du ruisseau. Je dois aller le chercher, et je ne sais pas si je pourrai le mettre toute seule dans ma voiture.

— Tu veux que je vienne ?

Il semblait stupéfait.

— Si tu n'en as pas envie, je vais appeler un de mes collègues.

— Je t'accompagne.

Elle reprit son téléphone.

— Papa, j'arrive avec du secours.

— De qui s'agit-il ? demanda-t-il d'un ton soupçonneux.

— Je suis avec Vince. Nous serons là bientôt.

— Tessa ! C'est la dernière personne que j'ai envie de voir !

— Ecoute, je crois qu'il n'est pas plus ravi que toi de la situation, mais il me semble que tu n'as pas le choix. Nous arrivons. Garde ton téléphone à portée de main.

Son père lâcha un juron, mais cessa de protester.

— Crois-tu que ce soit grave ? s'enquit Vince.

— Je ne peux rien dire tant que je ne l'ai pas vu. Je te le répète, si tu ne veux pas venir, je…

— Je t'accompagne, Tessa. Cela dit, je ne réponds de rien. Pour ma part, je garderai mon calme, mais tu connais ton père…

Oh oui, elle le connaissait. Et elle n'avait aucune idée de la façon dont il réagirait en revoyant Vince.

9

— Papa est par là ! indiqua Tessa en montrant les trois pacaniers qui s'élevaient près du ruisseau.

En arrivant au ranch, ils avaient troqué le 4x4 de Vince contre le pick-up de Walter McGuire, habitué aux terrains accidentés. Non loin du bouquet d'arbres, Aztec regardait approcher le véhicule comme s'il le reconnaissait.

— Comment allons-nous organiser le retour de ton père ? demanda Vince qui était au volant. Tu ne pourras pas l'emmener toute seule jusqu'au pick-up.

— Nous l'aiderons tous les deux, ensuite tu le ramèneras au ranch. Moi, je rentrerai avec Aztec.

— Tu vas le monter ?

— Il est parfois difficile, mais avec moi, il sera calme parce qu'il me connaît.

— Nous verrons si ton père est d'accord avec ce scénario.

Walter McGuire était allongé sur le sol. En voyant Tessa et Vince venir vers lui, il s'assit et rajusta son Stetson sur sa tête.

— Rossi, dit-il simplement.

— Monsieur McGuire, répondit Vince avec une certaine déférence dans la voix.

Il s'agenouilla près du blessé.

— Tessa peut essayer de vous accompagner jusqu'au pick-up, mais vous risquez de vous abîmer encore plus le genou. Tandis que si vous vous appuyez sur moi…

— Vous croyez que tout est réglé, n'est-ce pas ? murmura Walter.

— Je ne crois rien du tout, monsieur. Nous avons simplement reçu votre appel au secours et, voilà, nous sommes là.

Tessa vit son père jeter un regard aigu à Vince. Visiblement, chacun des deux hommes se demandait ce que l'autre pensait.

— Papa, il ne faut pas rester là avec cette chaleur. Si Vince et toi vous voulez discuter, vous pourrez le faire à la maison.

Elle lui souleva le poignet et prit son pouls. Après quoi, elle saisit son stéthoscope et écouta son cœur. Enfin, avec des gestes très doux, elle lui palpa le genou. Comme il grimaçait, elle hocha la tête.

— Je crois que cette fois tu n'y échapperas pas. Chirurgie arthroscopique.

— Je crois, moi, que tous les médecins sont des sadiques. Ils sont impatients de m'ouvrir et d'aller fouiller là-dedans.

— C'est seulement pour réparer quelque chose, papa. Je ne veux pas que tu t'appuies sur cette jambe.

— Un, deux, trois…, compta Vince.

Il hissa Walter McGuire et l'aida à se mettre debout tandis que Tessa se hâtait de soutenir son père de l'autre côté.

— Je dois t'emmener aux urgences pour te faire passer une IRM. Ton genou risque d'enfler et de te faire très mal.

— Tu lis dans une boule de cristal, à présent ? ironisa le vieillard d'un ton acerbe.

— Pas besoin de boule de cristal, mon expérience me suffit !

— J'ai une paire de béquilles à la maison, celles que j'ai utilisées lorsque je suis tombé, il y a deux ans. Je ne veux pas aller aux urgences. Attendons de voir comment cela évolue.

Tessa soupira. Une fois que son père avait pris une décision, il n'en changeait jamais.

— Si ton genou enfle, je t'emmènerai aux urgences dans la matinée. Pour l'instant, Vince va te ramener à la maison. Moi, je rentrerai avec Aztec.

Son père parut vouloir protester, puis il y renonça.

— Aztec te connaît. Oui, je crois que c'est la meilleure solution.

— Je suis sûr que je pourrais le monter, monsieur McGuire, si vous préférez que ce soit Tessa qui vous raccompagne…

— Tout chef de la police que vous êtes, je vous confierai plus volontiers mon pick-up qu'un de mes précieux chevaux.

Vince se renfrogna, mais ne dit rien.

Un quart d'heure plus tard, le blessé était dans son cabinet de travail, assis dans son fauteuil préféré.

— Et si tu nous apportais quelque chose à boire, Tessa ? réclama-t-il. Je prendrais bien un bourbon. Et Rossi peut avoir envie d'une bière, ou d'autre chose.

— Non merci, monsieur, je n'ai besoin de rien.

Walter McGuire se tourna vers sa fille.

— Tu sais où je cache mon meilleur bourbon, n'est-ce pas ?

Tessa comprit le message. Les deux hommes allaient s'expliquer et elle devait les laisser en tête à tête. Pourtant, elle aurait payé cher pour savoir ce qu'ils avaient à se dire.

Dans le cabinet de travail, le silence devenait aussi épais que le tapis persan qui recouvrait le parquet.

Vince chercha un moyen de lancer la conversation.

— Mettre de la glace sur ce genou pourrait vous soulager.

— Vous êtes en train de me dire ce qui serait bon pour moi ? lança McGuire d'un ton agressif.

— Je me contentais de vous faire une suggestion.

— Vous avez toujours su vous montrer diplomate… sauf avec Tessa.

— J'ai voulu être honnête avec elle.

— Parfois, l'honnêteté n'est qu'un prétexte pour faire ce qu'on veut.

Vince comprit parfaitement ce que McGuire voulait dire.

— A l'hôpital, vous m'avez dit que Tessa m'accusait d'être responsable de tout ce qui était arrivé, et c'était vrai. Elle méritait une vie meilleure que celle que je pouvais lui offrir. Elle a préféré revenir vivre chez vous parce qu'elle m'en voulait beaucoup et parce que, ici, elle trouvait tout ce dont elle avait besoin.

McGuire fronça les sourcils comme s'il ne s'attendait pas à une telle réponse.

— C'était ce que je pensais. Mais votre départ l'a rendue très malheureuse. Nous avons appris que pour vous, cela allait plutôt bien, dans votre vie privée comme dans votre vie professionnelle. Vous avez dû penser qu'il valait mieux pour Tessa ne pas lui donner de vos nouvelles, n'est-ce pas ?

— Si je lui avais écrit, lui auriez-vous donné la lettre ?

McGuire réfléchit quelques instants.

— Je n'en sais rien. Ce que je sais, c'est que, malgré ce qu'elle prétend, elle ne s'est jamais remise de ce qui s'est passé.

— Vous voulez parler de la perte du bébé et de l'hystérectomie ?

— Je parle de *tout* ce qui s'est passé. C'est une femme très forte, une survivante. Mais je crois qu'au fond d'elle-même, elle ne m'a jamais pardonné de m'être mêlé de votre histoire et elle ne vous a jamais pardonné de lui avoir brisé le cœur.

Voilà pourquoi Walter McGuire et lui seraient toujours en désaccord, pensa Vince.

— Sans doute n'aurais-je jamais pu, avant d'avoir Sean, comprendre ce que vous ressentiez. Il a près de neuf mois, maintenant. Tessa vous a-t-elle parlé de lui ?

— Un peu.

— Du jour au lendemain, je me suis retrouvé père. Mon meilleur ami est mort en me confiant son enfant. Et j'aime tant ce petit garçon que je suis prêt à tout pour le protéger. Aussi puis-je comprendre aujourd'hui ce que vous pensez de moi et de tout ce qui est arrivé.

McGuire se plongea un instant dans ses pensées avant de poser sur Vince un regard aigu, mais pas accusateur.

— Quel effet cela vous fait-il d'être chef de la police à Sagebrush alors que votre père y a connu la prison ?

Vince aurait pu considérer cette question comme insultante ;

or, McGuire avait simplement dit la vérité. Son père avait dormi plus d'une fois dans la prison de Sagebrush.

— Je pourrais vous répondre que cela n'a aucun rapport, mais ce serait inexact. Je suis entré dans la police parce que ma mère a été assassinée. Je m'imaginais pouvoir réparer ce qui n'allait pas.

McGuire haussa un sourcil.

— Et vous n'y arrivez pas ?

— J'essaye, mais les problèmes ne cessent de se multiplier même si, ici, les choses sont plus faciles qu'à Albuquerque.

— Vous cherchez la facilité ?

— Non, monsieur. C'est pourquoi ce travail n'est que temporaire.

— Vous avez l'intention de redevenir inspecteur à la criminelle ?

— Je ne peux pas, pour l'instant. Peut-être lorsque Sean sera plus grand.

Tessa revint, avec un verre de bourbon et une poche de glace. Elle tendit le verre à son père et posa la poche de glace sur son genou blessé.

— Alors, que vous êtes-vous raconté pendant mon absence ? demanda-t-elle.

— Oh ! rien de spécial ! répondit McGuire. Nous avons bavardé de choses et d'autres.

Vince n'aurait su dire si leur conversation avait été bénéfique, mais au moins ne s'étaient-ils pas disputés. Ce qui ne voulait pas dire que cela n'arriverait pas un jour ; McGuire et lui n'oublieraient pas de sitôt ce qui les avait opposés.

— Je ferais mieux de passer la nuit ici, dit Tessa. Si ton genou ne va pas mieux demain, je te conduirai aux urgences.

— Je n'ai besoin de personne ici, grommela McGuire en jetant un regard de travers à Vince.

Celui-ci réalisa que le vieil homme avait peut-être espéré passer l'après-midi avec Tessa. La relation entre père et fille avait visiblement évolué. Ce n'était plus un père dominateur qui contrôlait une fille soumise, mais deux êtres qui avaient l'un pour l'autre beaucoup d'affection et de tendresse.

Etait-ce le temps qui avait créé ce nouveau lien basé sur l'égalité et le partage, ou Vince avait-il mal compris la situation, vingt ans plus tôt ? S'était-il trompé en croyant que Tessa était retournée vivre chez son père parce qu'elle était sous son influence ? Et si elle avait fait ce choix pour lui rendre sa liberté ?

Il y avait tant de questions en suspens ! Des questions dont les réponses risquaient de provoquer d'autres souffrances.

— Vous dites n'avoir besoin de personne, remarqua-t-il, mais comment ferez-vous, si vous ne pouvez plus marcher ?

— Génial ! bougonna McGuire. Vous voilà ligués tous les deux contre moi.

— Y a-t-il des tâches urgentes à faire ? insista Vince.

— Quel est votre tarif horaire ? plaisanta le vieil homme.

— Je veux seulement donner un coup de main. Tessa ne peut pas s'occuper à la fois de vous et des chevaux. Mais si vous ne voulez pas de mon aide, je vais m'en aller.

McGuire but une gorgée de bourbon avant de répondre.

— Vous vous y connaissez encore en chevaux ?

— Je les ai maniés durant des années.

— Saddle-Up a besoin qu'on lui mette un onguent sur son œil droit. Daisy Mae va pouliner dans une semaine. Vérifiez simplement qu'elle va bien et rentrez les autres. La météo annonce des orages pour cette nuit, et je ne veux pas qu'ils s'effrayent. Tessa va vous montrer où est stockée leur nourriture. Le matin, nous leur donnons à manger et ensuite nous les sortons. Le fils de Tim doit passer demain en sortant de l'église. Il se chargera de tout ce qu'il y aura à faire.

— Je vais t'accompagner à l'écurie et te montrer où se trouvent les choses, proposa Tessa. As-tu tout ce qu'il te faut, papa ?

Son père se leva et, prenant appui sur le dossier d'une chaise, fit les deux pas le séparant du canapé où il se laissa tomber.

— Passe-moi la télécommande, et tout sera parfait.

Tessa obéit et lorsqu'elle rejoignit Vince près de la porte, son père était déjà en train de regarder la chaîne « Histoire ».

— As-tu vraiment le temps de faire tout ça ? demanda-t-elle tandis qu'ils allaient vers l'écurie.

— Mais oui. Je vais téléphoner à Janet pour vérifier qu'elle peut rester avec Sean, mais je suis sûr qu'elle sera ravie de me voir rentrer plus tard que prévu.

— Elle se débrouille très bien avec lui.

— Presque aussi bien que toi.

Comme Tessa restait silencieuse, Vince devina qu'elle songeait au bébé qu'elle avait perdu. Sean ravivait toujours ce terrible souvenir, et elle voyait en lui l'enfant qu'elle aurait aimé avoir.

Lorsqu'ils entrèrent dans l'écurie, d'autres souvenirs l'assaillirent. De bons souvenirs, cette fois. Tessa et lui s'étaient souvent retrouvés ici le soir, au milieu des odeurs de foin et de bois vieilli au soleil.

Tessa l'emmena à la sellerie. Elle ouvrit la porte d'un placard et prit un tube de médicaments qu'elle lui tendit.

— C'est pour l'œil de Saddle-Up, dit-elle.

Il mit le tube dans sa poche et se rapprocha d'elle.

— Cet après-midi est assez différent de ce que j'avais imaginé.

— Et qu'avais-tu imaginé ?

— Un peu de shopping. Et peut-être un petit flirt dans ma voiture. Ensuite, un dîner, suivi d'une autre séance de flirt, de préférence chez toi.

— Un petit flirt… Nous serions peut-être allés plus loin…

— C'est vrai.

— Sans doute est-ce une bonne chose que mon père m'ait téléphoné.

Il l'observa longuement sans rien dire.

— Pourquoi ne t'autorises-tu jamais à profiter des bons moments que la vie nous offre ? demanda-t-il enfin.

— A cause des conséquences que cela entraîne.

A vrai dire, Vince se moquait de ce qui pourrait arriver

après. Tout ce qu'il voyait, c'était, dans les yeux de Tessa, un désir qui répondait au sien.

Lorsqu'il se pencha vers elle et l'embrassa, elle répondit avec fougue et il comprit qu'elle voulait davantage. Pourtant, elle le repoussa brusquement et le regarda d'un air perdu.

— Je dois savoir où tout ça nous mènera, dit-elle. Allons-nous flirter comme des adolescents et ensuite, à la fin du mois d'août, lorsque ton remplacement prendra fin, repartir chacun de son côté ? C'est ce que tu proposes ?

— Pourquoi ne peux-tu pas vivre tout simplement le moment présent ?

— Parce que nous l'avons déjà fait et que nous savons ce qui est arrivé.

Elle avait raison, bien sûr. Comment pourrait-il faire des plans pour l'avenir alors qu'il n'avait devant lui que des incertitudes ? Tout dépendrait de l'état de santé de Sean, du travail qu'il trouverait une fois son remplacement terminé. De plus, Sagebrush était le dernier endroit où il avait envie de rester, contrairement à Tessa.

— Tu ne voudrais pas quitter Sagebrush, n'est-ce pas ?

— Pas maintenant, c'est impossible. Papa peut avoir besoin de moi et je veux être là pour lui si c'est nécessaire.

Autrefois, ces propos l'auraient mis en colère. Il y aurait vu la preuve que Walter McGuire continuait de contrôler la vie de sa fille. Aujourd'hui, il savait qu'il existait une véritable affection entre Tessa et son père. Il n'avait jamais eu ce genre de rapport avec son propre père, mais l'avait découvert avec Sean. Il comprenait ce que Tessa ressentait.

Qu'avait-il à lui proposer, sinon de profiter du moment présent ? Elle méritait d'avoir quelqu'un pour qui elle compterait plus que tout. Quelqu'un qui resterait auprès d'elle durant les cinquante prochaines années. Il n'était pas sûr de pouvoir le faire. Pour l'instant, tout ce qu'il savait, c'était qu'il était engagé vis-à-vis de Sean.

Il avait un certain nombre de décisions à prendre avant

d'aller plus loin avec Tessa. Et il devait s'assurer que ces décisions seraient les bonnes, pour elle comme pour lui.

Le dimanche matin, Tessa conduisit son père aux urgences. Alors qu'il attendait de passer une IRM, elle décida d'aller voir Amy Garwin. L'adolescente était dans le coma, et sa famille espérait un miracle, tout comme Tessa.

Lorsqu'elle sortit de l'ascenseur avec des fleurs qu'elle avait achetées à la boutique de l'hôpital, elle aperçut Vince à l'autre bout du couloir, en train de parler à deux policiers.

Sans hésiter, elle se dirigea vers eux et croisa les deux hommes qui venaient de prendre congé de Vince.

— Des problèmes ? demanda-t-elle, étonnée de le voir là.

— Un cas de conduite en état d'ivresse. L'homme circulait entre Sagebrush et Lubbock. Il a embouti deux voitures sur un parking, et son taux d'alcoolémie crève le plafond. Il a eu de la chance de ne blesser personne, à part lui. Quelqu'un doit lui expliquer que s'il continue à boire ainsi, il finira en prison ou à la morgue.

— Et c'est toi qui vas te charger de le lui dire ?

— Il a quarante-deux ans et, apparemment, pas de famille. Dès qu'il aura les idées plus claires, j'irai lui parler. En attendant, je pensais aller rendre visite à Amy. Toi aussi, j'imagine ? ajouta-t-il en regardant le bouquet.

— Oui, je voudrais apporter à sa famille un peu de soutien moral, faute de mieux.

— Nous pourrions peut-être y aller tous les deux.

Ensemble ? Spontanément, Tessa passa son bras sous le sien. Il posa sur elle un regard interrogateur.

— Peut-être ne devrais-je pas… ? demanda-t-elle. Cela pourrait nuire à ton image, non ?

— Au diable mon image ! Je veux juste savoir ce que ça veut dire.

— Ça veut dire que nous sommes deux amis qui vont rendre visite à une patiente.

La chambre d'Amy témoignait de l'amour qui l'entourait. Elle était remplie de ses objets préférés. Sur les murs étaient accrochées des photos d'elle avec ses amis. Un lecteur de CD jouait ses chansons préférées. Tessa savait que sa mère lui lisait le journal et que sa sœur lui racontait les ragots du lycée. Le père, lui, avait apporté plusieurs livres et cherchait les passages susceptibles d'intéresser le plus sa fille.

Après avoir salué la famille, Tessa et Vince s'approchèrent du lit d'Amy, ne sachant pas trop que faire ni que dire. Vince se décida à parler le premier. Il posa la main sur l'épaule de la blessée.

— Amy, tu ne connais sans doute pas ma voix. Je suis Vince Rossi, le chef de la police. Tu manques beaucoup à tes camarades de classe, et à tout le monde.

Il marqua une pause.

— Je me souviens de mes dix-sept ans, reprit-il. A cet âge, on veut tout connaître, explorer le monde. Tu as encore tout à découvrir, Amy. Peux-tu nous faire un petit signe pour nous montrer que tu sens notre présence ici ? Nous voulons que tu reviennes parmi nous.

Tessa crut voir frémir les paupières de l'adolescente, et même bouger le petit doigt. Il ne s'agissait peut-être que de simples réflexes, mais qui sait ? Elle prit la main d'Amy et commença à parler d'une voix douce, évoquant la fête du Chili Géant qui devait avoir lieu le samedi suivant, avant de lui raconter une anecdote sur l'un de ses chevaux favoris.

Après avoir échangé quelques mots avec la famille, Tessa et Vince quittèrent la chambre.

— Comment sa mère peut-elle rester auprès d'elle, lui parler, lui faire la lecture, jour après jour, sans jamais obtenir la moindre réponse ? dit Tessa. Ça doit être effrayant.

— Que pourrait-elle faire d'autre ? Rentrer chez elle en laissant sa fille seule à l'hôpital ?

— Non, mais… Serais-tu capable de faire comme elle ?

— Certainement. Même si ça devait rester sans effet, j'essayerais tout ce qu'il est possible de faire. Quand on a un enfant, on est prêt à tout faire en espérant que quelque chose finira par marcher. Un peu comme avec toi.

— Avec moi ? Que veux-tu dire ?

— J'essaye tout ce que je peux en espérant que quelque chose finira par marcher.

Il l'observa quelques instants sans rien dire.

— Que dirais-tu si je te proposais un vrai rendez-vous ? Je viendrais te chercher après tes visites du soir. Nous pourrions passer voir Amy, puis nous dînerions ensemble et nous passerions un agréable moment.

— Un agréable moment ?

— Tu sais très bien de quoi je veux parler, répondit Vince d'un ton taquin. Nous devons apprendre à nous sentir à l'aise l'un avec l'autre, de sorte qu'aucune situation ne pourra plus jamais nous paraître gênante.

Tessa ne put s'empêcher de sourire.

— Tu arriverais presque à me convaincre.

— Viens passer du temps avec moi, avec Sean, et dîne avec nous, pour voir à quoi ressemble une soirée de ce genre.

Il présentait cela comme quelque chose de banal. Or, pour Tessa, cela n'avait rien de banal. Vince lui offrait l'occasion d'être heureuse maintenant, à défaut de l'être plus tard. La vie était si courte… peut-être devait-elle apprendre à profiter des bons moments lorsqu'ils se présentaient à elle.

— Très bien, dit-elle soudain.

— Très bien ? répéta-t-il, prudent.

— Tu m'as proposé un rendez-vous. J'accepte. Demain soir, si tu veux.

Elle avait l'impression d'être redevenue adolescente… comme cette fille de dix-sept ans qui avait cru trouver le bonheur pour toujours.

10

En revenant de l'hôpital, Tessa trouva ses amies dans la cuisine.

— Quelle odeur délicieuse ! s'exclama-t-elle en soulevant le couvercle de la cocotte posée sur la gazinière. En quel honneur vous donnez-vous tout ce mal ?

Francesca échangea un regard avec Emily qui finissait de garnir une tarte aux fraises.

— Oh ! pour rien ! dit-elle. Nous voulions nous occuper les mains pour éviter de trop penser.

— Comment va ton père ? s'enquit Emily.

— Toujours aussi têtu ! Il refuse de se faire opérer... Puis-je vous aider ? J'aimerais m'occuper les mains, moi aussi !

— Prépare la salade, si tu veux, suggéra Emily. A quoi veux-tu éviter de penser ?

— Je suis tombée sur Vince, à l'hôpital, et nous sommes allés voir Amy. Je suis si triste pour elle et sa famille !

Elle sortit une laitue du réfrigérateur.

— Nous avons rendez-vous demain, ajouta-t-elle d'un ton détaché. Je passerai la soirée avec lui et son fils.

— Bien, dit Emily. J'ai dit au Dr Madison que je resterais plus tard, demain soir, pour l'aider à entrer les dossiers des patients dans le nouveau système informatique.

— Tu fais ça pour des raisons professionnelles... ou personnelles ? demanda Tessa.

— Les deux, je crois. Lorsque je suis avec lui, j'arrive un peu à oublier tout ce que Richard m'a fait subir.

Emily parlait rarement de son ex-mari ou de la vie qu'elle avait menée avant de venir à Sagebrush.

— A Family Tree, dit Tessa, je n'ai jamais entendu courir aucun ragot sur le Dr Madison. Je crois qu'il se consacre entièrement à ses deux filles et à son travail.

— Je sais, convint Emily. Et il ne m'a jamais laissé entendre que notre relation pouvait être autre que strictement professionnelle. Mais…

— Mais ? répéta Francesca.

— Mais chaque fois que nous sommes dans la même pièce, je me sens profondément troublée. Pourtant, rien ne peut se passer entre nous. Je devrais lui dire…

Elle se tut brusquement et se mordit la lèvre.

— Que devrais-tu lui dire ? demanda doucement Tessa, devinant que son amie avait besoin de se confier.

Emily sortit du réfrigérateur une carafe de thé glacé.

— Quelqu'un veut un verre de thé ?

— Oui, avec plaisir, répondit Tessa.

Elle alla s'asseoir à la table, imitée par ses amies. Toutes trois se mirent à siroter leur thé en silence.

— J'ai caché un secret au Dr Madison, dit enfin Emily.

— As-tu envie de nous en parler ? demanda Francesca.

— Je crois que je devrais vous le confier. Peut-être cela vous aidera-t-il à comprendre pourquoi je parle si peu de moi… A Corpus Christi, j'étais sage-femme à domicile.

Tessa ne cacha pas sa surprise. L'accouchement à domicile était un sujet très controversé. Si certaines femmes souhaitaient y avoir recours, nombre d'obstétriciens y étaient opposés.

— Avant de devenir sage-femme, continua Emily, j'étais infirmière en obstétrique. En écoutant mes patientes, j'ai compris le désir qu'avaient certaines de donner naissance à leur enfant dans une atmosphère douce, pleine d'amour. J'ai alors décidé d'être sage-femme et de répondre à la demande de ces femmes en les aidant à accoucher chez elles. Bien sûr, je ne prenais pas en charge les grossesses à risque et, au moindre problème, j'étais décidée à envoyer la patiente à l'hôpital. Cela ne s'est présenté qu'une fois. Contre toute attente, le travail s'est révélé difficile. Dès que je m'en suis aperçue, j'ai fait hospitaliser la jeune femme qui a subi une césarienne. Tout s'est bien terminé pour la mère et l'enfant. Mais, un an plus tard, il s'est produit un drame que je ne pouvais pas prévoir. La patiente était jeune et en bonne santé. Pourtant, elle a mis au monde un petit garçon mort-né.

— Oh ! fit Francesca, le regard plein de compassion.

— Comme je te plains, Emily, dit Tessa en prenant la main de son amie. Et cela a dû être affreux pour les parents.

— Ils étaient effondrés et ont eu besoin de trouver un coupable. Alors ils ont porté plainte contre moi. Pendant l'enquête, je n'ai pas eu le droit d'exercer. Il y a eu un procès et le jury m'a mise hors de cause. Il a reconnu que je n'avais commis aucune faute professionnelle et j'ai récupéré ma licence de sage-femme. Mais l'avocat des Wilson avait ressorti le cas de la femme que j'avais dû envoyer à l'hôpital l'année précédente. Il a prétendu que j'avais fait courir des risques à la mère et à l'enfant qui n'avaient été sauvés que grâce à l'intervention d'un excellent obstétricien. Alors, j'ai commencé à douter. Je me suis demandé si je n'avais pas commis des erreurs dans l'un et l'autre cas.

— As-tu lu les résultats de l'enquête ? demanda Tessa.

— Oui, mais il y avait tellement de questions qui restaient sans réponse… Durant cette même période, Richard essayait d'obtenir de l'avancement. Il a prétendu que le procès et mon manque d'investissement dans sa vie professionnelle l'empêchaient de progresser. Il me reprochait de ne pas l'accompagner aux cocktails où il se devait d'aller, mais comment aurais-je pu faire comme si tout allait bien ? Peu après le procès, il m'a dit que je n'étais plus la femme qu'il avait épousée. Il avait besoin de vivre avec quelqu'un qui partage ses rêves et ses ambitions — avoir une grande maison, une BMW, un bateau… Moi, je m'intéressais aux mères et aux bébés, au sort des femmes trop pauvres pour avoir une assurance maladie. L'argent, les biens matériels, ce n'était pas mon principal souci. Richard rêvait d'ascension sociale, ce qui l'amenait à oublier d'autres valeurs. Je voulais avoir un enfant, mais il disait toujours que ce n'était pas le moment, qu'il fallait attendre qu'il ait une promotion. Et chaque fois qu'il en obtenait une, ça ne lui semblait pas suffisant. Il fallait attendre la suivante. Et maintenant…

Elle soupira.

— Je lui envoie un chèque tous les mois pour lui rembourser les frais occasionnés par le procès.

— Etait-ce mentionné dans le jugement de divorce ? s'enquit Francesca.

— Richard l'aurait souhaité, mais le juge a refusé. Cependant, comme tout ça est arrivé à cause de moi, je me sens responsable et je tiens à le rembourser. Cela me prendra des années, mais j'y arriverai.

Les trois femmes restèrent silencieuses un moment.

— Pourquoi ne veux-tu pas que le Dr Madison soit au courant ? demanda Tessa.

— J'ignore ce qu'il pense de l'accouchement à domicile… Je n'ai jamais eu le courage d'en parler avec lui. Et à cause de la plainte dont j'ai été l'objet, même s'il a été reconnu que je n'avais commis aucune faute professionnelle, je crains qu'il ne se sente obligé de me renvoyer. J'aime travailler avec lui ; je n'ai pas envie de me chercher un autre poste.

— Sois tranquille, déclara Tessa, nous ne dirons rien.

— Absolument, renchérit Francesca. Personne ne saura rien. Je suis heureuse que tu nous aies parlé, ajouta-t-elle en prenant la main de son amie. Nous avons toutes des secrets et je crois que le fait de les partager peut nous aider. C'est pourquoi je vous ai parlé de mon enfance.

Emily sourit.

— Si on m'avait dit, il y a un an, que j'habiterais avec deux amies auxquelles je raconterais ma vie… Mais assez parlé de moi. Vas-tu revoir Grady Fitzgerald, Francesca ?

— Non, ça ne marcherait pas entre nous. De toute façon, je ne tiens pas à me lancer dans une histoire sentimentale.

Je veux me consacrer à mon métier et n'ai pas le temps de penser à autre chose. Mais…

Elle se tourna vers Tessa.

— *Toi*, c'est différent. On m'a dit que tu avais rendu visite au groupe de rencontre mères-enfants et que Vince y était…

— D'où tiens-tu cette information ? demanda Tessa.

— Oh ! on en parle ici et là… J'ai aussi cru comprendre qu'une des mères présentes avait eu le béguin pour lui.

Tessa grimaça en se rappelant l'attitude de Lucy Atkins.

— Je ne suis pas restée très longtemps, dit-elle.

— Oui, j'ai appris cela aussi. Tu ne vas pas laisser cette femme mettre le grappin sur lui ?

Tessa savait que Francesca plaisantait, mais il y avait du vrai dans ce qu'elle disait.

— Ne raconte pas de bêtises ! Si Vince a envie d'avoir une histoire avec quelqu'un…

Elle se tut, consciente qu'elle ferait mieux d'être honnête avec ses amies. Peut-être cela l'aiderait-il à être honnête avec elle-même.

— Je crois que, moi, j'ai envie de recommencer quelque chose avec lui… Je suis folle ! Il ne va sans doute même pas rester à Sagebrush. Il n'a encore rien décidé à ce sujet.

— Et tu n'as pas envie d'abandonner ton père pour suivre Vince, dit Emily. Je te comprends. Si mes parents vivaient encore, je ne voudrais pas être trop loin d'eux.

— Je ne sais pas ce qui va se passer demain soir…

— En es-tu bien sûre ? demanda Emily avec un sourire malicieux.

Tessa décida de se montrer sincère.

— Je me dis que même si Vince doit s'en aller, passer un peu de temps avec lui maintenant, c'est mieux que rien. Je ne peux pas laisser le passé gâcher le présent. Ou l'avenir.

— A nous et à l'amitié ! s'exclama alors Francesca en levant bien haut son verre de thé glacé. De quoi d'autre avons-nous besoin ?

Si Tessa adorait ses amies, elle commençait à réaliser qu'elle avait aussi besoin de Vince et de Sean dans sa vie.

Mais Vince avait-il besoin d'elle ?

Le lendemain, après ses visites, Tessa retrouva Vince dans le hall de l'hôpital. Alors qu'ils sortaient de l'ascenseur à l'étage où se trouvait Amy, ils virent l'une de ses amies sortir de la chambre de l'adolescente. Elle semblait surexcitée.

— Appelez un médecin ! cria-t-elle. Elle s'est réveillée ! Sa mère dit qu'elle a ouvert les yeux !

Ils pressèrent le pas et, en arrivant dans la chambre, virent la mère d'Amy qui tenait la main de sa fille tandis que celle-ci jetait autour d'elle un regard étonné, comme si elle se demandait où elle était.

— Tout va bien, mon bébé, murmura sa mère. Tu es à l'hôpital. Tu as eu un accident. Oh ! chérie ! Je suis si heureuse… Nous avons eu si peur.

Un médecin entra en trombe dans la pièce.

— Il était temps que tu te réveilles, Amy ! Tu as assez joué la Belle au bois dormant ! Je vous demanderai à tous de sortir un moment. Je dois examiner notre jeune patiente.

La mère d'Amy n'obéit pas immédiatement.

— Ma chérie, sais-tu qui je suis ?

Amy passa la langue sur ses lèvres sèches, et hocha la tête.

— Maman, dit-elle d'une voix cassée.

Vince vit que Tessa avait les yeux humides. Il la prit par les épaules et la guida vers la porte.

— Je dois appeler mon mari, dit Mme Garwin en les rejoignant dans le couloir. Il est au travail.

Lorsqu'elle revint, quelques minutes plus tard, des larmes ruisselaient sur ses joues.

— Il arrive, murmura-t-elle.

Elle serra la main de Vince, puis celle de Tessa.

— Merci d'être venus voir Amy comme vous l'avez fait. Je sais que ces visites lui ont été bénéfiques.

Vince et Tessa quittèrent l'hôpital peu après.

— Ma voiture est sur le parking, dit-il. Et la tienne ?

— Devant l'entrée principale, sur une place réservée.

— Viens t'asseoir un peu dans la mienne avant que nous rentrions.

Elle acquiesça d'un signe de tête et le suivit.

— Installons-nous sur la banquette arrière, proposa-t-il en ouvrant la portière. J'ai envie de te prendre dans mes bras.

Elle ne parut pas surprise. Peut-être partageait-elle la même envie que lui, songea Vince en se demandant si elle avait eu un homme dans sa vie durant toutes ces années...

Lorsqu'il l'enlaça, elle se blottit contre lui, toute tremblante.

— Qu'est-ce qui ne va pas, Tessa ?

— Rien. Tout va bien. Je pensais à Amy. Je crois que ce n'est pas la médecine qui l'a sauvée, mais sa famille.

— Est-ce vraiment là le discours d'une scientifique ? dit-il d'un ton taquin.

— Nous ne pouvons pas toujours expliquer ce qui se passe, Vince. Ce matin, les médecins avaient abandonné tout espoir, mais sa famille croyait encore qu'elle allait s'en tirer. Et c'est ce qui est arrivé, Dieu merci.

— Oui, Dieu merci, murmura Vince en se penchant vers elle pour l'embrasser.

Il avait l'impression d'être redevenu un adolescent et brûlait du désir d'allonger Tessa sur la banquette pour s'emparer de ce dont il avait été privé durant vingt ans.

La sonnerie de son téléphone portable interrompit leur étreinte. Tessa leva vers Vince un regard interrogateur.

— C'est Janet, dit-il en soupirant. Je dois répondre. Allô, Janet ? Je suis à l'hôpital. Oui, je m'apprête à rentrer chez moi. Vous voudriez venir voir Sean et m'aider à le coucher ?

Il consulta Tessa du regard. Elle paraissait déçue, mais elle hocha la tête.

— Mais bien sûr, Janet, venez. Je serai chez moi dans une demi-heure. A tout à l'heure.

Et il raccrocha.

— Je vais rentrer moi aussi, Vince, déclara Tessa en rajustant ses vêtements. Janet préférera sûrement profiter de Sean sans me voir dans les parages.

— Tu recommences à prendre tes distances avec moi, répliqua Vince avec un regard dur.

— Mais non !

— Chaque fois que nous nous rapprochons l'un de l'autre, tu trouves un prétexte pour t'en aller.

Elle se raidit et s'écarta de lui.

— Je ne suis pas du genre à chercher des prétextes, Vince. Mais j'ai parfois l'impression que tu as envie de faire l'amour avec moi juste pour voir si c'est toujours aussi bien qu'avant.

— Tu compliques tout, grommela-t-il.

— La vie est compliquée, et je crois que tu ne vois que ce que tu as envie de voir. Que cherches-tu avec moi ? Une histoire qui durera un mois ou deux ? Et si ce n'était pas aussi bien qu'avant ? Si tu étais déçu ? Pour notre bien-être à tous, le tien, le mien et celui de Sean, nous ne pouvons pas nous permettre de prendre cela à la légère. Cet enfant a besoin de stabilité. S'il commence à s'attacher à moi et que tu l'emmènes loin d'ici, que se passera-t-il ? Y as-tu pensé ?

Non, il n'y avait pas pensé, mais elle avait raison. Sean risquait de s'attacher à elle. Peut-être même était-ce déjà fait.

Il avait commis bien des erreurs, autrefois. Il ne devait pas récidiver aujourd'hui. L'amour physique était l'aspect le plus facile de leur relation, mais il s'était trompé en croyant que cela pouvait tout résoudre.

Tessa ouvrit la portière.

— Il est préférable que je rentre chez moi. Janet a peut-être quelque chose à te dire ; elle se sentira plus à l'aise pour le faire si je ne suis pas là.

Vince ne pouvait pas la laisser partir ainsi.

— Es-tu libre, ce week-end ? Je dois faire une apparition à la fête du Chili Géant, samedi. Veux-tu m'y accompagner ?

— Je serai de garde au poste de secours entre 13 et 14 heures. Nous pourrions nous voir après.

— Parfait. Veux-tu que j'amène Sean ?
— Tu sais que j'adore le voir.
Mais pourrait-elle jamais le considérer comme son propre enfant ? se demanda Vince. Ou regretterait-elle toujours la perte de son bébé en l'accusant d'en être le principal responsable ?
C'était là une question à laquelle ils devraient répondre tous les deux.

11

Vince descendait Longhorn Way, la rue principale de Sagebrush, où la fête du Chili Géant battait son plein. Sean était dans sa poussette, babillant comme à son habitude en pointant du doigt les stands de dégustation installés de chaque côté de la chaussée. Une odeur de viande cuite, de piment et d'oignon régnait sur la ville. Les marchands invitaient les passants à goûter leur chili, le meilleur de tous, affirmaient-ils avec conviction.

Apercevant la banderole signalant le poste de secours, Vince se dirigea vers lui. Tessa se tenait sous l'auvent de toile rouge et blanc, occupée à soigner un vieil homme assis devant elle sur un tabouret. L'homme s'était brûlé au bras.

— J'ai entendu dire que votre chili était le meilleur de tout Sagebrush, mais vous devriez être plus prudent, lui conseilla-t-elle en étalant une pommade sur sa brûlure.

Lorsqu'elle se retourna pour prendre une compresse, elle vit Vince et lui sourit.

— Allez-vous goûter mon chili, chef ? demanda le vieil homme. C'est le troisième stand après la quincaillerie.

— C'est une idée, répondit Vince.

— Peut-être pourrions-nous y aller ensemble ? proposa une voix féminine, juste derrière lui.

Il reconnut la voix de Lucy Atkins. Elle aussi avait amené sa petite fille, assise dans sa poussette.

— J'ai essayé de vous rattraper, poursuivit-elle, mais vous

marchiez trop vite. Je me disais que nous pourrions manger un chili et offrir des glaces aux enfants.

Vince jeta un coup d'œil à Tessa qui, le visage impassible, continuait de soigner son patient. La situation était assez gênante, mais Vince savait exactement ce qu'il voulait. Par contre, il ne savait pas exactement ce que voulait Tessa.

Il se tourna vers Lucy et la gratifia de son plus beau sourire.

— Je suis désolé, mais j'ai d'autres projets pour le déjeuner.

Lucy regarda Tessa, puis revint à Vince.

— Je ne voudrais pas me montrer indiscrète…

— J'avais déjà prévu quelque chose, voilà tout, dit Vince d'un ton détaché.

La jeune femme resta silencieuse un bref instant, puis lui sourit.

— Le bruit avait couru que vous étiez revenu à Sagebrush libre comme l'air. Mais j'ai entendu aussi d'autres rumeurs, et je vois que peut-être elles disaient vrai. Si toutefois vous *êtes* libre et si vous souhaitez passer un moment avec moi, téléphonez-moi. Nous nous reverrons la semaine prochaine, au groupe de rencontre !

Sur ce, elle lui adressa un petit signe d'adieu et quitta le poste de secours avec sa petite fille.

— Vous avez un gros problème, chef ! dit le patient de Tessa en lui lançant un clin d'œil. Vous plaisez aux femmes.

Vince préféra ne pas répondre. Heureusement, l'arrivée de Francesca fit diversion.

— Je suis venue te relayer, Tessa. Et toi, comment vas-tu aujourd'hui ? ajouta-t-elle en se penchant vers Sean.

— Du moment qu'il est dans sa poussette, répondit Vince, il est content. Dis-moi, Tessa, veux-tu que nous allions manger ce fameux chili ?

— Avec plaisir. Je prends mon sac et on y va.

Ils quittèrent le poste de secours et marchèrent quelque temps en silence.

— A quoi penses-tu ? demanda Vince au bout d'un moment.

— A rien de spécial.

— J'en doute. Quand tu es ainsi, c'est que tu as quelque chose en tête.

Elle le regarda, l'air hésitant.

— Lucy Atkins a manifestement envie de te revoir. Elle est jolie, elle a une adorable petite fille, et… et elle pourrait te donner d'autres enfants.

Il s'arrêta net.

— Tessa ! Ne me dis pas que tu es jalouse !

— J'ai honte de le reconnaître, mais oui, je le suis.

La prenant par le bras, il l'attira contre lui.

— D'abord, Lucy ne m'attire pas comme toi tu le fais. Ensuite, je n'ai pas l'intention d'avoir d'autres enfants. Un me suffit ! Et, pour finir, ce n'est pas parce qu'elle me fait du charme que je vais y succomber. Je veux passer cette soirée avec toi et personne d'autre. Est-ce clair ?

— Très clair, murmura-t-elle avec un grand sourire.

Les lèvres de Vince étaient toutes proches des siennes.

— Si je t'embrasse ici, devant tout le monde, dit-il à voix basse, les ragots iront bon train. Alors, pourquoi ne pas prendre notre chili et des glaces et rentrer à la maison ? Nous ferons déjeuner Sean, et ensuite, nous pourrons passer aux choses sérieuses, toi et moi.

Il comprit, en voyant le désir embraser le visage de Tessa, que ce programme lui convenait parfaitement.

Une heure plus tard, Sean, qui avait dîné et pris son bain, commençait à montrer des signes de fatigue.

— Allez, cow-boy, il est temps de dormir, dit Vince en couchant l'enfant dans son petit lit.

Tessa se pencha pour déposer un baiser sur son front.

— Bonne nuit, cow-boy.

Elle quitta la chambre la première et Vince la rejoignit peu après dans le salon.

— Veux-tu un verre de sangria ? proposa-t-il.

— Volontiers. Puis-je t'aider ?

— Non merci, je m'en occupe. Pendant ce temps, tu pourrais regarder les photos que je viens d'imprimer. J'ai envie d'en encadrer certaines.

Tessa se dirigea vers le bureau où se trouvaient l'ordinateur et l'imprimante de Vince.

— Il y en a une assez bonne de Sean et de Janet, cria-t-il depuis la cuisine. Je vais l'encadrer et je l'offrirai à Janet avant son départ.

— Ça lui fera grand plaisir, j'en suis sûre.

Vince revint bientôt avec deux verres de sangria. Il en tendit un à Tessa.

— Alors, que penses-tu de ces photos ?

— Elles sont excellentes. Dignes d'un professionnel.

— Il faudra que j'en prenne de toi avec Sean.

Ne sachant que répondre, elle but une gorgée de sangria.

— C'est bon, dit-elle.

Vince lui ôta son verre des mains et le posa sur le bureau.

— Je rêve de t'embrasser depuis des heures, murmura-t-il en lui caressant les cheveux. Mais il y avait trop de monde, je ne voulais pas te compromettre.

— Sean dort déjà ? demanda-t-elle d'une voix enrouée.

— Oui, il s'endort très facilement. Et s'il se réveille, nous l'entendrons, grâce au babyphone.

Tessa leva les yeux vers lui et tous deux surent que l'heure n'était plus à la conversation. Ils avaient mieux à faire.

Vince se réveilla en entendant Sean babiller. Tessa était blottie contre lui, la tête posée sur sa poitrine. La nuit qu'il venait de passer avec elle l'avait déstabilisé. Il l'avait désirée, bien sûr, mais ne s'était pas attendu à avoir faim d'elle à ce point. Une faim qui semblait ne jamais vouloir s'assouvir. Il avait *besoin* d'elle.

Son père avait-il ressenti la même chose pour sa mère ? Etait-ce pour cette raison qu'il avait sombré dans l'alcool lorsqu'elle l'avait quitté ? Et s'il décidait de s'autoriser à aimer Tessa, que se passerait-il si elle l'abandonnait un jour ?

— Veux-tu que j'aille chercher Sean ? proposa-t-elle d'une voix endormie.

— Non, j'y vais, dit-il en s'écartant.

Elle dut percevoir chez lui un certain changement, car elle se redressa aussitôt et s'assit dans le lit.

— Je vais préparer le petit déjeuner. Sean aime-t-il les œufs brouillés ?

— Oui, et aussi les toasts beurrés.

— Bon, je devrais y arriver, c'est assez facile à faire…

Au moment où il allait quitter la chambre, elle l'interpella.

— Est-ce que tout va bien, Vince ?

— Oui, très bien. Je vais lever Sean et l'habiller.

Une demi-heure plus tard, alors qu'ils étaient tous trois en train de prendre leur petit déjeuner dans la cuisine, le téléphone sonna. C'était Janet.

— Bonjour, Janet.

— J'espère que je ne vous dérange pas, Vince. Je voulais savoir si je pouvais passer vous voir. Je ne voudrais pas troubler votre matinée, mais c'est… important.

Il se devait de rester courtois et accueillant, mais il commençait à en avoir assez de voir la grand-tante de Sean s'immiscer dans sa vie. Il avait la désagréable impression d'être surveillé dans ses moindres faits et gestes.

— Nous sommes en train de prendre notre petit déjeuner. Vous boirez un thé ou un café avec nous.

— Je veux juste vous parler de quelque chose ; je ne resterai pas longtemps.

— Janet va venir ? demanda Tessa lorsqu'il eut raccroché.

— Oui, elle sera là dans quelques minutes.

— Veux-tu que je m'en aille ?

— Non. Elle peut bien penser ce qu'elle veut. Tout ce qu'elle verra, c'est que nous déjeunons ensemble.

Tessa fronça les sourcils, comme si elle n'appréciait guère sa réponse, mais ne dit rien.

Peu après, Janet arriva. Tessa l'accueillit avec un sourire, puis entreprit de remplir le lave-vaisselle, laissant à Vince le soin d'expliquer sa présence chez lui.

— Tessa s'est jointe à nous pour le café du matin, dit-il simplement.

Après avoir fait des sourires et des caresses à Sean, Janet sortit quelques feuillets de son sac et les tendit à Vince.

— J'aimerais que vous lisiez ces papiers et que vous les signiez.

Vince les prit, intrigué. L'en-tête était celui d'un cabinet d'avocat de Lubbock et l'intitulé de la première feuille indiquait qu'il s'agissait d'un contrat d'entente sur un droit de visite. Du jargon juridique habituel émergeaient des mots tels que « un week-end par trimestre » et « deux semaines l'été ».

Conscient qu'il devait à tout prix garder son sang-froid, il fit un effort surhumain pour y arriver.

— Pourquoi devrais-je signer cela ?

Janet semblait nerveuse, mais décidée.

— Parce que vous êtes un homme bien. Vous pouvez comprendre que je veuille m'impliquer dans la vie de Sean. Je pourrais demander à être sa tutrice légale, mais je le crois heureux avec vous. Je ne veux pas qu'il y ait la guerre entre nous, Vince. Je veux juste m'assurer que vous ne m'écarterez pas de la vie de Sean.

— Vous me croyez vraiment capable de cela ?

— Peut-être pas volontairement. Mais si vous déménagez, si vous ne trouvez pas le temps de m'envoyer de photos de lui, si mes visites vous dérangent, je peux rester six mois sans le voir. Promettez-moi d'y réfléchir, d'accord ? Vous vous rendrez compte que ma demande est raisonnable. Appelez-moi quand vous aurez pris votre décision.

Après avoir gratifié Tessa d'un sourire et Sean d'un gros baiser, Janet s'en alla, laissant derrière elle un silence pesant.

Vince lança les papiers sur la table et poussa un juron.

— Que je signe ou non, je suis piégé !

Tessa prit les documents et les parcourut rapidement.

— Elle ne demande pas grand-chose… quatre week-ends par an et deux semaines en été. Elle a même prévu que ce serait elle qui se déplacerait tant que Sean serait trop jeune pour venir la voir tout seul. Elle propose l'âge de seize ans.

— Je dois consulter un avocat.

— Ne vaudrait-il pas mieux t'arranger avec Janet ?

— Mais c'est elle qui veut me faire signer un document officiel qui affectera ma vie avec Sean ! De quel côté es-tu ?

— Du tien, bien sûr. Mais si tu avais de la famille, ne voudrais-tu pas leur permettre de voir Sean plus souvent que ce que réclame Janet ?

Vince se demanda ce qu'il ferait si son père était encore en vie. Il ne souhaiterait pas le voir tourner autour de Sean. Et il pensa à sa mère qui les avait abandonnés tous les deux.

— Je ne veux pas signer ce genre de document.

— Et si tu négociais avec Janet ? Peut-être que si tu lui promettais de rester par ici…

— Je ne vais pas la laisser utiliser un droit de visite comme moyen de chantage pour contrôler ce que je fais ou ne fais pas.

Le visage de Tessa changea d'expression.

— La nuit dernière a-t-elle signifié quelque chose pour toi ? demanda-t-elle brusquement.

— Oui, bien sûr !

— Tu n'en donnes pas l'impression. Ce matin, j'ai eu la nette sensation que tu voulais prendre tes distances avec moi.

Sean, las d'être dans sa chaise haute, commença à pleurer. Vince se sentait partagé entre l'envie de rassurer Tessa et le besoin de s'occuper de son fils. Comprenant son dilemme, Tessa libéra l'enfant de son harnais et le prit dans ses bras.

— Je crois que ton papa et toi, vous avez besoin de passer du temps ensemble. Je vais vous laisser. Mais tu vas me manquer, ajouta-t-elle en embrassant Sean sur le front.

Puis elle tendit le petit garçon à son père.

— Ne t'en va pas, dit Vince. Pas comme ça.

— Nous devons réfléchir tous les deux à ce qui s'est passé la nuit dernière et à ce que cela signifie.

Attrapant son sac posé sur le comptoir, elle quitta l'appartement de Vince, le laissant seul dans sa cuisine… son fils dans les bras.

12

Le mardi suivant, en fin d'après-midi, la tempête faisait rage à Lubbock. Une pluie battante martelait la voiture de Tessa qui se rendait à l'hôpital pour visiter ses petits patients. Elle avait du mal à se concentrer sur la conduite, car elle ne cessait de penser à Vince. Depuis la dernière visite de Janet, elle n'avait plus eu aucune nouvelle de lui. Sean lui manquait aussi. Beaucoup.

Elle essayait d'éviter une flaque d'eau qui s'était formée sur la chaussée quand son téléphone sonna. Elle lut le numéro inscrit sur l'écran et son cœur se mit à battre à tout rompre. L'appel venait de Madalyn Grayson, la personne chargée de son dossier à l'agence d'adoption.

— Bonjour, Madalyn.

— Je ne vous dérange pas, j'espère ? J'ai essayé de vous appeler à votre bureau, mais la réceptionniste m'a dit que vous étiez déjà partie.

— Je suis en voiture, en route pour l'hôpital. Que se passe-t-il ?

— Etes-vous prête à devenir maman ?

— Vous plaisantez !

— Vous souvenez-vous d'Angie Marquez et de sa fille Natalie ?

Tessa se souvenait parfaitement de la jeune veuve qui, l'année précédente, lui avait amené sa petite Natalie, alors âgée d'un mois. L'enfant souffrait de troubles digestifs. Tessa avait prescrit un régime sans lactose et tout s'était arrangé.

Trois mois plus tôt, elle avait revu la mère et l'enfant pour un problème d'oreille. Angie lui était apparue amaigrie, mais elle avait toujours son beau sourire et son entrain.

— Il y a quatre mois, reprit Madalyn, Angie est venue nous voir. On venait de lui diagnostiquer un cancer du pancréas. Lorsque nous lui avons présenté les fiches et les vidéos des personnes désireuses d'adopter, elle vous a reconnue. Et elle vous a choisie, en nous expliquant que sa fille vous aimait beaucoup. Je crois qu'elle s'est sentie soulagée de ne pas avoir à confier son enfant à une inconnue.

— Natalie est le bébé que vous me proposez d'adopter ?

— Angie est morte la nuit dernière. Une de ses amies a pris Natalie chez elle la semaine dernière, mais elle a déjà trois enfants et ne peut se charger d'un quatrième. Angie a rempli toutes les formalités nécessaires. Aussi n'ai-je qu'une question à vous poser : êtes-vous prête à devenir maman ?

Tessa sentit l'émotion la submerger.

— Je suis prête. Quand pourrai-je avoir Natalie avec moi ?

— Il vous faudra d'abord rencontrer la juge. C'est elle qui prendra la décision.

— Quand la verrai-je ?

— Venez à l'agence demain matin vers 9 heures ; je vous accompagnerai à l'audience. Avec un peu de chance, vous pourrez ensuite rentrer chez vous avec Natalie. D'accord ?

— Entendu, Madalyn. Je serai là à 9 heures. Merci beaucoup.

— Ne me remerciez pas. Je confie cette petite fille à quelqu'un qui sera une maman géniale.

Perdue dans ses pensées, Tessa faillit manquer l'entrée de l'hôpital. Comment Vince allait-il réagir à l'annonce de cette nouvelle ?

Elle essaya de le joindre à son bureau.

— Désolée, Tessa, répondit Ginny. Il est sorti pour s'occuper des problèmes causés par la tempête. Il y a des lignes électriques arrachées, des arbres déracinés.

— Savez-vous s'il reviendra au bureau ?

— J'en doute. Je ne le reverrai probablement pas avant demain matin.

Tessa essaya ensuite d'appeler Vince sur son portable, sans succès. Il n'y avait pas de réseau, sans doute à cause de la tempête.

Elle ne voulait pas téléphoner chez lui et laisser un message… Ce qu'elle avait à lui dire était trop important. Elle tenterait de le joindre plus tard. Lorsqu'elle aurait fait quelques achats pour le bébé. Lorsqu'elle aurait réalisé qu'elle allait devenir maman. Lorsqu'elle se serait préparée à affronter la réaction de Vince.

Le lendemain matin, Vince se révéla injoignable. Il avait passé la nuit à mettre en place des mesures de sécurité dans les quartiers où la tempête avait provoqué des dégâts. Tessa se résigna à laisser un message chez lui, à son bureau et sur son téléphone portable, lui demandant de la rappeler dès qu'il pourrait.

Elle se rendit ensuite à l'agence d'adoption où elle arriva à 9 heures pile, les mains moites et le cœur battant.

Quelques instants plus tard, Madalyn apparut, tenant dans ses bras une ravissante petite fille de treize mois, dotée de boucles brunes et de grands yeux noirs. Tessa sentit aussitôt exploser en elle tout l'amour qu'elle rêvait de donner à cette enfant. Elle lui caressa les cheveux et lui ouvrit les bras.

— Veux-tu venir avec moi, ma chérie ? Je vais être ta maman.

Natalie l'observa, silencieuse, puis lui tendit les bras. Rayonnante, Tessa la serra contre son cœur.

Madalyn sourit et consulta sa montre.

— J'ai des papiers à vous faire signer avant que nous allions au tribunal.

— Après, je pourrai ramener Natalie chez moi ?

— La juge va vous poser des questions et ensuite, elle prendra sa décision. Si elle est satisfaite de vos réponses, elle vous confiera la garde de l'enfant et la procédure d'adoption sera lancée. Une assistante sociale passera chez vous dans la journée pour vérifier que Natalie a tout ce qu'il lui faut.

— Avez-vous une liste de ce que je dois avoir à la maison ?

Madalyn lui posa la main sur l'épaule.

— Lorsqu'elle vous verra toutes les deux ensemble, elle ne songera pas à compter le nombre de couches ! Détendez-vous, Tessa, et soyez simplement la maman que vous avez toujours voulu être.

Tessa aurait bien voulu pouvoir se détendre, mais elle ne cessait de penser à Vince. Comment allait-il réagir ?

Tessa était assise sur le canapé du salon, tenant Natalie sur ses genoux, lorsque quelqu'un sonna à la porte. Comme la petite fille dormait à moitié, Emily proposa d'aller ouvrir.

Alors que Tessa s'attendait à la visite de l'assistante sociale, ce fut Vince qui apparut à l'entrée du salon. Il s'arrêta net en la voyant avec Natalie dans les bras. Elle lui adressa un petit sourire timide. Un sourire qui lui demandait d'être compréhensif et de partager son bonheur.

Comme il ne bougeait pas, elle se leva et posa l'enfant dans le berceau installé près du canapé. Natalie qui s'était endormie en suçant son pouce ne se réveilla pas.

— Je vais rester avec elle, si Vince et toi vous voulez aller discuter dans le patio, suggéra Emily.

Tessa le consulta du regard. Il hocha la tête et la suivit dans la cuisine qui s'ouvrait sur le patio.

Gênée par l'air sévère de Vince, Tessa ignorait par où commencer son explication.

— J'ai essayé de te joindre, hier, après avoir reçu l'appel téléphonique, dit-elle enfin.

— De quel appel parles-tu ?

— Il y a huit mois, j'ai entamé des démarches auprès d'une agence d'adoption.

Un silence pesant suivit sa déclaration.

— Et tu n'as pas jugé bon de m'en informer ? demanda finalement Vince.

— Je ne pensais pas que cela aboutirait un jour. Que quelqu'un choisirait de me confier son enfant…

— Et quelqu'un l'a fait ?

— Oui. Angie, la maman d'une de mes jeunes patientes. Son mari a été tué en Irak avant la naissance de leur petite Natalie. Il y a quelques mois, Angie a appris qu'elle souffrait d'un cancer du pancréas. Comme elle était sans famille, elle a fait appel à l'agence où je m'étais inscrite. Elle cherchait des parents adoptifs pour son enfant. Lorsqu'elle a vu mon dossier, elle m'a reconnue, et c'est moi qu'elle a choisie. *Moi*, Vince ! Je vais être maman !

Il ne laissa paraître aucune émotion.

— Et qu'est-ce que cela signifie pour nous ?

— Je ne sais pas, Vince. Depuis dimanche, je ne suis pas sûre qu'il y ait un « nous ».

— A cause des exigences de Janet sur le droit de visite ?

— Non. A cause de ton attitude envers moi.

— Qu'attends-tu de moi, Tessa ? demanda-t-il en détournant le regard. Ma vie est faite d'incertitudes à cause de Sean, à cause de mon travail…

— Non, à cause de *toi* ! Tu n'as toujours fait que ce que tu voulais, Vince. Tu prends les engagements qui te conviennent. Tu t'es engagé envers Sean parce que tu le désirais. Sinon, tu aurais très bien pu le confier à Janet. Tu as dit que tu étais revenu ici à cause du spécialiste installé à Lubbock, mais il y en a aussi ailleurs. Dis-moi la *vraie* raison pour laquelle tu es revenu !

— Parce que, à Sagebrush, je suis en territoire connu. C'était plus facile d'y organiser ma vie avec Sean.

— Et parce que tu y as tes racines.

— Non, aucune racine… rien à quoi me raccrocher.

— Tu oublies tous *nos* souvenirs ! Le souvenir de ce que nous avons vécu ensemble, de ce que nous aurions pu vivre. Nous nous sommes retrouvés. Cela signifie-t-il quelque chose à tes yeux ? La nuit que nous avons passée ensemble a-t-elle un sens pour toi ?

Vince parut désemparé, comme s'il y avait trop de portes devant lui et qu'il ne savait laquelle ouvrir.

— Il y a vingt ans, dit-il, je me sentais engagé envers notre couple. Mais *toi,* tu ne l'étais pas. Sinon, tu serais rentrée chez nous, au lieu d'aller vivre chez ton père.

C'était donc cela, le fondement de tous les doutes et du désarroi de Vince ! songea Tessa. Il pensait qu'elle ne l'avait pas suffisamment aimé, naguère. Comme, à l'époque, elle ne l'avait pas choisi, il croyait qu'elle ne le choisirait pas davantage aujourd'hui.

— J'ai commis une erreur, reconnut-elle. Je n'aurais pas dû m'installer chez mon père. Mais j'étais sûre que tu viendrais me chercher, que tu te battrais pour sauver notre couple. Tu ne l'as pas fait. Tu m'as annoncé ton engagement dans l'armée de l'air et, tout comme mon père, tu as décidé de ce qui était le mieux pour moi. Tu as décidé de notre avenir sans me consulter !

Il secoua la tête, furieux.

— C'est pour ça que tu ne m'as rien dit au sujet de l'adoption ? Parce que, maintenant, tu décides tout toute seule ? Je crois qu'il y a autre chose, Tessa. Tu m'en veux encore de ce qui est arrivé... La perte du bébé, l'hystérectomie... Lorsque je suis allé à l'hôpital le jour de ton opération, ton père m'a dit qu'il me tenait responsable de tout ce gâchis, et toi aussi.

— J'ignorais qu'il t'avait dit cela. Je n'ai jamais tenu ces propos !

— Peut-être ne les as-tu pas formulés, mais je savais que c'était ce que tu ressentais. Et tu m'en veux toujours, j'en suis sûr. Quoi que je puisse dire ou faire, tu me reprocheras toujours d'être parti.

La gorge serrée, Tessa lut dans ses yeux la souffrance qui l'habitait.

Sans dire un mot de plus, il tourna les talons et quitta le patio sans repasser par la maison. Pour éviter de revoir la petite fille à l'origine de cette pénible explication ? se demanda Tessa. A moins qu'il ne soit trop profondément blessé pour envisager qu'ils puissent un jour se réconcilier ?

Soudain, elle réalisa que toutes ces questions n'avaient aucune importance. Elle aimait Vince de tout son cœur, tout comme elle aimait le petit Sean qu'elle voulait entourer de tendresse. Avec le temps, Vince parviendrait peut-être à lui pardonner, mais ce qui comptait le plus, pour l'instant, c'était Natalie.

Elle retourna dans le salon, sortit doucement la petite fille du berceau et la serra contre son cœur tandis que de grosses larmes roulaient sur ses joues. Elle devait accorder toute son attention à une enfant qui avait besoin d'elle, contrairement à Vince.

Lui n'avait manifestement pas besoin d'elle. Et, qui sait ? Autrefois non plus, peut-être…

13

— Tu es sûre que je la tiens comme il faut ? demanda Walter McGuire d'un air inquiet.

Natalie semblait fascinée par le nez de son grand-père et tentait de l'attraper avec ses petits doigts potelés.

— Mais oui, affirma Tessa, assise près du canapé où se tenait son père avec l'enfant dans ses bras.

Elle s'émerveillait du changement qui s'était opéré chez lui en l'espace de huit jours, tout comme de celui qui s'était produit dans sa propre vie. Vince lui manquait terriblement. Elle aurait voulu partager tant de choses avec lui ! On était samedi soir et, toute la semaine, elle avait attendu en vain qu'il lui téléphone.

— Donc, dit Walter McGuire, tu vas abandonner ton cabinet médical pendant six mois ?

— Oui. Ensuite, je reprendrai le travail à temps partiel.

— Et tu vas t'en sortir, financièrement ?

— Mais oui, j'ai quelques économies. Ça ira. Je vais aussi devoir décider si je reste avec Emily et Francesca, ou si je prends un logement toute seule.

— Je te l'ai déjà dit, tu peux venir t'installer au ranch.

— Non, je ne crois pas, papa. Je t'aime, mais nous avons besoin d'être chacun chez soi.

— Tout ce que je veux, c'est te voir ici le plus souvent possible.

— Ne t'inquiète pas, tu nous verras souvent.

Après un petit silence, Walter se racla la gorge et reprit la parole.

— Puisque tu ne m'en parles pas, je te pose la question. Que se passe-t-il entre toi et Rossi ? Tu n'as plus de nouvelles de lui depuis que tu as ramené Natalie chez toi ?

Tessa n'avait vraiment aucune envie d'en parler avec lui.

— Je ne l'intéresse pas suffisamment pour qu'il veuille vivre avec moi. Peut-être n'en a-t-il jamais eu le désir.

— L'arrivée de cette enfant a dû être une surprise pour lui.

— Pour moi aussi, murmura Tessa.

— Tu sais ce que je veux dire. Tu ne lui avais jamais parlé de ton projet d'adoption. Peut-être a-t-il cru que tu prenais prétexte de la venue de Natalie pour le chasser de ta vie.

— Depuis quand prends-tu sa défense ?

— Je ne prends pas sa défense. Je te dis seulement ce que je vois. Après que tu aies perdu ton bébé, Vince s'est senti trahi lorsque tu es venue t'installer chez moi.

Trahi ? Elle n'avait jamais pensé à cela. Vince s'était-il vraiment senti trahi ?

— C'est un peu ta faute, papa, tu ne crois pas ?

Il rougit.

— Ah ! Je vois que Rossi a fini par te le dire.

— Tu lui as raconté que je l'accusais d'être responsable de la mort de notre bébé ! Je n'ai jamais dit cela, mais durant toutes ces années, il l'a cru.

— Tu as montré que tu lui en voulais en venant vivre avec moi.

— C'était une erreur. Une énorme erreur…

— Et si tu en commettais une autre en ne laissant pas à Rossi le bénéfice du doute ? Tu aurais dû lui parler de ton intention d'adopter un enfant.

— Mais je ne savais pas si ça se réaliserait un jour ! Et je ne m'attendais pas à ce que ça arrive maintenant.

Son père la regarda et secoua la tête.

— Tu as manqué de confiance en lui. Peut-être as-tu pensé

que l'adoption le ferait fuïr. Peut-être as-tu eu peur qu'il ne tienne pas suffisamment à toi.

— Je ne sais pas s'il tient à moi. Je ne sais pas s'il veut que je fasse partie de sa vie. Il ne m'a rien dit. Si seulement nous avions eu un peu de temps…

— Tu as eu vingt ans.

Et pendant ces vingt années, elle n'avait jamais cessé d'aimer Vince. Et lui ? L'aimait-il ? Elle n'aurait su le dire.

Cette fois, c'était peut-être à elle de mettre sa fierté de côté et de lui demander pardon pour le mal qu'elle avait pu lui faire, songea Tessa. Et si elle lui écrivait ? Elle pourrait lui expliquer dans une lettre tout ce qu'elle avait sur le cœur…

Le dimanche après-midi, Vince était assis dans son patio, en train de surveiller Sean qui jouait dans son parc lorsqu'il vit apparaître Janet Fulton à l'angle de la maison. Elle était venue deux fois, cette semaine. La première fois, c'était lui qui lui avait téléphoné pour lui dire qu'il avait signé les documents concernant le droit de visite et qu'elle pouvait venir les chercher. La seconde fois, elle avait apporté le dîner et ils avaient passé la soirée ensemble.

— Vince ? appela-t-elle.

— Nous sommes par ici, Janet.

Elle le rejoignit dans le patio, le sourire aux lèvres.

— Vous voulez un peu de compagnie ?

Comme il ne répondait pas, elle soupira.

— Je n'aurais pas dû poser la question. Vous êtes toujours fâché avec Tessa ? J'ai entendu dire qu'elle avait adopté une petite fille. Vous ne m'en aviez pas parlé.

— C'est un sujet que je préfère ne pas aborder.

Janet s'approcha du parc et se mit à jouer avec Sean.

— Vous avez du mal à parler de ce que vous ressentez, n'est-ce pas, Vince ? dit-elle soudain.

— Janet…

— Avant que vous ne me disiez que tout cela ne me

regarde pas, écoutez-moi. Croyez-vous que j'ai demandé un droit de visite uniquement pour voir Sean ?

— Vous êtes sa grande tante.

— C'est vrai. Mais sachez que lorsque Scott et Carol sont morts, je me suis retrouvée comme vous, sans famille ou presque. Sean est le seul parent qui me reste, et *vous* êtes son père, maintenant. Nous sommes donc un peu parents, vous et moi.

Vince n'avait jamais considéré la situation sous cet angle.

— La famille ne se limite pas aux liens du sang, Vince. Vous l'avez découvert avec Scott. Et aussi avec Tessa.

— C'était il y a bien longtemps.

— Pourquoi cela ne marche-t-il pas entre vous ?

— Parce que j'ai commis bien trop d'erreurs, murmura-t-il en se mettant à arpenter le patio. Si elle ne m'a pas parlé de ses projets d'adoption, c'est parce qu'elle n'a pas confiance en moi. Et c'est ma faute… J'aurais dû m'occuper d'elle après son hystérectomie et la perte de notre bébé. J'aurais dû me battre pour la garder et dire à son père que je la méritais.

— Et aujourd'hui, la méritez-vous ?

Il mit un certain temps à répondre.

— Je n'avais pas réalisé à quel point nos souvenirs nous faisaient souffrir tous les deux et combien ils nous laissaient de regrets. Et la façon dont j'ai réagi quand j'ai appris qu'elle adoptait un enfant… C'était pour elle une merveilleuse nouvelle, et je me suis comporté comme si elle avait commis une faute.

— C'est pour vous un regret de plus ?

Vince regarda Janet. Il eut soudain l'impression qu'elle *faisait* vraiment partie de sa famille.

— Et si elle ne pouvait pas me pardonner ? Pour le passé, pour mes erreurs, pour mon attitude qui a pu lui laisser croire que je ne cherchais qu'une simple aventure avec elle…

— Si vous voulez connaître la réponse, vous devez lui laisser une chance de vous pardonner.

Oui, songea Vince. Peut-être devait-il leur donner à tous

les deux une seconde chance. La semaine précédente, il avait imaginé plusieurs moyens de le faire.

— Voulez-vous, cet après-midi, nous accompagner quelque part, Sean et moi ? demanda-t-il tout à coup à Janet.

— Pour aller où ?

— Visiter une propriété.

— J'ai l'impression que vous avez un plan, dit-elle en souriant.

— C'est vrai. Mais reste à voir si cela marchera.

Le lundi soir, en rentrant du travail, Vince habilla Sean, l'installa dans son siège-auto et se rendit avec lui chez Tessa. Il ne l'avait pas avertie de sa visite. Il comptait sur l'effet de surprise pour obtenir d'elle une réaction sincère.

Lorsqu'il sonna à la porte, portant son fils sur sa hanche, il avait le cœur battant. Ce fut Francesca qui lui ouvrit. En le voyant, elle parut hésiter, comme si elle ne savait pas si elle devait sourire ou froncer les sourcils.

— Tessa est-elle au courant de votre venue ? s'enquit-elle à mi-voix.

— Non. Puis-je entrer ?

Elle hocha la tête.

— Elle a besoin de vous voir.

En entrant dans le salon, Vince trouva Emily en train de lire une revue sur le canapé. Tessa, allongée sur le tapis, empilait des cubes avec Natalie. Elle leva les yeux vers son visiteur et s'immobilisa.

Francesca fit un petit signe à Emily et toutes deux disparurent dans la cuisine.

Tessa s'était ressaisie. Assise sur le tapis, elle était ravissante dans son short blanc et son petit haut jaune vif, ses blonds cheveux retombant en cascade sur ses épaules. Vince brûlait de la serrer dans ses bras. De partager sa vie avec elle.

— J'ai commencé une lettre pour toi…, dit-elle.

Il l'interrompit d'un geste de la main ; il n'était pas sûr de vouloir connaître le contenu de cette lettre.

— Je suis venu te voir pour plusieurs raisons. La première est que Sean et moi, nous souhaitons connaître Natalie.

Tessa parut perplexe, puis une lueur d'espoir passa dans ses yeux bleus. Elle prit Natalie dans ses bras et l'amena vers Vince qui sourit à l'enfant.

— Bonjour, Natalie, dit-il d'une voix douce. Je m'appelle Vince et je t'ai amené un petit compagnon de jeu. Il est plus jeune que toi, mais je crois que, plus tard, vous vous amuserez bien ensemble. Natalie, je te présente Sean. Sean, voici Natalie.

La petite fille se pencha vers le bébé avec curiosité.

— Vous pourrez jouer ensemble, mais avant cela, je voudrais vous emmener faire un tour en voiture. J'aimerais montrer quelque chose à ta maman.

— Quoi donc ? s'enquit Tessa, intriguée.

— C'est une surprise.

Dix minutes plus tard, les deux enfants étaient installés dans leurs sièges auto respectifs à l'arrière du 4x4 de Vince qui démarra.

Il traversa Sagebrush, dépassa les faubourgs et s'arrêta bientôt devant une maison à deux étages dont le porche avait grand besoin d'être repeint. Elle s'élevait au milieu d'un vaste terrain et un panneau A VENDRE était planté devant.

Vince se tourna vers Tessa.

— Qu'en penses-tu ?

— Je ne sais que dire.

Il détacha leurs ceintures de sécurité.

— Ce jour-là, dans la bibliothèque du lycée, je suis tombé amoureux de toi, dit-il en lui prenant la main.

Voyant des larmes briller dans ses yeux, il comprit qu'elle aussi se souvenait de ce moment-là.

— Mon amour pour toi n'a fait que grandir, continua-t-il. Mais j'ai commis tant d'erreurs… J'aurais dû aller te chercher chez ton père, lui dire que je prendrais soin de toi. Nous aurions dû pleurer ensemble la perte de notre bébé, décider ensemble de notre avenir. Mais nous ne l'avons pas fait.

A présent, les larmes roulaient sur les joues de Tessa.

— Je t'ai laissée, et maintenant je te demande de me pardonner. Parce que je t'aime, Tessa. Je n'ai jamais aimé que toi, et je veux partager ta vie. Me pardonneras-tu ?

Comme elle semblait avoir du mal à retrouver sa voix, Vince attendit, le cœur battant.

— Oh, Vince ! dit-elle enfin. Oui, je te pardonne. Moi aussi, je t'aime. J'aurais dû te parler de mon projet d'adoption, mais j'avais peur que tu ne t'en ailles. Depuis samedi, j'ai essayé de t'expliquer tout ça dans une lettre que j'ai recommencée trois fois. Je voulais que tu comprennes à quel point je vous aime, Sean et toi.

— Tu n'as plus à avoir peur. Nous allons tout recommencer. Si elle te plaît, je veux acheter cette maison, construire une écurie et faire un jardin où Sean et Natalie pourront jouer sans danger. Natalie et toi, accepteriez-vous de nous épouser, Sean et moi, afin que nous passions le reste de nos jours ensemble ?

Tessa afficha un sourire éclatant au milieu de ses larmes.

— Oui, nous voulons bien vous épouser.

Il se pencha vers elle et lui donna un long baiser plein d'amour et de tendresse. Puis, se retournant, il vit Sean et Natalie qui babillaient en pointant du doigt un lapin qui venait de traverser la cour devant la maison.

— Et ton travail ? demanda Tessa en lui caressant la joue. Si nous restons ici, iras-tu travailler dans la police de Lubbock ?

— Non. J'ai fait quelques recherches, cette semaine. Je compte rejoindre une société d'enquêtes et sécurité installée à Lubbock.

— Y seras-tu heureux ?

— Je pense, oui. Mais ce qui me rendra le plus heureux, c'est que tu acceptes de m'épouser et que nous élevions nos enfants ensemble.

— Nos enfants…, répéta Tessa.

Conscients qu'ils allaient enfin connaître le bonheur en partageant une vie remplie d'amour, ils échangèrent un nouveau baiser.